edition
tingeltangel

Charakterskizzen und Illustration Blumengasse: Karin Schliehe

Covergestaltung unter Verwendung eines Fotos
von anaumenko/stock.adobe.com, Foto Ann E. Hacker: Thomas Endl,
Foto Sternwerfer und Lichter: Wout Vanacker/Unsplash,
Illustration Tasse: Karl-Heinz Gutmann (charlygutmann/pixabay)

Hergestellt in Europa
Erste Auflage, München 2019
ISBN 978-3-944936-56-7

Mehr Informationen zum Programm der *edition tingeltangel* findest du unter
www.edition-tingeltangel.de und auf der *Facebook*-Seite des Verlags.
Die E-Books der Reihe erscheinen im Verlag *26|books*.

Ann E. Hacker

Café Hannah

Überraschungen

Für Ina

Liebe Leserin, lieber Leser,

»Café Hannah« ist eine Romanreihe über Menschen in München und anderswo. Jeder Roman besteht aus zehn Episoden, die rund um das Café und dessen Betreiberin Hannah als Mittelpunkt kreisen. Jedes Kapitel hat eine eigene Hauptperson; dabei tauchen auch Figuren aus anderen Episoden auf, manche öfter, manche seltener.

Am Ende des Buches habe ich die wichtigsten Figuren in einer kleinen Übersicht aufgeführt. Weitere Hintergründe zu den Hauptpersonen findest du auf www.cafe-hannah.de.

Idealerweise liest du die Bücher in der richtigen Reihenfolge, da viele Geschichten aufeinander aufbauen. Falls du aber gerne mit diesem Teil beginnen möchtest, habe ich für dich auf den nächsten Seiten notiert, was bisher geschah.

Ich wünsche dir viel Spaß mit Hannah, ihrem Café und ihren Freunden, Bekannten und der Familie.

Über eine Rückmeldung an ann@cafe-hannah.de würde ich mich sehr freuen. Ich antworte garantiert.

Ann E. Hacker

Was bisher geschah

Hannah Jensen, eine weitgereiste und weltgewandte ehemalige Bankerin, flüchtet aus ihrer Beziehung mit Klaus. Sie zieht von Frankfurt nach München und verwirklicht kurz vor ihrem 50. Geburtstag ihren Traum: Sie eröffnet ein Café in der Blumengasse.

Hubertus von Waldhausen, ehemals erfolgreicher Maler, ist womöglich gar nicht so grantig, wie er immer tut. Hannah schafft es auf jeden Fall locker, den Panzer zu durchbrechen – was in ihm unerwartete Gefühle aufwirbelt.

Edeltraut Mayerhofer hat ein Problem:
Vor einem Jahr hat ihr Mann sie verlassen.
Er zahlt, aber zu wenig; deshalb braucht sie einen Job. Alles, was sie kann, ist Kochen und Backen, das aber ganz hervorragend. Ein Stück Himbeertorte überzeugt Hannah – sie stellt Edeltraut ein.

Marlene Mannhart, Hannahs Innenarchitektin, kann es ihrer Mutter einfach nicht recht machen. Die alte Dame will nicht akzeptieren, dass sie Unterstützung braucht, und ist entsprechend unleidig.

Hannahs Nichte Svenja Wahls muss erkennen, dass ihr Verlobter Magnus sie mit ihrer besten Freundin betrügt. Auf einer Feier kommt es zum Eklat, aber zum Glück rettet sie der mysteriöse Ben und fährt sie von Hamburg nach München, als wenn es das Normalste auf der Welt wäre.

April McRae findet nach dem plötzlichen Tod ihres Mannes eine CD in seinen Unterlagen, die einer fremden Frau gewidmet ist. Sie macht sich in Europa auf die Suche nach der »heimlichen Geliebten« und findet diese überraschend in der Blumengasse in München. Hannah wird zur neuen Freundin, die sie dabei unterstützt, die Wahrheit herauszufinden.

Magnus Petersen will Svenja zurück nach Hamburg holen, sich aber nicht ändern. Dass sie andere Pläne hat, kann er nicht verstehen.

Gina Stein ist in ihren Kommilitonen Max verliebt. Doch dann trifft sie eines Abends Oliver – und erlebt eine Nacht, die für sie alles verändert. Aber da ist auch noch Ben …

Ben Häusgen ist reich, sehr reich. Und dennoch arm. Denn Svenja will nichts von ihm wissen. Dabei lebt er jetzt ebenfalls in München. Hannah sagt ihm, er solle Geduld haben.

Andrzej »Andy« Nowak, in Dublin lebender, polnischer Physiotherapeut, erhält überraschend Post aus München, von einer fremden Frau namens Hannah. Ein paar Briefe und Mails später fragt er sich schon: Bin ich verliebt?

Hannah Jensen

Drei Männer sind zwei zuviel

Irritiert lauschte Hannah auf die männliche Stimme, die im Halbdunkel an ihr Ohr drang. War Klaus bereits aufgestanden?

Hannah schoss hoch und wollte aus dem Bett springen, da hörte sie, dass es Englisch war. Glücklich lächelnd ließ sie sich zurück ins Kissen fallen. Ihr Sohn JJ sang in der Dusche.

»Kaum wirst du fünfzig, schon setzt dein Hirn aus«, lästerte sie, aber sie freute sich.

Das Wasser wurde abgedreht. Hannah stand auf, schlüpfte in ihren Morgenmantel und stellte sich in die Tür.

»Good morning, dear«, sagte sie, als ihr Sohn das Bad verließ. Wohlwollend ließ sie ihren Blick über seinen durchtrainierten Körper gleiten.

»Schade, dass ich deine Mutter bin«, sagte sie und stieß absichtlich einen lauten Seufzer aus.

»Mom!«

Hannah lachte. JJ war es immer noch peinlich, dass manche ihrer Liebhaber kaum älter waren als er.

»Keine Bange, ich vernasch dich schon nicht«, rief sie. »Ich freue mich einfach wahnsinnig, dass du da bist.«

»Ich freue mich auch, dich zu sehen«, erwiderte JJ. An seiner Miene sah sie, dass er es auch so meinte.

»Es war eine verdammt lange Zeit«, erwiderte sie leiser und versuchte, keinen Vorwurf mitschwingen zu lassen.

»Es tut mir auch leid, aber du weißt, dass es nicht möglich war.«

»Ich weiß, ich weiß. Zieh dich an, ich hüpfe schnell unter die Dusche und mache uns anschließend ein schönes Frühstück.«

»Okay.« JJ beugte sich zu ihr herunter, drückte ihr einen schnellen Kuss auf die Wange und verschwand in dem Zimmer, das Svenja ihm für seinen Aufenthalt überlassen hatte.

»Ich bleibe die paar Tage bei Frank«, hatte sie gesagt. »Ist eine gute Gelegenheit zu testen, ob wir zusammenpassen. Aber sag Ben nichts davon, ja?«

Hannah hatte sich gefragt, ob Svenja Bens wahre Gefühle für sie kannte und sie nicht verletzen wollte oder ob sie ihn einfach wieder aus ihrem Leben drängen wollte.

Hannah zog eine Grimasse, zum einen, weil ihr Schaum ins Auge geraten war, zum anderen wegen ihrer Nichte. Niemand hätte gedacht, dass sie so schnell nach der Trennung von Magnus eine neue Beziehung eingehen würde. Ihren eigenen Worten zufolge hatte es eingeschlagen wie ein Blitz. »So etwas habe ich noch nie erlebt! Es fühlt sich an, als sei ich endlich vollständig.«

Hannah hatte Frank erst zwei Mal gesehen und sie wollte ihn nicht vorverurteilen. Aber sie fühlte sich gefährlich an Magnus erinnert. Immerhin – er war Angestellter, nicht der Sohn des Chefs. Doch er zeigte dieselben Verhaltensmuster wie Svenjas Ex-Verlobter. Hannah war sich sicher, dass ihre Nichte Bens Vorzüge früher oder später erkennen würde. Die Frage war, ob er so lange durchhalten würde. Er litt still und leise und zog sich immer mehr in sich zurück.

Hannah rubbelte sich trocken. So viele verfahrene Beziehungen – ihre eigene mit Klaus eingerechnet. Sie wusste, sie musste so bald wie möglich mit ihm reden. Aber nicht heute und auch nicht morgen. Jetzt würde sie sich erst einmal um JJ kümmern – und um ihren Geburtstag.

Sie lächelte ihrem Spiegelbild zu und ging in ihr Zimmer, um sich anzuziehen.

JJ hatte den Küchentisch gedeckt und Kaffee aufgebrüht. Zwischen den Gedecken stand eine rote Rose.

»Ich habe erst am Montag Geburtstag.«

»Die ist auch für einfach nur so«, sagte er. »Also, ich meine, I mean …«

»Ich weiß, was du meinst. Danke.«

Sie tätschelte seine Hand und holte sich ein Glas Wasser, um ihre Rührung zu verbergen. Sie tranken Kaffee, aßen die Semmeln, die JJ geholt hatte, und hingen ihren Gedanken nach.

»Was möchtest du heute machen?«, fragte Hannah schließlich.

»Ich helfe dir.«

»Es gibt nichts zu helfen. Petra und Bassam haben alles bestens im Griff. Das haben sie gestern Abend noch einmal bestätigt. Im Café haben Edeltraut und Gina übernommen, ich kann mich also ganz dir widmen.«

»Oder du entspannst und bereitest dich auf deinen großen Tag vor.« JJ grinste.

»Ja, ja, reib mir nur unter die Nase, dass ich alt werde«, erwiderte Hannah gut gelaunt. Dann wurde sie ernst. »Denkst du, es ist richtig, die Feier nicht im Café abzuhalten?«

»Selbstverständlich ist es richtig! Im Café hättest du keine ruhige Minute, würdest dich immer verpflichtet fühlen, dich um alles zu kümmern.«

Hannah wusste, er hatte recht. »Edeltraut wird mir das nie verzeihen.«

»Ach Quatsch. Zufällig weiß ich, dass sie sich gut damit abgefunden hat und eine Überraschung plant. Aber von mir hast du das nicht.«

»Ich weiß von nichts.«

»Gut.« Er zögerte.

Hannah wartete, aber er schwieg. »Was hast du auf dem Herzen? Sag es, egal, was es ist.«

Er schaute ihr direkt in die Augen, was er selten tat. Hannah durchfuhr ein eisiger Schreck. Was würde jetzt kommen?

Spontan fiel ihr nichts ein, was so schlimm war, dass er es ihr nicht sagen konnte. Egal, ob er schwul war, ein uneheliches Kind gezeugt oder heimlich geheiratet hatte – alles keine Katastrophe.

»Also? Sprich es aus. Du weißt, du kannst mir alles sagen. Wirklich alles.«

Er wandte den Blick ab.

»Ich weiß, Mom, ich weiß. Ich – ich würde heute gern zum Grab von Oma Klara gehen.«

Hannah war einen Moment sprachlos. Das war alles?

»Das ist eine gute Idee«, sagte sie schnell.

»Wirklich?«

Sie hörte seinen zweifelnden Ton.

»Ja, warum nicht? Nur, weil ich nichts von Gräbern und Friedhöfen halte, heißt das nicht, dass andere auch so denken müssen.«

»Okay. Great.« Seine Erleichterung war deutlich sichtbar.

Hannah nahm sich vor, in der Woche, die sie gemeinsam hatten, an ihrer Beziehung zu arbeiten.

»Es tut mir leid«, sagte Hannah.

Sie hatte JJ nach dem Friedhofsbesuch in ein nahes Café geführt, wollte ihm Zeit geben.

»Was tut dir leid?«

»Alles, was damals passiert ist. Ich habe dich einfach gezwungen, mit mir nach Amerika zu gehen.«

JJ schaute sie stirnrunzelnd an. »Darüber machst du dir immer noch Gedanken?«

»Ja. Ich hätte dich mehr einbeziehen müssen.«

»Ich war fünf! Ich glaube nicht, dass ich etwas Vernünftiges hätte sagen können.«

Hannah lachte unsicher. »Das sagst du heute. Aber damals warst du ganz schön sauer auf mich.«

»Klar war ich sauer. Du hast mich aus meiner gewohnten Umgebung gerissen, das ist für jeden schwer, für ein Kind aber ganz besonders.« Er dachte nach. »Ja, ich war wirklich sauer, ich glaube, ich habe dich zeitweise sogar gehasst. Aber du hast das Richtige getan.«

»Bist du sicher?«

»Ja, ich bin sicher. Du kannst als Erwachsener nicht nur Rücksicht auf ein Kind nehmen. Was wäre denn die Alternative gewesen?« Er schaute sie herausfordernd an.

Hannah zuckte mit den Achseln. »Wir wären vermutlich in München geblieben.«

»Vielleicht. Vielleicht aber auch nicht. Svenja hat mir mal erzählt, dass sie als Kind mitbekommen hat, wie ihre Eltern darüber nachdachten, mich zu sich zu holen.«

Hannah schnappte nach Luft. »Wie bitte? Das kann ich nicht glauben. Da hat sie garantiert etwas missverstanden.«

»Nein. Sie hat mir sehr viel Konkretes erzählt. Sie planten, dir das Sorgerecht entziehen zu lassen.«

Hannah starrte JJ ungläubig an. »Ich fasse es nicht.«

War es möglich, dass ihr Bruder Rasmus ihr ihren Sohn hatte wegnehmen wollen? Wenn sie ehrlich war, musste sie einsehen, dass es durchaus logisch klang. Rasmus kam vollkommen nach ihrem Vater; er war nur glücklich, wenn er die Geschicke aller Menschen um sich herum bestimmen konnte.

JJ legte seine Hand auf ihre. »Sorry, Mom, ich dachte, du wüsstest das. Ich dachte, wir seien deswegen nach New York gegangen.«

»Nein, ich wusste absolut nichts davon«, sagte Hannah.

Hatte Klara darauf angespielt, als sie ihr sagte, es sei besser, JJ, der damals noch Jonathan hieß, in geordneten Verhältnissen aufwachsen zu lassen? Sie schüttelte unwillkürlich den Kopf. Nein, das konnte Klara nicht gewollt haben, auch wenn sie Rasmus nicht kannte. Klara hatte immer nur das Wohl von Jonathan im Sinn. Aus ihrer Sicht musste es barbarisch gewirkt haben, einen Fünfjährigen aus der gewohnten Umgebung herauszureißen und in ein völlig fremdes Land zu schleppen.

»Ich bin froh, dass du es angesprochen hast«, sagte Hannah und drückte JJs Hand. »Ich werde vermutlich immer ein schlechtes Gewissen dir gegenüber haben, denn ich war nie die perfekte Mutter. Aber etwas erleichtert bin ich nun schon.«

»Stimmt, perfekt warst du nie.« JJ lächelte sie liebevoll an. »Aber langweilig eben auch nicht. Und das ist für ein Kind mindestens genauso wichtig.«

»Langweilig wurde uns wirklich nicht«, stimmte Hannah zu. Ihr Blick fiel auf die Uhr, die im Café hing. »Oh Gott, schon so spät? Ich muss los, sonst verpasse ich meinen Termin bei Petér. Und anschließend habe ich noch Maniküre und Pediküre. Schließlich muss ich am Montag gut aussehen.«

»Du siehst immer gut aus, und das sage ich jetzt nicht nur so.«

Hannah warf einen Zwanzigeuroschein auf den Tisch, sprang auf und gab JJ einen Kuss auf die Wange. »Denk dran, hier wird nicht so viel Trinkgeld gegeben wie bei … wie in Amerika. Findest du nach Hause? Also in meine Wohnung?«

JJ lachte. »Mom, ich bin einunddreißig Jahre alt. Ich finde mich zurecht.«

»Ich weiß, ich weiß, entschuldige.« Sie war kurz davor, ihm durch die Haare zu fahren, hielt sich mit Macht zurück.

»Nun geh schon«, sagte JJ und gab ihr einen kleinen Schubs. »Wir wollen doch nicht, dass die Leute am Montag über deine Falten reden.«

»Böser Junge«, sagte Hannah und lachte.

»Herzlichen Glückwunsch!« Petra strahlte Hannah an und umarmte sie.

»Vielen Dank.« Hannah schaute sich um. Petra und ihr Mann hatten ihrem Wunsch entsprochen und das *Litani* nur dezent geschmückt. Die dunklen Tischdecken bildeten einen hübschen Kontrast zu dem hellen Geschirr, und auf jedem Tisch stand eine Vase mit einem Blumenstrauß, klein genug, um nicht die Sicht auf das Gegenüber zu behindern. Daneben leuchteten Kerzen in orientalisch anmutenden Windlichtern und warfen geheimnisvolle Schatten an die Wände.

»Wunderbar, tausend Dank«, sagte Hannah.

Bassam kam aus der Küche und beglückwünschte Hannah ebenfalls.

»Danke, mein Lieber, danke.« Hannah machte eine kreisförmige Handbewegung. »Toll habt ihr das gemacht. Ich denke, es wird eine schöne Feier.«

Bassam lachte. »Warte erst mal das Essen ab. Heute habe ich mich selbst übertroffen.«

»Eingebildet bist du gar nicht, was?«, sagte Petra, es klang ungewohnt scharf. »Geh zurück an den Herd, wo du hingehörst.«

Bassam zog eine Grimasse und verschwand in der Küche.

»Ist alles in Ordnung?«, fragte Hannah besorgt.

»Ja, alles gut«, erwiderte Petra einen Tick zu schnell. Sie stockte, fügte dann hinzu: »Wir haben gestritten. Das übliche Thema. Aber das wird uns nicht daran hindern, dich zu feiern. Wir bekommen das hin.«

Ihre Stimme klang nicht so zuversichtlich wie ihre Worte. Hannah umarmte sie und sagte: »Wenn ich etwas tun kann, lass es mich wissen, ja?«

»Danke.« Petra löste sich aus der Umarmung und wischte sich über die Augen. »Es geht schon wieder.«

Hannah wusste, dass Bassam sich seit einigen Wochen intensiv bei der Flüchtlingshilfe engagierte. Sie konnte das gut verstehen, immerhin war er selbst einmal ein Flüchtling gewesen, auch wenn er sich nach eigenen Worten kaum noch daran erinnern konnte. »Ich war damals vier, für mich war das alles ein einziges großes Abenteuer.«

Vor einiger Zeit hatte Petra sich bei Hannah beklagt, dass er ihrer Meinung nach das Restaurant vernachlässigte.

»Das *Litani* ist unsere Lebensgrundlage. Er hat nur noch die Flüchtlinge im Kopf.«

Hannah, die bisher nur Geld gespendet hatte, um wenigstens etwas zu tun, bewunderte Bassam für sein Engagement. Aber sie konnte auch Petra verstehen.

Die wollte gerade in der Küche verschwinden, als sich die Tür zum Restaurant öffnete und Edeltraut seitwärts hereinkam. Auf ihren Armen balancierte sie eine dreistöckige Torte, deren Spitze eine weibliche Figur aus Marzipan bildete. Als sie Hannah entdeckte, blieb sie abrupt stehen und brachte damit das filigrane Gebilde auf ihren Händen gefährlich zum Schwanken.

»Vorsicht!« Petra sprang zu ihr und hielt ihre Hände schützend auf, aber Edeltraut brachte den Kuchen schnell unter Kontrolle.

»Was machst du denn schon hier? Du solltest noch gar nicht da sein. Jetzt ist die ganze Überraschung dahin.«

»Tut mir leid«, sagte Hannah. »JJ hat mich rausgeworfen. Er meinte, ich sei unerträglich mit meiner Herumrennerei.«

»Ignorier sie einfach«, schlug Petra vor.

»Leichter gesagt als getan«, knurrte Edeltraut und stellte die Torte auf den nächsten Tisch. »Puh, das Teil ist ganz schön schwer.« Sie schüttelte ihre Arme aus.

»Ich könnte noch eine Runde joggen gehen, wenn ihr mich nicht hierhaben wollt«, schlug Hannah vor.

»Das kannst du Petér nicht antun«, warf Edeltraut ein. »Er hat sich so viel Mühe gegeben mit deinen Haaren. Er bekommt glatt einen Herzinfarkt, wenn du sie ruinierst.«

Hannah seufzte dramatisch. »Da hast du sicher recht.« Sie schaute sich um. »Ich setze mich einfach still in ein Eck und warte, bis ihr mir erlaubt hervorzukommen. Was meint ihr?«

»Gute Idee«, brummte Edeltraut, aber sie lächelte. »Deine Gäste werden bald kommen, also bleib, wo du bist«, sagte sie im Kommandoton.

Hannah wandte sich an Petra. »Darf eine Angestellte so mit mir umspringen? Nicht einmal im Café habe ich noch das Sagen.«

»Du tust mir wirklich leid«, gab Petra ungerührt zurück. Und zu Edeltraut gewandt: »Wir haben in der Vorratskammer Platz dafür gemacht, aber pass auf, es ist eng da drin. Das weißt du ja.«

Edeltraut nickte, hob die Torte hoch und verschwand hinter einem Vorhang, den Petra ihr aufhielt.

»Wie lange hat sie daran gebacken?«, fragte Hannah leise.

»Zwei Tage mindestens«, gab Petra ebenso leise zurück. »Und sie hatte sich so auf die Überraschung gefreut.«

»Sie muss doch wissen, dass es in dieser Straße kein Geheimnis gibt.«

Sie lachten.

Hannah schritt langsam die Tische ab und überprüfte alles, nicht, weil sie den Freunden misstraute, sondern um beschäftigt zu sein.

Sie war selbst überrascht, wie angespannt sie war. Bisher hatte sie ihr Alter nie gestört, die Fünfzig schien allerdings eine Grenze zu sein, die auch ihr zu schaffen machte. Sie war sicher, den Zenit bereits vor einigen Jahren überschritten zu haben. Selbst wenn sie die Gene ihres Vaters geerbt hatte, würde sie sicher keine hundert werden. Sie fand das auch gar nicht erstrebenswert, insbesondere, wenn man nichts davon mitbekam. Was also war an der Zahl Fünfzig so erschreckend?

Sie bekam keine Gelegenheit, länger darüber zu sinnieren, denn die Tür öffnete sich erneut. Herein kamen die Nachbarn aus den anderen Läden. Christine trug einen riesigen Blumenstrauß, den sie Hannah überreichte. »Von uns allen. Alles, alles Liebe und Gute zu deinem Geburtstag.«

Hannah war überwältigt. »Vielen Dank, ihr Lieben.« Sie umarmte Christine vom Blumenladen, Kassie vom Nagelstudio, den Friseur Petér, der nicht umhin konnte, an ihren Haaren herumzuzupfen, Andrea vom Zeitungsladen, Thomas und Sabrina vom Reisebüro.

»Wo ist Agnes?«

»Sie hofft, später nachkommen zu können«, sagte Sabrina. »Ihr Sohn ist krank und ihr Mann hat Spätschicht.«

»Oh je, die Arme. Bitte setzt euch. Ich denke, die nächsten Gäste werden bald kommen, dann gibt es erst einmal einen Aperitif zum Lockerwerden. Bassam hat offensichtlich etwas sehr Spezielles vorbereitet.«

Während die Ladenbesitzer ihre Plätze suchten, strömten die nächsten Gäste herein: Hannahs Nachbarin Sandra, deren Mann Andreas auf die Tochter Marie aufpassen wollte; JJ mit Ben im Schlepptau. Die beiden hatten sich erst zwei Tage zuvor kennengelernt, verstanden sich aber, als würden sie sich ein Leben lang kennen.

Hannah war froh darüber, denn es würde Ben hoffentlich von Svenja ablenken, die in Begleitung von Frank kam. Ihre Nichte überreichte Hannah einen großen Umschlag mit den Worten: »Von der Familie. Ich denke, du bist froh, dass außer mir niemand kommt.«

Hannah verzog das Gesicht, sagte aber nichts. Sie legte den Umschlag ungeöffnet auf den Tisch, der für die Geschenke gedacht war. Obwohl sie ausdrücklich darum gebeten hatte, nichts mitzubringen, häuften sich die schön eingewickelten Päckchen.

Sie begrüßte und umarmte und bedankte sich.

Da stürmte Marlene herein, mit hochrotem Gesicht.

»Was ist denn los, um Himmels willen?«

»Meine Mutter! Ich konnte sie nicht allein lassen, ich …«

Hannah legte ihre Hand auf den Arm der Freundin. »Nun beruhige dich erst einmal. Wo ist deine Mutter denn?«

»Draußen, im Auto.« Marlene atmete tief durch, wollte sich aber nicht beruhigen. »Wir hatten heute schon den ganzen Tag Streit. Seit Tagen bereite ich sie darauf vor, dass sie heute Abend mal für ein paar Stunden allein bleiben muss. Sie hat ein Handy, auf dem sie mich jederzeit anrufen kann, sollte etwas sein. Die Nachbarn wussten Bescheid und waren bereit, später nach ihr zu sehen. Aber nein, Madam muss ausgerechnet heute ihren Rappel bekommen. Ich weiß nicht …«

»Marlene«, unterbrach Hannah sie leise, aber bestimmt. »Ruhig. Atme mal tief durch und halte die Luft an.«

Die Freundin wollte etwas sagen, sah Hannahs Blick, verstummte. Folgsam holte sie Luft, hielt sie an und stieß sie langsam wieder aus.

»Besser?«

Marlene nickte. »Tut mir leid, ich wollte dir nicht dein Fest versauen.«

»Das tust du nicht. Bring deine Mutter rein, wir haben genügend Platz.«

»Sie wird im Rollstuhl sitzen müssen«, gab Marlene zurück. »Von einem normalen Stuhl fällt sie womöglich runter.«

»Auch kein Problem. Ich rede mit Petra, du holst deine Mutter. In Ordnung?«

»Wenn es dir nichts ausmacht?«

»Warum sollte es?« Hannah gab Marlene einen Klaps auf die Schulter. »Nun geh schon.«

Die Freundin zögerte, schien noch etwas sagen zu wollen, wandte sich dann wortlos um und verließ das Restaurant. Als sie ein paar Minuten später den Rollstuhl mit ihrer Mutter hereinschob, hatte Hannah bereits an einem Tisch Platz geschaffen. Marlenes Mann Florian folgte mit einem Karton auf dem Arm.

»Guten Abend, Frau Mannhart«, begrüßte Hannah die alte Dame.

»Ich heiße Stockner!«, bellte diese und funkelte Hannah böse an.

»Mutter!«

Hannah wiegelte ab. »Nein, nein, sie hat schon recht. Selbstredend heißen Sie nicht Mannhart, wenn Sie Marlenes Mutter sind. Ich habe nicht nachgedacht. Bitte entschuldigen Sie.« Sie zeigte auf den Tisch rechts von sich. »Ich habe hier Platz für Sie gemacht. Ist das für Sie in Ordnung?«

»Natürlich ist das in Ordnung«, sagte Marlene, bevor Frau Stockner etwas sagen konnte. Energisch schob sie den Rollstuhl an den zugewiesenen Platz.

Marlenes Mann Florian hatte die ganze Szene halb amüsiert, halb besorgt betrachtet. Jetzt trat er einen Schritt vor. »Dann bin ich wohl an der Reihe«, sagte er und lächelte. »Herzlichen Glückwunsch, Frau Jensen.«

»Hannah, bitte. Sonst fühle ich mich noch älter, als ich sowieso schon bin. Und heute kann ich mein Alter noch nicht mal verleugnen.«

»Gerne. Florian. Das haben Sie – das hast du auch gar nicht nötig.« Er hielt den Karton in die Höhe, in dem Hannah sechs Flaschen Wein vermutete.

»Stell es bitte zu den anderen Geschenken, vielen Dank.«

Inzwischen hatte sich eine kleine Schlange gebildet.

»Hallo Gina, schön, dass du da bist.«

»Hallo Hannah, alles Gute zum Geburtstag. Können Sie sich noch an Oliver erinnern?«

»Wie könnte ich diesen jungen Mann jemals vergessen?«, rief Hannah schmunzelnd. »Oder vielmehr den Morgen, an dem wir uns zum ersten Mal getroffen haben.«

»Alles Gute auch von mir«, sagte er und deutete eine kleine Verbeugung an. »Das ist für Sie, nur eine Kleinigkeit.« Er überreichte ihr ein kleines flaches Päckchen.

»Aber selbstgemacht«, fügte Gina schnell hinzu.

Hannah hätte am liebsten sofort nachgeschaut, wusste sie doch, dass Oliver eine künstlerische Ader hatte. Sie zügelte ihre Neugierde und bedankte sich herzlich.

Der nächste in der Reihe war Mehmet vom Dönerstand gegenüber. »Doğum günün kutlu olsun«, sagte er. »Das heißt herzlichen Glückwunsch zum Geburtstag auf Türkisch.«

»Vielen Dank, Mehmet.« Hannah schaute sich um. »Wo ist deine Familie?«

»Ah, Hannah, ich kann nicht bleiben. Nilüfer ist krank, ich muss die Kinder ins Bett bringen.«

»Oh, wie schade.« Hannah war ehrlich betrübt. Sie mochte den jungen Türken und seine immer fröhliche Frau.

»Sag ihr bitte gute Besserung von mir. Ich hebe euch Kuchen auf, versprochen. Ich bringe ihn dir morgen.«

»Danke, Hannah, danke. Alles Gute von uns allen.« Auch er hatte ein kleines Geschenk dabei, das er zu den anderen legte. »Keine Bange, ist kein Döner, fängt nicht zu riechen an«, scherzte er.

»Gut«, rief Hannah ihm hinterher.

In der Verschnaufpause, die folgte, überschlug Hannah die Gästeliste. Von den Ladenbesitzern würde vermutlich keiner mehr kommen. Aufgrund von Bens Schilderung, wie er zu seinem Loft gekommen war, hatte sie sich überwunden und Roland Kammermeier besucht und eingeladen. Er hatte ihr gedankt und bedauert. Ein Termin außerhalb Münchens. Und er wolle auch nicht stören, bei so einer persönlichen Feier.

»Wenn Sie stören würden, würde ich Sie nicht einladen«, hatte Hannah ihn herausgefordert. Er hatte nicht darauf reagiert, hatte ihr nur ein zweites Mal gedankt und versprochen, bei nächster Gelegenheit einen Kaffee bei ihr zu trinken. Bisher hatte er es noch nicht eingelöst.

Einzig Marco Bessini hatte sie nicht auf der Liste stehen. Sie fand den Apotheker arrogant und aufgeblasen und besuchte seinen Laden nur, wenn es sich gar nicht vermeiden ließ. Zum Glück war das bisher nur einmal vorgekommen.

Auch den Nachbarn vom Haus hatte sie eine Einladung in den Briefkasten geworfen, obwohl sie außer zu Sandra und Frau Huber kaum Kontakt zu ihnen hatte. Man grüßte sich, wechselte – wenn es hoch kam – ein paar Worte über das Wetter und ging sich ansonsten aus dem Weg.

Die Ausnahme war Hubertus von Waldhausen. Eine Woche nach der Vernissage, bei der Porträts von ihr ohne ihre Zustimmung verkauft werden sollten, hatte er versucht, Abbitte zu leisten – ob aus eigenem Willen oder gezwungen von seinem geldgierigen Galeristen, wusste Hannah nicht.

Er hatte sie zu einem Abendessen in ein sehr elegantes Restaurant in Bogenhausen eingeladen und ihr beim Dessert »im Vertrauen« zugeflüstert, dass die Bilder von ihr nicht in irgendwelchen Wohn- oder gar Schlafzimmern landen würden. Hannah hatte da bereits von Ben erfahren, dass er im Besitz der ganzen Serie war und einige in seinem Loft aufhängen würde. So war es ein Leichtes für sie, von Waldhausen zu versprechen, dass sie nichts gegen ihn unternehmen würde. Die Erleichterung war ihm so deutlich anzusehen gewesen, dass Hannah Mitleid mit ihm empfand.

Seither war er zwei bis drei Mal in der Woche im Café aufgetaucht, hatte einen Cappuccino getrunken, sich manchmal auch ein Stück Kuchen dazu gegönnt und sich von seiner besten Seite gezeigt. Edeltraut nannte ihn »den gspinnerten Künstler«, der ein Vermögen mit irgendwelchen Farbklecksen verdiente. Hannah hatte die beiden heute nebeneinander platziert und war gespannt, wie sie sich vertrugen. Wenn er denn kam …

Hannah beschloss, den Aperitif zu reichen. Ihre Gäste schienen sich zwar prächtig zu unterhalten, dennoch wollte sie sie nicht allzu lange warten lassen. Sie nahm ein Glas und klopfte mit ihrem Ring dagegen. Kurze Zeit später waren ihr alle Augen erwartungsvoll zugewandt.

»Liebe Freunde, ich freue mich, dass ihr alle gekommen seid, um mit mir zu feiern. Ihr wisst ja, dass ich heute fünfzig Jahre alt werde, ich muss also nicht um den heißen Brei herumreden. Ich will auch keine lange Rede halten, wir wollen uns schließlich amüsieren und nicht langweilen. Danke für euer Kommen und danke auch für die Geschenke. Ich freue mich, obwohl ich euch gesagt habe, dass ihr nichts mitbringen sollt.«

»Wer hört schon auf dich, Mom?«, rief JJ dazwischen. Alle lachten.

»Ja, mein Sohn hat das sehr richtig erkannt. Wer hört schon auf mich? Deshalb beende ich meine Rede auch schon wieder und wünsche euch einen schönen Abend. Die meisten von euch kennen Petra und Bassam, die euch heute mit libanesischen Spezialitäten verwöhnen werden. Übrigens, wer es noch nicht weiß: Das Lokal ist nach dem Fluss Litani benannt. Er ist mit 140 km der längste Fluss des Landes und verläuft auf seiner ganzen Länge innerhalb des Libanon. – Richtig?«, wandte sie sich an Bassam, der in der Küchentür stand.

»Vollkommen richtig. Man sieht, du hast unsere Speisekarte gut studiert.« Er wandte sich an die Gäste. »Petra wird einen speziellen Aperitif verteilen. Wir haben ihn Hannah zu Ehren kreiert und *Never old enough* genannt. Ich hoffe, er mundet euch.«

Als alle ihr Glas hatten, riefen Bassam und Petra: »Auf Hannah, die so viel Farbe in unsere Straße gebracht hat.«

»Auf Hannah!«

Gläser klirrten, Ahs und Ohs erklangen, auch ein »Huch!« war zu hören. Hannah war noch damit beschäftigt, die Ingredienzien des Getränks zu erschmecken, und bemerkte nicht, wie sich hinter ihr die Tür öffnete. Erst als es auffällig still wurde und alle hinter sie starrten, wandte sie sich um. Hinter einem riesigen Strauß roter Rosen verbarg sich ein verdatterter Hubertus von Waldhausen mit hochrotem Kopf.

»Bin ich zu spät?«, fragte er.

Petra rettete die Situation, indem sie mit einem Aperitif auf den Künstler zuging und sagte: »Aber nein, das nenne ich perfektes Timing. Sie kommen gerade richtig.« Sie reichte ihm das Glas und nahm ihm im Gegenzug die Blumen ab. »Die sind wunderschön. Ich vermute mal, fünfzig Stück? Ich besorge eine Vase.«

Von Waldhausen war so verdutzt, dass er sich nicht wehrte. »Ähm …«, machte er und schloss den Mund wieder.

Hannah schaute Petra nach und spürte, wie ihr Gesicht heiß wurde. Lag das nun am Alkohol oder an den Rosen?

Sie räusperte sich, wandte sich dem Mann zu und sagte: »Schön, dass Sie da sind. Vielen Dank für die Blumen, sie sind ein Traum.

Sie sitzen an diesem Tisch dort, ich hoffe, es ist Ihnen recht.« Hannah deutete auf den Platz neben Edeltraut.

Sie stieß mit ihm an und trank einen kleinen Schluck. Es war definitiv der Alkohol, der sie zum Glühen brachte.

Von Waldhausen leerte sein Glas auf ex und zwängte sich wortlos zu dem ihm zugewiesenen Platz durch.

Sie waren bei der Vorspeise – marinierte Hähnchenspieße und, für die Vegetarier, mit Schafskäse gefüllte Teigtaschen, dazu Minzsauce –, als Agnes aus dem Reisebüro eintraf. Sie wirkte abgehetzt und bekam erst einmal Bassams Spezial-Aperitif zur Beruhigung.

Hannah blickte in die Runde. Ihre Anspannung hatte inzwischen dank des Alkohols etwas nachgelassen, dennoch fühlte sie immer noch eine Unruhe in sich. Es war beinahe wie eine Vorahnung, dass noch etwas Schlimmes passieren würde.

Doch was sollte schon geschehen? Sie war von Freunden umgeben, die sich augenscheinlich gut unterhielten. War es unvernünftig, sich zu wünschen, außer Svenja wäre noch jemand von der Familie gekommen?

Hannah seufzte. Wie alt musste sie werden, damit sie endlich mit ihrer Sippe Frieden schließen konnte? Irgendwann müssten sie akzeptieren, dass sich das schwarze Schaf entwickelt hatte.

Sie wusste, es war müßig, über ihre Geschwister nachzudenken. Rasmus würde sich nie ändern, Meike hatte nie gelernt, eine eigene Meinung zu haben.

Immerhin – sie hatten ihre Mutter dazu gebracht, am Morgen anzurufen und zu gratulieren. Hannah vermutete, dass Svenja auf ihre Eltern Druck ausgeübt hatte.

Ihr fehlte Brigid. Sie wollte weder ihren Sohn noch ihre Nichte damit belasten, wollte nicht unnötig Ressentiments schüren. Mit ihrer besten Freundin hätte sie darüber reden können, aber Brigid hatte das Geld für den Flug nicht zusammenbekommen. Und sie war zu stolz, um ihn sich schon wieder von Hannah zahlen zu lassen. So betrübt Hannah darüber war, ohne die Freundin feiern zu müssen, hatte sie es dennoch akzeptiert. Sie selbst würde auch ungern Almosen annehmen wollen.

Sie sprang hoch und erschreckte ihre Sitznachbarn.

»Alles in Ordnung, Mom?«, fragte JJ besorgt.

»Ja«, erwiderte Hannah. »Ich, ich möchte noch ein paar Worte sagen.« Sie wartete, bis alle Augenpaare auf sie gerichtet waren. »Keine Bange, es wird keine lange Rede«, begann sie. »Mir ist es nur gerade ein Bedürfnis, mich bei euch allen zu bedanken. Ihr habt mich ohne große Probleme in eure Straßengemeinschaft aufgenommen, habt mich unterstützt, als es Probleme gab …«

»Mom, du wirst sentimental«, rief JJ spöttisch.

»Lass sie«, widersprach Ben. Leise, als sei es nur für JJs Ohren bestimmt, fügte er hinzu: »Alte Leute werden nun mal rührselig.«

Hannah musste lachen. »Okay, ich habe verstanden. Nein, ich bin nicht rührselig, nur dankbar. Dankbar, dass es euch gibt und dass ihr alle hier seid.« Sie hob ihr Weinglas. »Auf euch.«

»Auf dich, Hannah«, riefen einige zurück.

Plötzlich ging ein Windhauch durch das Lokal, die Kerzen flackerten unruhig. Hannah glaubte einen irritierenden Moment lang an eine Erscheinung, denn in der offenen Tür stand Brigid.

»Hello everybody«, rief sie. »Sorry I am late.« Sie schloss die Tür hinter sich. Die Kerzen beruhigten sich.

Hannah lief auf die Freundin zu und umarmte sie. »It's so good to see you«, flüsterte sie ihr ins Ohr.

»Happy Birthday, my dear.«

Hannah wollte Brigid gar nicht mehr loslassen. Sie hatte das Gefühl, in Tränen auszubrechen, würde sie es tun. Was war nur los mit ihr? Wurde sie tatsächlich alt und gefühlsduselig?

Neben ihnen räusperte sich eine männliche Stimme lautstark. Hannah schaute hoch und in JJs Augen.

»Du hast zwar Geburtstag, trotzdem gehört sie dir nicht allein«, sagte er auf Englisch.

»Sorry.« Hannah ließ Brigid los, die jetzt auch von Marlene und Svenja begrüßt wurde.

Hannah bestand darauf, dass die Freundin neben ihr saß, was erhebliche Unruhe verursachte, da alle einen Platz weiterrutschen mussten. Aber niemand murrte, alle schienen zu verstehen, dass Brigids Kommen etwas Besonderes war.

Hannah musste die Freundin immer wieder anfassen. »Wieso hast du nichts gesagt?«

»Weil es bis heute Morgen unklar war, ob es klappen würde. Du weißt, dass mein Agent seit Wochen mit dem Verlag in Wien wegen eines Vorschusses streitet. Letzte Woche haben sie sich endlich geeinigt und heute Morgen war das Geld auf meinem Konto.«

»Und du gibst es sofort wieder aus?«

»Um nichts in der Welt wollte ich deinen Geburtstag versäumen«, sagte Brigid und grinste.

»Vielen Dank auch«, gab Hannah trocken zurück. »Und du bist nicht die Einzige.« Sie beschrieb mit der Rechten einen Kreis. »Alle hier scheinen sich an meinem Schicksal zu laben.«

Sie lachten und stießen an.

Bassam kündigte den Hauptgang an – Lammfilet mit Granatapfelsauce auf Bohnen, dazu mit Kräutern gewürzter Bulgur. Für die Vegetarier hatte er sich gefüllte Bulgurbällchen ausgedacht.

Die Teller waren gerade ausgeteilt, als die Tür erneut geöffnet wurde. Hannah wollte bereits rufen »Entschuldigung, wir haben heute eine geschlossene Gesellschaft«, als ihr etwas an dem Mann vage bekannt vorkam. Als sie ihn erkannte, blieb ihr für einen Moment die Luft weg.

Als Brigid neben ihr leise »Oh, oh«, machte, wusste sie, dass sie sich nicht getäuscht hatte. In der Tür stand Klaus.

Hannah schloss für einen Moment die Augen, hoffte, diesmal möge es tatsächlich nur eine Erscheinung sein, doch als sie die Augen wieder öffnete, stand er immer noch da.

Brigid knuffte sie in die Seite, erinnerte sie an ihre Gastgeberpflichten.

»Klaus, was für eine Überraschung«, rief Hannah und ging um den Tisch herum, um ihn zu begrüßen. Sie hoffte, dass weder Mimik noch Stimme etwas von ihrer Fassungslosigkeit verrieten. Vor ihr stand ein Mann mit kurzen Haaren, bekleidet mit einem ordentlichen Mantel, unter dem sie eine Stoffhose und ein Hemd erkennen konnte. Was war aus dem Typen im Schlabberlook geworden?

»Hallo, Klaus, was für eine Überraschung«, sagte sie erneut, als sie vor ihm stand.

»Ich hoffe, eine positive«, gab er zurück und hauchte ihr einen Kuss auf die Wange.

»Natürl…«, begann Hannah, besann sich anders und sagte: »Ich muss zugeben, ich bin irritiert. Gib mir ein paar Minuten, damit ich mich daran gewöhne.« Sie ergriff seine Arme und schob ihn von sich, musterte ihn ausführlich von oben bis unten. »Du hast dich verändert. Ich bin nicht sicher, ob es zum Guten ist«, sagte sie.

Warum wollte sie Klaus unbedingt verletzen? Sie hatte keine Ahnung. Er schien es gelassen zu nehmen.

»Du hast dich kein bisschen verändert«, antwortete er. »Immer noch dieselbe Hannah, die mich Knall auf Fall hat sitzen lassen und nicht mal den Anstand hatte, Bescheid zu sagen, geschweige denn, eine Adresse zu schicken.«

Hannah schluckte. Er hatte leise genug gesprochen, dennoch hatte sie die Befürchtung, dass ihre Freunde es gehört hatten. Im Raum herrschte eine angespannte Stimmung. Sie drehte sich um und sagte laut: »Das ist Klaus, ein guter Freund aus Frankfurt. Wir haben uns lange nicht gesehen, weshalb ich mich freue, ihn heute hier zu haben.« Ihr Blick fiel auf die vollen Teller. »Bitte fangt an, lasst es nicht kalt werden.«

»Du hast recht«, wandte sie sich leiser an ihn. »Wir reden, wann immer du willst. Aber bitte nicht heute. Bitte ruiniere mir nicht diesen Abend.«

»Natürlich nicht. Wir wollen doch feiern.« Es klang bitter.

Hannah schaute ihm in die Augen und sah die Wut darin. »Ich würde dich ungern rauswerfen lassen«, warnte sie.

»Keine Bange, ich weiß mich zu benehmen.«

»Das hoffe ich.«

Sie überflog die Tische, suchte einen passenden Platz für ihn, fand ihn gegenüber von JJ und Ben. Die beiden würden ihn unter Kontrolle haben, auch wenn sie keine Ahnung hatten, wer Klaus war.

Als er sich gesetzt hatte, klopfte sie ihm auf die Schulter und meinte: »Du hast eine ganze Menge nachzuholen, mein Lieber.«

Nur Brigid kannte die Geschichte mit Klaus, Hannahs Freund aus Frankfurt. Die Freundin sah sie mit prüfendem Blick an, als sie zurück zu ihrem eigenen Platz ging.

»Everything okay?«, fragte sie leise und griff unter dem Tisch nach ihrer Hand.

»Wie man's nimmt«, erwiderte Hannah und drückte dankbar die Hand der Freundin. »Warten wir ab, was der Abend bringt.«

Ihr war der Appetit vergangen, nur Bassam zuliebe würgte sie überhaupt etwas hinunter. Sie schmeckte kaum etwas, spülte kräftig mit Wein nach, bis Brigid ihr demonstrativ ein Glas mit Wasser hinstellte.

Folgsam leerte Hannah es, stand anschließend auf und verzog sich auf die Toilette, wo sie lange in den Spiegel starrte, ohne etwas zu sehen.

Sie war sich sicher, Klaus nicht eingeladen zu haben. Hatte sie ihm eine Karte zur Eröffnung des Cafés geschickt? Sie konnte sich nicht erinnern. Aber war es nicht egal? Er konnte sie auch über das Internet gefunden haben, immerhin war ihre Homepage dank Ben endlich online.

Nicht sicher war sie sich, ob ihr Klaus' Verwandlung gefiel. Gerade der Gegensatz zwischen ihnen beiden – sie die immer gut gestylte Bankerin, er der nie erwachsen gewordene Althippie – hatte den Reiz ihrer Beziehung ausgemacht.

Hannah benutzte die Toilette, wusch sich die Hände und spritzte sich kaltes Wasser ins Gesicht. Als sie die Tür öffnen wollte, verkrampfte sich ihr Magen.

»Alles in Ordnung?« Marlene schien auf sie gewartet zu haben.

»Ja.« Hannah zögerte, wollte Marlene nicht allzu viel verraten, auch wenn sie die Innenarchitektin inzwischen zu ihren Freunden zählte. Sie gab sich einen Ruck. »Er war mein Liebhaber in Frankfurt. Als es anstrengend wurde, bin ich einfach weggegangen. Mir ist schon klar, dass man eine Beziehung nicht so enden lassen kann. Aber es war einfach zu viel zu tun in den letzten Wochen und Monaten.«

Sie wusste, dass es nach Ausrede klang, aber Marlene nickte nur. »Die Hauptsache ist, du klärst es – vermutlich besser früher als später.«

»Ja, ich mache das, ganz bestimmt. Wenn es nur nicht heute sein muss.«

»Das werden wir zu verhindern wissen«, sagte Marlene.

»Danke.« Hannah wollte zu ihrem Platz zurück, als ihr etwas einfiel. »Wie läuft es mit deiner Mutter?«

»Bisher besser als befürchtet. Wir haben ihr den Aperitif gegeben, das hat sie müde gemacht.« Marlene verzog das Gesicht. »Aber das kann sich schnell ändern.«

»Auch das werden wir irgendwie schaukeln.«

Die beiden Frauen umarmten sich.

Bassam und Petra hatten inzwischen die Teller abgeräumt; die ganze Gesellschaft war dabei, die Tische zur Seite zu rücken.

»Was ist denn hier los?«, fragte Hannah Christine.

»Wir wollen tanzen, damit wieder Platz für den Nachtisch da ist«, erwiderte diese vergnügt und klopfte sich auf den Bauch.

»Gute Idee«, sagte Hannah. Das würde alle auf andere Gedanken bringen.

Offensichtlich war alles geplant, denn JJ hatte neben der Theke ein DJ-Pult aufgebaut und spielte das erste Lied. Hannah lächelte ihn an, schüttelte aber gleichzeitig den Kopf. Er machte eine unschuldige Miene und hob die Schultern.

»Darf ich bitten?« Florian stand vor ihr. »Ich weiß zwar nicht, was man auf diese Musik tanzen soll, aber wir können es ja probieren.«

»Aber gerne«, sagte Hannah und ließ sich von ihm auf die »Tanzfläche« führen. Gina, Christine und Kassie hatten bereits den Anfang gemacht. Hannah und Florian gesellten sich dazu und versuchten, die Bewegungen der jungen Leute nachzuahmen.

»Ich werde morgen jeden einzelnen Knochen spüren«, rief Florian lachend.

»Ich fürchte, es werden nicht nur die Knochen werden«, gab Hannah gut gelaunt zurück. Zum Teufel mit Klaus. Heute war ihr fünfzigster Geburtstag. Sie wollte feiern und sich amüsieren. Probleme lösen konnte sie morgen auch noch.

»Was ist mit Oliver?«, fragte sie Gina, als sie nebeneinander tanzten.

»Er ist nicht so die Tanzmaus«, gab Gina zurück und wirkte für einen Augenblick betrübt.

»Na, das werden wir doch mal sehen!« Hannah tanzte in die Richtung, in der Oliver sich mit Petér unterhielt.

»Darf ich bitten? Und Sie dürfen einer alten Frau nichts abschlagen, das wissen Sie, oder?« Sie hielt ihm die Hand hin und schaute ihn herausfordernd an. Er kämpfte sichtlich mit sich, suchte Unterstützung beim Friseur, der aber nur mit den Schultern zuckte, stand schließlich auf und ergriff Hannahs Hand. »Ich muss Sie warnen. Sie werden sich blamieren mit mir.«

»Glaube ich nicht. Heutzutage ist alles erlaubt«, sagte Hannah ungerührt.

Anfangs bewegte er sich kaum, wurde dann mutiger.

»Na, geht doch«, lobte sie ihn und schob ihn auf Gina zu.

Am Ende befanden sich alle auf der kleinen Tanzfläche, außer Edeltraut und Hubertus von Waldhausen. Trotz aller Bemühungen konnte Hannah die beiden nicht davon überzeugen, das Tanzbein zu schwingen. Und wenn sie sich auch sonst wenig zu sagen hatten – in dieser Sache waren sie sich einig.

Auch Frau Stockner musste zwangsläufig außen vor bleiben. Entsprechend missmutig schaute sie ihnen zu. Marlene hielt den Blick nicht lange aus und setzte sich neben ihre Mutter, nur um von ihr beschimpft zu werden. Zum Glück war die Musik zu laut, um mehr als einzelne Worte zu verstehen.

Hannah nutzte eine langsame Nummer, um sich eine Pause zu gönnen. Die Gefahr, dass sie in den Armen von Klaus landete, war ihr zu groß. Gierig trank sie ein Glas Wasser, als Petra hinter ihr auftauchte und sagte: »Da ist jemand für dich. Er sagt, er sei eigentlich nicht eingeladen, er wolle dir nur gratulieren.« Als sie Hannahs irritierten Blick sah, fügte sie hinzu: »Er spricht Englisch mit leichtem Akzent. Hilft dir das?«

»Nur bedingt«, erwiderte Hannah. Englisch mit Akzent? War mit Peter, ihrem Lover aus Londoner Tagen, noch ein Verflossener gekommen? Aber das war Jahre her und er wusste sicher nicht, wann ihr Geburtstag war. »Wo ist er?«

»Er sitzt vorne, neben Marlenes Mutter.«

»Okay, danke.« Ihr Blick Richtung Tür war versperrt, also bemerkte der Fremde, wer immer er auch war, auch sie nicht. Hannah nutzte den Schutz der Tanzenden, drückte sich am Rand entlang und spähte nach vorne.

Neben Frau Stockner saß ein Mann, den sie noch nie gesehen hatte. Obwohl ... das runde, freundliche Gesicht mit dem Pferdeschwanz kam ihr bekannt vor. Nur woher? So sehr sie sich das Gehirn zermarterte, ihr wollte absolut nichts einfallen.

Sie wollte auf den Neuankömmling zugehen, als ihr Blick auf Marlenes Mutter fiel. Frau Stockner lachte. Sie lächelte nicht nur, sie lachte. Der Auslöser des Lachens war eindeutig der Fremde, denn sonst war weit und breit niemand zu sehen.

Jetzt wurde Hannah neugierig. Entschieden schob sie sich an den Tanzenden vorbei nach vorne und stellte sich neben den Rollstuhl. Der Fremde sprang auf.

»Hallo, ich bin Hannah«, sagte sie mit Absicht auf Deutsch.

»Hello, umm, hallo, ich bin Andy«, erwiderte der Mann in gebrochenem Deutsch.

Andy? Irgendwo in Hannahs Hinterkopf klingelte es, aber sie hatte bereits zu viel Alkohol getrunken, um noch klar denken zu können.

»Andy! Nice to meet you«, sagte sie und hielt ihm die Hand so hin, als erwarte sie einen Handkuss. Den er ihr zu ihrer großen Überraschung gab. Angedeutet, wie es sich gehörte.

»Nice to meet you, too, Hannah. Happy birthday.« Er gab ihr ein Päckchen.

Verblüfft stellte Hannah fest, dass sie Herzklopfen hatte. Das kam sicher nur vom Alkohol, nicht von einem fremden Mann!

»Wer sind Sie?«, fragte sie unverblümt.

»Andy aus Dublin«, erklärte er und fügte hinzu: »Eigentlich Andrzej. Aus Polen. Sie hatten mir die Karte zurückgeschickt, wir haben gemailt?« Erwartungsvoll schaute er sie an.

»Aber natürlich! Andy!«, rief Hannah, obwohl sie sich gerade nur vage an den Mailverkehr mit ihm erinnern konnte. »Wie schön, dass Sie vorbeischauen. Haben Sie in München zu tun?«

Nun war es an ihm, irritiert zu schauen, aber er hatte sich schnell im Griff. »Ich besuche eine Kusine, sie lebt in der Nähe von München. Ich dachte, ich nutze die Gelegenheit.« Er schaute sich um. »Ich will um Himmels willen nicht stören. Ich wollte Ihnen nur schnell gratulieren. Mein Flug hatte Verspätung, deshalb komme ich erst jetzt. Ich muss auch gleich wieder los, meine Kusine wartet schon.«

»Papperlapapp«, sagte Hannah. »Sie werden nicht gleich wieder gehen. Rufen Sie Ihre Kusine an und sagen ihr, es wird etwas später. Wenn Sie schon mal da sind, feiern Sie selbstverständlich mit. Warten Sie einen Moment, ja? Ich bin sofort zurück.«

Hannah warf Frau Stockner einen fragenden Blick zu, die offensichtlich kaum etwas von ihrem englischen Dialog verstanden hatte.

»Warten Sie hier«, sagte sie noch einmal und machte sich auf die Suche nach Brigid. Als sie die Freundin gefunden hatte, zog sie sie zur Seite und sagte: »Da ist ein Typ aus Dublin, ich hab dir, glaube ich, mal von ihm erzählt. Er ist Pfleger oder so was. Kannst du dich bitte ein bisschen um ihn kümmern und herausfinden, was er will? Er hat was von einer Kusine gefaselt, die angeblich außerhalb von München wohnt, aber irgendwie glaube ich ihm nicht. Ich hoffe nicht, dass er nur meinetwegen gekommen ist. Nicht noch einer!«

Brigid betrachtete sie spöttisch. »Eingebildet bist du gar nicht, was?«

Hannah musste wider Willen lachen. »Du hast recht. Ich glaube, ich bin ein bisschen betrunken. Im Ernst: Ich habe das Gefühl, irgendetwas an seiner Geschichte stimmt nicht. Versuche herauszufinden, was. Bitte!«

»Und du versuchst nicht gerade, zwei Dubliner miteinander zu verkuppeln?«, fragte Brigid misstrauisch.

»Ha, auf diese Idee bin ich noch gar nicht gekommen. War nicht meine Absicht.« Sie legte drei Finger an die linke Schulter. »Ehrenwort. Außerdem glaube ich nicht, dass er dein Typ ist.«

»Du machst mich neugierig«, sagte die Freundin. »Na dann, auf ins Gefecht.«

Als Hannah am nächsten Morgen erwachte, hatte sie rasende Kopfschmerzen.

»Kein Wunder«, brummte sie und suchte mit halbblinden Augen nach den Schmerztabletten in ihrem Nachttisch.

Es war spät beziehungsweise früh geworden, wie früh, wusste sie nicht mehr. Es hatte jede Menge zu trinken gegeben, sie hatte viel geredet, viel gelacht, viel getanzt.

Nach langem Überreden hatten sich sogar Edeltraut und Hubertus von Waldhausen auf der Tanzfläche eingefunden, der geheimnisvolle Andy hatte unter dem johlenden Applaus aller ein Rollstuhltänzchen mit Marlenes Mutter aufs Parkett gelegt. Er schien damit nicht nur Frau Stockners Herz gewonnen zu haben. Als sie sich weit nach Mitternacht verabschiedeten, hatten Marlenes Augen geleuchtet.

»Welchen Schatz hast du uns denn da vorenthalten?«

Hannah hatte nur ein geheimnisvolles Gesicht gemacht und gemeint: »Man darf nicht alles verraten.«

Alle hatten sich amüsiert, alle hatten sich benommen. Hannah hatte versucht, niemanden zu benachteiligen, und mit allen geredet, gescherzt und getanzt. Auch mit Klaus, Hubertus und Andy.

Vorsichtig erhob sie sich und wartete auf Schwindel oder gar Übelkeit. Beides blieb zu ihrer Überraschung aus. Hannah schlüpfte in ihre Pantoffeln und schlurfte in die Küche. Im Kühlschrank fand sie die Überreste der dreistöckigen Torte. Da hatten sie aber alle kräftig zugelangt! Auf einem kleinen Teller lag die Marzipan-Hannah.

»Irgendwann beiß ich dir den Kopf ab«, drohte die echte und musste über sich selbst lachen.

»Good morning.«

Brigid stand in der Küchentür und sah so müde aus, wie Hannah sich fühlte.

»Guten Morgen. Hast du gut geschlafen?«

Brigid nickte. »Erstaunlich gut, obwohl ich viel zu viel getrunken habe. Dein Sofa ist wirklich bequem.«

»Schön. Kaffee?«

»Dringend.«

Hannah füllte die Kaffeemaschine mit Wasser und löffelte Pulver in den Filter. Obwohl sie sich mittlerweile sehr an den Kaffee aus dem Profiautomaten gewöhnt hatte, hatte sie sich nicht durchringen können, die gute alte Filtermaschine zu entsorgen.

»Ich geh schnell unter die Dusche«, sagte Brigid und verschwand.

Hannah zog ihren Morgenmantel über und schenkte zwei Tassen ein, als der Kaffee fertig war.

Brigid kam angezogen und mit feuchten Haaren zurück in die Küche.

»Ah, mein Lebenselixier, danke«, sagte sie und nahm die zweite Tasse entgegen.

»Hast du Hunger?«, fragte Hannah. »Es ist noch Kuchen da.«

»Nein. Ich glaube, ich esse nie wieder etwas«, erwiderte Brigid lachend.

»Aber es war sehr lecker. Bassam kann wirklich verdammt gut kochen.«

»Allerdings. Er kommt aus dem Libanon?«

»Ja. Er kam aber schon als Kind nach Deutschland. Petra und er sind sicher mehr als zehn Jahre verheiratet.«

»Es war sehr schön gestern Abend. Ich hoffe, du hast das genauso empfunden«, sagte Brigid.

»Aber ja. Warum sollte ich nicht?«

Die Freundin lachte. »Immerhin gab es ein paar Überraschungen.«

Hannah verzog das Gesicht. »Allerdings. Hast du eine Ahnung, wo Klaus übernachtet? Ich kann mir nicht vorstellen, dass er in ein Hotel geht.«

»Hat er Bekannte hier in München?«

»Nicht, dass ich wüsste«, sagte Hannah. »Wir haben häufiger über einen Umzug hierher gesprochen. Da hätte er das doch erwähnt.«

»Und? Wie wird es mit euch weitergehen?«

»Was meinst du? Es wird nicht weitergehen, es ist aus.«

»Das sagt du. Aber weiß er das? Hast du es ihm so gesagt?«

Hannah schwieg. Hatte sie es ihm gesagt? Nein, natürlich nicht. Sie hatte sich aus dem Staub gemacht, hatte Angst gehabt vor der Auseinandersetzung.

»Nein, ich habe es ihm nicht gesagt. Ich war feige«, fügte sie hinzu.

»Nun sei mal nicht so streng mit dir«, erwiderte Brigid. »Normalerweise hauen die Typen ab, ohne was zu sagen.« Sie zögerte.

»Was ist? Sag es«, forderte Hannah sie auf.

»Was ist mit Andy?«

»Andy?«

»Der Ire. Besser gesagt: Der polnische Ire.«

»Was soll mit ihm sein?«

»Du weißt, dass er deinetwegen gekommen ist.«

Hannah zog eine Grimasse. »Das hast du mir gestern gesagt. Ich weiß das noch – trotz Alkohol.« Sie schenkte sich Kaffee nach und hielt die Kanne fragend hoch. Brigid verneinte.

»Wie du gestern schon sagtest, ist er so gar nicht mein Typ. Aber er ist wirklich nett. Und Marlenes Mutter hat einen Narren an ihm gefressen.«

Sie lachten in Erinnerung an Frau Stockner, die Andy gar nicht hatte gehen lassen wollen.

»Ich bezweifle nicht, dass er nett ist. Ich frage mich nur, warum er gekommen ist«, sagte Hannah. »Da war diese Karte, die in einen offenen Brief gerutscht war. Sie lag ein paar Wochen auf meinem Schreibtisch. Ich wollte sie zunächst wegwerfen, als ich sie fand. Dann las ich die Dubliner Adresse und dachte: Vielleicht freut sich derjenige, wenn er die Karte bekommt. Also habe ich sie ihm geschickt.« Sie schaute die Freundin an. »Ich habe mir nichts dabei gedacht.«

»Habt ihr nicht noch Mails ausgetauscht?«

»Ja, aber das war nur allgemeines Blabla.« Hannah runzelte die Stirn bei dem Versuch, sich zu erinnern. »Ich habe ihm vom Café erzählt, das war zu der Zeit mein Thema Nummer eins. Es ist Monate her, ich hatte viel um die Ohren … Hätte ich geahnt, dass das solche Auswirkungen hat, hätte ich die Karte weggeworfen.«

»Vielleicht sollte es so sein.«

Hannah lachte. »Ach komm, sag jetzt nicht, es war Schicksal, dass ich ihm die Karte zurückgeschickt habe.«

Brigid zuckte die Schultern. »Wer weiß …«

Hannah wurde das Gespräch unangenehm. Sie sprang auf und fragte im Hinausgehen: »Lust, die Geschenke auszupacken?«

»Aber immer«, sagte Brigid und folgte ihr.

JJ hatte den Transport vom Restaurant in die Wohnung selbst übernommen und alles schön auf dem Esstisch drapiert.

»Wann hat er das gemacht?«, wollte Hannah wissen.

»Keine Ahnung. Ich habe geschlafen wie ein Murmeltier.«

Hannah pickte einzelne Karten heraus und entschied, ob sie das dazugehörige Geschenk sofort aufmachte oder erst später.

Als Erstes öffnete sie das Mitbringsel von Gina und Oliver. Sie war sich sicher, dass es eine Zeichnung war. Und tatsächlich: Verblüfft hielt sie ein Bild in Händen, das die Blumengasse und das Café zeigte. Es war nur eine schnell dahingeworfene Skizze, dennoch strahlte sie so viel Lebendigkeit aus, dass man meinte, jeden Moment müsse jemand aus dem Café kommen.

»Wahnsinn. Das bekommt unten einen Ehrenplatz«, murmelte sie.

»Dazu dürfte dieses Geschenk passen«, sagte Brigid und reichte ihr ein circa dreißig auf dreißig Zentimeter großes Päckchen.

»Noch ein Bild?«

»Anzunehmen. Es ist von deinem Künstlerfreund.« Brigid kicherte.

»Er ist nicht mein Freund«, brauste Hannah auf, musste jedoch lachen. »Es war schon irgendwie rührend, wie er da mit den vielen Rosen stand. Die müssen ein Vermögen gekostet haben.«

»Er und Edeltraut geben ein hübsches Paar ab.«

Hannah seufzte. »Finde ich auch. Ich fürchte nur, dass sie so gar nicht zusammenpassen. Außerdem hat Edeltraut derzeit die Nase von Männern gestrichen voll.«

»Das sagen alle Frauen am Anfang«, erwiderte Brigid.

Vorsichtig wickelte Hannah das Geschenk aus. Sie fragte sich, wer von Waldhausen beim Verpacken geholfen hatte. Es sah ziemlich perfekt aus. Männer waren darin nicht gerade Meister.

Zum Vorschein kam eine seiner Studien zu ihren Porträts.

»Er ist wirklich ein Künstler. Er hat dich gut getroffen«, fand Brigid.

Hannah hielt das Bild von sich. »Na ja. Die Nase ist zu lang, das Kinn zu streng und die Augen passen überhaupt nicht.«

»Gib zu, es gefällt dir.«

»Selbstverständlich gefällt es mir. Wenn auch nicht der Grund, warum er es gemalt hat.«

»Du kennst den Grund doch gar nicht.«

»Du hast recht, wie fast immer«, gab Hannah zu. Sie sah sich um. »Das bekommt ebenfalls einen Ehrenplatz, aber nicht im Café, sondern hier irgendwo.«

Sie beratschlagten ein paar Minuten lang, wo das Bild am besten zur Geltung käme, konnten sich aber nicht einigen.

»Lass uns hier weitermachen«, schlug Brigid vor und zog ein kleines, quadratisches Päckchen hervor. »Noch ein Bild?«

Hannah verzog das Gesicht. »Hat sich herumgesprochen, dass ich Kunst sammle?«

Zum Vorschein kam eine CD. Das selbstgestaltete Cover zeigte einen Ausschnitt aus dem Grand Canyon, betitelt war das Ganze mit »Greetings from the US«.

»Von JJ?«, mutmaßte Hannah. »Aber warum sollte er mir eine CD schenken?«

»Wohl eher von deiner früheren Nachbarin in Queens. Wie heißt sie gleich? Marilyn, oder?«, mutmaßte Brigid.

»Ja. Lass uns einfach nachschauen.«

Sie gingen ins Arbeitszimmer, wo Hannah den Computer hochfuhr. Sie schob die CD in das entsprechende Laufwerk und startete sie.

Country-Musik ertönte und weitere Bilder vom Grand Canyon erschienen.

»Seltsam«, sagte Hannah. »Wieso schickt Marilyn mir Fotos vom Grand Canyon? Meines Wissens war sie nie dort.«

Eine Frauenstimme begann auf Deutsch zu sprechen; sie hatte einen deutlich amerikanischen Akzent.

»Ich fasse es nicht! April?« Hannah starrte auf die CD, die jedoch nichts über den Absender verriet. Sie erinnerte sich gern an die Amerikanerin, die im Oktober nach der angeblichen Freundin ihres verstorbenen Mannes gesucht hatte.

Im selben Moment tauchte April auf dem Bildschirm auf.

»Hallo Hannah, ist die Überraschung gelungen? Zunächst einmal happy birthday, ich hoffe, Sie haben – oder hatten – eine schöne Feier. Ich bin sicher, Sie sind umgeben von vielen netten Menschen.

Neben den Glückwünschen wollte ich Ihnen ein kurzes Update geben. Es hat sich viel getan seit meiner Rückkehr. Melissa hatte mir schon vor meiner Europareise angeboten, zu ihr zu ziehen. Für mich allein ist das Haus viel zu groß. Jetzt wird Melissa ihr Haus verkaufen und zu mir ziehen. Denn – tataa! – ich werde Großmutter!«

April lachte.

»Ich gebe zu, es war ein ziemlicher Schock, immerhin ist Niki gerade mal acht Monate mit Paul zusammen. Aber sie scheinen sich ihrer Sache sehr sicher zu sein, denn es ist ein Wunschkind. Sie werden in Kürze ebenfalls zu mir ziehen.

Das Haus wird gerade umgebaut, damit jeder von uns seinen eigenen Bereich hat. Wir werden also eine WG!«

Diesmal wirkte Aprils Lachen etwas gezwungen. Sie wandte sich um, holte etwas von außerhalb der Sichtweite der Kamera, hielt dann das Bild eines Mannes hoch.

»Das ist Scott – oder vielmehr: Das war er.«

Sie legte das Foto zur Seite, wischte sich über die Augen, sagte: »Ich vermisse ihn immer noch schrecklich, aber jetzt kann ich endlich um ihn trauern. Ich denke, Melissa und Nikki – und ganz sicher auch Paul – werden mir dabei helfen.«

Sie rückte nahe an die Kamera heran. »Hannah, ich wollte Ihnen noch einmal von ganzem Herzen danken für Ihre Unterstützung und Ihre Geduld. Es hat mir sehr viel bedeutet. Ich hoffe, wir sehen uns bald einmal wieder. Sollten Sie je wieder in die USA kommen, melden Sie sich, okay?«

April verschwand, dafür erschienen neue Bilder vom Grand Canyon. Als musikalische Untermalung hatte April diesmal Jazz gewählt.

Hannah und Brigid warteten das Ende der CD ab, blieben schweigend vor dem Computer stehen.

»Ich weiß nicht, was ich sagen soll«, unterbrach Hannah die Stille.

»Was immer du für sie getan hast – es hat ihr sehr geholfen«, sagte Brigid leise. Plötzlich umarmte sie Hannah. »Ich bin so froh, dass du meine Freundin bist.«

Hannah erwiderte die Umarmung. »Und ich bin froh, dass du da bist. Das ist mit das schönste Geschenk.«

»Was ist denn hier los? Gruppenkuscheln?« JJ stand verschlafen und mit zu Berge stehenden Haaren in der Tür.

»Willst du mitmachen?«, fragte Hannah lachend und hielt ihm eine Hand hin.

»Nein danke! Ich geh erst mal duschen«, erwiderte JJ. In seiner Stimme klang ein Hauch Panik mit.

»Er ist Amerikaner durch und durch«, sagte Brigid leise, als er weg war.

»Leider.«

»Na, so schrecklich ist das nun auch wieder nicht.«

Hannah sah nachdenklich zur Tür, wo ihr Sohn gestanden hatte. »Stimmt. Es gibt Schlimmeres«, sagte sie.

Sie gingen zurück ins Wohnzimmer, um die nächsten Geschenke auszupacken.

Edeltraut hatte ihr einen Gutschein gebastelt, in dem sie ihr einen Nachmittag in »einem Café Deiner Wahl« spendieren wollte. Ausgeschlossen war das Café Hannah.

»Na toll! Ich darf nicht mal in mein eigenes Café«, jammerte Hannah.

»Sie will dir sicher nur klarmachen, dass dein Café das beste ist.«

»Das weiß ich auch so«, gab Hannah lachend zurück. Sie betrachtete den Gutschein. »Ich finde es wirklich erstaunlich, wie diese Frau sich verändert hat. Bei unserem ersten Gespräch war sie so unsicher – und sieh sie dir heute an. Kein Vergleich!«

»Das ist zum Teil auch dein Werk.«

Hannah schüttelte den Kopf. »Du tust gerade so, als wäre ich eine Heilige. Nein, es ist vor allem ihr eigenes Werk. Sie ist nicht mehr von ihrem Mann abhängig, verdient ihr eigenes Geld, und das mit Dingen, die sie am besten kann und am liebsten macht: Kochen und Backen.«

»Mit Menschen umgehen nicht zu vergessen.«

»Und das. Da ist sie manchmal besser als ich.«

»Hört, hört«, spottete Brigid sanft. »Um auf das Thema Heilige zu kommen: Was haben dir die beiden anderen Männer geschenkt? Ich gebe zu, ich bin sehr neugierig.«

Hannah grinste. »Ich auch.«

Sie suchten gezielt nach den Geschenken von Klaus und Andy. Von Ersterem war nichts zu finden.

Hannah war nicht überrascht.

Brigid stöberte schließlich ein Päckchen auf, das in Geschenkpapier mit irischen Motiven eingewickelt war.

»Ich tippe mal, das ist es.«

Hannah zögerte. Sie wollte sich nicht mit dem Iren befassen. Zwei Problemmänner reichten vollkommen aus, ein dritter war definitiv zu viel.

»Es wird schon nicht beißen«, foppte Brigid sie.

»Das Geschenk nicht, aber womöglich er?«, knurrte Hannah und wickelte das Päckchen aus. Zum Vorschein kam eine nichtssagende braune Schachtel, die eine Tasse enthielt. Sie war weiß und schlicht und trug die rote Aufschrift »Café Hannah«. Auf der Gegenseite flatterten Schmetterlinge in Richtung Henkel.

»Wow«, sagte Brigid und nahm ihr die Tasse aus der Hand. »Ist die selbstgemacht?«

»Die hat er sicher irgendwo anfertigen lassen.«

»Woher willst du das wissen?« Brigids Stimme klang ungewohnt aggressiv. Sie schien es selbst zu merken, denn sie wurde rot.

»Bist du etwa doch in ihn verknallt?«, fragte Hannah spöttisch.

»Nein, bin ich nicht. Wirklich nicht. Ich finde ihn nur einfach sehr nett. Und sehr unnett finde ich, wie du ihn behandelst.«

»Wie behandle ich ihn denn? Ich habe keine drei Wörter mit ihm gewechselt. Okay, es waren ein paar mehr …«, verteidigte Hannah sich.

»Eben! Er kommt extra aus Dublin, und du beachtest ihn kaum.«

»Ich habe ihn nicht gebeten zu kommen.«

»Über wen streitet ihr?« JJ stand wieder im Türrahmen, diesmal angezogen und ordentlich gekämmt.

»Über niemanden«, sagte Hannah schnell, bevor Brigid etwas erwidern konnte. »Bist du so lieb und holst unten ein paar Sandwiches? Ich gehe derweil ins Bad und Brigid macht frischen Kaffee.«

Während Hannah das warme Wasser genoss, dachte sie über Andy nach. Ihr war klar, dass sie Kontakt zu ihm aufnehmen musste. Was hatte sie geschrieben, das ihn veranlasst hatte zu kommen?

Sie hatten einen teilweise regen Mailaustausch gehabt, aber es war wirklich nur Geplänkel gewesen. Soweit sie sich erinnern konnte, war es um Bier und Kaffee gegangen und um ihre Zeit in Dublin. Niemand konnte daraus eine Einladung ableiten …

Drei Problemmänner. Hannah seufzte. So schön die Geburtstagsfeier auch gewesen war, sie hatte einige eher unschöne Überraschungen bereitgehalten.

Hannah gestand sich ein, dass sie nervös war. Zwei Tage hatte sie nach der Abreise von JJ gebraucht, bis sie den Mut aufbrachte, Hubertus von Waldhausen zu begegnen. Sie hatte ihn seit der Feier nicht mehr gesehen. Das hieß, gesehen hatte sie ihn – er war mehrmals am Café vorbeigelaufen. Gesprochen hatten sie nicht.

Am Abend zuvor hatte sie sich endlich aufgerafft und war in den vierten Stock hochgestiegen und hatte geklingelt. Sie war sicher gewesen, dass er da war, aber niemand hatte die Tür geöffnet. Also hatte sie sich an den Computer gesetzt und geschrieben:

Lieber Herr von Waldhausen,

ich denke, wir müssen reden. Am besten kann man das bei einem guten Essen und einem Glas Wein. Darf ich Sie morgen Abend in meine Wohnung einladen? Um gleich von vornherein Missverständnissen vorzubeugen: Dies ist keine Verabredung, lediglich ein Abendessen unter Nachbarn.

Bitte geben Sie mir so bald wie möglich Bescheid. Falls Ihnen der Termin nicht passt, nennen Sie mir bitte einen anderen.

Herzliche Grüße aus dem 1. Stock
Ihre Hannah

Sie hatte das Schreiben freundlich gestaltet, aber nicht zu freundlich, damit er auf keine dummen Gedanken kam, und es in seinen Briefkasten geworfen. Bereits am Abend lag seine Antwort in ihrem: *Ich komme gerne.*

Unterschrieben war der Satz mit einem schwungvollen HvW.

Hannah hatte Edeltraut gebeten, etwas zu kochen, was sie schnell aufwärmen konnte, ohne dass es aufgewärmt schmeckte. »Ich will mich auf den Mann konzentrieren und nicht ans Kochen denken müssen.«

Vor einer Stunde hatte Edeltraut das Essen gebracht: eine klare Gemüsesuppe mit drei verschiedenen Einlagen, einen Gemüseauflauf – »den schiebst du in den Ofen und stellst die Uhr« – und einen Schokoladenpudding mit Sahnehäubchen. »Sei nicht zu hart mit ihm«, hatte sie zum Abschied gesagt.

Seltsam, so unnahbar von Waldhausen sich auch gab, alle Menschen machten sich Gedanken über ihn. Aber vermutlich war es gar nicht so verwunderlich. Hatte man ihn erst einmal näher kennengelernt, entdeckte man unter der rauen Schale den sensiblen Künstler.

Hannah lief zum x-ten Mal ins Bad und prüfte ihre Frisur. Sie wünschte, sie hätte eine Beschäftigung, aber der Tisch war gedeckt, der Wein entkorkt, der Auflauf im Ofen, der Timer gestellt. Fehlte nur noch der Gast – der in dieser Sekunde klingelte.

Hannah atmete tief durch und ging langsam zur Tür. Im Berufsleben war sie einer Auseinandersetzung selten aus dem Weg gegangen. Im Privaten sah das etwas anders aus.

Sie öffnete die Tür. Erleichtert stellte sie fest, dass von Waldhausen sich nicht schick gemacht hatte. Er trug seine übliche Kluft: Hose, Hemd und Weste. Nur die Hausschuhe hatte er mit Schuhen vertauscht.

»Guten Abend«, sagte er und hielt ihr seine leeren Hände entgegen. »Ich habe nichts mitgebracht.«

»Sehr schön, kommen Sie herein«, erwiderte Hannah und trat zur Seite. Sie schloss die Tür und führte ihn in das Wohnzimmer.

»Wollen Sie einen Aperitif? Prosecco, Aperol Spritz oder einen feinen Sherry? Bitte nehmen Sie Platz.« Hannah fühlte sich schrecklich.

Von Waldhausen nahm auf dem Sofa Platz. »Was trinken Sie?«

»Ich werde ein Glas Prosecco trinken. Offen gestanden, brauche ich das jetzt. Ist ja keine alltägliche Situation.«

»Wem sagen Sie das«, brummte er. »Ich nehme das Gleiche.«

Hannah lief in die Küche, schenkte zwei Gläser ein und kehrte zurück.

»Ich würde gerne auf eine gute Nachbarschaft trinken. Die haben wir bereits. Vielleicht entwickelt sich daraus eine Freundschaft. Es würde mich auf jeden Fall freuen.«

»Wir werden sehen.« Von Waldhausen ignorierte ihren Wunsch, mit ihm anzustoßen, und trank.

Hannah hätte das Glas am liebsten auf ex ausgetrunken, beherrschte sich jedoch. Es wäre nicht hilfreich, angetrunken zu sein. Ihr wurde klar, dass ihr Plan, es zunächst mit Small Talk zu probieren, scheitern würde. Also entschloss sie sich, zum Frontalangriff überzugehen.

Sie setzte sich in den Sessel und schaute ihn an.

»Ich würde die ganze Angelegenheit vorab klären, dann können wir das Essen ungestört genießen. Was meinen Sie?«

Er starrte sie nur an.

»Gut.« Verdammt, dieser Typ kam ihr aber auch keinen Millimeter entgegen! Sie atmete tief ein und aus und begann.

»Ich spekuliere jetzt mal, und wenn ich falsch liege, stoppen Sie mich. Ich vermute, dass Sie Gefühle für mich hegen, die tiefer gehen als die, die man für eine Nachbarin hegt. Ich fühle mich sehr geschmeichelt und ich fühle mich auch sehr geehrt. Wirklich, es ist mein Ernst. Nur – ich kann diese Gefühle nicht erwidern. Ich … ich finde Sie sehr nett, wirklich. Ich weiß, Sie wollen als Grantler gelten, aber Sie tun nur so, das weiß jeder, der Sie näher kennt. Ich finde Sie nett – aber mehr leider nicht. Zumindest momentan nicht.« *Bist du wahnsinnig? Jetzt machst du ihm erneut Hoffnungen!* »Ich würde mir wünschen, dass wir wirklich gute Nachbarn werden, also Nachbarn, die sich regelmäßig treffen, die miteinander reden, über alles Mögliche diskutieren, auch miteinander feiern.« *Ich halte diesen leidenden Dackelblick nicht länger aus!* »Was meinen Sie dazu?«

Er sagte eine ganze Weile gar nichts, starrte erst sie an, dann die Skizze, die er ihr zum Geburtstag geschenkt hatte und die jetzt über der Stereoanlage hing. Nach einer Weile beugte sie sich vor und legte ihre Hand auf seine. »Hubertus?«, sagte sie leise. »Ich will Sie wirklich nicht verletzen, aber ich kann nicht vortäuschen, was nicht da ist. Ich mag Sie, das meine ich ehrlich. Und ich wünsche mir wirklich, dass wir uns näher kennenlernen. Aber mehr dürfen Sie nicht von mir erwarten.«

Endlich reagierte er, indem er seine Hand wegzog und sich ihr zuwandte. Sie glaubte, in seinen Augen einen Schimmer zu entdecken, es konnte aber auch das gedimmte Licht sein.

»Alles gut«, sagte er, seine Stimme klang rau. Er räusperte sich, nahm einen Schluck Prosecco, fuhr fort: »Ich bin ein bisschen altmodisch. Als wir zusammen beim Essen waren, dachte ich tatsächlich, es wäre so etwas wie ein *Date*.« Er spuckte das Wort förmlich aus. »Ich habe mich offensichtlich geirrt. Das ist aber kein Problem. Ich bin zwar alt, aber durchaus noch anpassungsfähig.«

Dass es kein Problem war, glaubte Hannah ihm nicht. Sie sah ihm an, dass er litt. Doch sie ließ es auf sich beruhen, wollte keine endlose Diskussion über Gefühle führen. Sie hatte ihren Standpunkt klargemacht, nun war es an ihm, damit fertigzuwerden. Sie war nicht Mutter Teresa.

»Schön«, rief sie betont fröhlich. »Dann gehen wir jetzt zum angenehmen Teil des Abends über und essen. In Ordnung?«

Als er nickte, stand sie auf, schenkte ihm Prosecco nach und ging in die Küche, um die Suppe aufzuwärmen. Der Timer hatte den Backofen bereits eingeschaltet; sie hatten gut fünfzehn Minuten für den ersten Gang, das sollte reichen.

Während sie aufpasste, dass die Suppe nicht überkochte, hörte sie ihn im Wohnzimmer herumlaufen, kurze Zeit später erklang leise Musik. Immerhin – er war nicht gegangen. Es hätte sie nicht überrascht.

Es wurde ein angenehmer Abend. Sie genossen Edeltrauts Essen und den Wein, den Hannah dazu ausgesucht hatte. Sie plauderten über Kunst im Allgemeinen, Waldhausens Kunst im Besonderen und Kunstsammler, die für ein bestimmtes Bild über Leichen gehen würden. Zu späterer Stunde – sie waren bei Espresso und Whiskey angelangt – bot Hannah ihm das Du an, das er ohne Umstände annahm. Es war kurz nach Mitternacht, als er sich verabschiedete.

Erschöpft, aber sehr erleichtert lehnte Hannah sich gegen die Tür. Sie hielt sich zwei Finger der rechten Hand wie einen Pistolenlauf vor den Mund und pustete dagegen. Nummer eins war erledigt, auf zu Nummer zwei.

Es war klar, dass Andrzej Nowak nicht mehr in München war, immerhin war seit der Feier mehr als eine Woche vergangen.

Hannah tat das Naheliegende und rief Ben an. Die beiden Männer hatten im *Litani* lange nebeneinander gesessen und sich gut miteinander unterhalten.

»Er hat bei mir übernachtet, ich habe ja mehr als genug Platz«, sagte Ben. »Er ist am nächsten Tag zurückgeflogen.«

Hannah gestand sich ein, dass sie neugierig war. »Hat er etwas über mich gesagt? Also, ich meine, hat er gesagt, warum er da war?«

Ben lachte. »Sie wissen, dass Sie eine verdammt attraktive Frau sind, nicht wahr? Andy ist schließlich nicht der Einzige, der Sie für sich gewinnen will.«

»Ich bin nicht auf Komplimente aus«, rügte sie ihn. »Ich fürchte, ich war nicht sehr nett zu Andy. Ich muss das klären.«

»Er hat es Ihnen nicht übel genommen, hat es gut verstanden. Er meinte: ›Da kommt so ein dahergelaufener Pole, der nicht eingeladen ist, und will mitfeiern. Kein Wunder, dass sie sauer ist.‹«

»Ich bin nicht sauer. Okay, nicht mehr. An dem Abend war ich es schon. Er war einfach eine Überraschung zu viel.«

»Wie gesagt, er hat das verstanden. Er scheint ein ziemlich spontaner Typ zu sein.«

»Das ist an sich nichts Schlechtes und normalerweise habe ich nichts dagegen«, erwiderte Hannah. »Und – hat er jetzt was gesagt?«

»Er hat nur Andeutungen gemacht. Es gab offensichtlich regen Mailaustausch zwischen Ihnen und ihm. Irgendetwas darin muss ihn veranlasst haben zu kommen.«

Hannah runzelte die Stirn. Genau wie sie befürchtet hatte.

»Ich habe die Mails durchgesehen«, sagte sie. »Zum Glück hebe ich immer alles auf. Ich hatte ihm geschrieben, dass er zur Eröffnung kommen könne, wenn er Zeit hätte. Es war nicht ernst gemeint; was man halt so in einer Mail schreibt. Das wäre auch kein Problem gewesen. Aber zum Geburtstag? Das ist etwas sehr Persönliches. Ich frage mich gerade, woher er das Datum wusste und dass wir im *Litani* feiern?«

»Er muss es über das Internet herausgefunden haben«, antwortete Ben. »Er hat eher nebenbei einen Bericht über Ihren vierzigsten Geburtstag erwähnt, den er im Netz gefunden hat. Er hat nachgerechnet und spontan beschlossen herzukommen. Da das Café geschlossen war, nahm er folgerichtig an, dass die Feier woanders stattfindet. Er hat wohl jemanden getroffen, der ihm das *Litani* genannt hat.«

»Im Internet? Du lieber Himmel! Das klingt beinahe nach einem Stalker!« Hannah war entsetzt. »Ben, seien Sie ehrlich: Muss ich mir Sorgen machen?« Zu ihrer Überraschung lachte er nicht, sondern schwieg so lange, dass sie fragte: »Ben, sind Sie noch dran?«

»Was? Ja, ich bin noch da. Entschuldigung, Hannah. Ich war einen Moment abgelenkt. Nein, ich glaube nicht, dass Sie sich Sorgen machen müssen. Andy ist ein netter Kerl, der sich ein bisschen in Sie verliebt hat, weil Ihre Mails so nett waren. Er hatte bisher offensichtlich nur Pech mit den Frauen. Erzählt hat er nichts, aber die eine oder andere Bemerkung lässt darauf schließen. Einmal meinte er, er fühle sich wie ein dummer Teenager, und so kam mir die ganze Aktion auch vor.« Ben machte eine kurze Pause. »Er ist aber ein sehr reifer und sehr netter Teenager.«

Hannah war nicht beruhigt. »Mag sein, aber gerade Teenager haben die Angewohnheit, lästig zu werden. Er recherchiert im Internet? Ganz ehrlich? Das macht mir Angst.«

»Hannah, ich versichere Ihnen, Andy ist alles andere als gefährlich. Da gibt es ganz andere Kaliber.«

Etwas in seiner Stimme ließ Hannah aufhorchen. »Das klingt, als hätten Sie Erfahrung damit.«

»Das bleibt leider nicht aus, wenn man Erfolg hat«, erwiderte Ben obenhin. »Es gibt viel zu viele Spinner auf der Welt.«

»Da haben Sie recht. Und was mache ich jetzt mit Andy?«

»Schreiben Sie ihm eine nette Mail, oder besser noch, einen netten Brief. Er wird es verstehen. – Tut mir leid, ich bekomme gerade einen wichtigen Anruf rein, den muss ich annehmen. Wir können später noch mal reden.«

»Nein, ist gut, Ben, vielen Dank«, sagte Hannah und legte auf.

Sie sah sich in ihrem Arbeitszimmer um. So sehr sie sich in den letzten Wochen geärgert hatte, dass es wie im Saustall aussah, war sie jetzt froh darüber. Irgendwo in einem der vielen Papierberge musste die Karte mit Andys Adresse stecken.

Es dauerte fast eine Stunde, bis sie sie fand, denn Hannah nutzte die Gelegenheit gleich zum Ausmisten. Außerdem war es ihr gar nicht unrecht, dass sie den Brief an Andy noch etwas hinauszögern konnte.

Letztendlich war ein großer Stapel weggeräumt, die Karte lag vor ihr auf dem Schreibtisch.

Lieber Andy, tippte Hannah. Verdammt, was schrieb man jemandem, den man praktisch nicht kannte, dem man aber nahetreten musste?

Sie dachte über das Telefonat mit Ben nach. Trotz seines Alters traute sie Ben eine gute Menschenkenntnis zu. Wenn er sagte, Andy war in Ordnung, glaubte sie ihm das. Und wenn sie ehrlich war, hatte er sie auf den Polen neugierig gemacht.

Ihr fiel ein, dass Andy ihr mit seiner letzten Mail einen Anhang geschickt hatte. Sie öffnete ihn und schmunzelte beim Anblick der Schafe. Eines trug Andys Konterfei. Sie vergrößerte das Bild so weit wie möglich, ohne dass es allzu unscharf wurde.

Er hatte ein rundes Gesicht, das sie freundlich anblickte. Es schien, als habe er keine Haare, doch sie erinnerte sich an den Pferdeschwanz und auch an die kleinen Ohrringe, die er auf beiden Seiten trug.

Sie schloss die Augen und versuchte, sich den ganzen Mann in Erinnerung zu rufen. Er war lässig gekleidet gewesen, hatte Jeans, ein dezent gemustertes Hemd und eine Weste darüber getragen. An der Linken hatte eine große Uhr auf einem sehr breiten Lederarmband geprangt. Die Schuhe? Hannahs innerer Blick wanderte nach unten, aber da war nichts. Sie tippte auf Boots. Sie würden den Eindruck eines Abenteurers gut ergänzen.

Seine Stimme? Sie konnte sich beim besten Willen nicht daran erinnern. Dafür umso besser an Frau Stockners Lachen.

Hannah öffnete die Augen und blickte direkt in Andys freundliches Gesicht. Ihr Herz klopfte. Energisch schloss sie die Bilddatei.

»Das fehlte noch, dass ich mich jetzt auch noch in ein Phantom vergucke. Dann wären wir schon zu zweit und gäben das Traumpaar des Jahrtausends ab!«, schimpfte sie und wandte sich entschieden dem Brief zu.

Dear Andy,

ich gebe zu, es war eine Überraschung, als Sie auf meiner Geburtstagsfeier auftauchten. Und Sie haben es bemerkt: Ich war nicht besonders erfreut darüber.

Das lag nicht an Ihnen, sondern an der Tatsache, dass vorher schon jemand gekommen war, mit dem ich nicht gerechnet hatte. Glauben Sie mir, normalerweise liebe ich Überraschungen. Aber Sie waren an diesem Abend eine zu viel!

Es tut mir sehr leid, dass ich so unfreundlich zu Ihnen war, das haben Sie definitiv nicht verdient. (Ich war wohl auch nicht mehr ganz nüchtern!) Leider hatten wir wenig Gelegenheit, uns besser kennenzulernen. Ben sagte mir, ich hätte etwas verpasst. ☺

Okay, ich will nicht um den heißen Brei herumreden – oder vielmehr schreiben, sondern offen sein: Ich bin ein wenig besorgt. Wir haben ein paar Briefe und Mails ausgetauscht, die wirklich nett waren. Ich habe Sie zur Eröffnung des Cafés eingeladen, das ist richtig. Aber es muss Ihnen klar gewesen sein, dass die Einladung nicht wirklich ernst gemeint war, oder?

Es wäre kein Problem gewesen, wenn Sie am Eröffnungstag gekommen wären – es waren viele Fremde da.

Konnte sie das schreiben? Das war schon sehr heftig. Andererseits half es nichts herumzulavieren. Entschieden schrieb Hannah weiter:

Aber eine Geburtstagsfeier, noch dazu die zu einem Runden, ist etwas Persönliches, wo man in der Regel nur Freunde und Verwandte einlädt.

Wieder stoppte Hannah, las das Geschriebene. Sie setzte ein »gute« vor das Wort »Freunde« und fand das besser.

Es tut mir leid, wenn ich jetzt Ihre Gefühle verletze. Es ist nicht meine Absicht, aber es lässt sich vermutlich kaum vermeiden. Ich wünschte, wir könnten persönlich über all das reden, aber derzeit kann ich nicht nach Dublin kommen. Sie wissen ja, das Café.

Übrigens vielen herzlichen Dank für die Tasse! Haben Sie sie selbst bemalt? Sie hat einen Ehrenplatz im Café erhalten und wird auch regelmäßig benutzt – natürlich nur von mir.

Wo hatte sie die Tasse hingeräumt? Sie musste sie dringend suchen. Sie war wirklich hübsch und zu schade, um in einem Schrank versteckt zu werden.

Hannah las durch, was sie bisher geschrieben hatte. Sie war nicht sonderlich zufrieden damit, aber ihr fiel auch nichts Besseres ein. Sie wünschte, sie könnte jemanden um Rat fragen. Auf Marlene konnte sie in diesem Fall nicht bauen. Sie war ein Fan von Andy, seit er ihre Mutter so zum Lachen gebracht hatte.

Brigid wäre die richtige Person, aber sie hatte sich in den Südwesten Irlands zurückgezogen, um ihr aktuelles Kinderbuch fertigzuschreiben. Hannah wusste, dass sie nicht gestört werden wollte. Sicherlich wäre sie eine Ausnahme, aber sie wollte sie wirklich nur in einem Notfall behelligen. Und das war ganz sicher kein Notfall.

Svenja? Die war mit sich selbst und Frank beschäftigt.

Edeltraut war, was Männer anging, momentan nicht die richtige Ratgeberin – wenn sie es jemals sein würde.

Ben? Der wusste ohnehin Bescheid. Aber Hannah genierte sich, so ein Problem mit einem Mann zu besprechen – noch dazu mit einem, der so jung war.

Da musste sie also selbst durch.

Ich würde mich freuen, wenn ich wieder von Ihnen höre bzw. lese. Und auch über einen Besuch würde ich mich freuen. Vielleicht kündigen Sie ihn vorher an? ☺

Herzliche Grüße aus München, wo es viel zu warm ist für die Jahreszeit

Sie las ihn ein letztes Mal durch, druckte ihn aus, unterschrieb, steckte ihn in das vorbereitete Kuvert und legte ihn auf den Stapel Briefe, die sie zum Briefkasten bringen musste.

Nummer zwei konnte sie damit auch von der Liste streichen. Blieb noch der schwerste Brocken: Klaus.

Am liebsten hätte Hannah dem Taxifahrer gesagt, er solle umdrehen und sie zurück zum Bahnhof bringen. Aber sie sagte nichts und schaute aus dem Fenster. Es hatte sich kaum etwas verändert, seit sie von Frankfurt weggegangen war, aber es war auch gerade mal ein paar Monate her. Ihr kam es vor, als seien es Jahre.

Sie hatte Klaus angerufen, aber nur seinen Anrufbeantworter erreicht. Dem wollte sie ihre Nachricht nicht hinterlassen, für den Fall, dass ihn einer seiner Mitbewohner abhörte.

Eine Mailadresse hatte sie nicht und ein Brief kam ihr in seinem Fall nicht richtig vor. Sie wusste, es würde nur der direkte Kontakt helfen.

Am Freitag hatte sie Edeltraut und Gina gefragt, ob sie am Samstag auf sie verzichten könnten, sie müsse kurzfristig verreisen. Beide Frauen hatten Ja gesagt.

Die Zugfahrt hatte sie damit verbracht, sich mental auf das Gespräch vorzubereiten. Aber sie wusste, dass das nicht viel nutzte. So einfach er in manchen Dingen gestrickt war, gehörte Klaus dennoch zu der Sorte Menschen, deren Reaktion man nicht vorhersagen konnte. Das hatte ihn so attraktiv gemacht.

»Fünfzehn Euro achtzig.«

»Was?« Hannah schaute den Taxifahrer an. »Ach so, Entschuldigung.« Sie zog die Geldbörse aus ihrer Tasche und reichte ihm einen

Zwanzigeuroschein. »Machen Sie achtzehn. Und ich brauche eine Quittung.«

Mit Wechselgeld und Beleg in der Hand stand Hannah auf dem Gehsteig. Sie war nur selten in Klaus' Wohnung gewesen, hatte sich durch die beiden Mitbewohner gestört gefühlt.

Sie hatte nie verstanden, weshalb Klaus in einer WG wohnte. Er hatte finanzielle Gründe vorgeschoben, aber Hannah hatte den Verdacht gehegt, er habe Angst, allein zu leben. Zu Beginn ihrer Beziehung hatte sie befürchtet, er könnte sich bei ihr einnisten.

Vermutlich war ich ihm zu ordentlich, dachte sie sarkastisch und machte sich auf den Weg zu seiner Wohnung.

Auf dem Klingelschild stand nur noch sein Name. Hatte sich die WG etwa aufgelöst? Hannah klingelte und erwartete halb, dass niemand öffnen würde, immerhin hatte sie sich nicht angekündigt. *Tit for tat!* Wenige Sekunden später ertönte der Summer. Mit Herzklopfen stieg Hannah in den zweiten Stock.

»Hallo Klaus«, sagte sie, als er die Wohnungstür öffnete. »Ich denke, wir müssen reden.«

Er schien jemand anderen erwartet zu haben, denn er trat aus der Wohnung und schaute sich im Treppenhaus um.

»Störe ich?«, fragte Hannah. »Tut mir leid, ich hätte mich anmelden sollen.«

»Nein, du störst nicht. Komm rein.« Er hielt die Tür auf und winkte sie herein. Sie wartete, bis er die Tür geschlossen hatte.

»Wohnst du jetzt allein hier?«

»Ja, seit ein paar Wochen.« Er lachte leise. »Es hat sich einiges getan, seit du weg bist.«

Dünkt mir auch so.

»Geh schon mal vor ins Wohnzimmer, also mein ehemaliges WG-Zimmer. Ich hole was zu trinken. Was willst du? Kaffee, Tee? Wasser? Was Stärkeres?«

Hannah musste wider Willen lachen. »Was Stärkeres? Es ist noch nicht mal Mittag!«

Klaus zuckte mit den Schultern. »Ich mein ja bloß. Ich mache mir einen Espresso. Willst du auch einen?«

»Für den Moment nichts, danke. Vielleicht später.«

Hannah betrat Klaus' ehemaliges Zimmer und blieb abrupt in der Tür stehen. Es war tatsächlich ein Wohnzimmer, mit einem Sofa, zwei passenden Sesseln und einem Couchtisch. An der Wand, wo früher Klaus' Bett stand, befand sich ein Regal, von unten bis oben vollgestopft mit Büchern.

Als Klaus das Zimmer mit einem Tablett betrat, auf dem eine Espressotasse, zwei Gläser und eine Karaffe mit Wasser standen, fragte sie: »Wo hattest du all deine Bücher versteckt? Ich wusste, du hast viele. Aber so viele?«

»Die meisten waren in Kisten im Keller«, erwiderte er gleichgültig. »Ich hab mal Wasser mitgebracht, für alle Fälle.«

War das der Klaus, den sie verlassen hatte? Hannah musste die Frage verneinen. Vor ihr stand ein vollkommen anderer Mann. War das gut oder schlecht? Sie wusste es nicht. Sie wusste nur, dass sie unsicher war. Und das war ein neues Gefühl im Zusammenhang mit Klaus. In ihrer Beziehung war immer sie die Tonangebende gewesen. Sicher, wenn sie über philosophische Themen diskutierten, hatte Klaus in der Regel mehr zu sagen gehabt als sie, aber das hatte ihr nie etwas ausgemacht, das waren Spielereien gewesen.

»Nimm bitte Platz«, sagte Klaus und riss sie aus ihren Gedanken. Er selbst saß bereits in einem der beiden Sessel.

Hannah wählte das Sofa.

»Die Wohnung für dich allein, eine neue Einrichtung … Hast du im Lotto gewonnen?«

Klaus lachte und wirkte zum ersten Mal wie der Mann, den sie kannte. »Nein. Ich habe einen Job. Wie gesagt, es hat sich einiges getan.«

»Aber das ist ja fantastisch!«, rief Hannah und freute sich ehrlich für Klaus. Und ein bisschen auch für sich. Die Gefahr, dass er ihr nach München folgte, war damit sehr gering geworden. »Erzähl.«

»Da gibt es nicht viel zu berichten. Du weißt, dass ich ab und zu für diese philosophische Zeitung geschrieben habe. Dadurch wurde ein Verlag auf mich aufmerksam. Sie haben mir eine Stelle als Lektor angeboten. Offiziell läuft meine Probezeit noch bis Ende Dezember, aber der Verleger hat mir bereits signalisiert, dass sie sehr zufrieden sind mit mir.« Er nahm seine Espressotasse, hielt sie an den Mund, ohne zu trinken, und schaute sie über den Tassenrand hinweg an. »Du kannst stolz auf mich sein.«

»Ich bin zwar älter als du, aber ich bin nicht deine Mutter, die auf ihren Sohn stolz sein müsste!«, entrüstete Hannah sich.

Klaus lachte. »Ich liebe es, wenn du wütend wirst.«

Hannah musste ebenfalls lachen. »Mistkerl«, sagte sie leise. Dann räusperte sie sich und fuhr lauter fort: »Ich bin gekommen, um mich bei dir zu entschuldigen. Ich bin einfach auf und davon, ohne dir etwas zu sagen. Nein, lass mich bitte erst sagen, was ich zu sagen habe. Ich war wahnsinnig wütend auf dich. Ich hatte endlich die Möglichkeit, das zu tun, wovon ich schon so lange geträumt hatte – ein Café zu eröffnen. Und du sagtest, das wäre alles nur Wunschdenken, in der Wirklichkeit würde das niemals funktionieren. Da habe ich erkannt, dass wir einfach zu verschieden sind. Ich war zwar nach außen hin die knallharte Bankerin, aber ich wollte meinen Traum in die Wirklichkeit umsetzen. Du hattest viele Träume, dachtest aber nie daran, sie zu realisieren.«

Sie schaute sich um, fügte leiser hinzu: »Zumindest dachte ich das. Egal. Es tut mir leid. Niemand hat es verdient, so sitzen gelassen zu werden.«

»Es ist okay, wirklich«, sagte Klaus. »Zugegeben, ich war ziemlich wütend, als du sang- und klanglos verschwunden bist. Und verletzt. Ich denke, ich war mehr verletzt als wütend. Und wäre nicht das Jobangebot gekommen, wer weiß, was mit mir passiert wäre. Ich bin mir durchaus bewusst, dass ich nicht gerade jemand bin, der mit beiden Beinen fest im Leben steht. Aber du und der Job – ihr habt mir eine neue Richtung gegeben. Und so sehr ich dieses geregelte Leben bisher verabscheut habe, inzwischen finde ich es gut. Ich fürchte, ich bin ein Spießer geworden.«

Hannah lachte. »Du wirst nur alt, das ist alles. Da wird der glühendste Revolutionär zum Spießer.« Leiser sagte sie: »Ich freue mich sehr, dass dein Leben diese neue Richtung eingeschlagen hat. Es scheint dir wirklich gutzutun.«

»Ja, ich bin …«

Es klingelte.

»Du erwartest doch jemanden«, rief Hannah und wollte aufspringen.

»Nein, bleib bitte sitzen.« Klaus war aufgestanden und drückte sie sanft zurück ins Sofa. »Ja, ich erwarte jemanden, aber das ist kein Problem, ich kann sie wegschicken.«

Bevor Hannah noch etwas sagen konnte, hatte er das Zimmer verlassen. Sie stand auf und betrachtete seine Bücher. Im Flur waren Stimmen zu hören, Klaus' sehr ruhige und eine nicht ganz so ruhige weibliche.

Hannah biss sich auf die Lippen. Sie hatte jetzt hoffentlich keinen Ärger verursacht.

Ich bin ein Idiot! Mache genau das, was ich anderen vorwerfe: Schneie einfach unangemeldet herein. Gut gemacht, Hannah!

Eine Tür fiel ins Schloss, kurz darauf kam Klaus zurück.

»Ärger?«, fragte Hannah, als sie seine Miene sah.

»Ein bisschen«, gab er zurück. »Und bevor du dich mit Selbstvorwürfen zerfleischst: Es hätte sowieso früher oder später geknallt.«

»Das beruhigt mich«, erwiderte Hannah.

»Wie lange bist du in Frankfurt?«

»Nur heute. Ich fahre am Abend zurück nach München. Du weißt, das Café.«

»Klar. Schade, ich dachte, wir könnten ein bisschen um die Häuser ziehen, wie in alten Zeiten.«

»Das wäre schön, aber als Geschäftsfrau muss man auch auf ausreichend Schlaf achten.«

»Lass uns wenigstens zum Essen gehen. Es gibt da einen neuen Vietnamesen, klein, gemütlich, hervorragendes Essen.«

»Gerne. Ich sterbe vor Hunger«, sagte Hannah.

Das Lokal war tatsächlich so, wie Klaus es beschrieben hatte. Sie saßen bis in den Nachmittag hinein, aßen, redeten, tranken. Es war wie in alten Zeiten, nur dass Klaus nicht mehr rauchte, weniger trank als sie und in seinen Spießerklamotten höchst attraktiv wirkte.

Hannah verpasste den Zug, den sie ursprünglich hatte nehmen wollen, und auch den nächsten.

»Den um kurz vor sechs muss ich aber nehmen, sonst wird es zu spät«, sagte sie tadelnd. »Ich glaube, ich habe einen Schwips.« Sie schaute Klaus fragend an. »Was hast du mit mir vor?«

»Nichts! Ehrenwort.«

»Hm.«

Gegen fünf Uhr zahlte Klaus. »Und jetzt?«, fragte er, als sie vor dem Restaurant standen.

Hannah war klar, was folgen würde. Warum es also nicht aussprechen?

»Zu dir, denn zu mir ist es zu weit«, sagte sie und lächelte.

Sie nahmen ein Taxi, fuhren in seine Wohnung, wo sie wie ausgehungert übereinander herfielen. Sie liebten sich auf dem Teppich im Wohnzimmer.

»Wenigstens das hat sich nicht geändert«, seufzte Hannah hinterher zufrieden und schlief ein.

Als sie erwachte, lag sie in einem fremden Bett. Voller Panik schoss sie hoch, sah Klaus friedlich neben sich schlafen. Nur mühsam unterdrückte sie ein Kichern. Na toll. Da war sie nach Frankfurt gekommen, um mit ihrem ehemaligen Liebhaber endgültig Schluss zu machen, und landete mit ihm im Bett.

Der Wecker neben seinem Bett zeigte vier Uhr zweiundzwanzig. Leise stand sie auf und schlich sich ins Wohnzimmer, wo ihre Kleidung ordentlich zusammengefaltet über einem Sessel hing. Sie holte ihr Handy aus der Tasche und öffnete das Mailprogramm. Sie musste Gina Bescheid sagen, damit sie am Morgen das Café aufschloss.

Bin in FFM hängengeblieben, komme morgen bzw. heute im Laufe des Tages zurück. Sperr bitte das Café auf und sag Edeltraut Bescheid. Danke H.

Sie wollte das Handy weglegen, sah, dass sie mehrere Mails im Posteingang hatte.

Das kann bis morgen warten, dachte sie, war dann doch neugierig. Eine Anfrage für eine geschlossene Gesellschaft, ein Angebot von einem Weinlieferanten, einige Spammails und eine Nachricht von Andy.

Ihr Herz klopfte. Er musste ihren Brief inzwischen bekommen haben. Wie würde er reagieren? Ihr Finger zitterte, als sie die Mail öffnete.

Dear Hannah, don't worry, everything is fine. Andy

Das war alles? Sie scrollte nach unten, aber da war nichts zum Scrollen.

Erst Hubertus, der behauptet hatte, alles sei gut, nun Andy. Sollte sie das glauben?

Wütend löschte Hannah die Mail und schaltete das Handy aus. Einen Moment lang war sie versucht, sich anzuziehen und erneut aus Klaus' Leben zu verschwinden. Der Gedanke, mitten in der

Nacht am Frankfurter Bahnhof herumlungern zu müssen, ließ sie zurück ins warme Bett kriechen.

An Schlaf war nicht mehr zu denken. Ständig kreisten ihre Gedanken um die drei Männer, die sie so vor den Kopf gestoßen hatte und die seither mehr Einfluss auf ihr Leben nahmen, als ihr lieb war. Aber alle drei waren alt genug, selbst auf sich aufzupassen. Warum also sollte sie sich Gedanken darüber machen?

Vielleicht sollte sie es wie Edeltraut halten: Die hatte sich geschworen, mindestens sechs Monate lang auf Männer zu verzichten.

Gleich am Morgen würde sie Klaus klarmachen, dass dies eine einmalige Sache gewesen war. Er lebte in Frankfurt, sie in München. Selbst bei idealer ICE-Verbindung war das keine Basis für eine Beziehung.

Der Gedanke tröstete sie und sie schlief ein.

Hubertus von Waldhausen

Diese verdammten Gefühle

»Guten Morgen! Hast du gut geschlafen?«

Hubertus schreckte aus seinen Gedanken hoch. Renate stand vor dem Küchenschrank und schenkte sich eine Tasse Kaffee ein.

»Ah, genau das, was ich jetzt brauche!« Sie trank in kleinen Schlucken und schloss dabei genießerisch die Augen.

Wenigstens etwas, was ich ihr recht machen kann, dachte Hubertus.

Seine Tochter war vor drei Tagen von ihrem Aufenthalt in Norwegen zurückgekehrt, und er musste sich erst wieder daran gewöhnen, dass er die Wohnung nicht mehr für sich allein hatte. Ihm war klar, dass es an ihm lag, nicht an Renate. Sie war eine äußerst rücksichtsvolle Mitbewohnerin – wenn man von der Tatsache absah, dass sie morgens im Schlafanzug durch die Wohnung lief. Aber junge Leute waren da lockerer drauf als seine Generation.

»Hast du die Vögel gehört?«, unterbrach Renate erneut seinen Gedankengang. »Man könnte meinen, es sei schon Frühling und nicht Mitte Dezember. Es wird wohl wieder kein weißes Weihnachten geben.«

»Du bist kein Kind mehr, das im Schnee herumtollen will«, erwiderte er.

Renate überhörte seinen bösen Ton. »Nein, aber irgendwie gehört es dazu.« Sie trat einen Schritt vor, wuschelte ihm durch das schüttere Haar und sagte lächelnd: »Und du hast sicher schon jede Menge Geschenke für mich.«

Hubertus zwang sich, seine Haare nicht glatt zu streichen. »Dazu müsstest du erst einmal einen Wunschzettel abliefern.«

»Okay, das lässt sich einrichten.« Renate grinste und schenkte sich Kaffee nach.

Er hätte gerne gewusst, wo Renate die Feiertage verbringen würde, aber er hatte Angst vor der Antwort. Auch wenn sie jetzt bei ihm wohnte, wollte er nicht daraus schließen, dass sie Weihnachten mit ihm feiern würde.

»Ich muss los«, sagte Renate. »Die Schonzeit ist vorbei.« Sie leerte die Tasse, schwenkte sie aus und stellte sie in die Spüle. »Wir sollten uns eine Spülmaschine anschaffen. Für zwei rentiert sich das«, sagte sie im Hinausgehen.

Uns hatte sie gesagt. Sie würde also nicht nur vorübergehend bei ihm wohnen, sondern für länger? Für immer?

Mach dich nicht lächerlich, mahnte Hubertus sich. *Sie ist Mitte dreißig, da wird sie kaum den Rest ihres Lebens mit ihrem alten Vater verbringen.*

Er hörte Renate im Bad singen. Die Idee gefiel ihm. Eine Frau im Haus, die keine Ansprüche stellte – das war eine Vorstellung nach seinem Geschmack.

Eine Viertelstunde später kam seine Tochter in die Küche zurück. Sie trug einen dunkelblauen Hosenanzug, war geschminkt und duftete nach einem teuren Parfüm.

»Gut siehst du aus«, sagte er.

»Danke. Ist alles nur Show«, erwiderte sie. »Wenn du oben mitspielen willst, musst du dich anpassen. Jeans und T-Shirt wären mir lieber.«

Sie gab ihm einen Kuss auf die Wange. »Puh, du piekst! Du musst dich mal wieder rasieren. Wir sehen uns heute Abend, es könnte aber spät werden. Gehst du heute ins Atelier? Du solltest mal wieder …«

Ihr Geplapper konnte ihn nicht darüber hinwegtäuschen, dass sie es immer noch vermied, ihn direkt anzusprechen. Früher, als Kind, hatte sie Papa gesagt. Aber was sagte man zu einem Mann, zu dem man fast zehn Jahre keinen Kontakt hatte?

»Sag einfach Hubert zu mir«, unterbrach er ihren Redeschwall.

»Was?«

»Sag Hubert zu mir, wenn du nicht Vater oder so was sagen willst.«

Irritiert schaute sie ihn an. »Wie kommst du jetzt darauf?«

»Seit du hier wohnst, hast du mich noch kein einziges Mal Vater genannt. Und offensichtlich traust du dich auch nicht, mich beim Vornamen zu nennen. Das wäre aber kein Problem. Du kannst mich gerne Hubert nennen.« Er zog eine Grimasse. »Solange es nicht Hubsi oder etwas ähnlich Dämliches ist«, fügte er hinzu.

»Würde aber irgendwie zu dir passen«, gab sie lachend zurück. »Im Ernst: Ich habe nicht darüber nachgedacht. Ich sage gerne Vater zu dir, wenn du das möchtest. Immerhin bist du es ja auch.«

So, wie sie es betonte, klang es, als habe man sie gezwungen, zu einem Mann Vater zu sagen, der es nicht war. Er hatte bisher nicht nach den zehn Jahren ihrer Trennung gefragt und sie hatte nichts davon erwähnt. Es war vermutlich besser so, denn es würde nur alte Wunden aufreißen. Als wenn er nicht genug neue zu lecken hätte!

»Vater klingt altbacken, finde ich«, wagte er einzuwerfen.

»Ich kann auch Paps sagen«, schlug sie vor und gab ihm erneut einen Kuss. »Lass uns heute Abend darüber reden, ich muss wirklich los. Mach dir einen schönen Tag.«

Weg war sie.

Vor ihrer Abreise nach Norwegen hatte sie versucht, ihm ihren Beruf zu erklären. Es waren viele englische Begriffe gefallen, von denen bei ihm nur Key Account Manager hängengeblieben war. Das sagte sogar ihm etwas. Und dass sie etwas mit Computern machte, oder vielmehr mit EiTii.

Er räumte das Geschirr weg, ging in sein Schlafzimmer und machte das Bett. Ein Blick in den Wäschekorb zeigte ihm, dass er noch einen Tag warten konnte. Als er am Spiegel vorbeikam, fiel ihm Renates Mahnung ein, sich zu rasieren.

Als auch das erledigt war, setzte er sich vor den Fernseher und zappte sich durch die Programme. Doch nichts war dazu geeignet, ihn von seinen Gedanken an Hannah abzulenken.

Das Abendessen war eine Woche her; seither hatte er kaum das Haus verlassen, aus Angst, er könnte ihr über den Weg laufen. Er wusste selbst nicht, warum er sie nicht sehen wollte. Peinlicher als vergangene Woche konnte es nicht mehr werden.

Wie ein dummer Schulbub hatte er vor ihr gesessen, während sie seine Gefühle wie eine Chirurgin seziert hatte. War es so offensichtlich gewesen? Was für eine Frage! Die roten Rosen zu ihrem Geburtstag – das war mehr als eindeutig. Und dann hatte er sich noch in der Uhrzeit geirrt und war dagestanden wie ein verliebter Trottel!

Hubertus knurrte und schaltete den Fernseher ab. Vielleicht sollte er wirklich wieder ins Atelier gehen und malen? Früher hatte ihn das wunderbar abgelenkt.

Er versuchte, sich ein Bild auszudenken, das er entwerfen könnte, aber alles, was er vor seinem geistigen Auge sah, war eine Frau mit roten Haaren.

»Zum Teufel mit diesem Weibsbild«, sagte er.

Gesagt, getan. Aus dem Wandschrank holte er einen Skizzenblock und Stifte und setzte sich an den Esstisch. Hannahs Konterfei war schnell hingeworfen, er konnte es inzwischen auswendig. Mit den Ausschmückungen gab er sich mehr Mühe. Er malte ihr Hörner auf den Kopf und eine lange rote Zunge, die aus ihrem Mund hing, verpasste ihrer linken Wange eine fiese Warze und ließ die Augen in entgegengesetzte Richtungen starren.

»Du bist ein kindischer Idiot«, schimpfte er sich und zerknüllte die Zeichnung. Aber er fühlte sich besser und in seinem Kopf entstand eine Idee.

Entschlossen stand er auf, zog sich an und verließ das Haus, um mit der U-Bahn in die Stadt zu fahren. Das Café würdigte er keines Blickes.

Am Odeonsplatz angekommen, ergatterte er vor dem *Tambosi* einen der letzten freien Plätze. Wer hier saß, wollte sehen und gesehen werden – es war der perfekte Ort, um Menschen zu beobachten.

Obwohl es für Dezember viel zu warm war, wickelte er sich in eine der bereitgelegten Decken und bestellte einen Cappuccino. Missmutig stellte er fest, dass der von Hannah um Klassen besser schmeckte. Kam man denn nirgends an dieser Frau vorbei?

Er fing Gesprächsfetzen der ihn umgebenden Gäste auf und speicherte sie, ohne sie zu werten.

»Stell dir vor, da sagt dieser Typ doch glatt: Dann verpiss dich halt. Ist das nicht die Höhe?«

»Nein, Mama, ich bin nicht krank. Ich habe nur einen Tag frei. Ich muss ein paar Dinge erledigen. Nein, Mama, das hat nichts mit …«

»Eigentlich sollte ich den Kuchen nicht essen. Mein Arzt hat gesagt …«

»Amore mio, glaubö mir, du bist die Einzigä in meinäm Läben! Isch …«

Gefühle. Immer wieder ging es um Gefühle. Die Idee war, Gefühle bildlich darzustellen. Kein wirklich neuer Gedanke, das war ihm klar. Aber auf seine Art würde es dennoch etwas anderes sein.

Hubertus zog einen Block aus seiner Manteltasche, den er immer mit sich trug, und notierte:

- *Trauer -> Friedhof*
- *Hass -> Neonazis?*
- *Wut ->*
- *Freude -> Kinder*
- *Liebe*
- *Enttäuschung*
- *Eifersucht*

Er hielt inne. Bei den letzten drei Punkten könnte er gut sich selbst als Vorbild nehmen. Wobei *Liebe* ein viel zu starkes Wort war für die Gefühle, die er Hannah gegenüber hegte. Gehegt hatte. Nein, immer noch hegte. Er war verliebt in sie, aber er liebte sie nicht. Das kam erst mit der Zeit. Oder auch nicht. Hatte man bei Luise gesehen.

Am Ende ihrer Ehe hatte es nur noch zwei gemeinsame Dinge gegeben: ihre Tochter Renate und den Hass aufeinander.

Er strich das Wort *Neonazis* durch und schrieb stattdessen den Namen seiner Exfrau dahinter.

Enttäuschung. Natürlich war er enttäuscht über Hannahs Reaktion. Andererseits hatte er auch Respekt vor ihr, denn es gehörte eine große Portion Mut dazu, sich den Gefühlen anderer Menschen zu stellen und das auch noch anzusprechen. Sie hätte ihn einfach abblitzen lassen können. Aber das wäre eben nicht Hannah.

»Sie ist keine Heilige, verdammt«, brummte er. Er klemmte einen Fünfeuroschein unter die Tasse, verließ das Café und schlenderte durch den Hofgarten.

Im Pavillon saß ein alter Mann und spielte gekonnt einen Tango auf einer Ziehharmonika. Ein Paar, das auch schon in die Jahre gekommen war, tanzte dazu. Beide waren schlank und hochgewachsen und gaben ein schönes Bild ab.

Hubertus stellte sich zu den Zuschauern und studierte unauffällig die Gesichter der beiden. Aber sie hätten ihn sowieso nicht bemerkt, sie glitten weltvergessen und wie ein einziger Körper durch den kleinen Raum.

Als die Musik endete, klatschten alle, das Paar erwachte aus seiner Trance, deutete eine kleine Verbeugung an und lächelte glücklich.

Leidenschaft, notierte sich Hubertus im Geiste. Es musste nicht immer Sex sein.

Er ging weiter Richtung Staatskanzlei, bog nach links ab in den Englischen Garten. Während er Richtung Norden schlenderte, ließ er seinen Gedanken freien Lauf. Sie wanderten von Hannah zu dem Paar im Pavillon zu dem neuen Projekt zurück zu Hannah.

Er musste sich seiner Gefühle für sie nicht schämen, das hatte sie ihm auch ausdrücklich gesagt.

Scham, ein weiteres Gefühl. Er setzte sich auf eine Bank, zog den Block heraus und machte sich weitere Notizen. Vor seinem geistigen Auge entstanden die ersten Skizzen.

Er erhob sich und rannte beinahe zur U-Bahn. Zum ersten Mal seit Tagen spürte er das Bedürfnis zu malen. In der Blumengasse angekommen, ging er sofort in sein Atelier, zog den Mantel aus, warf ihn achtlos über einen Stuhl, rückte die Staffelei ins rechte Licht und begann mit der ersten Zeichnung.

»Paps? Bist du da drinnen?«

Hubertus hob den Kopf und schaute sich verwirrt um. Wo war er? Und wo kam dieses Klopfen her?

»Paps?«

Allmählich begann sein Verstand zu arbeiten. Er saß in seinem Atelier. Von draußen drang die Stimme seiner Tochter herein, die auch heftig gegen die Tür klopfte. Warum kam sie nicht einfach herein?

Er wollte aufstehen, aber seine Beine waren so steif, dass er sich kaum bewegen konnte.

»Paps?« Die Stimme klang beinahe hysterisch.

»Ja, ja, ich komm ja schon.« Mühsam erhob er sich und tapste die paar Schritte zur Tür. Zu seiner Verwunderung war sie abgeschlossen.

»Moment«, sagte er, wiederholte es zur Sicherheit noch mal lauter.

Wo war der verdammte Schlüssel? Und wieso hatte er überhaupt abgesperrt?

Irgendetwas an der Situation kam ihm seltsam bekannt vor, aber so sehr er auch darüber nachdachte, er konnte sich nicht an Details erinnern.

Was wollte er gleich noch mal?

»Warum hast du denn abgeschlossen?« Renates Stimme.

Richtig! Der Schlüssel.

»Ich komme gleich«, rief Hubertus und suchte in seiner Manteltasche. Er fand den Schlüsselbund und sperrte die Tür auf.

»Endlich!« Renate stand im Hof und schaute ihn ängstlich an.

»Was ist denn los?«

»Du warst nicht in der Wohnung, da habe ich mir Sorgen gemacht.« Sie schaute in das Atelier. »Hast du gemalt?«

Er schaute sich um. Den vielen zerknüllten Seiten auf dem Boden nach zu schließen hatte er offensichtlich gearbeitet. Auf der

Staffelei stand eine Bleistiftskizze von einer Fratze. HASS stand in großen Buchstaben darüber.

»Ich bin wohl eingeschlafen«, sagte er. »Ich mache öfters ein Nickerchen zwischendurch.«

»Dir ist schon klar, wie viel Uhr es ist?«, fragte Renate.

Hubertus blickte zu der Wanduhr, die im rechten Eck hing, aber sie war schon vor Monaten stehengeblieben und zeigte seither fünf vor zwölf. Er hatte das so bezeichnend gefunden, dass er keine neue Batterie eingelegt hatte. Müde schüttelte er den Kopf. »Nein, ich habe keine Ahnung. Ich vermute spät.«

»Könnte man so sagen.« Renates Stimme klang besorgt und amüsiert zugleich. »Es ist halb eins vorbei. Nachts«, fügte sie hinzu.

»Oh.«

»Hast du etwas gegessen?«

Hannah! Das Déjà-vu hatte mit Hannah zu tun.

»Ehrlich gesagt, ich weiß es gerade nicht. Gib mir ein paar Minuten, ich bin sofort wieder bei klarem Verstand.«

Hatte er das soeben zu seiner Tochter gesagt? Nein, er hatte es nur gedacht. Große Erleichterung durchströmte ihn. Sie würde ihn für vollkommen verrückt halten. Oder senil.

Renate hatte das Häuschen betreten und stand neben ihm. »An was hast du denn gearbeitet?«

Er war versucht zu sagen »An nichts«, aber er hatte sich vorgenommen, Renate mehr in sein Leben einzubeziehen. Dazu gehörte auch, dass er mit ihr redete.

»Ich hatte eine Idee, die ich ausprobieren wollte. Es soll eine Serie von Gesichtern werden, die Gefühle ausdrücken.«

»Klingt interessant«, sagte Renate. »Das musst du mir unbedingt mal zeigen, wenn es so weit ist. Aber jetzt sollten wir raufgehen. Hier ist es ganz schön kalt.« Sie sah sich suchend um. »Hast du keine Heizung hier drin?«

»Doch, ich habe einen Elektrolüfter. Ich habe ihn vorhin ausgemacht, weil mir zu warm war«, log er. Sie schien es ihm abzukaufen.

»Na gut. Musst du noch irgendetwas tun oder bist du fertig?«

»Ich bin fertig«, sagte er und nahm seinen Mantel, der neben dem Stuhl auf dem Boden lag.

Schweigsam sah sie zu, wie er das Häuschen, das ihm als Atelier diente, sorgfältig abschloss, dann ging sie voran ins Haus und stieg die Treppe hinauf.

Die Wohnung war warm. Erst jetzt fiel ihm auf, dass er vollkommen durchgefroren war.

»Ich mach uns mal einen heißen Grog«, sagte Renate und ging in die Küche. Er hängte seinen Mantel an die Garderobe und folgte ihr.

Hubertus setzte sich an den Tisch und sah ihr zu. Er rang mit sich. Wie schon vorher gab der Entschluss, Renate mehr in sein Leben einzubeziehen, den Ausschlag.

»Ich wollte mich nur etwas ausruhen«, begann er. »Ich muss eingeschlafen sein.«

»Das ist vollkommen in Ordnung«, antwortete Renate. Sie wandte ihm kurz den Kopf zu. »Du musst niemandem mehr etwas beweisen.«

»Ich weiß.« Er stockte, fuhr leiser fort: »Ich habe immer mal wieder Aussetzer, weiß nicht, ob ich etwas gegessen habe, weiß im ersten Moment nicht, wo ich bin.«

Renate drehte sich ganz zu ihm um, sagte aber nichts. Als das Wasser kochte, schaltete sie nur die Herdplatte aus.

»Ich, ich …«, sagte er, aber er konnte sich nicht überwinden weiterzusprechen.

»Du hast Angst, dass du dement wirst?«, sagte seine Tochter leise.

Er nickte.

»Ich glaube nicht, dass es daran liegt. Ich glaube vielmehr, dass du zu wenig isst und trinkst.«

Plötzlich erinnerte er sich an die Szene mit Hannah. Sie hatte ihm heißen Tee und ein Sandwich gebracht. Es war der Moment gewesen, in dem er sich in sie verliebt hatte.

»Paps, hörst du mir überhaupt zu?«

»Was? Selbstverständlich.«

Renate lachte. »Das habe ich gemerkt. Ich habe gerade einen Vorschlag gemacht und dich gefragt, was du davon hältst.«

»Und der wäre?«

»Wir stellen einen Kühlschrank in das Atelier, dann hast du immer etwas zum Trinken vorrätig. Ich fülle ihn regelmäßig auf, darum musst du dich nicht kümmern. Außerdem werde ich dir ein paar Knabbereien kaufen, damit du auch etwas zum Essen hast. Zumindest für zwischendurch. Was sagst du dazu?«

»Wo soll der Kühlschrank denn stehen? Ich habe sowieso so wenig Platz«, warf er ein.

»Es ist ein kleiner Kühlschrank, etwa so groß.« Sie deutete die Maße in der Luft an. »Du kannst ihn unter den Tisch stellen. Und die sind auch nicht so teuer.«

»Es wäre einen Versuch wert«, stimmte er zu. »Und wenn es doch nicht damit zusammenhängt?«

»Tut es ganz sicher«, versuchte Renate ihn zu beruhigen. »Mir wäre das aufgefallen in der Zeit, die ich bei dir wohne. Es ist völlig normal, dass du den einen oder anderen Aussetzer hast.«

»Wenn du meinst …«

»Meine ich. Und jetzt mache ich den Grog, sonst kommen wir gar nicht mehr ins Bett.«

Es war halb zwei, als sie Gute Nacht sagten.

»Ach, Paps?«, sagte sie, schon halb in ihrem Zimmer verschwunden.

»Ja?«

»Wäre es okay, wenn ich über die Feiertage jemanden mitbrächte?«

Er war so beglückt über die Tatsache, dass sie Weihnachten mit ihm feiern würde, dass er sofort Ja sagte.

»Cool, danke. Gute Nacht, schlaf gut.«

»Du auch, du auch.« Das *Kind* verkniff er sich gerade noch.

Später in der Nacht wachte er auf und grübelte darüber nach, wen sie mitbringen wollte. Vermutlich eine Freundin, die sonst womöglich alleine feiern musste. Es würde Renate ähnlichsehen. Schon als Kind hatte sie sich immer um andere gesorgt, die vermeintlich schlechter dran waren als sie.

Er würde sie beim Frühstück fragen.

Als er erwachte, war es weit nach neun Uhr. Renate hatte den Tisch für ihn gedeckt und einen Zettel hinterlassen.

Hubertus hatte keine Lust, allein zu frühstücken. Er zog sich sorgfältig an, stieg die Treppe hinunter, verließ das Haus und betrat das Café.

Zu seiner Freude war es relativ leer. Er wählte einen kleinen Tisch zwischen Fenster und Theke.

»Welch seltener Gast.« Edeltraut tauchte neben ihm auf und strahlte ihn an. »Ich dachte schon, wir sehen Sie gar nicht mehr.«

»Meine Tochter ist wieder da.«

»Ja, ich habe sie heute Morgen gesehen. Sie war unglaublich gut gelaunt.« Edeltraut bedachte ihn mit einem ironischen Blick.

»Wollen Sie damit vielleicht etwas andeuten?«, fragte er entrüstet.

»Aber nicht doch!«, gab Edeltraut gutmütig zurück. »Dass Sie ein alter Brummbär sind, wissen alle.« Sie lachte. »Das Übliche?«

»Ja, bitte«, erwiderte Hubertus und war froh, dass er sich endlich in das Café gewagt hatte.

Edeltraut brachte ihm eine große Tasse Milchkaffee und zwei frische Croissants. »Hier, bitte schön, einmal Künstlerfrühstück. Hannah ist übrigens nicht da, nur für den Fall ...«

Ihm lag bereits eine böse Bemerkung auf der Zunge, aber er spülte sie mit einem großen Schluck Kaffee hinunter. Bei Hannahs Geburtstagsfeier hatte er sich wider Erwarten sehr nett mit Edeltraut unterhalten. Sie hatte ihm von vornherein klar gemacht, dass sie von Männern die Nase gestrichen voll hatte. Er hatte ihr versichert, dass er keinerlei Ambitionen in dieser Richtung hegte. Die roten Rosen waren nicht erwähnt worden.

Also sagte er nur »Danke« und widmete sich den wunderbar zarten, buttrigen Croissants.

Als der gröbste Hunger gestillt war, lehnte er sich zurück und beobachtete Edeltraut. Sie war in den paar Wochen, die sie für Hannah arbeitete, deutlich aufgeblüht. Wie ihre Chefin hatte sie ein Händchen für Menschen, und für das Kochen und Backen sowieso. Der Job im Café bereitete ihr sichtbar Freude.

Freude! Hubertus nahm eine Serviette und notierte darauf:

Freude -> Edeltraut.

Als es etwas ruhiger wurde, kam Edeltraut mit einer Tasse Kaffee zu ihm.

»Stört es Sie, wenn ich mich einen Moment zu Ihnen setze? Meine Füße erinnern mich leider allzu oft daran, wie alt ich bin.«

Hubertus machte eine einladende Bewegung mit der Hand und zog den Stuhl für sie heraus.

»Ah, das tut gut«, seufzte sie, als sie saß.

»Ich kenne das«, sagte Hubertus. »Beim Malen muss ich auch stehen. Das geht ins Kreuz und in die Füße.«

»So lange stehen wäre nichts für mich. Ich bin froh, dass ich viel laufen muss. Immerhin hält es fit.«

»Ich nehme mir immer wieder vor, zwischendurch Gymnastik zu machen«, sagte Hubertus. »Und genauso regelmäßig vergesse ich es. Aber Malen im Sitzen geht einfach nicht.«

Edeltraut sprang auf, weil ein Gast zahlen wollte. Fünf Minuten später kam sie wieder zurück. »Zum Glück ist es heute ruhig. Gina ist krank, Hannah unterwegs. Das wäre ganz schön stressig allein.«

Hubertus hätte gerne gewusst, wo Hannah war, aber er wagte nicht zu fragen. Es ging ihn nichts an.

»Meine Tochter feiert Weihnachten mit mir«, sagte er plötzlich. Dann fiel ihm ein, dass Edeltraut vermutlich alleine sein würde.

Doch sie schien sich wirklich zu freuen: »Oh, das ist schön.«

»Ist das Café offen oder geschlossen über die Feiertage?«

»Wir haben erst gestern darüber gesprochen. Hannah hat sich noch nicht festgelegt, aber ich denke, sie wird es für ein paar Tage schließen. Sie braucht dringend Ruhe.« Edeltraut lächelte. »Es war ziemlich turbulent in den letzten Monaten.«

Hubertus zögerte, fragte leise: »Was werden Sie machen?«

Edeltraut beugte sich vor und legte kurz ihre Hand auf seinen Arm. »Ach, das ist nett, dass Sie fragen. Ich werde mit einer Freundin feiern. Sie ist ebenfalls alleinstehend. Wir werden wohl so eine Art Weiber-Weihnacht daraus machen. Was immer das sein wird.« Sie lachte. »So, genug geplaudert, ich muss weitermachen. Wollen Sie noch ein Croissant?«

Hubertus verneinte. »Danke, ich bin satt. Zumindest für den Moment. Vielleicht komme ich mittags noch mal vorbei.« Er erhob sich und wollte den Geldbeutel aus seiner Hose ziehen.

»Nein, lassen Sie mal. Geht aufs Haus.«

»Vielen Dank. Sehe ich schon so sehr nach verarmtem Künstler aus?«

»Aber nein. Mir ist heute einfach danach, anderen eine Freude zu machen.« Edeltraut nahm das Geschirr vom Tisch. »Gehen Sie jetzt in Ihr Atelier?«

Hubertus nickte. Plötzlich hatte er eine Idee. »Haben Sie noch einen Moment?«

»Ja, natürlich.«

»In letzter Zeit vernachlässige ich das Essen und Trinken. Ich bin so in die Arbeit vertieft, dass ich darüber komplett die Zeit vergesse. Gestern Abend war es mal wieder so weit.« Seltsam, er hatte keine Scheu, das Problem vor Edeltraut anzusprechen. »Sie könnten mir zu festgelegten Zeiten ein paar Sandwiches und etwas zu trinken bringen. Damit ich nicht verhungere.« Er versuchte ein Lachen, das nur halb gelang.

Edeltraut lachte nicht. »Aber ja, das mache ich gerne. Sind Sie denn jeden Tag im Atelier?«

»An den Werktagen auf jeden Fall. Und manchmal auch an den Wochenenden. Hängt auch von meiner Inspiration ab.« Er tippte sich an den Kopf.

Jetzt lachte Edeltraut. »Die darf keinesfalls hungern! Wann soll ich kommen? Und was hätten Sie gerne?«

»Irgendwann am frühen Nachmittag«, erwiderte Hubertus. »Wann immer es zeitlich passt. Bringen Sie mir zwei Sandwiches und eine Flasche Wasser. Ach, die geben Sie mir am besten gleich mit.«

»Und wer passt auf, dass Sie tatsächlich essen und trinken?«

Hubertus dachte nach. »Ich werde es nicht vergessen, wenn ich daran erinnert werde. Sie müssen nur hartnäckig genug an die Tür klopfen.«

»Keine Bange. Sie werden mich erst los, wenn Sie das Essen entgegengenommen haben.«

Er reichte ihr die Hand. »Abgemacht.«

»Abgemacht. Wir machen Ihnen auch einen guten Preis, immerhin ist das wie ein Abo.«

Pünktlich um vierzehn Uhr stand Edeltraut vor dem Atelier und klopfte.

»Zeit für eine Pause«, rief sie.

Hubertus öffnete die Tür. »Sie kommen genau richtig. Ich habe gerade eine weitere Skizze abgeschlossen.«

Edeltraut reichte ihm eine Tüte. »Darf ich sie sehen?«

Hubertus zögerte, öffnete dann die Tür weiter und bat sie herein.

»Umschauen dürfen Sie sich nicht, ich bin sehr schlampig, was das Atelier angeht.«

»Ich räume sicher nicht auf«, gab Edeltraut zurück. »Oh, das ist aber schön.« Sie hatte die Skizze auf der Staffelei entdeckt.

»Was sagt das Gesicht Ihrer Meinung nach aus?«

Edeltraut trat etwas zurück, soweit das in dem kleinen Raum möglich war, und kniff die Augen zusammen.

Hubertus hielt den Atem an.

»Freude. Nein, es ist mehr als das, sie schaut geradezu verzückt.«

Hubertus stieß den Atem hörbar aus. Schon seit ein paar Stunden rang er mit dieser Skizze, hatte die Augen wieder und wieder korrigiert. Obwohl er das Tango-Paar deutlich vor Augen hatte, war es ihm lange nicht gelungen, den Ausdruck der Leidenschaft auf das Papier zu übertragen.

»Gut, das ist gut«, murmelte er.

»Es ist wirklich gut. Wird es so bleiben?«, fragte Edeltraut.

»Ich bin mir noch nicht sicher. Vielleicht mache ich tatsächlich nur Skizzen.«

»Das sollten Sie. Ich finde, die haben so etwas …« Edeltraut suchte nach dem richtigen Wort. »Animalisches? Klingt blöd, aber etwas Besseres fällt mir nicht ein.«

»Es passt schon, auch wenn nicht alle Gefühle so animalisch rüberkommen werden wie dieses hier«, sagte Hubertus.

»Danke, dass Sie mir das gezeigt haben. Ich muss wieder ins Café, sonst bekomme ich Ärger mit meiner Chefin.« Sie lächelte spitzbübisch und verließ das Atelier. Gleich darauf steckte sie den Kopf durch die immer noch geöffnete Tür und sagte: »Und vergessen Sie das Essen nicht!«

»Nein, werde ich nicht«, erwiderte Hubertus und war froh, dass sie ihn daran erinnert hatte. Er war mit seinen Gedanken bereits bei der nächsten Skizze.

Gegen neunzehn Uhr klopfte es erneut an die Tür.

»Ja?«

»Darf ich reinkommen?«, fragte Renate.

»Gerne«, antwortete Hubertus. »Aber wie wäre es, wenn ich hier Schluss mache und wir nach oben gehen?«

»Bist du denn schon fertig?«

»Für heute ja. Es war ein guter Tag.«

»Das freut mich sehr.«

Während er die Lichter löschte und das Haus abschloss, berichtete Hubertus seiner Tochter von dem Arrangement mit dem Café. Als sie ihm um den Hals fiel, war er überrascht.

»Paps, du bist ein Genie! Das ist viel besser als meine Idee mit dem Kühlschrank.«

»Findest du?«

»Aber natürlich! Was nützt dir Essen im Atelier, wenn du nicht daran denkst? So bekommst du nicht nur frische Sachen zu essen, sondern auch noch Unterhaltung dazu.«

Hubertus warf ihr einen skeptischen Blick zu. Wollte sie ihn etwa mit Edeltraut verkuppeln? Doch er kam nicht dazu, etwas zu sagen, denn sie fügte in etwas merkwürdigem Ton hinzu: »Wir haben heute einen Gast zum Abendessen. Ich hoffe, das stört dich nicht.«

Es wäre ihm lieber gewesen, er hätte seine Ruhe gehabt. Nach einem so kreativen und produktiven Tag fühlte er sich erschöpft. Andererseits freute er sich, dass Renate seine Wohnung bereits als Zuhause empfand und jemanden einlud.

»Nein. Es ist jetzt auch deine Wohnung. Ich kann mich später immer noch zurückziehen. Wer ist es denn?«

»Ein Freund. Er kommt um acht.« Renate schlüpfte aus ihren Schuhen, hängte ihren Mantel an die Garderobe, wusch sich im Bad die Hände und verschwand in der Küche. Sie erschien ihm seltsam nervös.

Hubertus entledigte sich ebenfalls seines Mantels und seiner Schuhe und ging in sein Wohnzimmer, wo er sich zur Feier eines erfolgreichen Tages einen Gin Tonic einschenkte.

Die Wärme und der Alkohol bewirkten, dass er eindöste und hochschreckte, als es klingelte. Diesmal wusste er jedoch sofort, dass er sich in seinem Wohnzimmer befand und dass Renate einen Freund zum Abendessen eingeladen hatte. Das beruhigte ihn. Vermutlich hatte seine Tochter recht gehabt: Seine Ausfallserscheinungen lagen nur am mangelnden Essen und Trinken.

Er hörte leise Stimmen im Flur und ein Geräusch, das nach einem Kuss klang. Kurz darauf klopfte es an seiner Tür.

»Paps?«

»Kommt nur rein«, rief er betont fröhlich.

Renate trat in das Zimmer, gefolgt von einem Mann, der sofort auf ihn zukam und ihm die Hand entgegenstreckte.

»Guten Abend, Herr von Waldhausen, ich bin Felix Rohstetter. Es freut mich sehr, Sie kennenzulernen.«

»Ganz meinerseits«, murmelte Hubertus, obwohl er alles andere als erfreut war. Irgendetwas an dem Mann gefiel ihm ganz und gar nicht. Es war, als ginge eine Gefahr von ihm aus. Was lächerlich war, denn warum sollte Renate sich mit einem Mann anfreunden, der gefährlich war?

»Kann ich euch für einen Moment allein lassen?«, fragte Renate und blickte von einem Mann zum anderen. »Ich brauche noch ein paar Minuten, dann können wir essen.«

»Klar«, sagte Rohstetter, während Hubertus nur nickte.

»Benehmt euch«, mahnte seine Tochter neckisch und verschwand.

Was redete man mit einem jungen Mann, den man zum ersten Mal sah? Hubertus besann sich auf den Small Talk bei Vernissagen, aber der bezog sich in der Regel auf seine Bilder im Speziellen oder Kunst im Allgemeinen. Das war hier ganz und gar nicht angebracht.

Sein Blick fiel auf sein Glas.

»Möchten Sie einen Aperitif?«

»Nein danke.« Rohstetter klang nervös. Und warum stand er immer noch herum?

»Warum setzen wir uns nicht?«, sagte Hubertus und ließ sich mit einem deutlichen Seufzer auf das Sofa fallen.

»Danke«, sagte der junge Mann und setzte sich auf die Sesselkante ihm gegenüber. Er wirkte angespannt, ja beinahe steif.

Und der war mit Renate befreundet? Kaum vorstellbar. Hubertus musterte ihn unverhohlen, während der Mann Löcher in den Teppich starrte. Er war sicher älter als Renate, Anfang, Mitte vierzig. Die braunen Haare waren kurz geschnitten, das Gesicht glatt rasiert. Immerhin, er trug keine Jeans, sondern eine dunkle Stoffhose, darüber einen Pullover und ein Jackett. Alles in allem recht ordentlich.

»Sie sind ein Freund meiner Tochter?«

»Ja.«

Eine Plaudertasche war er nicht. Aber etwas weniger einsilbig wäre angenehm gewesen.

»Wo haben Sie sich denn kennengelernt?«

Als wenn es mich interessieren würde!

»Oh, es war bei einer Veranstaltung. Ich, wir … wir sind zusammengestoßen.«

Gegen den bin ich ein Weltmeister im Small Talk! Hubertus musste wider Willen lachen. Ausgerechnet er, der fremde Menschen nach Möglichkeit mied!

In diesem Moment kam Renate herein.

»Tut mir leid, es hat etwas länger gedauert. Aber jetzt bin ich fertig. Ihr könnt kommen.«

Dem jungen Mann war die Erleichterung deutlich ins Gesicht geschrieben.

Sie hatte in der Küche gedeckt. Überrascht starrte Hubertus auf die brennenden Kerzen und die Weingläser. Das war aber sehr übertrieben!

Es war ein mühsames Essen. Renate war vollkommen aufgedreht und plapperte in einer Tour vor sich hin. Rohstetter hingegen sagte kaum etwas.

Das eher einseitige Gespräch drehte sich meist um schwierige Kunden und Probleme mit der Technik. Hubertus war gelangweilt und klinkte sich aus.

Erst als Renate und der Gast – er konnte den Mann nicht als einen Freund Renates sehen – über Vor- und Nachteile eines bedingungslosen Grundeinkommens sprachen, wurde er hellhörig.

»Warum sollte jemand fürs Nichtstun Geld bekommen?«, sagte Rohstetter. »Entschuldigung, aber wir leben in einer Leistungsgesellschaft. Ohne Leistung kein Geld.«

»Aber denkst du nicht, dass …«

»Was zählt bei Ihnen denn als Leistung?«, unterbrach Hubertus seine Tochter.

Rohstetter schaute ihn an, als nehme er ihn zum ersten Mal wahr. Seine Wangen waren gerötet, ob von der Diskussion oder vom Wein, war nicht erkennbar.

»Jede Wertschöpfung«, erwiderte er nach kurzem Nachdenken. »Aber darum geht es in erster Linie gar nicht. Es würde nicht funktionieren.«

»Warum nicht?«

»Ein bedingungsloses Grundeinkommen sollte jeder bekommen, darüber sind wir uns einig, oder?« Er schaute zu Renate, die nickte, und zu Hubertus.

»Natürlich, sonst wäre es Humbug.«

»Was würden Sie monatlich benötigen, um alle Kosten decken zu können?«

Darauf konnte Hubertus sehr schnell antworten, hatte er doch in den letzten Monaten sehr viel rechnen müssen, um über die Runden zu kommen. »Mindestens tausend Euro.«

»Das ist auch die Summe, die immer wieder genannt wird. Das würde voraussetzen, dass niemand mehr Steuern zahlen muss, denn dafür würde das Geld nicht ausreichen. Von Beiträgen zu Krankenkasse und Rentenversicherung ganz zu schweigen. Das wäre das Ende des Sozialstaats.«

Rohstetter hatte sich in Rage geredet.

Hubertus sah, dass seiner Tochter die Richtung, die das Gespräch nahm, gar nicht gefiel, aber er konnte das nicht unwidersprochen lassen.

»Sie gehen von einer falschen Voraussetzung aus«, sagte er.

»Und die wäre?«

»Sie gehen davon aus, dass niemand mehr arbeitet, wenn er ein Grundeinkommen bezieht. Das wird aber nicht der Fall sein.«

»Warum sind Sie da so sicher?«

»Ich gehe einfach mal von mir aus. Ich bin jetzt fast siebzig Jahre alt und arbeite immer noch. Teilweise, weil ich das Geld brauche, als Künstler ist man nicht so abgesichert wie ein Angestellter oder Beamter. Vor allem aber, weil es mir immer noch Spaß macht. Und ich denke, viele Menschen würden weiterhin arbeiten, weil es ihnen Freude bereitet, weil sie in der Arbeit Anerkennung finden. Der einzige Unterschied wäre vielleicht, dass die Menschen endlich das tun könnten, wozu sie Lust haben, was ihnen besonders liegt.«

»Gut, ich gebe zu, Sie haben recht. Die meisten Menschen würden weiterhin arbeiten. Aber wie soll gewährleistet werden, dass die Wirtschaft reibungslos funktioniert, wenn jeder nur noch das tut, wozu er Lust hat? Wenn jeder zum Beispiel malt, anstatt ein Auto bei *BMW* zusammenzuschrauben?«

»Felix …«, sagte Renate und legte eine Hand auf seinen Arm.

Er schien seinen Fauxpas selbst bemerkt zu haben, denn er wurde sehr blass. Plötzlich wirkte er wieder wie der unsichere Mann, der auf der Sesselkante gesessen hatte.

»Ich – es tut mir – das wollte –«, stotterte er. »Es tut mir leid. Ich wollte Ihnen nicht zu nahe treten.«

Hubertus war aufgesprungen. Eigentlich war ihm eine solche Meinung egal, er hatte sie Zeit seines Künstlerlebens oft gehört. Aber ein Freund seiner Tochter? Der durfte damit nicht so leicht durchkommen.

»Das muss ich mir in meinen eigenen vier Wänden nicht sagen lassen!«, rief er lauter als beabsichtigt. »Es ist wohl besser, wenn Sie jetzt gehen.«

»Paps, er hat das …«

»Komm mir jetzt nicht mit Paps«, wandte er sich an Renate. »Ich muss mich wirklich wundern, wen du mir da ins Haus bringst!«

Rohstetter erhob sich und sagte zu Renate: »Es ist besser, wenn ich gehe.« Er drehte sich Hubertus zu: »Es tut mir wirklich leid. Ich wollte Ihnen keinesfalls zu nahe treten oder Sie gar beleidigen. Ich weiß nicht, was in mich gefahren ist. Gute Nacht.«

»Ich bringe dich zur Tür«, sagte Renate und warf Hubertus einen Blick zu, den er nur negativ deuten konnte. War jetzt alles seine Schuld?

Er trank sein Glas aus, stellte sein Geschirr in die Spüle und ging in sein Schlafzimmer.

Er hoffte, seine Tochter möge noch hereinschauen, damit sie nicht in Unfrieden zu Bett gingen, doch er hörte sie nur ein paar Minuten in der Küche hantieren und dann ihre Schlafzimmertür.

Hubertus lag lange wach und dachte über den verkorksten Abend nach. Wenn er richtig lag mit seiner Vermutung, war der Bruch mit Renate vorprogrammiert.

Er erwachte von einem lauten Geräusch, das er zunächst nicht zuordnen konnte. Als er Renate fluchen hörte, stand Hubertus auf, schlich zur Tür und lugte hinaus.

Zu sehen war nichts, aber er hörte seine Tochter in ihrem Zimmer hin- und hergehen. Er zog seinen Morgenmantel über, schlüpfte in die Pantoffeln und trat auf den Flur.

In diesem Moment schob Renate einen Koffer durch ihre Zimmertür.

»Was …? Was machst du da?«

»Wonach sieht's denn aus?«

Sie war sauer, immer noch.

»Musst du wieder verreisen?«, fragte er, obwohl er wusste, was der wahre Grund war: Sie wollte ausziehen.

»Nein, ich werde ein paar Tage zu Felix ziehen. Ich muss mir über einiges klar werden.«

Hubertus sah ein, dass er den ersten Schritt machen musste.

»Es tut mir leid, wenn der gestrige Abend nicht so gelaufen ist, wie du es erwartet hast, aber es war nicht nur meine Schuld. Immerhin hat dein – Freund angefangen.«

»Stimmt. Aber du hättest einfach den Mund halten können. Aber nein, du musst deine Künstlerehre verteidigen.« Sie funkelte ihn an.

»Meine Künstlerehre hat dir immerhin eine verdammt gute Kindheit beschert. Von deiner Jugend und den späteren Jahren gar nicht zu reden. Du bist sicher die Letzte, die sich darüber beschweren sollte«, fauchte er wütend.

»Ach, jetzt kommt die Leier wieder«, schrie Renate aufgebracht. »Mama hatte recht: Du gierst nach Anerkennung. Das ist auch der

Grund, warum du nicht aufhören kannst zu malen. Immer muss sich alles um dich drehen. Du bist derjenige, der das Geld verdient hat, du bist der große Star, nein, du warst der große Star. Mama und ich, wir waren nur die faulen Anhängsel, die das ach so sauer verdiente Geld verbraten haben.«

Hubertus war sprachlos. Woher kam das denn plötzlich? War das die Renate, die seit einigen Wochen bei ihm wohnte? Nein, das war eher ein Abbild von Luise, die ihn keifend angriff.

»Das meinst du nicht im Ernst?«, fragte er leise.

»Nein, ich meine es nicht und trotzdem sage ich es, weil ich so verdammt wütend auf dich bin.«

»Nur, weil ich meine Meinung gesagt habe?«

»Nein! Weil ich diesen blöden Typen liebe und ihn heiraten will! Und weil er eigentlich ein total netter Mensch ist. Und weil ich dachte, ihr beide müsst euch mal kennenlernen, und weil …« Sie konnte vor lauter Schluchzen nicht mehr weitersprechen.

»Hey, hey, das ist doch nicht so schlimm«, sagte er leise und zog sie zu sich. Sie ließ es willenlos geschehen, lehnte an seiner Schulter und weinte.

Er erinnerte sich an die Zeit, als sie ein kleines Mädchen war und immer zu ihm gelaufen kam, wenn sie sich verletzt hatte. Er hatte ihr Geschichten erzählt, um sie vom Schmerz abzulenken, hatte sie gehalten und gestreichelt, bis die Tränen versiegt waren.

Jetzt klopfte er ihr nur zaghaft auf die Schulter und murmelte: »Das wird schon wieder.«

Renate holte ein Taschentuch aus ihrer Hosentasche und schnäuzte sich. Sie schaute ihn von unten mit tränenverschmierten Augen an.

»Was, wenn er mich nicht mehr will?«

»Dann ist er ein Idiot«, sagte Hubertus. »Und hat dich nicht verdient.« Er ließ sie los und ging in die Küche, um Kaffee aufzusetzen. Renate folgte ihm und holte Tassen aus dem Schrank.

Hubertus atmete auf. Der Auszug war wohl erst mal verschoben.

»Mag sein«, sagte sie, als sie sich gegenüber saßen, jeder mit einer dampfenden Tasse vor sich. »Aber ich liebe ihn. Und ich will den Rest meines Lebens mit ihm verbringen – oder zumindest einen großen Teil«, fügte sie hinzu, als sie seine Grimasse sah.

»Habt ihr darüber gesprochen?«

»Ja. Nein. Nicht von Heirat, auch nicht von Kindern. Noch nicht. Aber dass wir zusammenbleiben wollen.«

»Weiß er, dass du heiraten willst?«

Renate zuckte mit den Schultern. »Ich habe es immer wieder erwähnt.«

»Du musst mit ihm reden.«

Sie lachte. »Das sagt genau der Richtige. Anderen Ratschläge erteilen, sie aber selbst nicht befolgen.«

»Hannah und ich haben geredet«, verteidigte Hubertus sich.

»Weil sie die Initiative ergriffen hat.«

»Na und? Einer muss eben den Anfang machen.«

Das brachte Renate zum Schweigen.

Auch Hubertus hing seinen Gedanken nach, die alles andere als schön waren. Wenn Renate heiratete, würde sie zu diesem Mann ziehen und er wäre wieder allein. Dabei hatte er sich gerade daran gewöhnt, die Wohnung wieder mit jemandem zu teilen. Schließlich hielt er es nicht mehr aus.

»Wie habt ihr euch das denn vorgestellt? Wo wollt ihr wohnen?«

»Was?«, Renate schreckte hoch.

»Wo wollt ihr wohnen? Ich vermute, dein – Felix hat eine eigene Wohnung?«

»Ähm, ja und nein. Er hat eine Wohnung, aber nicht hier, sondern in Stuttgart. Wir … Ich dachte, wir könnten hier wohnen. Wenigstens für die ersten Monate, bis wir etwas Passendes gefunden haben. Du weißt sicher, wie leergefegt der Markt momentan ist.«

Hubertus überrollte eine Woge der Erleichterung.

»Selbstverständlich könnt ihr hier wohnen! Ich gebe euch gerne auch noch ein Zimmer ab, wenn ihr das braucht.«

Renate lachte, unsicher noch, aber sie lachte. »Nein, Paps«, sagte sie und es klang sehr zärtlich. »Das brauchen wir nicht. Mein Teil der Wohnung reicht vollkommen aus.«

»Bring deinen Felix heute Abend noch mal mit. Wir fangen einfach noch mal von vorne an. Ich bin überzeugt, er ist ein netter Kerl.« Er beugte sich vor und tätschelte Renates Hand. »Ich muss ihn nicht mögen. Die Hauptsache ist, du tust es!«

Bassam Ishaq

Willkommen!

Bassam schlich sich ins Schlafzimmer und versuchte, ins Bett zu schlüpfen, ohne Petra zu wecken. Ihre Atmung klang tief und regelmäßig, dennoch konnte er nicht daraus schließen, ob seine Frau tatsächlich schlief oder nur so tat.

Er wusste, er gefährdete seine Ehe, wenn er so weitermachte. Aber er wollte und würde sein Engagement nicht beenden.

Als im letzten September immer mehr Flüchtlinge nach München gekommen waren, waren sie sich beide schnell einig gewesen: Wir müssen etwas tun. Sie hatten die Ankömmlinge willkommen geheißen, Essen verteilt, Kleidung sortiert, Kinder betreut und mit ihnen gespielt und getan, was eben getan werden musste.

Es war nicht einfach, bei laufendem Restaurantbetrieb auch noch in der Flüchtlingshilfe mitzuarbeiten, aber irgendwie hatten sie es geschafft und sich gut dabei gefühlt.

Dass Petra im November pausieren wollte, konnte er verstehen. Es war eine große Belastung, nicht nur zeitlich, sondern auch psychisch. Zusätzlich mussten sie Hannahs Geburtstagsfeier vorbereiten. Zwar hatte die Hauptlast bei ihm gelegen, denn er musste sich neue Rezepte ausdenken, dennoch war auch Petra betroffen gewesen.

Bassam wälzte sich im Bett hin und her, an Schlaf war nicht zu denken. In gut zwei Wochen war Weihnachten, das Fest der Liebe. Er fürchtete, die gemeinsame Feier mit den Familien würde eher frostig ausfallen.

Petras Argument konnte er nachvollziehen. Wenn man eine Schwester hatte, die seit zwei Jahren von Hartz IV lebte und trotz guter Qualifikation keinen neuen Job fand, war es sicher gerechtfertigt zu fragen, warum die Regierung so viel für die Flüchtlinge tat, aber nicht für die Einheimischen. Was rein objektiv nicht stimmte. Aber welcher Arbeitslose war in dieser Sache objektiv?

Die Haltung seiner Eltern hingegen konnte er nicht verstehen. Sie waren vor fast vierzig Jahren selbst vor dem Bürgerkrieg im Libanon geflohen und hatten nach einigen Zwischenstationen in München eine neue Heimat gefunden. Dass sie seine Arbeit in der Flüchtlingshilfe kritisierten, machte ihn sehr traurig.

Erst in den frühen Morgenstunden fand Bassam etwas Schlaf. Als der Wecker klingelte, quälte er sich aus dem Bett und duschte kalt, um wach zu werden. Heute war Großmarkttag. Auch wenn er die meisten Händler seit Jahren kannte, musste er fit sein, um gute Ware zu einem fairen Preis zu erhalten.

Am Nachmittag, als alle Vorbereitungen für den Abend abgeschlossen waren, machte Bassam sich auf den Weg zu dem Flüchtlingsheim, für das er derzeit eingeteilt war.

Ein Dolmetscher war krank geworden und Bassam wurde gefragt, ob er einspringen könne, um einer Gruppe junger Männer die Abläufe zu erklären. Einer der Flüchtlinge sprach ihn auf Arabisch an, Bassam musste jedoch passen.

»Sorry, mein Arabisch ist sehr eingerostet«, sagte er auf Englisch. »Es ist zu lange her. Mein Name ist Bassam. Willkommen in München.«

Die Verständigung war kein Problem, denn Halim, der junge Mann, sprach sehr gutes Englisch. Er wurde zum Wortführer der Gruppe ernannt und ließ sich alles genau zeigen.

Als Bassam zwei Stunden später das Heim verließ, traf er erneut auf Halim, der mit anderen Asylbewerbern auf der zugefrorenen Wiese Fußball spielte.

»Alles in Ordnung?«, rief er ihm zu.

Halim stieß den anderen Spielern den Ball zu und kam angelaufen.

»Thanks for your help«, sagte er und fügte auf Deutsch hinzu: »Danke.«

»Gern geschehen«, erwiderte Bassam und fuhr dann auf Englisch fort: »Wo kommst du her?«

Halim nannte ihm einen Ort in Syrien, von dem er noch nie gehört hatte. »Südlich von Aleppo«, erklärte der Flüchtling.

Bassam zog seine Zigarettenschachtel hervor und bot Halim eine an. Der lehnte dankend ab.

»Weise Entscheidung. Meine Frau mag es auch nicht, wenn ich rauche. Aber ich habe derzeit so viel Stress, da muss das einfach sein.«

Er packte die Schachtel wieder weg und schlug vor, ins Haus zu gehen.

»Es ist kalt in Deutschland«, sagte Halim.

Bassam lachte. »Dabei ist das noch gar kein richtiger Winter. Seit wann bist du hier?«

»In Deutschland oder München?«

»Beides.«

»Ich bin im Sommer nach Deutschland gekommen, war bis gestern in einem Heim in der Nähe der österreichischen Grenze. Ich kann mir den Namen des Ortes nicht merken.«

»Traunstein? Passau?«

»Passau, genau. Die Leute waren sehr nett, aber sie haben eine komische Sprache. Es war manchmal schwer, sie zu verstehen.«

»Tröste dich, das passiert auch vielen Deutschen, die nach Bayern kommen. Das ist einfach der Dialekt. Ist im Arabischen auch nicht anders.«

»Wie kommt es, dass du kein Arabisch sprichst?«, wollte Halim wissen.

»Ich lebe schon seit fast vierzig Jahren in Deutschland. Ich bin als Kind hergekommen, ich war damals vier. Mein Vater hat großen Wert darauf gelegt, dass wir Kinder sofort Deutsch lernen. Ich war erst im Kindergarten, da lernt man die neue Sprache schnell. Das ist auch wichtig für die Schule später.« Bassam lachte. »Inzwischen bin ich vermutlich deutscher als mancher, der hier geboren wurde. Meine Frau ist übrigens gebürtige Deutsche.«

»Woher kommst du?«

»Wir haben in Beirut gelebt, bis uns der Bürgerkrieg zur Flucht zwang.«

»Oh«, entfuhr es Halim und er trat einen Schritt zurück.

Verwundert schaute Bassam ihn an. »Was ist?«

»Hast du kein Problem damit, dass ich Syrer bin?«

Bassam lachte. »Nein, warum sollte ich? Falls du auf die Besatzungszeit anspielst – ich weiß offen gestanden wenig über die libanesische Geschichte, und es ist mir auch ziemlich egal. Wir sind hier in Deutschland, da ist es gleichgültig, ob einer aus Syrien oder Libanon kommt. Du brauchst Hilfe, ich kann sie dir geben. So einfach ist das.«

Halim trat wieder näher. »Es ist also nicht übertrieben, was man sich über Deutschland erzählt.«

»Was erzählt man sich denn?«

»Dass hier alles gut ist.«

Bassam lachte. »So weit würde ich nicht gehen. Warte ab, bis du die Schattenseiten kennenlernst.«

Halim umkreiste mit der Hand das Heim und das Gelände. »Das hier kennst du also auch.«

»Ja und nein«, erwiderte Bassam. »Wie gesagt, ich war vier Jahre alt, für mich war es vor allem ein großes Abenteuer. Zumindest haben meine Eltern versucht, es so aussehen zu lassen. Bist du allein hergekommen oder mit der Familie?«

Bassam erschrak, als er Halims Gesichtsausdruck sah. Da hatte er offensichtlich einen Nerv getroffen. Er legte seine Hand auf den Arm des Syrers und sagte: »Tut mir leid.«

Halim schüttelte langsam den Kopf. »Du kannst es nicht wissen. Meine Familie ist noch in Syrien. Ich bin mit meinem jüngeren Bruder Jussuf geflohen. Bis kurz vor der ungarischen Grenze waren wir zusammen, seither vermisse ich ihn.« Er schaute Bassam ernst an. »Kannst du mir helfen, ihn zu finden?«

Bassam versprach, sein Möglichstes zu tun, sagte aber gleichzeitig, dass er sich nicht allzu viel Hoffnung machen solle. »Ich habe gelesen, dass sehr viele Menschen vermisst werden.«

Halim dankte ihm.

»Hast du ein Handy?«, fragte Bassam, um die Antwort gleich selbst zu liefern: »Natürlich hast du ein Handy. Dumme Frage.« Er notierte seine Nummer auf einem Zettel. »Hier, meine Nummer. Ruf mich an, wenn etwas sein sollte. Egal was, egal wann. Okay?«

»Okay«, sagte Halim und dankte ihm erneut.

Zu Hause erzählte Bassam seiner Frau von seiner neuen Bekanntschaft.

»Denkst du nicht, dass es allmählich zu viel wird?«, fragte sie.

»Ich will nur schauen, wer sich um solche Nachforschungen kümmert«, sagte Bassam. Er schaute Petra lange an, sagte dann leise: »Was hat sich geändert?«

Auch sie schwieg eine Weile, erwiderte schließlich: »Es sind so viele. Wo sollen die alle hin? Deutschland kann nicht alle Flüchtlinge aufnehmen.«

»Das tut es auch nicht. Derzeit sind es grade mal eineinhalb Millionen. Das ist nichts im Vergleich zu der Einwohnerzahl.«

Petra blieb skeptisch. »Aber was, wenn sie es nicht schaffen? Wenn die Flüchtlinge monatelang im Heim leben müssen? Wenn sie nicht arbeiten dürfen, sich langweilen und auf blöde Gedanken kommen? Und die Rechten schlafen auch nicht. Was, wenn es einen Anschlag auf eines der Heime gibt und du gerade dort bist? Ganz ehrlich: Ich habe Angst.«

»Du musst keine Angst haben«, versuchte Bassam, seine Frau zu beruhigen. »Ich passe auf mich auf, versprochen. In München läuft das alles ein bisschen anders als anderswo. Ich glaube nicht, dass es einen Anschlag geben wird. Dass die Flüchtlinge sich langweilen und womöglich auf dumme Gedanken kommen, wäre aber durchaus möglich. Aber genau deshalb engagiere ich mich, damit es nicht so weit kommt.«

»Ich befürchte, dass du dich übernimmst. Du schläfst zu wenig und du arbeitest zu viel.«

Bassam beugte sich vor und gab ihr einen Kuss. »Ich gebe auf mich acht, ich versprech's.«

Er recherchierte und gelangte zum Suchdienst des Roten Kreuzes, dessen Mitarbeiter willig, aber hoffnungslos überfordert waren. Wie er befürchtet hatte, waren zu viele Familien auf der Flucht getrennt worden.

»Wir werden Jussuf finden, früher oder später«, sagte er zu Halim. »Dass er so weit gekommen ist, ist ein gutes Zeichen. Auch wenn die Ungarn nicht gerade freundlich zu euch Flüchtlingen sind, so tun sie euch doch nichts zuleide.«

Halim schien anderer Meinung zu sein, sagte aber nichts. Er dankte Bassam und fragte, ob er im Gegenzug etwas für ihn tun könne.

»Hätte ich die Möglichkeit und die Mittel, würde ich für dich kochen. Du bist ein wahrer Freund.«

Es stellte sich heraus, dass Halim gelernter Koch war. Bassam zögerte nicht lange und lud ihn ins *Litani* ein.

Sie verstanden sich beinahe blind und arbeiteten Hand in Hand, als hätten sie seit Jahren nichts anderes gemacht. Bassam wusste, er konnte sich keinen zweiten Koch leisten, dennoch überlegte er, wie er den Syrer im Restaurant beschäftigen könnte.

Er fragte Petra.

»Wie soll das gehen? Das Einkommen reicht gerade mal für uns beide. Jetzt willst du noch einen Flüchtling durchfüttern?«

»Von Durchfüttern kann keine Rede sein«, verteidigte er sich. »Er arbeitet dafür.«

»Wir können uns keinen Mitarbeiter leisten.«

»Ich weiß. Er wird keinen normalen Lohn erhalten. Das ist auch gar nicht zulässig. Es muss eine andere Lösung geben!«

Petra machte sehr deutlich, dass sie dagegen war. Aber es war sein Restaurant, auch wenn sie von Anfang an mitgearbeitet hatte.

Das Familientreffen zu Weihnachten, das in diesem Jahr im *Litani* stattfand, ging ohne größere Zwischenfälle und Diskussionen vorüber. Es war, als hätten sich alle vorgenommen, schwierige

Themen auszuklammern. Bassam hatte darüber nachgedacht, Halim dazu einzuladen, entschied sich jedoch dagegen. Er wollte die Familie nicht unnötig reizen.

Dass Petra sich bereit erklärte, den Silvesterabend im Flüchtlingsheim zu verbringen, machte ihn sehr glücklich. Die Flüchtlinge hatten gekocht und den Aufenthaltsraum festlich geschmückt. Es wurde viel geredet, gelacht und getanzt.

Insgeheim hoffte Bassam, dass seine Frau ihre Einstellung wieder ändern würde, vor allem, da sie Halim sympathisch zu finden schien. Als allerdings zwei Tage später die Übergriffe in Köln bekannt wurden, entschied Petra, dass sie vom Thema Flüchtlinge endgültig die Nase voll hatte.

»Ich war auch ein Flüchtling«, sagte Bassam. »Willst du mich jetzt verlassen?«

»Das ist etwas anderes. Du lebst seit so vielen Jahren hier und du bist Deutscher.«

»Mit ausländischen Wurzeln.«

»Du bist wie ein Deutscher aufgewachsen, du weißt kaum etwas über den Libanon. Das ist eine vollkommen andere Kultur, eine andere Welt.«

»Mag sein, dass ich nicht in meinem ursprünglichen Kulturkreis aufgewachsen bin, aber ich kenne die Kultur trotzdem. Immerhin habe ich einige Monate in Beirut gearbeitet.« Bassam wollte nicht glauben, welche Argumente Petra vorbrachte.

»Ich frage mich ernsthaft, ob du mich heute noch heiraten würdest«, sagte er wütend.

Ihre Antwort kam einen Augenblick zu spät. »Das hat damit nichts zu tun.«

»Doch, hat es. Für mich zumindest«, antwortete Bassam und verließ Türen knallend die Wohnung.

Er fuhr mit der U-Bahn in die Innenstadt und lief durch die Fußgängerzone, bis ihm zu kalt wurde. Als er nach Hause kam, war Petra nicht da. Bassam duschte, zog sich um und ging ins *Litani*, um die Vorbereitungen für den Abend zu treffen. Über den gewohnten Tätigkeiten verrauchte sein Zorn allmählich. Als Petra um halb sechs eintraf, um die Tische zu decken und sich auf den Service vorzubereiten, begrüßten sie sich wie üblich mit einem Kuss, wenn auch mit einem flüchtigen. Die gemeinsame Arbeit ließ sie den Streit vergessen. Aber Bassam war klar, dass es nicht der letzte gewesen war. Er bekam Angst um seine Ehe.

Noch im Dezember hatte er sich wegen einer Arbeitserlaubnis für Halim erkundigt und traf Mitte Januar endlich auf einen Beamten in der Ausländerbehörde, der ihm eröffnete, dass Asylbewerber nach drei Monaten im Land eingeschränkt arbeiten durften. Voraussetzung war, dass es bereits eine passende Stelle gab und der Arbeitgeber die entsprechenden Angaben machte.

Bassam erklärte sich zu allem bereit und erhielt diverse Formulare, die er und Halim ausfüllen mussten.

»Jetzt lernst du gleich mal die Vorzüge der deutschen Bürokratie kennen«, sagte er zu ihm, als sie sich in der Nacht, nachdem das *Litani* geschlossen worden war, zusammensetzten.

»Ich habe viel davon gehört«, erwiderte Halim. »Bürokratie ist gut. Da weiß man, dass der Staat funktioniert.«

Bassam bezweifelte das. Aus eigener Erfahrung wusste er, dass es oftmals reine Glückssache war, ob ein Antrag genehmigt wurde oder nicht, je nachdem, auf welchen Bearbeiter man traf.

Was die Flüchtlingspolitik betraf, gingen in Bayern die Uhren anders als in den anderen Bundesländern. Man setzte vor allem auf Abschreckung, nicht auf Integration. Bassam war sehr stolz auf seine Heimatstadt München, die eine rühmliche Ausnahme bildete; viele Beamte, auch staatliche, nahmen sich eher ein Beispiel am Münchner Oberbürgermeister als an der Staatsregierung.

Es würde dauern, bis der Antrag bearbeitet und genehmigt wurde. Halim wollte trotzdem in der Küche mitarbeiten. »Ich langweile mich zu Tode im Heim. Es ist laut und eng, es stinkt, es ist schmutzig. Je öfter ich da rauskomme, desto besser.«

Nach zahlreichen Anrufen wurden drei Besuche pro Woche im *Litani* genehmigt.

»Er darf aber nicht in der Küche arbeiten«, schärfte ihm einer der Heimbetreuer ein. »Wenn das das Gewerbeaufsichtsamt mitbekommt, ist der Teufel los.«

»Aber als Spüler kann ich ihn aushelfen lassen, oder?«, fragte Bassam unschuldig.

Statt einer eindeutigen Antwort kam nur: »Lassen Sie sich einfach nicht erwischen.«

Das hatte Bassam nicht vor, weshalb er außer seiner Frau niemandem davon erzählt. Er war sich sicher, dass sie ihn nicht verraten würde, trotz ihrer skeptischen Einstellung.

Offiziell arbeitete Halim jetzt also dreimal in der Woche als Spüler im *Litani*. Tatsächlich arbeitete er als Koch und war für Bassam mit seinen Ideen und dem Mut, Ungewöhnliches auszuprobieren, eine große Bereicherung.

Wie der Zufall es wollte, waren an zwei Tagen, an denen Halim mitkochte, Restauranttester einer Münchner Tageszeitung zu Gast.

Seit Tagen hatte Halim mit verschiedenen Gewürzen experimentiert. Just am ersten Abend, als die Tester kamen, hatte Bassam beschlossen, eines der neuen Gerichte auf der Tageskarte anzubieten, um die Reaktion der Gäste zu sehen.

Diese waren voll des Lobes. In der Zeitung erschien ein paar Tage später eine ausgesprochen positive Bewertung, was zur Folge hatte, dass die Tischreservierungen rapide zunahmen. Selbst

Petra musste zugeben, dass der Syrer ein Gewinn für das Restaurant war.

Während die beiden Männer in der Küche nebeneinander arbeiteten, redeten sie kaum. Jeder wusste, was er zu tun hatte, es waren keine überflüssigen Worte nötig.

Zwischendurch ließ Halim sich immer wieder die deutschen Begriffe für die Zutaten oder das Handwerkszeug sagen, wiederholte sie so oft, bis er sie wusste, und lernte so nach und nach Deutsch.

Zu Beginn hatte Bassam versucht, ihn über seine Flucht auszufragen, aber mehr, als dass er und sein Bruder über die Türkei und die Balkanroute geflohen waren, war nicht aus ihm herauszubringen. Bassam ließ es auf sich beruhen. Wenn Halim reden wollte, würde er da sein.

Regelmäßig rief Bassam beim Roten Kreuz an, doch es gab nie Neuigkeiten von Jussuf. Genauso regelmäßig nervte er den Beamten in der Ausländerbehörde, um endlich die Arbeitsgenehmigung für Halim zu bekommen.

»Im Libanon würden wir jetzt mit einem dicken Bündel Geldscheine winken«, sagte er am Abend zu Halim. »Aber hier in Bayern kannst du das vergessen.«

»In Syrien würde es vermutlich genauso laufen«, erwiderte Halim düster. »Bestechung ist nicht gut. Man macht sich zu abhängig.«

»Habt ihr für Schleuser bezahlt?«

Halim nickte. »Ohne Schleuser hast du keine Chance. Und die nutzen das schamlos aus. Verlangen erst ein paar tausend Euro, dann – mitten auf der Reise, wenn du weder vor noch zurück kannst – noch mal ein paar tausend. Dabei hatten wir noch Glück. Ich habe Geschichten gehört ...«

Bassam hatte in der Zeitung über einige Schicksale gelesen. Und er konnte sich noch allzu gut an das Entsetzen erinnern, das ihn befiel, als er den Bericht über die einundsiebzig Flüchtlinge sah, die elendiglich in einem Lieferwagen erstickt waren. An die vielen Ertrunkenen im Mittelmeer wollte er gar nicht denken.

»Es sind keine schönen Zeiten«, sagte er leise.

»Und dennoch geht es mir gut«, gab Halim zurück. »Viel besser als vielen anderen. Ich hoffe nur, dass Jussuf irgendwann auftaucht.«

»Das wird er ganz bestimmt.«

»Wie bist du eigentlich nach Deutschland gekommen?«, wollte Halim wissen.

Bassam lachte. »Vermutlich auf ähnlichem Weg wie du. Meine Eltern haben alles dafür getan, dass ich so wenig wie möglich mitbekomme. Ich kann mich an ein Lagerfeuer erinnern. Ich saß auf dem Schoß meiner Mutter, es war sehr kalt. Jemand hat angefangen zu singen, aber das wurde sofort untersagt. Ich weiß noch, wie traurig ich darüber war, ich mag es, wenn Menschen singen.«

Er lachte wieder. »Aber nur, wenn die Stimme schön ist. Die von damals, von diesem Lagerfeuer, war dunkel und männlich. Zumindest glaube ich das. Wir waren auch auf einem Boot und in einem Flugzeug. Aber was in welcher Reihenfolge kam – keine Ahnung. Meine Eltern reden nie darüber.«

»Kann ich gut verstehen«, sagte Halim. »Man möchte es so schnell wie möglich vergessen.«

»Ich würde gerne mehr darüber erfahren, immerhin ist es ein Teil meines Lebens. Aber ich respektiere den Wunsch meiner Eltern.«

»Eines Tages werden sie es dir erzählen«, meinte Halim.

»Wenn es dann nicht zu spät ist.«

Anfang Februar erhielt Halim die eingeschränkte Arbeitserlaubnis und verbrachte seine Tage im *Litani*. Das rief Neid und Missgunst unter den anderen Flüchtlingen hervor, was darin gipfelte, dass Halims Kleidung beschmutzt, zerrissen und teilweise sogar in Brand gesteckt wurde.

»Du musst da raus«, sagte Bassam.

»Wo soll ich denn hin? Ich darf das Heim nicht verlassen.«

»Ich finde eine Möglichkeit«, beharrte Bassam.

Halim lächelte. »Lass gut sein, du hast schon so viel für mich getan.«

Bassam ließ es nicht gut sein. Ihm war von vornherein klar gewesen, dass er nicht allen Flüchtlingen helfen konnte. Aber nun war da dieser eine, den er gut leiden konnte, und der wie ein jüngerer Bruder für ihn war. Dem wollte er helfen, mit allen Mitteln, die ihm zur Verfügung standen.

Als er vorsichtig bei der Behörde anfragte, sagte man ihm, dass ein Asylbewerber keinesfalls außerhalb eines Heims wohnen dürfte. Erst, wenn der Antrag anerkannt war, gab es die Erlaubnis auszuziehen.

»Das ist doch Blödsinn«, regte Bassam sich auf. »Alle würden davon profitieren: Im Heim wird ein Platz frei, der Staat muss nicht mehr zahlen oder zumindest weniger, die Integration geht praktisch von allein.«

»Ich weiß«, sagte der Beamte. »Trotzdem: Mir sind die Hände gebunden.«

Bassam dachte nach. Die Behörden waren derart überlastet, dass es kaum eine Möglichkeit geben dürfte, jeden Asylbewerber zu überwachen. Würde es auffallen, wenn Halim von heute auf morgen verschwand?

Aber zunächst musste er eine sehr viel größere Hürde nehmen als eine bayerische Behörde: seine Frau.

Er war nicht überrascht, dass Petra dagegen war, Halim in ihrer Wohnung aufzunehmen. Das hatte er erwartet. Viel mehr verblüffte ihn die Ernsthaftigkeit, mit der sie mit ihm diskutierte. Auch sie schien sich Gedanken über den Zustand ihrer Ehe gemacht zu haben.

Dennoch – er konnte sie am Ende nicht überzeugen, auch nicht von einer vorübergehenden Aufnahme des Syrers. Ihr Hauptargument war nicht von der Hand zu weisen: Die Wohnung war für drei Erwachsene zu klein.

Bassam ging seine Telefonliste durch und rief ein paar Leute an, aber niemand schien genügend Platz zu haben. Als Hannah ein paar Tage danach mit ihrem Freund Klaus zum Abendessen ins Restaurant kam, bat er sie um ein Gespräch unter vier Augen.

»Ich weiß, du hast sehr viel um die Ohren«, begann er. »Ich suche für einen Freund eine Unterkunft. Es ist ein syrischer Flüchtling, der mir seit einigen Wochen in der Küche hilft. Er lebt in einem Heim, wo es eng und laut und nicht sehr sauber ist. Ich will ihn da rausholen.«

»Kann ich verstehen«, erwiderte Hannah. »Auf die Schnelle fällt mir nichts ein. Du weißt, Wohnungen sind rar in München, schon gar günstige. Meine ist leider auch nicht geeignet, ich brauche das Zimmer, in dem Svenja gewohnt hat, selbst wieder.« Sie lächelte verschmitzt und deutete mit dem Kopf zu dem Tisch, wo Klaus saß. »Lass mich drüber nachdenken.«

Zwei Tage später rief sie an und gab ihm die Nummer eines gewissen Ben Häusgen. »Vielleicht kannst du dich an ihn erinnern, er war auf meiner Geburtstagsfeier«, sagte sie und beschrieb den Mann.

Bassam war er kein Begriff, aber was Hannah ihm noch sagte, überzeugte ihn, den Mann anzurufen: »Er wohnt in einem Loft und hat jede Menge Platz.«

Bassam dankte ihr und wählte sofort die Nummer. Als Ben sich meldete, stellte er sich vor, nannte Hannahs Namen und fragte, ob sie sich am Abend treffen könnten, gerne zu einem Essen im *Litani*.

Als Ben den Grund seines Anrufs wissen wollte, erklärte Bassam ihm die Situation.

»Es tut mir leid«, erwiderte Ben. »Normalerweise hätte ich damit kein Problem, aber ich stehe derzeit sehr unter Stress, ich brauche absolute Ruhe in meiner Wohnung.«

Bassam akzeptierte das Nein widerspruchslos.

»Es ist sehr schade, aber verständlich«, sagte er.

»Ich höre mich mal um«, bot Ben an. »Vielleicht findet sich etwas.«

Halim war mehr als dankbar für alles, was Bassam für ihn tat. »Du bist wie ein großer Bruder für mich«, sagte er. »Wie kann ich das jemals gutmachen?«

»Indem du so schnell wie möglich Deutsch lernst und versuchst, auf eigenen Beinen zu stehen«, erwiderte Bassam.

Halim versprach, sein Bestes zu geben.

Eine Woche später brach Petra nach seiner Rückkehr aus dem Großmarkt einen heftigen Streit vom Zaun: Er hatte ihre bevorzugte Sorte Äpfel nicht mitgebracht.

»Ich habe es einfach vergessen, tut mir leid. Das kann doch mal vorkommen.«

»Mal ja. Aber seit einigen Wochen vergisst du ständig etwas. Und immer, wenn es um mich geht. Wenn es Halim gewesen wäre, hättest du dran gedacht«, rief sie.

Bassam starrte sie verblüfft an. Er war sich keinerlei Schuld bewusst. »Wann habe ich was vergessen? Du hast nie etwas gesagt.«

Petra zählte drei Gelegenheiten auf, wo sie ihn angeblich um etwas gebeten, er es aber ignoriert oder verschwitzt hatte.

Bassam konnte sich an keinen der Anlässe erinnern, was für Petra nur der Beweis war, dass er sie nicht mehr wichtig nahm.

»Das ist lächerlich«, erwiderte er und zählte nun im Gegenzug auf, was er für sie tat, ohne dass sie es verlangte. »Sind wir jetzt schon so weit, dass wir unsere Taten füreinander aufrechnen?«, fragte er.

»Ehrlich gesagt, ich weiß nicht, wo wir sind. Ich weiß nur, dass es so nicht weitergehen kann.« Petra schaute ihn traurig an. »Ich habe mit Mischa telefoniert. Ich werde für eine Weile zu ihr ziehen. Ich brauche Abstand von all dem.«

Bassam wollte etwas erwidern, aber ihm fehlten die Worte. Alles, was ihm durch den Kopf schwirrte, war: *Petra verlässt mich!* und *Wer wird im* Litani *bedienen?*

Da er seiner Frau nicht beim Packen zuschauen wollte, verließ er die Wohnung und lief Richtung Innenstadt. Er musste einen klaren Kopf bekommen.

Die Lösung für das Restaurant lag auf der Hand, auch wenn sie riskant war: Halim würde kochen, er selbst würde den Service übernehmen, bis er einen Ersatz gefunden hatte. Und vielleicht kehrte Petra schneller zurück als gedacht. Lange hielt sie es nie bei ihrer Schwester aus.

Als Halim am Nachmittag ins Restaurant kam, schien er sofort zu spüren, dass etwas nicht stimmte. Bassam versuchte abzuwiegeln, aber der Syrer ließ sich nicht täuschen. Also erzählte er von dem Streit.

»Du darfst deine Frau nicht weggehen lassen. Das ist es nicht wert. Sie ist wichtiger als ich.«

Bassam schaute ihn fragend an. »Ist sie das wirklich? Das ist genau der Punkt. Warum sollte sie mehr wert sein als du?«

Halim wusste keine Antwort.

Eine Zeitlang arbeiteten sie, ohne zu reden, dann fragte der Syrer: »Wie hast du sie kennengelernt?«

Bassam unterbrach seine Tätigkeit und nahm sich eine Tasse Tee aus dem Samowar, der immer in Betrieb war, wenn er sich im *Litani* aufhielt. Er musste lächeln, als er an das erste Zusammentreffen mit Petra dachte.

»Es war 1997. Ich war gerade wieder in München angekommen und wohnte vorübergehend bei meinen Eltern, bis ich eine eigene Wohnung fand. Ich war zwei Jahre um die Welt gereist, hatte in guten, sehr guten und weniger guten Restaurants gearbeitet.

Mein Vater war immer dagegen, dass ich Koch lernte, er findet, es ist ein Frauenberuf. Heute ist er stolz darauf, dass ich mein eigenes Restaurant habe, auch wenn er das niemals zugeben würde.«

Halim lachte. »Väter«, sagte er.

»Ja«, stimmte Bassam zu. »Man hat es nicht leicht mit ihnen. Ich war also wieder in München und auf der Suche nach einer Stelle und einer Wohnung. Ein früherer Freund meinte, ich könne vorübergehend bei ihm wohnen, es sei gerade ein Zimmer in seiner WG freigeworden. Ich schaute mir die Wohnung an. Es gab drei Zimmer, einen Gemeinschaftsraum und Küche und Bad. Ein Zimmer bewohnte der Freund, das zweite wäre für mich gewesen, im dritten wohnte Petra.

Sie war an dem Tag, als ich das Zimmer besichtigte, nicht da. Mein Freund meinte nur, sie sei etwas eigenwillig, so gar nicht sein Typ. Aber obwohl sie ein Mädchen sei, gebe es kaum Stress mit ihr. Ich sagte ab, denn bei meinen Eltern musste ich keine Miete zahlen, was von Vorteil war, solange ich keinen Job hatte.

Ein paar Wochen später gab mein Freund eine Party. Ich wollte die Einladung erst nicht wahrnehmen, aber meine Eltern erwarteten Besuch und drängten mich zu gehen. Was soll ich sagen? Ich sah Petra und war verloren. Es war wirklich so etwas wie Liebe auf den ersten Blick.«

Bassam blickte gedankenverloren vor sich hin.

»Und sie?«, fragte Halim.

Bassam lachte leise. »Ich wünschte, ich könnte dasselbe von ihr sagen. Sie hatte einen Freund. Für mich war klar, dass sie tabu ist.

Ich nehme keinem Mann die Frau weg. Aber ich gebe zu, dass ich einiges unternahm, um sie häufiger ›zufällig‹ zu treffen.« Bassam lachte. »Ich habe ihr das nie gesagt.«

»Von mir wird sie es nicht erfahren«, versicherte Halim ihm.

»Ein Jahr später erfuhr ich von einem gemeinsamen Freund, dass sie sich getrennt hatte. Ich brachte mich also noch deutlicher zur Geltung und konnte mein Glück nicht fassen, als sie mich eines Tages anrief und fragte, ob ich nicht Lust hätte, etwas mit ihr zu unternehmen.«

»*Sie* hat *dich* angerufen?«, fragte Halim ungläubig.

»Ja, das ist so in Deutschland, in Europa. Frauen sind gleichberechtigt und handeln auch so. Zumindest meistens.«

»Was passierte dann?«

»Von da an trafen wir uns regelmäßig und wurden ein Paar. Silvester 1999, also eigentlich um Mitternacht, hielt ich um ihre Hand an, im Juni 2000 heirateten wir.«

»Und dann habt ihr das *Litani* aufgemacht«, schlussfolgerte Halim.

»Nein. Das gibt es erst seit gut drei Jahren. Ich habe in diversen Restaurants gearbeitet, aber ich wollte endlich mein eigener Herr sein. Petra hat mich sehr dabei unterstützt.«

Halim legte eine Hand auf Bassams. »Hol sie zurück.«

»Ich werde sie zurückholen, ich verspreche es. Aber ich denke, ein paar Tage Auszeit werden uns beiden guttun.«

Als er am nächsten Tag bei seinen Eltern anrief, meldete sich seine Mutter und war höchst erfreut, seine Stimme zu hören. Sie tauschten die neuesten Neuigkeiten aus. Irgendetwas in seiner Stimme verriet ihr offenbar, dass etwas nicht stimmte.

»Was ist los?«, fragte sie.

Bassam druckste herum. »Petra ist bei Mischa. Wir haben uns gestritten.«

»Willst du herkommen?«, bot sie an. Und fügte nach einer kleinen Pause hinzu: »Dein Vater ist nicht da.«

Bassam nahm das Angebot seiner Mutter gerne an. »Ich bin in fünfzehn Minuten bei dir.

Nachdem er endgültig ausgezogen war, hatten seine Eltern sich eine kleinere Wohnung gesucht, aber sie waren immer in Neuperlach geblieben. Sie fühlten sich wohl dort. Warum sollten sie wegziehen?

Als er ankam, nahm seine Mutter ihn für einen Moment in die Arme und zog ihn ins Wohnzimmer, wo eine dampfende Kanne Tee wartete. Er fühlte sich wie ein kleiner Junge, dem etwas widerfahren war und der nun getröstet werden sollte.

Während sie einschenkte, nahm er auf dem riesigen Sofa Platz, das er schon als Kind sehr geliebt hatte, und sah zu, wie sie Zucker zum Tee gab, umrührte und ihm eine Tasse hinschob. Schweigend tranken sie.

»Was ist los?«, fragte sie endlich.

Bassam erzählte. Von der Flüchtlingshilfe, von Petras anfänglicher Begeisterung, die immer mehr nachließ und schließlich vollends verpuffte. Er berichtete von Halim, seinem verschollenen Bruder Jussuf, seinen Fähigkeiten als Koch, seinem Wunsch, der Enge des Heims entfliehen zu können. Zuletzt erzählte er von dem Streit mit seiner Frau.

Seine Mutter blieb lange stumm, dachte nach und trank Tee. Obwohl er eine große Unruhe verspürte, zwang er sich zur Geduld. Er wusste, sie würde reden, wenn der Zeitpunkt gekommen war.

»Eine Ehe bedeutet immer Kompromisse«, sagte sie nach einer Weile. »Ich habe nicht den Eindruck, dass ihr sehr kompromissbereit seid. Keiner von euch will nachgeben.« Sie schaute ihn ernst an.

»Und wenn du ehrlich bist, musst du zugeben, dass du deiner Frau sehr viel abverlangst.«

Bassam senkte den Kopf. Natürlich wusste er, was er von Petra verlangte. Aber warum war es ihr nicht möglich, Verzicht zu üben, um einem anderen zu helfen?

Seine Mutter ergriff seine rechte Hand und hielt sie fest. »Bassam, du musst auf sie Rücksicht nehmen. Sie ist eine gute Frau. Tu nichts, was eure Ehe gefährdet.«

Er nickte wie ein folgsamer Sohn. Er war überrascht angesichts der modernen Einstellung seiner Mutter. Bisher war er immer der Auffassung gewesen, dass seine Eltern eher altmodische Ansichten hatten, was die Ehe anging. Der Mann hatte das Sagen, die Frau ordnete sich unter. Was seine Mutter gerade gesagt hatte, widersprach dem. Er als Mann sollte Rücksicht auf die Frau nehmen? Aber das tat er doch. Oder etwa nicht?

Seine Mutter ließ seine Hand los, hob stattdessen mit zwei Fingern sein Gesicht, so dass er sie ansehen musste.

»Dein Engagement für die Flüchtlinge ist sehr lobenswert«, sagte sie. »Aber du darfst nicht denken, dass du damit die Welt retten kannst. Ich verstehe dich. Es ist schwer, jemandem helfen zu wollen, den man nett findet, aber nicht helfen zu können. Du musst akzeptieren, dass auch du deine Grenzen hast. Du hast schon so viel für diesen jungen Mann getan. Verlier dich nicht dabei. Du musst zuerst an dich denken, an deine Frau, an dein Restaurant.«

Bassam schaute sie verzweifelt an. »Es muss dennoch möglich sein, wenigstens einem von ihnen zu helfen. Warum gibt es so dämliche Gesetze, die all das verbieten? Halim ist neunundzwanzig. Er ist gesund und kräftig, er könnte sehr gut selbst für sich sorgen. Aber er darf nicht voll arbeiten. Sie lassen ihn lieber den ganzen Tag nichts tun und sich langweilen, und dann wundern sie sich, wenn die Menschen aggressiv werden. Die sitzen da aufeinander wie die Hühner auf der Stange. Es gibt nicht genug Duschen oder Klos, es gibt nicht genug Kochgelegenheiten, es gibt keine Privatsphäre. Da würde jeder Mensch auf Dauer kaputt gehen. Erst recht welche, die aus einem schrecklichen Krieg geflüchtet sind. Gerade ihr müsstet das verstehen.«

Seine Mutter lächelte gequält. »Ich verstehe das, mein Junge, ich verstehe das. Dennoch, es sind andere Zeiten. Damals kamen nicht so viele Flüchtlinge nach Europa wie jetzt.« Sie ergriff wieder seine Hand. »Lass uns nicht streiten. Alles, worum ich dich bitte, ist: Denk noch mal gründlich darüber nach. Und rede mit deiner Frau.«

Bassam blieb noch eine Weile. Er wollte seiner Mutter nicht den Eindruck vermitteln, er sei sauer auf sie, obwohl er es im Innern seines Herzens war. Er wusste nicht genau, was er sich von dem Besuch bei ihr versprochen hatte, aber er war enttäuscht.

Am nächsten Tag war Ruhetag im Restaurant. Wie üblich widmete er sich am Morgen ein paar Stunden der leidigen Bürokratie. Der Umsatz hatte seit Halims Mitarbeit erfreulich zugenommen. Jetzt musste nur noch unterm Strich etwas übrigbleiben.

Der freie Nachmittag war normalerweise für Petra und ihn reserviert, aber sie hatten schon lange nichts mehr miteinander unternommen. Zumindest nicht sie beide allein. Bassam wurde zum ersten Mal deutlich bewusst, dass er in den letzten Monaten all seine freie Zeit für die Flüchtlinge geopfert hatte.

Nachdenklich lief er in der Wohnung auf und ab, griff schließlich zum Telefon und rief seine Schwägerin an. Als sich nur der Anrufbeantworter meldete, legte er wieder auf.

Da er es in der Wohnung nicht mehr aushielt und Hunger hatte, beschloss er, zu Hannah zu gehen. Heute würde er sich einmal verwöhnen lassen.

Edeltraut begrüßte ihn und fragte nach seinen Wünschen.

»Was können Sie mir empfehlen?«

Sie zählte einige Arten von Sandwiches auf, und er entschied sich für eines mit Thunfisch und Salat und bestellte ein Wasser und einen Espresso dazu.

»Wie geht es dem netten jungen Mann, der bei Ihnen aushilft?«, fragte sie, als sie ihm die Getränke brachte.

»Gut, danke. Kennen Sie ihn?«

»Er hat mir neulich mit einer schweren Tasche geholfen.« Edeltraut schaute ihn verlegen an. »Ich hatte ihn schon häufiger in der Straße gesehen und fragte ihn deshalb, ob er hier wohne. Da sagte er, dass er im *Litani* aushelfe.«

»Es ist nur halb offiziell«, sagte Bassam. »Na ja, eigentlich ist es offiziell, aber er dürfte nicht so viel arbeiten. Aber gerade jetzt brauche ich ihn sehr dringend.«

»Probleme?«, fragte Edeltraut.

Bassam seufzte. »Wie man es nimmt. Meine Frau ist für eine Weile zu ihrer Schwester gezogen. Fakt ist: Wir haben uns gestritten. Wegen Halim. Das ist der junge Mann«, fügte er hinzu.

»Dachte ich mir.« Edeltraut lächelte schelmisch. »Es wird sicher alles gut. Ich hole Ihr Sandwich, es müsste inzwischen warm sein.«

Als sie wiederkam, sagte Bassam: »Sie kennen nicht zufällig jemanden, der eine kleine Wohnung zu vermieten hat? Oder auch nur ein schönes Zimmer?«

»Warum? Sie denken hoffentlich nicht daran, von daheim auszuziehen?«

Bassam musste wider Willen lachen, weil ihre Stimme so empört klang.

»Nein, so weit sind wir zum Glück noch lange nicht. Es ist nur eine kleine Meinungsverschiedenheit. Nein, es ist für Halim. Im Heim herrschen grässliche Zustände.«

»Ja, man liest so allerlei«, erwiderte Edeltraut. »Ich fürchte, da kann ich Ihnen nicht weiterhelfen. Guten Appetit.«

»Danke«, sagte Bassam.

Am Abend rief er erneut bei Mischa an.

»Sie will dich nicht sprechen«, sagte seine Schwägerin.

»Red keinen Müll«, rief Petra im Hintergrund. »Gib ihn mir.«

Es folgte eine gedämpfte Diskussion der beiden Frauen. So sehr er sich auch anstrengte, er konnte kein Wort verstehen.

Endlich meldete sich seine Frau.

»Hallo.«

»Hallo. Wie geht es dir?«

»Gut. Davon abgesehen, dass meine große Schwester mich bevormunden will. Da hätte ich auch zu Hause bleiben können.«

»Ha ha.«

Petra lachte. »Tut mir leid. War nicht ernst gemeint. Wie geht es dir?«

»Ich könnte jetzt sagen, ich genieße die Leere der Wohnung, aber ehrlich gesagt, fühle ich mich einsam.«

»Ich bin grade mal zwei Tage weg.«

»Mir kommt es vor wie zwei Wochen.«

»Lügner.«

»Nein, es ist die Wahrheit. Ich vermisse dich.«

Sie schwiegen.

»Wann kommst du wieder?«, fragte er, als er es nicht mehr aushielt.

»Vermutlich früher, als du denkst«, antwortete Petra. Flüsternd fügte sie hinzu: »Ich kann jetzt nicht reden. Ich ruf dich morgen an.«

»Gut. Ich liebe dich.«

»Ich liebe dich auch. Mach's gut.« Sie legte auf.

Bassam führte einen kleinen Freudentanz auf. Und er nahm sich vor, künftig besser auf seine Ehe zu achten.

Zwei Tage später stand unerwartet Edeltraut in seinem Restaurant.

»Welch nette Überraschung«, sagte er. »Ein Tisch für Sie?«

»Nein, heute nicht, danke. Ich würde gerne mit Ihnen reden, wenn es passt.«

»Im Moment ist es ruhig. Ich muss nur das Lokal im Auge behalten.« Er führte sie neben die Theke, wo sie ungestört waren. »Was kann ich für Sie tun?«

Edeltraut erwiderte: »Die Frage ist eher, was ich für Sie tun kann. Oder vielmehr für Halim.«

»Haben Sie eine Unterkunft für ihn gefunden?«

»Möglicherweise«, sagte sie.

Bassam umarmte sie spontan. Ihr Körper versteifte sich sofort.

»Tut mir leid, ich wollte Ihnen nicht zu nahe treten, aber allein für Ihre Bemühung muss ich Ihnen danken.«

»Danken Sie mir erst, wenn Sie meinen Vorschlag gehört haben.«

»Gut. Schießen Sie los.«

Edeltraut schaute sich um und vergewisserte sich, dass ihnen tatsächlich niemand zuhörte.

»Ich dachte, ich könnte Halim bei mir aufnehmen«, sagte sie.

Bassam glaubte, sich verhört zu haben. »Was soll das heißen, bei Ihnen?«

»Ich weiß nicht, ob Sie es wissen. Mein Mann hat mich vor mehr als einem Jahr verlassen. Ich wohne seitdem allein in der großen Wohnung. Ich habe drei Zimmer, das ist zu viel für eine alte Frau wie mich. Ich dachte, wir könnten die Zimmer so umgestalten, dass jeder eines hat, und das dritte ist eine Art Gemeinschaftszimmer.«

Als Bassam etwas einwerfen wollte, hielt sie die Hand hoch.

»Nein, warten Sie, lassen Sie mich ausreden. Ich denke schon länger darüber nach, ein Zimmer zu vermieten, aber ich gebe zu, dass ich eher an eine Studentin, nicht an einen Flüchtling gedacht habe. Als Sie mich neulich fragten, dachte ich mir: Wo ist der Unterschied? Okay, Halim ist ein Mann, aber wen interessiert das? Er braucht ein Zimmer, ich habe es, es ist perfekt.«

Bassam war sich da nicht so sicher. So sehr er Edeltrauts Angebot schätzte, so groß waren seine Bedenken.

»Haben Sie keine Angst, dass man über Sie redet?«

»I wo! Sollen sich die Leute das Maul zerreißen. Interessiert mich nicht.«

»Sie sagten, Sie wollen das Zimmer untervermieten. Aber Halim kann nur wenig zahlen.«

»Das ist schon in Ordnung. Seit ich bei Hannah arbeite, brauche ich das Geld nicht mehr so dringend.«

»Sie haben sich wirklich Gedanken gemacht«, sagte Bassam bewundernd.

»Was dachten Sie denn? Ich schlage so etwas nicht aus Jux und Tollerei vor. Ich habe allerdings zwei Bedingungen.«

Aha, jetzt kommt der Haken, dachte Bassam.

»Die wären?«

»Der junge Mann muss Deutsch lernen und er muss mir einige Rezepte beibringen.«

Bassam lachte erleichtert auf. »Das ist alles? Ich denke, das ist kein Problem.«

Die Tür öffnete sich und eine Gruppe von Gästen strömte herein.

»Ein Tisch für acht?«, rief eine ältere Frau.

»Ich bin sofort bei Ihnen«, rief Bassam zurück und sagte zu Edeltraut: »Warum kommen Sie nicht morgen Nachmittag vorbei? Dann können Sie und Halim sich schon einmal etwas näher kennenlernen. Ich sollte mich jetzt um die neuen Gäste kümmern.«

»Tun Sie das«, stimmte Edeltraut zu. »Wir sehen uns morgen. Grüßen Sie ihn herzlich.«

Den ganzen Abend kam Bassam nicht zum Nachdenken. Als er weit nach Mitternacht endlich im Bett lag, ließ er den Tag noch einmal Revue passieren.

Er würde sich mit Petra versöhnen und ihr versprechen, wieder mehr Zeit mit ihr zu verbringen. Und er würde das Versprechen auch halten.

Halim würde eine neue Bleibe finden und so womöglich den wohlverdienten Start in ein neues Leben erhalten. Das sah doch alles gar nicht mehr so schlecht aus.

Gina Stein

Er! Ruft! Nicht! An!

2. Januar

Liebes Tagebuch,
ich …

3. Januar

Ich hätte nie gedacht, dass ich Mandy mal vermissen würde … Es ist so ruhig in der Wohnung. Zu ruhig.

4. Januar

Er! Ruft! Nicht! An!

5. Januar

Ich denke, ich muss mich endlich aufraffen und über die letzten Wochen schreiben, sonst werde ich verrückt!

Wo beginnen?

Oliver ist weg. Bis zum Ende habe ich gehofft, er würde es sich anders überlegen. Aber er ist am Samstag nach London geflogen, um nächste Woche sein Praktikum zu beginnen. Silvester war unser letzter gemeinsamer Abend.

6. Januar

Gestern hat Hannah mich aus dem Café geworfen, weil ich dauernd geheult habe. Sie hat gesagt, ich soll erst mal mein Leben auf die Reihe kriegen, bevor ich wiederkomme. Das war hart, aber es hat geholfen.

Es gibt wahrlich Schlimmeres als meinen Liebeskummer. Dennoch habe ich das Gefühl, meine Welt ist grau und leer.

Omi sagt immer, man solle nach vorne schauen und nicht in der Vergangenheit leben. Ob sie jemals eine Liebe verloren hat? Na ja, vermutlich schon, sie war schließlich auch mal jung. Und es gibt da einige Gerüchte über sie und einen Mann, lange bevor sie Opi getroffen hat. Ich sollte sie mal danach fragen.

Mir ist klar, dass ich zuerst die letzten Wochen verdauen muss, bevor ich mich wieder der Zukunft widmen kann. Vielleicht sollte ich auch erst mal mit der Gegenwart beginnen?

Die sieht nämlich nicht sehr rosig aus. Ich habe das Studium geschmissen. Okay, ich habe erst mal nur unterbrochen, aber ich kann mir beim besten Willen nicht vorstellen, jemals wieder Gesetze zu pauken. Es ödet mich an!

Schuld daran ist – natürlich! – Oliver. Wir haben jede freie Minute miteinander verbracht, und ich dachte nicht daran, diese wertvolle Zeit mit langweiligen Vorlesungen zu vergeuden. Zum Glück läuft das Café so gut, dass ich mehr Stunden mit Hannah vereinbaren konnte. Mit dem Trinkgeld und dem Zuschuss von Papa passt das gut. So gut, dass ich ernsthaft darüber nachdenke, nur noch im Café zu arbeiten. Mir ist schon klar, dass ich eine Ausbildung machen sollte, aber momentan kann ich mich für nichts begeistern, am allerwenigsten für das deutsche Rechtswesen.

Zurück zu Oliver. Als er Anfang November plötzlich im Café stand, hatte ich es gerade geschafft, ihn – nein, nicht zu vergessen, aber zu verdrängen. Ich glaube, ich habe hier schon was zu unserer ersten Nacht geschrieben. Eigentlich war es unsere zweite, wenn man die Nacht unseres Kennenlernens mitrechnet. Und das muss man, denn es war die bisher aufregendste Nacht meines Lebens.

Die zweite war nicht minder aufregend. Wir haben viel geredet, aber eben auch miteinander geschlafen. Es war wunderbar. Ich habe sicher nicht so viele Vergleichsmöglichkeiten wie Mandy – die es übrigens geschafft hat, den Waldschrat an sich zu binden, das sei hier nur mal erwähnt –, aber ein paar Lover hatte ich auch schon. Oliver ist der beste. Und das schreibe ich nicht, weil ich unsterblich in ihn verliebt bin, sondern …

3 Stunden später

Ich musste schon wieder weinen. Ob das irgendwann aufhört?

Bevor es wieder ans Heulen geht, nur schnell die neuesten Infos zu Mandy. Offensichtlich hat sie sich an ihren eigenen Ratschlag erinnert und die ganze Sache mit Jochen – so heißt der Mann mit Bart – locker genommen. Er war immer mal wieder da, sie hatten eine Nacht lang Spaß, aber am frühen Morgen ging er wieder. Mandy hat gelitten, das habe ich gesehen, trotz meiner überbordenden Gefühle, aber sie hat es durchgezogen. Dass es ihr ernst war, wurde mir klar, als sie keine anderen Männer mehr abschleppte. Es war eine wunderbar ruhige Zeit! Außer wenn der Waldschrat (so nenne ich ihn immer noch, denn sein Bart wird ein immer wilderes Gestrüpp) da war. Aber selbst dann war es vergleichsweise leise. Ich vermute, auch ihm war Mandys gekünsteltes Gestöhne zu viel.

Eines Morgens – Oliver hatte ausnahmsweise mal bei mir übernachtet – saß Jochen in der Küche und trank Kaffee. Und Mandy war um Trillionen besser drauf als sonst.

Wir verbrachten die meiste Zeit bei Oliver. Es war viel Fahrerei, denn das Haus seiner Familie liegt in Gauting. Ach was, Haus. Es ist eine riesengroße Villa. Man könnte sich wie eine Königin fühlen, aber offen gestanden kam ich mir immer wie ein Eindringling vor. Wie eine Art Aschenputtel, das aus Versehen ins Schloss gelangt.

Es gibt unzählige Schlafzimmer, jedes hat ein eigenes Bad, dennoch gibt es noch zwei Extra-Toiletten. Die Küche würde jedem Hotel zur Ehre gereichen; sie ist mit dem Feinsten vom Feinsten ausgestattet.

Das Wohnzimmer muss man als Wohnsaal bezeichnen. So etwas habe ich noch nie gesehen. Ich schätze mal hundertzwanzig Quadratmeter. Nur das Wohnzimmer! Daneben gibt es noch ein Esszimmer (auch nicht viel kleiner), eine Bibliothek, ein Musikzimmer, das früher wohl so eine Art Rauchersalon war, und weitere Räume, die kein Mensch braucht.

Man könnte viele Flüchtlingsfamilien darin unterbringen, und sie würden sich gegenseitig nicht stören.

Die meiste Zeit lebt Oliver allein darin, seine Mutter ist ständig auf Reisen.

»Sie hatte nie die Gelegenheit, sie nutzt es jetzt aus«, sagte er.

Ich denke, er hat da etwas übertrieben, aber was weiß ich schon?

Es gibt eine Zugehfrau – sie sagen tatsächlich so zu Frau Roth –, die sich um alles kümmert. Sie putzt, wäscht, kauft ein, kocht auch, obwohl es nicht zu ihren Aufgaben gehört. Und ich schätze, für Oliver ist sie auch eine Art Ersatzmutter.

Er hat mir nie richtig erzählt, was das Problem in seiner Familie ist, aber dass er ein sehr distanziertes Verhältnis zu seiner Mutter und seinen Schwestern hat, ist offensichtlich.

Ich habe alle drei zum Glück immer nur kurz miterleben müssen; wenn sich eine der Frauen angekündigt hat, haben wir bei mir übernachtet. In der übrigen Zeit habe ich mich von Oliver und Frau Roth hoffnungslos verwöhnen lassen und versucht, die unendlichen Weiten der Villa zu genießen.

Es klingt, als hätten wir eine schöne Zeit gehabt. Hatten wir auch. Aber es gab auch die dunklen Momente, in denen wir begannen, an die Zukunft zu denken. Oliver beteuerte immer wieder, dass er noch nie jemanden wie mich getroffen habe. Wobei ich ihn nicht für den großen Aufreißer halte. Dafür sind seine Kumpels Chris und René zuständig.

Oliver hat immer wieder betont, wie einzigartig ich sei und wie wunderbar es sei, dass wir uns getroffen haben. Doch sobald ich irgendetwas in Richtung »Lass uns wenigstens versuchen, eine Fernbeziehung zu führen« sagte, machte er dicht. Ich habe in der Zeit sehr wenige Nächte allein verbracht, aber die habe ich durchgeheult.

Und jetzt heule ich schon wieder!

10. Januar

Neuer Versuch.

Zunächst muss ich von Ben erzählen. Er tut mir so leid. Svenja ist aber auch dämlich! Wie kann sie sich auf den Fatzke Frank einlassen? Sieht sie denn nicht, dass er ähnlich gestrickt ist wie ihr toller Verlobter? Ich hab das leider nicht mitbekommen, aber sie muss ihn ziemlich abserviert haben. Weiß ich – im Vertrauen – von Edeltraut.

Ben kommt nicht mehr jeden Tag zum Frühstücken ins Café. Er könnte es sich wohl leisten, Hannah hat mal eine Bemerkung in diese Richtung fallen lassen. Ich kann verstehen, dass er nicht ständig an Svenja erinnert werden will. Andererseits, wenn er sich zurückzieht, wie soll sie ihn bemerken?

Aber was schreibe ich da? Ich bin ja die große Expertin in Liebesdingen. Vielleicht sollte ich eine Kolumne schreiben: *Fragen Sie Frau Gina.*

Jetzt muss es aber wieder mit Oliver weitergehen, wenn ich jemals wieder ein normales Leben führen will. Was immer das heißen mag.

Ein Leben in der Villa könnte ich mir jedenfalls nicht vorstellen. Ein paar Tage macht es Spaß, aber dann kommt man sich verloren darin vor. Was das alles kostet, mag ich mir gar nicht vorstellen.

Frau Roth hat mir erzählt, dass es früher sehr viele Partys gegeben hat. Nein, eigentlich sagte sie »Empfänge«. Es war wohl dasselbe, klang aber seriöser.

Olivers Vater war offensichtlich eine Größe in seinem Metier, nur ich Banause habe noch nie von ihm gehört. Inzwischen kenne ich aber seine Stimme. Im Musikzimmer gibt es einen Schrank mit all seinen Platten. Als ich mal für ein paar Stunden allein im Haus war, habe ich mir einige Stücke angehört. Ich bin kein Klassikfan, aber seine Stimme hat was. Und Oliver hat davon eine ganze Menge geerbt.

Ich habe auch mal nach seiner Mutter gegoogelt, da ich aber ihren Mädchennamen nicht weiß, habe ich sie nicht gefunden.

Sie ist eine seltsame Frau. Freundlich, aber sehr unterkühlt. Olivers Eltern kommen beide aus Hamburg oder zumindest aus der Nähe, sie sind umgezogen, als sein Vater ein Engagement an der Münchner Oper bekam. Das war aber lange vor seiner Geburt. Er kann sich auch kaum an seinen Vater erinnern, obwohl er acht war, als er starb.

Olivers Schwestern sind eine einzige Katastrophe, und ich kann gut verstehen, dass er ihnen aus dem Weg gehen will. Beide haben schrille Stimmen, die ständig ins Hysterische abgleiten, auch wenn sie ganz normal miteinander reden. Ich hätte mir am liebsten immer die Ohren zugehalten, wenn sie da waren. Zum Glück habe ich sie nur zweimal gesehen.

Mich haben sie zur Kenntnis genommen, mehr war da nicht. Ich hatte nicht erwartet, dass sie mich mit offenen Armen empfangen oder gar gleich in die Familie aufnehmen, aber das war sehr ernüchternd.

»Sie sind die Freundin von Olli? Aha. Nett.«

Es gab nicht den geringsten Ansatz von Interesse, nicht mal geheuchelt, kein Small Talk, nichts. Als sei ich ein neues Utensil, das man halt benötigt. Oder vielleicht nicht einmal das.

Nachdem ich seine Familie kennengelernt hatte, wusste ich Olivers wunderbare Art umso mehr zu schätzen. Ich war mehr als einmal geneigt, ihn zu fragen, ob er womöglich ein Kuckuckskind sei. Aber ich wollte ihn nicht betrüben, auch wenn er selbst sich von der Familie distanzierte.

Ich habe lange gezögert, ihn meiner Familie vorzustellen. Ich wusste, niemand würde es verstehen, dass ich mich mit einem Mann abgab, der in wenigen Wochen weggehen würde. Dennoch fuhren wir Ende November nach Rosenheim. Ich hatte nur gesagt, dass ich einen Freund mitbringen würde, ich wollte verhindern, dass Mama sich mit Kochen und Backen verausgabte. Dennoch schien sie etwas geahnt zu haben, denn es gab mein Lieblingsgericht – Gulasch mit selbstgemachten Nudeln, Kaiserschmarrn als Nachtisch. Ich esse beides nur, wenn es Mama gekocht hat.

Sagte ich schon mal, dass ich meine Familie liebe? Klar, wir haben unsere Differenzen, wie jede Familie. Vor allem Maria und Elisabeth haben nie verstanden, warum ich in die große (gefährliche) Stadt will, um zu studieren. Maria ist glücklich mit ihren Kindern, Elisabeth mit ihrem Job. Nur Georg ist, glaube ich, manchmal etwas neidisch auf mich, weil ich Möglichkeiten habe, die ihm nie geboten wurden. Als einziger Sohn war von vornherein klar, dass er den Betrieb übernehmen würde.

Mama und Papa sind einfache Leute. Ich will damit nicht sagen, dass sie dumm sind. Das sind sie ganz gewiss nicht!! Aber sie haben so wenige Ansprüche an das Leben; genug Geld zum Leben und ein Dach über dem Kopf reichen ihnen vollkommen aus. Ich kann mich nicht erinnern, wann meine Eltern zuletzt im Urlaub waren. Waren sie es jemals? Der Betrieb hat immer den ganzen August über und um Weihnachten herum geschlossen, aber sind wir jemals weggefahren? Wir Kinder waren in den Sommerferien bei Omi und Opi oder wir sind den ganzen Tag draußen herumgelaufen, waren im Freibad, haben auch mal den umliegenden Bauern bei der Ernte geholfen. Wer braucht da eine Reise?

Meine Eltern wollen auch, dass ihre Kinder glücklich sind. (Weshalb ich nicht verstehe, warum Georg nichts sagt. Aber das ist sein Problem.) Deshalb haben sie Oliver einfach als das genommen, was er ist: mein Freund.

Ich sitze gerade da und kämpfe mit den Tränen und bin gleichzeitig unheimlich stolz, weil ich so einen wunderbaren Menschen meinen Freund nennen darf. Durfte. Und ein leises Stimmchen quäkt von weither, ob er wirklich so wunderbar sein kann, wenn er stur seinen Weg geht und zwei Menschen damit ins Unglück stürzt? Halt die Klappe!

Der Tag bei meiner Familie war sehr entspannt. Alle waren ehrlich interessiert an Oliver, was dazu führte, dass er so viel redete und lachte wie nie zuvor. Wir haben unseren Spaß miteinander, nicht nur im Bett. Aber lauthals lachen sieht man Oliver selten. Er ist normalerweise ein sehr zurückhaltender Typ.

Aber an diesem Tag ging er richtig aus sich heraus. Und als er ein kleines Daumenkino für meinen Neffen Max zeichnete, war er der Star des Tages.

Auf dem Heimweg erklärte er mir überschwänglich, was für eine wundervolle Familie ich habe und dass das etwas sehr Wertvolles sei.

Ich fasste all meinen Mut zusammen und erwiderte: »Das, was wir beide haben, ist auch etwas Wertvolles.«

Er sah mich an, stoppte (wir fuhren auf der Landstraße) und wir liebten uns im Auto. Es war eng, es war kalt, es war umständlich, dennoch war es unglaublich. Hinterher bekam ich einen Weinkrampf.

Wir saßen lange da, hielten uns an den Händen und schwiegen.

Man sagt Männern nach, dass sie mit den Tränen einer Frau nicht umgehen können. Oliver gehört sicher nicht zu dieser Sorte Mann. Er ließ mich weinen, signalisierte mir mit seiner Hand, dass er da war. Es war ein Trost, wenn auch nur ein schwacher.

Als ich mich beruhigt hatte, sagte er: »Ich weiß, es ist hart. Es ist auch für mich nicht einfach. Aber ich habe diese Entscheidung nun mal getroffen. Und ich will es machen. Immer noch. Trotz uns. Vielleicht auch wegen uns.«

Ich verstand es damals nicht und ich verstehe es auch heute nicht. Aber mir war und ist klar, dass ich ihn nicht hätte aufhalten können. Und wenn, wäre er vermutlich nicht der Mann, in den ich mich verliebt habe.

13. Januar, spätabends

Allmählich erobere ich mir mein altes Leben zurück!

Am Montag bin ich zu Hannah gegangen und habe sie gefragt, ob ich nicht wenigstens stundenweise arbeiten dürfe. Mir geht langsam das Geld aus. Sie hat mich umarmt und gesagt: »Natürlich kannst du wieder arbeiten. Aber –«, und sie hat mich mit strengem Blick angeschaut, »ich will keine Tränen vor den Gästen sehen.«

Ich hab's versprochen und auch gehalten. Am Montag waren es nur vier Stunden, aber gestern und heute habe ich bereits eine ganze Schicht gearbeitet.

Es fühlt sich gut an!

Morgen mehr …

16. Januar

Das Leben kann soooooo schön sein!

Ich habe einen Brief von Oliver bekommen. Ich weiß ja, dass er altmodisch ist, aber ich habe immer gehofft, dass er anruft oder eine SMS schickt, um zu sagen, dass er gut angekommen ist. Es ist nun mal nicht seine Art zu kommunizieren. (Ich frage mich gerade, wie wir uns verabredet hätten, wenn wir uns nicht sowieso jeden Tag gesehen hätten? Per Brieftaube?)

Der Brief besteht aus zwei Seiten. Auf der einen erzählt er von der Fahrt (er ist mit dem LKW gefahren, um einige seiner Möbel mitzunehmen), der Ankunft und der WG, in der er sein Zimmer hat. Das hat ihm ein Freund seiner Mutter vermittelt. Es scheint eher ein dunkles Loch zu sein, aber Oliver findet es gut. Es sei ja nur vorübergehend.

Auf dem zweiten Blatt sind lauter kleine Zeichnungen: Oliver im LKW, auf der Fähre, auf der falschen Seite der Straße (er hat extra dazugeschrieben: Achtung, Witz!), in seinem Zimmer (das hat er sicher schöner gezeichnet, als es ist), und schließlich, größer als die anderen Bilder: Oliver bei der Arbeit. Er steht vor einer riesigen leeren Wand, daneben steht eine Staffelei mit einem Bild, das er wohl auf die große Wand übertragen soll. Über seinem Kopf schweben unzählige Fragezeichen.

Ist er glücklich oder traurig? Die Figur, die ihn darstellen soll, ist zu sehr Schema, als dass ich das beurteilen könnte. So hat er sich immer gezeichnet, auch in unseren gemeinsamen Wochen. Ich habe drei wunderbare Porträts von mir an der Wand hängen, da stimmt fast jedes Detail. Er könnte es also. Warum malt er sich selbst nur als neutrale Gestalt?

Er ist ein Zweifler und Zauderer, das habe ich schnell erkannt. Das Einzige, was er mit Bestimmtheit wusste, waren zwei Dinge: Er liebt mich. Er geht nach London.

Seltsamerweise hat ihn dieser Widerspruch nie ins Zweifeln gebracht.

Ich habe gerade die letzten Einträge gelesen. Teenager-Gestammel … Dennoch: Es hat mir geholfen, also mache ich weiter. Das hier liest eh niemand – hoffe ich.

Zwei Tage nach dem Besuch bei meiner Familie fand Hannahs Geburtstagsfeier statt. Edeltraut hat so viele Testtorten gebacken, dass ich auf Jahre hinaus garantiert keinen Kuchen mehr essen werde. Dabei war schon die erste ein Traum. Aber Edeltraut ist nun mal Perfektionistin, da eifert sie ganz unserer Chefin nach.

Ich hatte keine Idee, was ich Hannah schenken sollte. Sie hat alles, was sie braucht, außer vielleicht einen Mann in ihrem Leben. Es schien sie aber nicht zu stören, dass sie Single war. Zumindest bis zur Feier. Aber ich greife vor.

Als Oliver mir die Skizze von der Blumenstraße und dem Café zeigte, fiel ich ihm um den Hals. Es war das perfekte Geschenk. Oliver hatte wie üblich Zweifel, aber ich war mir sicher. Und tatsächlich hat Hannah es ein paar Tage nach der Feier rahmen lassen und im Café aufgehängt, daneben ein kleines Schild mit Olivers Namen und dem Zusatz: »Persönlicher Besitz. Unverkäuflich.«

Am liebsten würde ich jeden Gast darauf hinweisen, dass es sich bei dem Maler um meinen Freund handelt.

Hannahs Feier war sehr nett. Sie hat die halbe Straße eingeladen, die Innenarchitektin Marlene, Svenja – die mit ihrem unmöglichen Lover kam – und Ben. Wäre Oliver nicht gewesen, hätte ich mich an ihn rangemacht. Svenja wäre sicher eifersüchtig geworden. Aber so …

Hannahs Sohn JJ war auch da. Als ich ihn sah, wurde mir zum ersten Mal bewusst, dass Hannah schon fünfzig ist. Sie wirkt so jugendlich, eher wie Ende dreißig. JJ hat einen witzigen Dialekt. Er spricht fließend Deutsch, aber mit amerikanischem Einschlag. Und er ist Amerikaner durch und durch. Oliver und ich saßen Ben und JJ gegenüber und es war ziemlich lustig mit den beiden.

Am Anfang gab es ein bisschen Hektik wegen der Mutter von Marlene, aber Hannah hat die Situation gewohnt souverän gemeistert.

Ganz kurz peinlich wurde es, als plötzlich der Malertyp vom vierten Stock mit einem riesigen Strauß roter Rosen in der Tür stand. Aber diesmal hat Petra, die Wirtin, die Lage schnell erkannt und gerettet. Hannah setzte ihn neben Edeltraut, dabei hat er nur Augen für sie. Und Edeltraut erklärt beinahe täglich, wie sehr die Männer sie mal können. Allerdings drückt sie das etwas vornehmer aus. ☺

Am Ende haben sich aber alle recht gut unterhalten.

Wenn ich es richtig mitbekommen habe, gab es drei Überraschungen. Zumindest für Hannah. Eine war ihre beste Freundin aus Irland. Sie ist Kinderbuchautorin und meganett.

Die zweite war ein Mann Mitte fünfzig. So, wie Hannah und er miteinander umgegangen sind, tippe ich auf Ex-Lover. Sie platzierte ihn zu Ben und JJ, weshalb wir zwangsläufig mit ihm reden mussten. Klaus war nicht gerade gesprächig, schien sich auch pausenlos über etwas zu ärgern. Warum geht jemand auf eine Party, wenn er sauer ist? Er sieht ein bisschen verschroben aus und passt gar nicht zu Hannah.

Später kam noch ein Typ, auch aus Irland, wie ich den geflüsterten Gesprächen entnahm. Allerdings sprach er Englisch mit starkem Akzent, ich nehme also an, er war kein gebürtiger Ire. Das brachte Hannah endgültig aus der Fassung, keine Ahnung warum.

Ich weiß noch, wie ich dachte: *Das Traumpaar!,* als ich die beiden nebeneinander stehen sah.

Später erfuhr ich, dass Andy gebürtiger Pole ist und nach Irland ausgewandert ist. Er ist Krankenpfleger oder so was und er kann super mit Menschen umgehen. Jedenfalls hatte er die alte Dame im Rollstuhl schnell im Griff.

Meine persönliche Überraschung war Oliver auf der Tanzfläche. Ich wusste, wie er dazu steht, er schaut lieber zu. Aber Hannah hat ihn einfach genötigt. Zuerst stand er da und hat ganz ungelenkige Bewegungen gemacht. Doch allmählich fand er einen Rhythmus, und ich fand ihn soo sexy, dass ich ihn am liebsten gleich auf der Tanzfläche vernascht hätte. Hab ich in der Nacht nachgeholt, und ich werde jetzt noch rot, wenn ich daran denke. ☺

Mittwoch, 27. Januar

Fast zwei Wochen kein Eintrag mehr! Es ist auch viel passiert.

Aber der Reihe nach. Ich habe inzwischen mit Oliver telefoniert. Natürlich habe ich geweint, als ich seine Stimme hörte. Er war so nah und doch so weit weg.

Er erzählte vom Leben in London, von der Arbeit. Er klang so unglücklich, dass ich ihn geradeheraus gefragt habe. Er hat lang nichts gesagt, hat schließlich zugegeben, dass er es sich anders vorgestellt hat. Aber es seien erst ein paar Tage, was könne er da schon sagen?

Als ich ihn fragte, warum er nicht einfach zurückkomme, hat er nur geschwiegen.

Nach dem Telefonat habe ich erst wieder geheult, danach war ich sauer auf ihn. Was bildet sich der Typ eigentlich ein? Zwei Menschen sind unglücklich, nur weil er so stur ist. Wäre er da gewesen, hätte ich ihn erwürgt.

Wäre er da gewesen, hätte ich ihn geküsst und geliebt. Denn dann gäbe es keinen Grund, sauer zu sein.

Es war mein freier Abend und ich beschloss auszugehen. Ich musste auf andere Gedanken kommen. Mit Mandy ist nichts mehr anzufangen, seit sie mit dem Waldschrat zusammen ist. Nicht, dass ich traurig darüber bin. Immerhin herrscht jetzt nachts Ruhe.

Ich habe mich nicht sonderlich hergerichtet, wollte nur auf ein Bier. Mangels besserer Ideen ging ich in eine Kneipe, in der sich viele Jurastudenten treffen. Ehrlich gesagt, habe ich nicht darüber nachgedacht. Aber im Nachhinein betrachtet, denke ich, dass mein Unterbewusstsein irgendwas im Schilde führte.

Ich traf ein paar frühere Mitstudenten, wir tauschten uns aus und zogen weiter in eine andere Kneipe, später in einen Club. Und wen treffen wir da? Max.

Die alte Faszination war immer noch da, auch wenn ich diesmal nicht ganz so pubertär auf ihn reagierte.

Wir redeten und tanzten und tranken ein paar Cocktails. Wir tauschten Handynummern und trennten uns. Das war's. Dachte ich.

Am nächsten Tag vibriert mein Handy, ich trag aber grad ein volles Tablett und vergesse in der Hektik des Tages, zu checken, wer angerufen hat.

Am Abend sehe ich das Handy blinken und ich höre die Nachricht ab. Es ist Max, der sich mit mir treffen will. Ich denke: Nee, ich bin mit Oliver zusammen, und lösche die Nachricht.

Mitten in der Nacht wache ich auf und denke: Wieso zur Hölle bin ich einem Mann treu, der nicht da ist? Wir haben uns nichts versprochen, keinen Treueschwur geleistet. Ich bin frei.

Ich schicke Max eine SMS: Gerne.

Er antwortet sofort, ich schreibe zurück, er ruft an. Wir telefonieren fast zwei Stunden miteinander, reden über Gott und die Welt. Als ich sage, ich muss jetzt endlich schlafen, erwidert er »Ich bin jetzt solo« und legt auf.

Dieser Mistkerl! Ich habe die ganze Nacht kein Auge zugemacht! Am Morgen schreibe ich ihm, ob er mir was mitteilen will. Er schreibt zurück: Ich will dich.

Ha! Vor zwei Monaten wäre das der glücklichste Augenblick in meinem Leben gewesen. Aber jetzt?

Ich rief Hannah an, meldete mich krank und verbrachte den Vormittag im Bett. Ich döste vor mich hin, dachte an Oliver, weinte ein bisschen, dachte an Max, zweifelte an seinen Motiven.

Er war jahrelang mit seiner Freundin zusammen, sie wollten heiraten. Es ist keine drei Monate her, dass er mir das gesagt hat. Und nun will er mich? Da ist doch was oberfaul.

Am Nachmittag schrieb ich ihm: Okay, lass uns treffen, und schlug ein Café in der Innenstadt vor. Er sagte sofort zu.

Ich duschte, verbrachte mindestens eine Stunde vor dem Kleiderschrank, zog dann doch nur Jeans und Pulli an. Nur nicht übertreiben!

Ich trödelte extra herum, sah ihn am Tisch sitzen, souverän wie immer. War er sich seiner Sache so sicher? Ich wurde sauer und rannte in dem Zustand ins Café. Er war charmant wie eh und je, machte keine anzüglichen Sprüche, brachte mich zum Lachen. Als ich sagte, ich müsse gehen, akzeptierte er es sofort, half mir in den Mantel, brachte mich zur U-Bahn. Oliver erwähnte ich nicht, aber er war die ganze Zeit anwesend.

Zu Hause ärgerte ich mich über mich selbst. Da wollte ein Traummann ganz offensichtlich etwas von mir, und ich war zu verklemmt, um das Angebot anzunehmen. Fuck Oliver, der mich für einen äußerst dubiosen Traum hat sitzen lassen.

Ich rief Oliver an, aber er war nicht da. Gegen elf rief ich Max an. Er hob sofort ab, als habe er auf meinen Anruf gewartet. Wieder redeten wir stundenlang, keine Ahnung worüber. Es endete damit, dass ich sagte: »Komm her, sofort.«

Er kam, wir schliefen miteinander, er blieb bis zum Morgen, als er gegangen war, heulte ich. Ich hatte meine Liebe zu Oliver verraten für einen Typen, der mehr zu sein schien, als er tatsächlich war.

Er war nicht schlecht im Bett, aber es war nicht dasselbe wie mit Oliver. Bei ihm konnte ich mir immer sicher sein, dass er mich meinte, dass er sich Gedanken machte, wie es mir ging.

Es ist sicher unfair, wenn ich sage, an meiner statt hätte auch eine Puppe unter Max liegen können. Aber es kommt meinem Gefühl sehr nahe.

Das war vor einer Woche. Ich habe Max seither jeden Tag gesehen, oder vielmehr jede Nacht. Denn eine Nacht mit Max ist allemal besser als eine Nacht allein.

Der Witz an der Sache ist: Er scheint total verliebt in mich zu sein, ich hingegen sehe ihn nur als Liebhaber. Sex ja, Liebe nein.

Wenn Mandy wüsste, wie locker ich inzwischen bin!

28. Januar

Ich habe mit Oliver telefoniert. Ich habe ihm eine Nachricht geschickt, dass wir reden müssen, habe ihm eine Zeit vorgeschlagen. Er hat zugestimmt. Als ich ihn an der Strippe hatte, konnte ich nichts von dem sagen, was ich vorher geplant hatte.

Eigentlich hatte ich ihm sagen wollen, dass er selbst schuld ist, wenn ich jetzt mit einem Typen ins Bett gehe, den ich eigentlich gar nicht mehr mag. Dass ich mich ablenken muss, um nicht an der Trennung zugrunde zu gehen.

Aber dann hörte ich seine Stimme, die so unendlich traurig und hoffnungslos klang. Und ich tröstete ihn, sagte ihm, er solle durchhalten, aller Anfang sei eben schwer, das übliche Blabla.

Hinterher war ich mit den Nerven am Ende und bin sofort zu Max gefahren. Bin ich gestört?

3 Uhr morgens

Ich habe mich davongeschlichen. Was soll ich nur tun?

11. Februar

Mir ist klar, dass es so nicht weitergehen kann. Als ich letzte Nacht wach neben Max lag, begann ich, die beiden Männer zu vergleichen. Wo Oliver voller Selbstzweifel ist, strotzt Max vor Selbstbewusstsein. Wo Oliver lieber einmal zu oft fragt, ob etwas in Ordnung ist, nimmt Max es als gegeben hin, wenn man nicht sofort widerspricht.

Schon das Äußere der beiden ist vollkommen gegensätzlich. Oliver hat glatte Haare, die bis fast zu den Schultern gehen. Manchmal bindet er sie zu einem kleinen Pferdeschwanz zusammen, was ich nicht sonderlich mag, deshalb hat er es irgendwann gelassen. Max hingegen hat seine Haare raspelkurz geschoren, weil es praktischer beim Sport ist.

Er ist ein wahrer Fitnessfanatiker. Er absolviert jeden Morgen ein halbstündiges Programm, steht dafür auch früher auf. Dreimal die Woche geht er ins Fitness-Studio, er spielt Fußball, er joggt. Entsprechend muskulös ist er. Da er sehr groß ist, sieht es nicht so übertrieben aus, dennoch bin ich kein Muskelfan.

Oliver ist Radfahrer – oder vielmehr war er es. Er hatte ein sündhaft teures Rennrad, das er aber im Hinblick auf seinen Umzug bereits verkauft hat. Er ist durchtrainiert, aber zum Sixpack fehlt einiges. Ist mir nur recht.

Oliver ist nur ein bisschen größer als ich, während ich zu Max immer aufschauen muss. Komme ich mir deshalb neben ihm oft unbedeutend vor? Und zum Küssen ist Olivers Größe sehr viel praktischer. ☺

Ich glaube, dass ich Max mögen könnte, wenn ich Oliver nicht kennengelernt hätte. Aber so weiß ich, wie eine Beziehung auch sein kann. Und die Zeit mit Oliver hat mir besser getan als die mit Max. Bei Oliver fühlte ich mich geachtet, gleichwertig. Es ist nicht so, dass Max mich als Dummchen betrachtet. Dennoch gibt er mir immer wieder das Gefühl, ich spiele nicht in seiner Liga.

13. Februar

Ich muss noch mal zum Dezember zurück, als wir unseren ersten Streit hatten. Na ja, es war kein richtiger Streit. Ich glaube nicht, dass man mit Oliver wirklich streiten kann.

Ich hatte für Nikolaus einen schönen Abend geplant, mit Glühwein und selbstgemachten Plätzchen von Edeltraut, Kerzenschein und entsprechend kitschiger Musik. Als ich Oliver von meinen Plänen erzählte, sagte er, er könne diesen Tag leider nicht mit mir verbringen. Natürlich wollte ich den Grund wissen, aber er sagte nur, es sei was mit der Familie.

Ich war fassungslos, und das sagte ich ihm auch. Wir hatten bis dahin jeden Tag zusammen verbracht, manchmal nur ein paar Stunden, denn ich musste arbeiten, aber wir hatten uns jeden Tag gesehen. Und das sollte ausgerechnet am Nikolaustag unterbrochen werden? Wegen seiner Familie, die er noch nicht mal leiden konnte?

Ich war so wütend, dass ich mich in dieser Nacht weigerte, mit ihm zu schlafen. Kindisch, ich weiß.

Am nächsten Morgen jammerte ich Hannah etwas vor, woraufhin sie meinte: »Dann machen wir eben was im Café.« So einfach ist das mit ihr.

Ich kümmerte mich um den Aushang, damit möglichst viele Gäste kamen, Hannah bestellte alle Zutaten für Punsch und Glühwein, Edeltraut kramte ihr altes Backbuch hervor und zauberte jeden Tag die wunderbarsten Plätzchen.

Oliver gegenüber erwähnte ich den Tag nicht mehr, sagte nur, dass ich arbeiten würde. Er sagte nichts, obwohl ich sicherlich ziemlich beleidigt klang.

Es war ein zauberhafter Nachmittag im Café. Einer der Stammgäste hatte eine Gitarre mitgebracht und spielte Weihnachtslieder, viele sangen mit, einige hörten nur zu. Die Stimmung war heiter und gelöst und wir hatten jede Menge Spaß.

Da öffnete sich die Tür und der Nikolaus kam herein, hinter ihm ein Krampus mit einer riesigen Rute.

Ich glaube, in diesem Augenblick sind wir alle wieder kleine Kinder geworden, es war mucksmäuschenstill im Raum. Schließlich trat Hannah vor und sagte: »Hallo Nikolaus, wie schön, dass du uns besuchen kommst. Den Krampus hättest du aber daheim lassen können.«

Der Nikolaus verbeugte sich leicht, sagte aber nichts. Ich hab's da schon geahnt, aber nicht glauben wollen, dass hinter der Maske Oliver steckte.

Hinterher habe ich erfahren, dass er und Hannah das geplant hatten. Sie scheinen mich verdammt gut zu kennen.

Wir hatten recht viel Spaß mit dem Krampus, der mit tiefer Stimme alle möglichen und unmöglichen Sünden vortrug und jedem von uns (sehr sacht) eins mit seiner Rute überzog. Danach zog er ein Päckchen aus dem riesigen Sack und überreichte es dem jeweiligen Sünder. Es waren nur Kleinigkeiten, aber es war eine unheimlich liebevolle Geste von Hannah.

Ich kam später doch noch zu meinem Nikolausabend mit Oliver.

Die restliche Adventszeit zogen wir über die Münchner Weihnachtsmärkte, die weder Oliver noch ich bis dahin gekannt hatten. Ich fand schöne Geschenke für meine Geschwister und meine Eltern. Für Oliver erstand ich einen alten, silbernen Rahmen, in den ich eine Collage mit Fotos von uns steckte. So leicht wollte ich es ihm nicht machen, mich zu vergessen.

Am zweiten Adventswochenende wollten wir eigentlich in die Berge fahren, um endlich mal Schnee zu sehen, als Hannah Edeltraut und mich fragte, ob wir am Samstag übernehmen könnten, sie müsse weg.

Edeltraut sagte mir, dass sie nach Frankfurt gefahren sei. »Sie will wohl endlich ihr Leben aufräumen.«

Als Hannah nicht wie vereinbart am Sonntagmorgen auftauchte, hatten wir beide ein bisschen Panik, dass sie womöglich zurück nach Frankfurt gehen könnte.

»Dann führe ich das Café weiter«, verkündete Edeltraut trotzig.

»Ich helfe dir dabei«, stimmte ich zu.

Am Nachmittag kam Hannah sehr beschwingt zur Tür herein und meinte: »Jetzt sind alle Probleme gelöst.«

»Soll heißen?«, wollte Edeltraut misstrauisch wissen.

»Soll heißen, dass ich ab und zu mal über ein Wochenende nach Frankfurt fahre, ab und zu vielleicht auch mal Herrenbesuch haben werde. Gibt es irgendwelche Einwände?«

»Solange du das Café weiterführst, kannst du tun und lassen, was du willst«, erwiderte Edeltraut.

»Dann ist es ja gut«, sagte Hannah und lachte.

Es wurde also nichts aus unseren Plänen vom eigenen Café, aber wir waren beide nicht unglücklich darüber.

Oliver und ich fuhren am Wochenende darauf in die Berge. Er hatte einen Freund, dem eine Hütte gehörte. Ich hatte eine einfache Holzhütte erwartet und fand ein Luxus-Blockhaus vor. Es wurde sehr romantisch, mit Feuer im Kamin, einem flauschigen Teppich davor (immerhin kein Bärenfell oder Flokati) und irgendwelchen Tieren im Gebälk. Wir schliefen wenig, nicht nur wegen der seltsamen Geräusche über uns, sondern weil wir so viel redeten. Uns war bewusst, dass wir nicht mehr viel Zeit hatten.

Die Weihnachtsfeiertage verbrachten wir bei unseren Familien, zumindest denke ich, dass Oliver mit seiner Mutter feierte. Wir telefonierten jeden Abend, aber er erzählte nichts, sagte immer nur, es sei schon okay.

Schließlich brachen unsere letzten fünf Tage an. Hannah hatte das Café zwischen Weihnachten und Neujahr geschlossen, um in Ruhe ihre Buchhaltung fertigstellen zu können. Ich hatte also frei und konnte mich ganz Oliver widmen.

Wir wohnten in der Villa, da er seine Möbel und seine Sachen zusammenstellen musste. Es war lustig und traurig zugleich. Er stieß immer wieder auf alte Fotoalben und zeigte mir Kinderbilder von ihm. Ich zog ihn mit den Locken auf, die er darauf trug, und mit dem Matrosenanzug. Er behauptete, in Hamburg sei das normal gewesen. Leider fanden wir kein Bild, das ihn nach der Ankunft in Bayern in Lederhose gezeigt hätte, obwohl er meinte, das müsse es auch geben.

Mit Hilfe der Fotos erfuhr ich auch endlich ein paar Fakten über ihn: Er wurde 1981 in Hamburg geboren, seine Schwestern sind beide um einiges älter als er. Die Familie zog nach München, als er vier Jahre alt war, er kann sich kaum an Hamburg erinnern.

Sein Vater war gefeierter Opernsänger an der Münchner Oper, starb aber bei einem Autounfall, als Oliver acht war. Er hat so gut wie nie über seinen Vater gesprochen, aber ich vermute, dass er eher nicht der liebevolle Typ war. Ist die ganze Familie nicht …

Auf der Grundschule hat er sich mit Chris und Mike angefreundet, auf dem Gymnasium kamen erst René, ein Jahr später Tobi dazu. Ist schon irre, dass diese Freundschaften so lange halten. Ich glaube, sie sehen sich ein bisschen wie die Musketiere: Einer für alle, alle für einen. Auf jeden Fall Mike, der ein Faible für Mantel- und Degenfilme hat.

Wir waren häufig mit den Jungs unterwegs, was meist ziemlich lustig war. Chris und René konnten es nicht lassen und haben uns aufgezogen mit ihren blöden Sprüchen. Aber es war immer klar, dass sie es nicht ernst meinten. Tobi hat inzwischen überwunden, dass er mal wieder gegen einen anderen aus der Clique verloren hat. Er hat mich im Club tatsächlich angesprochen, weil er mich »süß« fand – sein Ausdruck! Nur bin ich blöderweise auf Oliver abgefahren, nicht auf ihn. Er hat seit kurzem eine Freundin, auch so ein Nerd wie er. Ich hoffe, es hält, denn er ist ein wirklich Lieber. Nur der Ziegenbart stört.

Chris, Mike und René sind solo, ob nun wegen oder trotz ihrer manchmal wirklich dämlichen Anmachsprüche, ist hier die Frage. Ich wurde nie aufgezogen, weil ich »nur ein Mädchen« bin, sondern war sofort Teil der Familie.

Während die anderen nach dem Abi alle »was Ordentliches« studierten, bewarb Oliver sich bei der Akademie der Künste. Er wurde auch angenommen, bestand aber die Probezeitprüfung nicht. Keine Ahnung, was das bedeutet, jedenfalls nichts Gutes.

Er war anschließend ein halbes Jahr in London (daher seine Vorliebe für die Stadt), außerdem noch jeweils ein paar Monate in New York und San Francisco. Mir wird da ganz schwummrig, denn ich war bisher nur mal in Österreich und Italien! Und das nur jeweils für ein paar Tage.

Manchmal frage ich mich, warum er so unsicher und voller Selbstzweifel ist. Er ist weit gereist, hat viele Erfahrungen gesammelt, er hat ganz offensichtlich keine Geldsorgen. Klar, er kann seinen Traumberuf nicht ausüben. Aber was genau er werden will, weiß ich nicht. Ich vermute, er weiß es selbst nicht.

Maler jedenfalls ist es nicht, obwohl er verdammt gut zeichnen kann. Aber kann es wirklich Bühnenbildner sein, so, wie er sich das gerade einbildet? Oder ist es doch nur ein Weglaufen vor den Problemen?

Über frühere Freundinnen hat er nie was erzählt, aber das muss ich auch nicht unbedingt wissen. Chris hat immer mal wieder versucht, ihn als Schwerenöter hinzustellen, aber das kaufe ich ihm nicht ab. Oliver ist keiner, der eine Beziehung »mal eben so« führt.

Nach und nach füllten sich die Umzugskartons, was uns traurig stimmte, aber wir taten so, als sei alles in Ordnung.

Dann kam unser letzter Tag: Silvester.

14. Februar

Wir hatten einige Einladungen zu Partys, unter anderem von Chris, aber wir wollten allein sein. Immerhin war es unser letzter Abend. Ich schlug vor, auf den Olympiaberg zu gehen.

Mandy war zu ihren Eltern gefahren, deshalb hatten wir die Wohnung für uns. Wir kochten ein aufwendiges Vier-Gänge-Menü, tranken teuren Wein aus dem Keller der Villa dazu, redeten, schwiegen, schliefen miteinander und hätten beinahe den Jahreswechsel verpasst.

Wir stießen mit Champagner an (auch ein unfreiwilliges Geschenk von Olivers Mutter), setzten uns kichernd und sicher nicht ganz nüchtern in den eiskalten Käfer und fuhren zum Olympiagelände. Um Viertel nach zwölf kamen wir auf dem Hügel an und konnten immerhin noch den Rest des Feuerwerks sehen. Eng umschlungen standen wir da und schauten den Raketen nach.

Wir hatten vereinbart, dass Oliver allein zur Villa fahren würde, wo der voll beladene Transporter auf ihn wartete. Er wollte keine Abschiedsszene. Ich hatte zugestimmt, bereute das aber am Neujahrsmorgen. Ich wollte jede Sekunde mit ihm auskosten.

Oliver dagegen blieb hart. Wir küssten uns noch einmal, dann war er weg.

23 Uhr

Natürlich sind wieder die Tränen geflossen, nachdem ich das über Silvester geschrieben habe.

Ich habe lange mit mir gekämpft, ob ich zu Max fahren soll oder nicht. Am Ende bin ich eingeknickt und nach der Arbeit im Café zu ihm.

Er wollte sofort mit mir ins Bett, aber ich wollte erst mal reden. Wollte wissen, wieso er sich von seiner Freundin getrennt hat und so kurze Zeit nach der Trennung gleich was mit mir anfängt.

Er machte einen auf typisch Mann und wollte erst nichts sagen, aber ich habe nicht locker gelassen.

»Wenn du willst, dass das mit uns was wird, sagst du mir, was ich wissen will. Ich habe ein Recht darauf.«

Er gab sich schließlich geschlagen.

»Du hast ja recht. Von deiner Warte aus betrachtet, sieht das alles wohl etwas komisch aus.«

Ich nickte nur.

»Das Verhältnis zu meiner Freundin war schon in den letzten Monaten nicht mehr das beste. Wir haben uns ständig gestritten, am Schluss wegen irgendwelcher Nichtigkeiten. Tatsächlich haben wir uns im Mai schon mal getrennt, kamen aber wieder zusammen. Wir haben uns sogar verlobt! Aber es wurde schnell klar, dass es nicht funktionieren würde. Wir hatten einfach zu verschiedene Vorstellungen von unserer Zukunft.«

(Obwohl ich keine Zukunft mit Max plane, würden mich seine Vorstellungen darüber sehr interessieren.)

»Ihr habt euch also endgültig getrennt?«

»Ja. Ich habe sie gebeten, bis nach der Prüfung zu warten, das hat sie auch getan. Am Ende ging alles sehr schnell: Sie zog aus der Wohnung aus, nahm einen Teil der Möbel mit und ihre ganzen Sachen.«

(Deshalb ist seine Wohnung so spartanisch eingerichtet.)

Er schaute mich an und zum ersten Mal, seit ich ihn kenne, entdeckte ich eine Spur Unsicherheit in seinem Blick.

»Und dann dachtest du: Ach, da ist ja die Gina, die steht auf mich, die schlepp ich jetzt mal ab.«

Ich habe wohl sehr sarkastisch geklungen, denn die Unsicherheit wich Verblüffung.

»Was redest du da? So etwas würde ich nie denken. Ich würde niemals eine Frau ›abschleppen‹. Okay, vielleicht mal für einen One-Night-Stand, aber du kannst nicht behaupten, dass wir das haben, oder?«

Nein, haben wir nicht, musste ich zugeben. Aber was hatten wir?

»Ich weiß es nicht. Es ist eine schöne Zeit, die ich gerne genießen möchte. Ich habe Wochen voller Streit hinter mir. Ich möchte einfach ein bisschen Ruhe haben.«

Bin ich ein Ruhekissen? Keine seiner Antworten gefiel mir, aber ich war zu feig, etwas zu sagen. Ich wusste selbst nicht, was ich wollte. Einerseits war ich nicht in ihn verliebt, andererseits konnte ich nicht von ihm lassen.

Wir gingen also ins Bett und schliefen miteinander. Es war bereits Routine. Und da wurde mir klar, dass ich es beenden musste. Mit Oliver war es immer anders gewesen …

24. Februar

Ich fliege nach London!!!

Aber der Reihe nach. Ich habe endlich getan, was ich längst hätte tun sollen: Ich habe mit Hannah geredet.

Nachdem mir letzte Woche drei Tassen kaputtgegangen sind, fragte sie, ob alles in Ordnung sei. Worauf ich sofort wieder losflennen musste. Und dann sprudelte es nur so aus mir raus. Zum Glück waren nur noch wenige Gäste da.

Sie hat sich alles angehört und gefragt: »Was willst du?«

Das war einfach: Ich will Oliver.

»Warum kämpfst du dann nicht um ihn?«

Wir haben lange darüber debattiert, ob man jemanden davon abhalten kann, sein angebliches Traumleben zu führen, wenn offensichtlich ist, dass es ihm nicht guttut.

»Du sollst ihn ja nicht davon abhalten. Aber du kannst ihm eine Alternative aufzeigen. Wenn sie ihm besser gefällt, wird er sich hoffentlich dafür entscheiden.«

»So etwas kann man doch nicht am Telefon klären.«

Hannah lachte. »Wer hat was von Telefon gesagt? Du musst nach London. Rede mit ihm.«

Ich muss wohl ziemlich entsetzt geschaut haben, denn sie lachte laut.

»Klingt das so furchtbar?«

»Ich war noch nie allein im Ausland, und mein Englisch ist ziemlich eingerostet.«

»Mädchen, trau dir mal ein bisschen mehr zu. Dein Englisch ist sehr gut, das höre ich, wenn wir hier ausländische Gäste haben. Und ich gebe dir gerne einen meiner vielen Kontakte, für den Fall, dass du irgendwo strandest. Ich denke, ich könnte dir sogar eine Übernachtungsmöglichkeit organisieren.«

Das war mir doch zu viel Hilfe. Oder sollte ich besser »Manipulation« sagen? Hannah weiß definitiv, wie man Leute dazu bringt, etwas zu tun.

»Nein, nein, das ist nicht nötig«, sagte ich schnell. »Ich finde mich schon zurecht. Sollte ich Oliver informieren?«

»Würde ich dir raten. Nicht, dass du ihn mit einer anderen vorfindest.«

Ich schluckte.

Sie beugte sich schnell vor, klopfte mir beruhigend auf den Arm und sagte: »Das war ein Witz. Dein Oliver hat keine andere, da bin ich mir sicher. Der liebt dich. Du musst ihn nur davon überzeugen, dass er mit dir in Deutschland glücklicher wird als allein in London.«

»Kann ich euch denn allein lassen? Wolltest du nicht am Wochenende nach Frankfurt fahren?«

»Mach dir mal darüber keine Gedanken. Edeltraut und ich schaffen das. Notfalls kann Svenja einspringen. Und Frankfurt kann warten. Der hat so lange gewartet, da kommt es auf eine Woche hin oder her nicht an.«

»Wie lange soll ich bleiben? Ich kann mir das gar nicht leisten.«

»Flieg übers Wochenende hin und kläre vorher, ob du bei Oliver schlafen kannst. Ihr werdet ja wohl nur ein Bett brauchen, oder?« Sie schmunzelte. »Im Ernst: Mach dir nicht so viele Gedanken. Ruf ihn an, sag, dass du kommst, buch den Flug, pack ein paar Sachen ein. Fertig.«

Bei ihr klingt das alles so einfach, aber das war es tatsächlich auch.

Ich rief noch am gleichen Abend Oliver an und er war sogar mal da. Er schien sich zu freuen. Also habe ich einen Flug gebucht und fliege am Samstagmorgen nach London!

Edeltraut Mayerhofer

Veränderungen

Diesmal gab es kein Entrinnen. Die klackernden Schritte ließen sich nicht ignorieren: Frau Dr. Piepenbrock aus dem Vierten war im Anmarsch!

Einen Moment lang dachte Edeltraut daran umzudrehen, aber wie hätte sie das Halim erklären sollen? Also Augen zu und durch.

Sie begegneten sich im ersten Stock.

»Guten Morgen, Frau Mayerhofer.« Die Stimme dröhnte laut wie eh und je, als ehemalige Lehrerin für Latein und Altgriechisch war sie es gewohnt, sich durchzusetzen. Und es war schon fast typisch, dass sie von oben kam und jetzt auf Edeltraut herabblicken konnte.

»Guten Morgen«, erwiderte Edeltraut und hoffte, ohne Gespräch an der unangenehmen Person vorbeizukommen. Sie bereute, dass sie Halim alle Einkäufe schleppen ließ – so hatte sie keine Ausrede.

Der Syrer war ein paar Schritte hinter ihr und blieb nun notgedrungen stehen. Laut schnaufend stellte er die Tüten ab.

Die Piepenbrock beäugte ihn misstrauisch, dann beugte sie sich zu Edeltraut vor. »Wo kommt der denn her?«, flüsterte sie so laut, dass Halim es hören konnte.

»Aus Syrien«, erwiderte Edeltraut unschuldig.

»Nein, ich meine ... Ach, Sie wissen schon, was ich meine«, erwiderte Frau Dr. Piepenbrock.

»Nein, offen gestanden nicht«, sagte Edeltraut. »Wir müssten wieder ...« Sie zeigte nach oben.

»Wie? Sie kennen den?«

»Ja, denn er wohnt bei mir. Und Sie wissen das ganz genau.« Edeltraut hatte die Nase voll von den Anspielungen, die im Haus kursierten. Bisher hatte aber keiner der Nachbarn den Mut gehabt, sie direkt anzusprechen. Der Piepenbrock war sie bisher aus dem Weg gegangen, weil sie ihr scharfes Mundwerk fürchtete.

»Wenn Sie uns jetzt vorbeilassen würden? Die Lebensmittel müssen in den Kühlschrank.« Sie stieg eine Stufe höher und kam der Nachbarin unangenehm nahe. Diese zögerte, trat schließlich zur Seite und ließ Edeltraut durch.

»After you«, sagte Halim und machte eine einladende Handbewegung.

Die Piepenbrock trat eine Stufe höher. Sie würde doch nicht ...?

Bevor Edeltraut darüber nachdenken konnte, packte sie die Frau am Arm und raunzte sie an: »Sie werden wie ein gesitteter Mensch an ihm vorbeigehen.«

Die Nachbarin warf ihr einen tödlichen Blick zu, aber Edeltraut war zu wütend, um sich einschüchtern zu lassen.

Die Piepenbrock riss sich los, schritt langsam die Treppe hinunter und drückte sich nahe an die Wand, als sie an Halim vorbeimusste.

Edeltraut hätte ihr am liebsten einen Tritt in ihren steifen Hintern gegeben. Diese aufgeblasene Pute!

Halim hob die Tüten hoch und folgte ihr in die Wohnung.

»Es tut mir leid«, sagte sie auf Englisch, während sie die Einkäufe einräumten.

»Kein Problem, ich bin es gewohnt.« Seine Stimme klang neutral, als begegne er solchen Menschen tagtäglich. Und vielleicht war es ja so. »Wie nennt man das?«, fragte er und hielt eine Packung hoch.

»Das sind Haferflocken.« Edeltraut wiederholte das Wort noch einmal Silbe für Silbe. »Ich muss gestehen, ich habe keine Ahnung, wie sie auf Englisch heißen.«

»I think it is oatmeal«, sagte Halim und stellte das Päckchen in den Küchenschrank.

»Pfiffer«, sagte er zum nächsten Einkauf und schaute erstaunt auf, als Edeltraut zu lachen begann.

»Pfeffer«, sagte sie und betonte das e, »Pfeffer.« Sie überlegte, ob sie ihm erklären sollte, dass es den Begriff Pfiffer als Abkürzung für Pfifferlinge gab. Aber das würde nur zu noch mehr Verwechslungen führen.

Halim schlug sich tapfer, was die deutsche Sprache anging, auch wenn er bisher nur kurze Sätze sagen konnte. Die Kommunikation klappte dennoch erstaunlich gut, obwohl ihr Schulenglisch ziemlich eingerostet war. Wieder einmal rächte sich, dass sie Georg auch im Urlaub immer alles hatte regeln lassen. Halims Englisch war wesentlich besser, was ihr aber nichts ausmachte. Im Gegensatz zu Georg korrigierte Halim sie nicht ständig, wenn sie einen Fehler machte. Und er war höchst motiviert, Deutsch zu lernen.

Entgegen allen Vermutungen aus ihrem Freundes- und Bekanntenkreis war es kein spontaner Entschluss gewesen, den Syrer aufzunehmen. Ganz ohne Regeln ging es natürlich nicht, allerdings hatte Edeltraut ihm keine Liste vorgesetzt, sondern sie zusammen mit Halim erarbeitet.

»Das größte Problem könnte das Badezimmer werden«, hatte sie gesagt. »Ich bin eine alte Frau, ich muss ...« Sie hatte nach den richtigen Worten gesucht, hatte weder ihr eigenes noch das Schamgefühl von Halim verletzen wollen. Er hatte seine Hand auf ihren Arm gelegt und gesagt: »You are no old woman, Edi. We manage it.«

Edeltraut war rot geworden, hatte sich aber schnell gefasst.

Die Regeln für die Küche waren schnell gefunden: Sie würde das Frühstück zubereiten, da sie um acht im Café sein musste. Halim war für das Abendessen zuständig, einschließlich einkaufen. Mittags würde sich jeder selbst versorgen.

Halim hatte wiederholt: »We manage it.«

Sie kauften ein Bett und einen Schrank für Halims Zimmer, alles gebraucht, aber in sehr gutem Zustand. Er bestand darauf, alles selbst zu bezahlen, obwohl ihm fast kein Geld übrigblieb. Edeltraut spendierte dafür neue Jeans, einige T-Shirts und zwei Pullover. Halim sagte, er würde alles zurückzahlen, aber Edeltraut erwiderte nur, es sei ein Geschenk, das er nicht ablehnen könne.

»Und ich will nichts darüber hören, dass junge Männer nichts von alten Frauen annehmen können.«

Das schien aber nicht das Problem zu sein, sondern eher, dass Halim lieber unabhängig gewesen wäre.

»Das kann ich gut verstehen«, erklärte Edeltraut und erzählte ihm von ihrer Ehe mit Georg. »Ich war vollkommen abhängig von ihm, nicht nur finanziell, sondern generell. Und sieh mich heute an: Ich verdiene mein eigenes Geld! Du schaffst das auch!«

Trotz einiger Anlaufschwierigkeiten – ein nicht heruntergeklappter Klodeckel, herumliegende Klamotten, falsch gewaschene

Wäsche – genoss Edeltraut Halims Gesellschaft. Es kostetet sie Überwindung, ihn auf etwas aufmerksam zu machen, das sie störte, aber es war ihre Wohnung. Er entschuldigte sich jedes Mal und gelobte Besserung, und schon nach wenigen Wochen klappte das Zusammenleben reibungslos.

Vor allem gefiel ihr, dass er sie Edi nannte. Er sprach es Englisch aus und zog das erste I absichtlich in die Länge: Iiiidie. Sie hatte bisher nie Probleme mit ihrem altmodisch klingenden Namen gehabt, doch als Edi fühlte sie sich jung und dynamisch. Na gut, jünger.

Am meisten genoss sie die gemeinsamen Abende. Früher lief der Fernseher, damit es nicht so still war; jetzt saßen sie und Halim häufig im Wohnzimmer beisammen – sie im Sessel, er mit gekreuzten Beinen auf dem Boden –, hörten Musik, lasen oder erzählten einander aus ihren Leben.

Manchmal schämte Edeltraut sich, dass sie mit ihren fast einundsechzig Jahren weniger erlebt hatte als Halim mit seinen knapp dreißig. Über die Monate seiner Flucht redete er kaum, ließ nur hier und da eine Bemerkung fallen, die sie oftmals nicht deuten konnte. Doch sie ließ es auf sich beruhen. Wenn er das Bedürfnis hatte, mehr darüber zu erzählen, würde er es tun.

Nicht direkt ein Problem, aber eine Hürde waren die Behörden. Obwohl München sogar in der Weltpresse aufgetaucht war wegen seiner vorbildlichen Flüchtlingsarbeit, war es auch da nicht so einfach möglich, einen noch nicht anerkannten Asylbewerber in einer privaten Wohnung aufnehmen. Noch dazu als ältere Frau. Mit Bassams Unterstützung konnten alle Bedenken ausgeräumt, offene Fragen geklärt und eine Ausnahmegenehmigung erteilt werden.

»Ich führe jetzt fast ein normales Leben«, sagte Halim stolz. Die Arbeit im *Litani* machte ihm sichtlich Spaß. Nur dass er noch immer nichts von seinem Bruder Jussuf gehört hatte, betrübte ihn.

Edeltraut betrachtete sein Engagement im Restaurant mit Sorge, denn Petra war wenig erbaut über die Freundschaft zwischen den beiden Männern.

»Da kommen die arabischen Gene durch«, sagte sie zu Edeltraut. »Plötzlich bin ich als Ehefrau nichts mehr wert. Ich werde nicht gefragt.«

Edeltraut hielt sich mit einem Kommentar zurück, sie wollte sich nicht in die Eheprobleme anderer einmischen. Sie verstand jedoch nicht, warum Petra nicht etwas mehr Dankbarkeit ihr gegenüber zeigte. Immerhin hatte sie sie aus einer Zwickmühle befreit, indem sie Halim bei sich wohnen ließ.

Ein ganz anderes Thema waren ihre Freundinnen. Sie trafen sich wieder in ihrem alten Stammcafé, das nach der Renovierung unter neuem Besitzer eröffnet worden war. Obwohl es allen bei Hannah gefallen hatte, hatten sie Verständnis dafür, dass Edeltraut dort nicht ihr monatliches Treffen abhalten wollte.

»Ich käme mir blöd vor, mich womöglich von Hannah bedienen zu lassen und meine eigenen Kuchen zu essen.«

Nachdem die neuesten Neuigkeiten ausgetauscht waren, kam die Sprache unweigerlich auf Halim.

»Hast du keine Angst – vor allem nach Köln? Wer weiß, was er alles mit dir anstellt«, fragte die ewig besorgte Mina, die wie immer in allem nur das Negative sah.

»Wieso? Ein jugendlicher Liebhaber hat noch nie geschadet«, warf Henriette ein, die ihr Single-Leben gerade mal wieder für einen jüngeren Mann unterbrochen hatte. »Außerdem ist deine Bemerkung rassistisch.«

Während Mina schmollte, wollte Wilma wissen, wie sie das mit dem geteilten Bad und der Küche regelten.

»Es klappt sehr gut«, erwiderte Edeltraut. »Halim ist ausgesprochen rücksichtsvoll und er hat ganz sicher kein Interesse an mir. Und ich auch nicht an ihm. Wir haben eine reine Zweckgemeinschaft. Ich gebe ihm ein Dach über den Kopf, er bringt mir arabische Rezepte bei.«

Sie verschwieg, dass sie in den ersten Nächten ihre Schlafzimmertür verriegelt hatte. Nach einigen Tagen hatte sie das als idiotisch empfunden und sich über ihre Vorurteile geärgert.

»Du bist also ein Gutmensch«, sagte Wilma und kicherte.

»Ich finde das nicht witzig. Ich bin ganz sicher kein Gutmensch. Wenn jeder so dächte wie ich, gäbe es kein Flüchtlingsproblem«, rügte Edeltraut die Freundin.

»Na, da machst du es dir aber sehr einfach. Nicht jeder hat eine so große Wohnung wie du«, echauffierte sich Wilma.

»Kinder, lasst uns bitte nicht streiten«, warf Henriette dazwischen. »Nicht darüber. Es gibt sowieso schon viel zu viel dummes Gerede zu dem Thema. Edeltraut hat einen Flüchtling aufgenommen, das ist ehrenwert, und damit basta.«

»Danke.« Edeltraut lächelte die Freundin an.

»Gibt es Neues von Georg?«, wollte Mina wissen.

»Mina!«, rief Henriette erzürnt. »Musst du wirklich immer in alle Fettnäpfchen springen, die rumstehen?«

»Wieso?« Mina tat unschuldig, aber Edeltraut kannte die Freundin lange genug. »Es ist schon so lange her, dass sie sich getrennt haben. Sie ist längst darüber hinweg. Nicht wahr, Edeltraut?«

Diese nickte, obwohl es immer noch zu viele Tage gab, an denen sie mit Georg haderte. »Und nein, es gibt nichts Neues. Was auch?«, sagte sie.

»Siehst du!« Mina schaute triumphierend in die Runde.

Tatsächlich hatte Edeltraut vor, Georg so bald wie möglich zu schreiben und ihn zu bitten, das Abonnement der *Süddeutschen* auf seine Adresse umzuschreiben. Da sie morgens im Café arbeitete, hatte sie keine Zeit mehr, die *SZ* beim Frühstück zu lesen. Als sie das vor einigen Wochen Hannah gegenüber erwähnte und meinte, das sei hinausgeschmissenes Geld, hatte diese ihr angeboten, die

Zeitung aus dem Café am Abend mitzunehmen. Zwar fehlte immer mal wieder ein Artikel oder gar eine ganze Seite, doch Edeltraut war mit dem Arrangement sehr zufrieden.

Halim war am Abend unterwegs, und Edeltraut nutzte die Gelegenheit. Sie setzte sich an den Schreibtisch und entwarf einen Brief.

Schon bei der Anrede stieß sie auf Probleme. Sollte sie *Lieber Georg* schreiben, obwohl er alles andere als lieb war? War *Hallo Georg* nicht zu salopp? Und wenn schon, wen störte es?

Hallo Georg, schrieb sie und stockte erneut. Der Anstand verlangte, dass sie ihn nach seinem Befinden fragte, auch wenn es sie nicht interessierte.

»Pfeif drauf«, murmelte sie und formulierte ihr Anliegen in einem unpersönlichen Satz.

»Ich habe nun mein eigenes Abonnement abgeschlossen«, fügte sie noch hinzu, zerriss die Seite aber und schrieb den Text erneut, ohne Zusatz. Sie wollte nicht lügen, auch Georg gegenüber nicht.

Sie unterschrieb, faltete den Brief und steckte ihn in ein Kuvert.

Ursprünglich hatte sie ihm auch sagen wollen, dass sie sein Geld nicht mehr brauchte, immerhin verdiente sie jetzt selbst genug. Gina hatte ihr das ausgeredet. »Bist du verrückt? Warum solltest du freiwillig darauf verzichten? Das ist er dir schuldig, nach allem, was er dir angetan hat.«

Edeltraut sah das etwas anders, dennoch sah sie ein, dass es ein Fehler wäre, auf die monatliche Zahlung zu verzichten. Sie musste sich abgewöhnen, es immer allen recht machen zu wollen.

Drei Tage später stand sie nach der Dusche im Bad und betrachtete sich. Ihr Gesicht war wieder etwas runder geworden, leider auch ihr Bauch. Halims delikate Küche begann sich auszuwirken. Aber ihr gefiel, was sie sah: Die Sorgenfalten auf ihrer Stirn waren verschwunden, ihre Augen leuchteten. Nur ihre Haare klebten wie nasse Fäden an ihrer Kopfhaut.

»Sie sind viel zu jung für graue Haare. Färben würde Sie zehn Jahre jünger machen, mindestens.« Wie oft hatte das Petér schon zu ihr gesagt?

Zehn Jahre? Sie schüttelte den Kopf. Nein, zehn Jahre waren sicher nicht drin, aber vielleicht vier oder fünf? Und dann? Was brachte es, jünger auszusehen? Sie wollte keinen neuen Mann.

Missmutig föhnte Edeltraut ihre Haare, cremte sich ein und zog sich im Schlafzimmer an.

Während sie ihren Tee aufgoss und den Frühstückstisch für Halim deckte, ging ihr der Gedanke nicht mehr aus dem Kopf. Etwas Neues ausprobieren – und sei es nur zu ihrer eigenen Freude – warum nicht?

Als es gegen zehn Uhr im Café ruhiger wurde, sagte sie zu Hannah: »Kann ich dich mal allein lassen? Ich glaube, ich brauche eine Veränderung.« Unbewusst fasste sie sich an den Kopf.

»Wenn du bis Mittag zurück bist.«

»Selbstverständlich. Danke.«

Edeltraut holte ihre Tasche, verließ das Café und ging eine Tür weiter, wo Petér einer Kundin die Haare föhnte.

»Hallo Petér, haben Sie gerade Zeit? Ich brauche eine neue Frisur.«

Der Friseur war entzückt. »Haben Sie sich endlich entschieden?«, gurrte er. »Ich frreue mich!«

Er führte sie zu einem der Stühle und reichte ihr einen Stapel Zeitschriften. »Suchen Sie sich etwas aus«, sagte er. »Ich muss nur noch die Kundin ferrtigföhnen, dann stehe ich ganz zu Ihrer Verrfügung.«

Edeltraut blätterte durch die Magazine, die jede Menge Vorschläge für Frisuren enthielten. Sie war jedoch zu ungeduldig, um sie sich genauer anzuschauen. Als Petér zehn Minuten später hinter ihr auftauchte, gab sie ihm den Stapel zurück und sagte: »Ich verlasse mich ganz auf Sie. Machen Sie einfach.«

»Sind Sie sicherr?«

Tiefes Einatmen. »Ja. Legen Sie los.«

Petér legte ihr einen Umhang um, ließ ihr Haar durch seine Finger gleiten, strich es zur einen und zur anderen Seite, nach vorne und aus der Stirn. Schließlich nickte er und verschwand aus ihrem Blickfeld.

Edeltraut hatte damit gerechnet, dass er ihre Haare schneiden würde, doch er cremte ihren Haaransatz ein und begann, die Haare zu färben. Es wurde kalt auf der Kopfhaut.

»Schneiden Sie gar nicht?«, wagte Edeltraut zu fragen.

»Späterr. Erst kommt die Farrbe«, erklärte er.

»Was wird es denn? Rot? Grau mit Pink?« Edeltraut gluckste nervös. Worauf hatte sie sich da nur eingelassen?

»Lassen Sie sich überraschen.«

Als er fertig war, sagte er: »Das muss zwanzig Minuten einwirrken. Wollen Sie etwas lesen?«

Edeltraut nickte, und er brachte ihr wieder einen Stapel Zeitschriften, diesmal von der Sorte Klatschpresse.

Sie war viel zu aufgeregt, um sich auf irgendetwas zu konzentrieren, blätterte die Illustrierten durch und überflog Überschriften. Wie würde sie aussehen? Machte sie sich lächerlich? Sie war keine, die sich mit Gewalt auf jung trimmen wollte. Sie wollte nur eine Veränderung in ihrem Leben …

Petér tauchte hinter ihr auf und bewahrte sie mit den Worten »Das waschen wir jetzt aus« vor einer größeren Panik. Vorsichtig bog er ihren Kopf nach hinten und wusch zwei Mal ihre Haare.

Edeltraut genoss das Gefühl seiner kräftigen, dennoch sanften Finger auf ihrer Kopfhaut.

Das ist beinahe so gut wie Sex, durchfuhr es sie.

Also bitte!

Sie begann zu kichern, brachte sich erst unter Kontrolle, als Petér ihren Kopf mit einem vorgewärmten Handtuch umhüllte.

Edeltraut wappnete sich für den Schock, aber alles, was sie sah, war, dass ihre Haare dunkler waren als vorher. Und nicht mehr grau.

Petér schien zufrieden mit dem Ergebnis. »Schöne Farrbe«, sagte er und griff zu Kamm und Schere.

»Es geht los«, warnte er, aber Edeltraut nickte nur. Da musste sie jetzt durch!

Obwohl sie damit gerechnet hatte, dass er ihr eine Kurzhaarfrisur verpassen würde, wurde sie wieder leicht panisch, als immer mehr Haare gen Boden segelten und an ihrem Nacken unangenehm kühle Luft vorbeistrich.

Sie wachsen wieder, sagte sie sich und schaute weiter tapfer in den Spiegel.

Immer wieder hielt Petér inne, strich die Haare hin und her, murmelte etwas, schüttelte den Kopf oder nickte. Es wirkte nicht sehr vertrauenswürdig. Würde Hannah nicht seit Monaten auf den Friseur schwören – Edeltraut hätte seinen Laden auf der Stelle fluchtartig verlassen.

Unerwartet legte er sein Werkzeug weg, nachdem er gerade mal wieder den Kopf geschüttelt hatte.

»Ferrtig«, verkündete er und strahlte. »Nur noch föhnen, und Sie sind eine neue Frrau.«

Edeltraut wagte nicht, etwas zu sagen. Ergeben nickte sie und schloss die Augen. Das Trocknen der Haare ging erfreulich schnell.

»Wollen Sie schauen?«

Edeltraut blinzelte, sah einen Kopf mit einem dunklen Schopf darauf, öffnete die Augen – und riss sie überrascht auf.

»Das … das … das bin ich?«

Petér strahlte.

»Natürrlich. Ich sage Ihnen das schon seit Monaten. Gefällt es Ihnen?«

Edeltraut war sprachlos. Im Spiegel gegenüber saß eine circa fünfzigjährige Frau mit einer pfiffigen Frisur. Die dunklen Haare gaben dem Gesicht einen exotischen Touch und machten sie attraktiv. Ein bisschen Make-up, ein paar schickere Klamotten – und sie würde sich vor Angeboten nicht retten können.

Ich will keinen neuen Mann, durchfuhr es sie. Aber es war egal. Durfte man nicht einfach nur für sich selbst gut ausschauen?

»Es gefällt Ihnen?« Petér klang ungewohnt unsicher.

»Aber natürlich! Sie sind ein Genie! Danke. Danke.«

»Immer gerrne.« Jetzt strahlte er wieder sein gewohntes Petér-Lächeln.

Während er noch ein paar Strähnen zurechtzupfte, konnte Edeltraut sich gar nicht genug sattsehen an sich selbst. Was würde Hannah sagen? Und ihre Freundinnen?

Sie zahlte, schaute ein letztes Mal in den Spiegel und ging zurück ins Café. Hannah war nicht zu sehen, steckte vermutlich in der Küche.

Edeltraut schlüpfte aus ihrem Mantel und wollte hinter die Theke laufen, als sie hinter sich eine Stimme hörte: »Entschuldigung, da können Sie nicht …«

Sie drehte sich um.

»Edeltraut?« Gina blieb stehen und starrte sie an. »Wow. Das nenne ich mal Veränderung«, rief sie und zog damit die Aufmerksamkeit einiger Gäste auf sich.

»Psst, nicht so laut«, sagte Edeltraut, freute sich aber über die Reaktion.

Gina kam näher und drehte sie nach allen Seiten. »Das ist der Hammer«, sagte sie. »Du siehst einfach umwerfend aus.«

»Danke. Aber jetzt muss ich wieder an die Arbeit.« Edeltraut lächelte glücklich und band sich ihre Schürze um. »Wo ist Hannah?«

»Sie ist schnell nach oben gegangen, müsste jeden Moment wiederkommen. Na, die wird Augen machen.«

Hannah machte tatsächlich große Augen. Sie schob Edeltraut von sich, drehte sie in alle Richtungen und sagte: »Eine vollkommen andere Frau. Ganz wunderbar. Das muss gefeiert werden. Ich lade dich heute Abend ein.«

Als Edeltraut knapp eine Stunde später mit Sandwiches und Wasser den Hinterhof betrat, klopfte ihr Herz. Von Waldhausen war ganz und gar nicht ihr Typ und würde ihr deshalb niemals gefährlich werden – dennoch war er ein Mann und der erste Mann, den sie kannte, der sie mit der neuen Frisur sah.

Ihr Klopfen war so zaghaft, dass er es nicht hörte. Edeltraut atmete tief durch und klopfte kräftiger.

Die Tür öffnete sich einen Spalt und sein Bass brummte: »Kommen Sie rein. Ich bin beschäftigt.«

»Hallo«, sagte sie und betrat das Atelier.

Er stand vor seiner Staffelei und wandte ihr daher den Rücken zu.

»Ich bringe Ihnen das Essen.«

»Danke. Stellen Sie es irgendwo hin, wo Platz ist«, erwiderte er geistesabwesend.

Edeltraut suchte eine freie Stelle, erinnerte sich dann aber an den Grund ihrer Vereinbarung.

»Nein«, sagte sie laut. »Sie werden jetzt eine Pause machen und etwas essen und trinken.«

Von Waldhausen schoss herum. »Was fällt Ihnen …?« Er stoppte mitten im Satz und starrte sie an. »Wer … wie … was …?«

Edeltraut musste sich sehr zusammennehmen, um angesichts seines dummen Gesichtsausdruckes nicht laut zu lachen. Stattdessen hielt sie ihm demonstrativ die Sandwiches entgegen. »Hier. Sie müssen was essen.«

Doch von Waldhausen ignorierte das Essen, starrte sie unverwandt an. »Wunderbar«, murmelte er. »Ich muss Sie zeichnen.«

Er wandte sich um, räumte mit einem Wisch einen Stuhl leer, packte Edeltraut an den Schultern und setzte sie darauf.

»Ich muss zurück ins Café«, protestierte sie.

»Stillhalten!«, donnerte er.

Da sie vermutete, dass es schneller ging, wenn sie gehorchte, blieb Edeltraut ruhig sitzen. Tatsächlich dauerte es nur wenige Minuten, während der Künstler immer wieder etwas vor sich hin murmelte, was sie nicht verstehen konnte.

»Nicht perfekt, aber annehmbar«, sagte er und nahm das Blatt von der Staffelei.

Es war eine Bleistiftzeichnung, nicht sehr detailliert, dennoch war es eindeutig ihr Porträt.

»Wahnsinn«, sagte Edeltraut mit echter Bewunderung. »Könnte ich das eventuell haben?«

»Das war der Sinn. Ich habe es für Sie gemacht.« Hubertus von Waldhausen nahm das Blatt, signierte es und reichte es ihr. »Ich werde Sie als Model engagieren. Halten Sie sich bereit.«

Edeltraut lachte. »Sie sind ein Spinner. Wann sollte ich das tun? Ich arbeite im Café.« Ihr Blick fiel auf die Sandwiches, die sie im Eifer des Gefechts hatte fallen lassen. »Und Sie essen etwas.« Sie hob die Brote auf, packte sie aus und reichte ihm eines. »Jetzt. Sofort.«

Folgsam biss er in das Sandwich und brummte anerkennend. »Sie wären gar keine schlechte Partie.«

Edeltraut wurde rot. Sie sprang auf. »Nachdem ich Sie vor dem Hungertod bewahrt habe, kann ich jetzt gehen«, sagte sie.

»Nehmen Sie ein Kompliment einfach mal an, wenn man Ihnen eines macht«, erwiderte er und lachte.

Sie stand schon in der Tür und wandte sich um. »Ich bin das nicht gewohnt«, gab sie offen zu.

»Dann wird es Zeit, dass Sie sich daran gewöhnen. Das wird Ihnen jetzt häufiger passieren«, warnte er.

»Blödsinn«, gab sie zurück, aber insgeheim freute sie sich. »Ich wünsche Ihnen einen schönen Tag.«

»Ihnen auch. Bis morgen.«

Beschwingt ging Edeltraut zurück zum Café, blieb aber in der Durchfahrt ein paar Minuten stehen. Machte eine neue Frisur tatsächlich so einen Unterschied? Wenn ja: War es nicht traurig, dass es auf solche Äußerlichkeiten ankam?

Sie stellte Hannah die Frage, als sie am Abend im *Litani* saßen.

»Aber warum denn? Das gehört zur Person dazu. Oder vielmehr zur Persönlichkeit«, erwiderte Hannah.

»Aber warum muss ich dafür zum Friseur gehen und schicke Klamotten tragen? Wieso sieht niemand hinter die Fassade?«

»Dazu muss man die Fassade erst einmal bemerken«, gab Hannah zurück. »Wenn dich niemand wahrnimmt – und das ist jetzt nicht auf dich bezogen, sondern gilt allgemein! –, wenn dich niemand wahrnimmt, hat auch keiner die Chance, hinter die Fassade zu schauen.« Hannah ergriff ihre Hand. »Es ist neu für dich, aber du wirst dich schnell daran gewöhnen. Und du wirst auch lernen zu erkennen, wer nur das Äußere meint und wer den Menschen dahinter.«

»Dein Wort in Gottes Ohr«, seufzte Edeltraut.

Halim hatte es sich nicht nehmen lassen, persönlich für die beiden Damen zu kochen. Er war ganz aus dem Häuschen gewesen über die neue Frisur.

»Ich wusste, du bist im Herzen eine junge Frau geblieben«, hatte er gesagt. Und erneut war Edeltraut rot geworden. Sie war kein Teenager mehr. Wo sollte das noch enden?

Wann immer Halim ihnen ein neues Gericht brachte, sagte er: »For my special friend Edi.«

»Ich finde, das passt gut zu dir«, sagte Hannah. »Du solltest dich so nennen.«

»Was meinst du?«

»Edi. Es klingt modern. Und du bist eine moderne Frau.«

Edeltraut hatte selbst schon darüber nachgedacht, aber Zweifel gehabt. »Klingt es nicht zu aufgeblasen?«

»Aber nein«, widersprach Hannah. Sie hob ihr Rotweinglas und sagte feierlich: »Auf Edi.«

»Auf Edi«, wiederholte Edeltraut.

Sie stießen an und tranken.

»Übrigens, ich glaube, du hast einen Verehrer«, sagte Hannah leise, nachdem sie die Gläser abgesetzt hatten.

»Was?« Edi war entsetzt. Sie würde hoffentlich nicht Halim meinen? Oder noch schlimmer: Hubertus von Waldhausen?

»Schau nicht gleich hin. Da vorne sitzt ein Mann, der auch schon häufiger im Café war. Er sieht immer wieder her.« Hannah gluckste. »Ich hoffe, es ist kein Stalker.«

»Ein was?« Edi verschluckte sich beinahe vor Aufregung.

»Ein Stalker. Einer, der seiner Angebeteten ständig hinterherspioniert, ihr Briefe, Blumen und was weiß ich noch alles schickt.«

Edi wagte einen schnellen Blick zu dem Tisch, den Hannah ihr genannt hatte. Der Mann, der dort gegenüber von einem Ehepaar saß, kam ihr vage bekannt vor. Als er den Kopf in ihre Richtung drehte, wandte sie sich schnell ab.

»Du machst mir Angst«, sagte sie leise. »Was habe ich nur angestellt? Dauernd werde ich rot wie ein Backfisch, und jetzt habe ich auch noch einen Verfolger?«

»Wie gesagt: Du wirst dich daran gewöhnen«, antwortete Hannah. »Und es wird verdammt noch mal Zeit! Dein Mann scheint dich in dieser Hinsicht nicht gerade verwöhnt zu haben.«

Edi schüttelte den Kopf. Sie wollte jetzt sicher nicht an Georg denken. »Zur Hölle mit dem Typen«, sagte sie und leerte ihr Glas auf ex.

Als sie nach Hause kam, fühlte sie sich angenehm beschwipst. Sie dachte an die Nacht zurück, als sie die letzte Flasche Rotwein aus Georgs wertvollem Bestand geleert hatte. Es war gerade mal ein paar Monate her; in der Zwischenzeit hatte sich ihr Leben komplett verändert. Sie hatte einen Job und stand nach langer Zeit endlich auf eigenen Füßen.

Die Arbeit im Café war anstrengend und an manchen Abenden hatte sie das Gefühl, keinen Schritt mehr laufen zu können. Dennoch wollte sie es nicht missen, dort zu arbeiten. Nicht nur das Kochen und Backen bereiteten ihr Freude, es war vor allem der Kontakt zu den Menschen.

Nicht alle Gäste waren gleich angenehm, dennoch genoss sie den Umgang mit ihnen. Auch die Zusammenarbeit mit Gina war lehrreich, denn so erfuhr sie viel über die Gedankenwelt von jungen Leuten, auch wenn ihr das meiste fremd war.

Dass Gina Oliver nachtrauerte, konnte sie gut nachvollziehen; der junge Mann war angenehm gewesen und hatte beste Manieren gezeigt. Und sicher hatte er Qualitäten, von denen sie nichts wusste und auch nichts wissen wollte. Warum Gina jedoch versuchte, ihren Kummer mit Seitensprüngen zu überwinden, konnte sie nicht verstehen. Doch sie hielt sich zurück, beobachtete und hörte zu.

Und dann war da noch Hannah. Mehr Freundin als Chefin, eine kluge Geschäftsfrau, die auch mal fünfe gerade sein ließ. Dass sie seit Anfang des Jahres immer mal wieder ein Wochenende in Frankfurt verbrachte, hatte Edi zunächst mit Argwohn beobachtet. Inzwischen war klar, dass Hannah zu sehr an ihrem Café hing, als dass sie es für einen Mann aufgeben würde.

Unwillkürlich musste sie an Georg denken. Was hatte sie alles aufgegeben für die Ehe mit ihm! Aber es war müßig, darüber nachzudenken, sie konnte es nicht mehr ändern. Wichtig war, dass sie jetzt selbst über ihr Leben bestimmen konnte.

Kurz vor dem Einschlafen hörte sie, wie die Wohnungstür leise zugedrückt wurde. Halim kam nach Hause. Er hatte wundervolle Gerichte für sie und Hannah gekocht. Sie sollte sich revanchieren. Eine größere Gesellschaft wäre schön. Ihre Freundinnen, Hannah, vielleicht sogar Gina, von Waldhausen, dessen Tochter, Bassam und Petra. Aber nur, wenn sie versprach, keine schlechte Laune zu verbreiten. Über der Planung für ein Vier-Gänge-Menü schlief sie ein.

Sie erkannte ihn sofort wieder. War er nur ein harmloser Stammgast oder war er ein Stalker, wie Hannah vermutet hatte? Nur, dass sie es als Witz gemeint hatte.

Edi wünschte, Hannah oder Gina wären da, um ihr den Gang zu ersparen, aber sie war diesen Vormittag allein im Café.

»Guten Morgen«, begrüßte sie den Gast und hoffte, nicht unsicher zu klingen. »Was kann ich Ihnen bringen?«

Der Mann schien nichts zu merken. Er grüßte zurück und bestellte einen Cappuccino und ein Schinken-Käse-Sandwich.

Edi dankte ihm und wandte sich ab, um die gewünschten Sachen zu holen.

»Ach, Entschuldigung?«

»Ja?«

Der Mann lächelte schüchtern. »Ich möchte keinesfalls aufdringlich sein, aber ich muss Ihnen einfach sagen, dass Ihnen die neue Frisur ausgesprochen gut steht.«

Sie spürte, wie ihr das Blut schon wieder in die Wangen schoss.

»Danke, vielen Dank. Das ist sehr nett von Ihnen.«

»Ich komme regelmäßig hierher«, sagte der Mann und schien genauso verlegen zu sein wie sie. »Bisher nur wegen der wunderbaren Sandwiches. Seit heute auch Ihretwegen.«

Edi wusste nicht, was sie darauf erwidern sollte. Sie machte eine ungeschickte Handbewegung Richtung Theke und wäre auf dem Rückweg beinahe über ihre eigenen Füße gestolpert.

Vorsichtshalber brachte sie den Kaffee und das Essen getrennt statt auf einem Tablett. Sie traute ihren Armen nicht.

»Lassen Sie es sich schmecken«, sagte sie zu ihm, wie zu jedem Gast.

Es war ein ruhiger Morgen und sie hatte Muße, über die Aussage des Mannes nachzudenken. Während sie die Theke putzte, beobachtete sie ihn heimlich. Er war vermutlich Rentner, wie sonst konnte er tagsüber im Café sitzen? Sie musste zugeben, dass er rüstig aussah, eher wie Ende fünfzig, sicher nicht wie Mitte/Ende sechzig. Sein Haar war graumeliert, das Gesicht sorgfältig rasiert, seine Kleidung das, was man allgemeinhin als salopp bezeichnete. Alles in allem wirkte er seriös. Und nett.

Konnte sie sich vorstellen, sich mit ihm zu treffen?

Edi war über sich selbst erstaunt. Hatte sie tatsächlich den heimlichen Wunsch nach einem Mann und gestand ihn sich nur nicht ein?

Sie dachte an Hannah, die von Waldhausen vorsichtig, aber unmissverständlich klar gemacht hatte, dass mehr als Freundschaft nicht drin war.

Edi gab sich einen Ruck und ging zu dem Mann.

»Darf ich?«, sagte sie und zeigte auf einen Stuhl.

»Selbstverständlich«, erwiderte er und sprang auf, um den Stuhl zurückzuziehen.

»Danke.« Sie schwieg einen Moment, holte tief Luft und begann: »Ich möchte Ihnen noch einmal danken für das, was Sie vorhin gesagt haben. Ich bin es nicht gewohnt, Komplimente zu bekommen, deshalb reagiere ich oftmals etwas schroff darauf. Dafür möchte ich mich entschuldigen. Und ich möchte gerne etwas klarstellen: Sie sagten, Sie kämen ab heute auch meinetwegen. Das ist sehr nett von Ihnen. Aber ich muss Ihnen sagen, dass ich derzeit nicht an einer Beziehung jedweder Art interessiert bin. Es mag Ihnen etwas seltsam vorkommen, dass ich von Beziehung spreche, wo wir uns kaum kennen. Aber ich möchte nicht, dass Sie sich falsche Hoffnungen machen. Wir können uns gerne unterhalten, wenn Sie hier sind und ich Zeit dafür habe. Aber mehr ist momentan nicht drin. Ich hoffe, Sie verstehen das.«

Puh! Edi fühlte sich wie nach einem Marathon.

Der Mann hatte zuerst erschrocken geschaut; inzwischen fand sich ein feines Lächeln in seinem Gesicht.

»Vielen Dank für Ihre Offenheit«, sagte er. »Ich weiß das sehr zu schätzen. Tatsächlich hatte ich vor, Sie zum Essen einzuladen. Aber Sie haben recht: Wir sollten uns erst einmal kennenlernen. Ich freue mich auf unsere Gespräche.« Er beugte sich vor. »Übrigens, mein Name ist Xaver Wildgruber.«

»Freut mich sehr. Ich heiße eigentlich Edeltraut …«, sie deutete auf ihr Namensschild, »… aber seit gestern nennen mich alle Edi.« Sie war gespannt, wie er darauf reagieren würde.

»Freut mich, Edi«, sagte er ohne eine Spur von Ironie.

Sie gaben sich die Hände und schüttelten sie feierlich.

Edi war dankbar, als ein anderer Gast nach der Rechnung verlangte und sie damit aus dieser ungewöhnlichen Situation rettete.

Edi hielt sich den Bauch.

»Hör auf, ich kann nicht mehr«, japste sie.

Halim wurde sofort ernst. »Alles gut?«, fragte er.

»Ja, ja, alles gut. Mir tut nur alles weh vom vielen Lachen.«

»Lachen ist gesund«, erwiderte Halim.

Edi nickte und wischte sich die Tränen aus den Augen. »Ja, Lachen ist gesund.« Sie zeigte auf ihren Bauch. »Ich werde morgen Muskelkater haben.«

»Muskal…?« Halim schaute sie fragend an.

»Muskelkater«, wiederholte Edi. »Muscles. Ich habe keine Ahnung, was Muskelkater auf Englisch heißt.«

»Kein Problem«, erwiderte Halim. »Ich weiß schon.« Bevor sie sich wehren konnte, umarmte er sie und gab ihr einen Kuss auf die Wange. »Danke. Danke für alles.«

»Es ist nur ein Mantel«, sagte Edi, aber sie wusste, was er meinte. »Na komm, lass uns nach Hause gehen«, fügte sie hinzu und hängte sich bei ihm ein.

Vergnügt verließen sie das Einkaufszentrum, in dem sie für Halim einen neuen Wintermantel erstanden hatten. Selten hatte Shoppen so viel Spaß gemacht.

»Edeltraut?«

Die Stimme hinter ihr klang vertraut. Zu vertraut. Edi drehte sich langsam um. Einige Meter entfernt stand Georg mit einer jungen Frau an seiner Seite.

Das also ist Bianca, schoss es Edi durch den Kopf.

»Hallo Georg«, sagte sie und machte unwillkürlich einen Schritt weg von Halim. Als es ihr bewusst wurde, ärgerte sie sich.

»Ich hätte dich beinahe nicht erkannt«, sagte Georg. »Du hast dich verändert.«

»Vieles hat sich verändert«, erwiderte Edi.

Ungeniert betrachtete sie die Frau an Georgs Seite. Vermutlich war sie auch hier einem Vorurteil aufgesessen, aber sie hatte jemand weitaus Attraktiveres erwartet. Irgendwie sah Bianca aus wie eine jüngere Ausgabe von ihr: brav, bieder, langweilig. Mit dem Unterschied, dass sie selbst nicht mehr so langweilig war. Edi konnte sich ein Lächeln nicht verkneifen.

»Geht es dir gut?«, fragte Georg.

Interessiert es dich wirklich oder fragst du nur aus Höflichkeit?

»Ja, danke, mir geht es sehr gut«, gab Edi zurück. Sie trat auf Bianca zu, hielt ihr die Hand entgegen und sagte: »Da Georg uns nicht vorstellt, mache ich es: Ich bin Edi, seine Ehefrau.« Sie wandte sich um und zog Halim an der Hand zu sich. »Und das ist Halim. Er kommt aus Syrien und wohnt seit einigen Wochen bei mir.«

Zufrieden sah sie Georgs entsetzten Gesichtsausdruck. Mochte er denken, was er wollte.

Bianca drückte kurz und kraftlos ihre Hand und murmelte ein »Freut mich«, während Halim »Nice to meet you« sagte. Er hielt auch Georg die Hand hin, der diese jedoch ignorierte. Es entstand eine peinliche Stille.

»Wie nett, dass wir uns getroffen haben«, sagte Edi schnell. »Wir müssen auch schon wieder los. Schönen Tag noch.«

Sie nahm Halims Hand und zog ihn mit sich Richtung U-Bahn-Station. Auf der Rolltreppe ließ sie seine Hand los. »Sorry.«

»Kein Problem. Was ist los?«

»Das war mein Mann«, erklärte Edi. »Mit seiner Freundin.«

»Ich weiß, ich habe verstanden«, sagte Halim, nicht ohne Stolz. »Er war nicht freundlich.«

Edi seufzte. »Das ist typisch Georg. Dabei hat er eigentlich nichts gegen Ausländer.«

Halim schmunzelte. »Er glaubt, ich bin dein Freund. Deswegen böse.«

Edi starrte ihn an. »Ach Quatsch. Wieso sollte er deswegen böse sein?«

»Er sein efersuchtig.«

»Eifersüchtig«, korrigierte Edi automatisch. Dann stockte sie. »Was? Glaubst du wirklich?«

Halim zeigte auf seine Augen. »Ich habe gesehen. Er blitzt vor eifersuchtig.«

Während der Fahrt nach Hause dachte Edi über Halims Worte nach. Einen sehr glücklichen Eindruck hatte Georg nicht gemacht. Aber sie hatten sich gerade mal ein paar Minuten gegenüber gestanden, was konnte man da schon erkennen? Und überhaupt – sollte es ihr nicht gleichgültig sein, ob Georg glücklich war oder nicht?

Sie war froh, dass sie am Nachmittag für ein paar Stunden im Café arbeitete, es lenkte sie von ihren Gedanken ab. Doch am Abend, als sie allein vor dem Fernseher saß, begannen sie erneut zu kreisen. Edi wünschte, Halim wäre da, aber er hatte Spätschicht im *Litani*.

Sie wählte Wilmas Nummer, es meldete sich jedoch nur der Anrufbeantworter. Henriette war mit ihrem Lover nach Zypern geflogen, Mina für solche Gespräche definitiv nicht geeignet.

»Ich sollte mir neue Freunde suchen«, sagte Edi und lachte bitter.

Kurz vor Mitternacht, nachdem sie eine Flasche Wein getrunken hatte, fiel ihr Hannah ein. Jetzt war es zu spät, selbst für Hannahs Verhältnisse.

Morgen, dachte sie und ging zu Bett.

Am nächsten Morgen fand Edi ihre Gedankengänge lächerlich. Sie musste endlich lernen, Abstand zu Georg zu gewinnen – auch gefühlsmäßig.

Als sie Xaver hereinkommen sah, beschloss sie, dass es Zeit war für den nächsten Schritt.

Inzwischen wusste sie, dass er Witwer war und früher als Ingenieur bei *BMW* gearbeitet hatte. Er war ein ausgesprochen angenehmer und sehr gebildeter Gesprächspartner, der sie niemals seine Überlegenheit spüren ließ.

Sie hatte ihm sehr wenig von Georg erzählt, eigentlich nur, dass sie getrennt lebte. Halim hatte sie erwähnt, ohne näher darauf einzugehen. Xaver hatte es hingenommen und nicht nachgefragt.

Als sie ihm seine Sandwiches und den Kaffee brachte, fragte sie: »Was halten Sie davon, wenn wir uns mal am Abend treffen? Im *Litani* vielleicht?«

Xaver schaute sie erst überrascht, dann erfreut an. »Sehr gerne. Heute Abend?«

»Warum nicht? Soll ich einen Tisch reservieren?« Edis Herz schlug bis zum Hals und sie hoffte, sie war nicht puterrot geworden.

»Gerne. Sie kennen die Besitzer besser als ich.«

»Sieben Uhr?«

»Abgemacht.«

»Gut.«

Sie wandte sich schnell ab, aus Angst, ihr Gesichtsausdruck würde zu viel über ihre Gefühle verraten. Sie hatte immer noch nicht vor, etwas mit Xaver anzufangen, aber sie hatte schon häufig bedauert, immer nur ein paar Minuten Zeit für ihn zu haben.

Als sie Hannah davon berichtete, umarmte diese sie und sagte: »Ich freue mich. Und ich werde dir keine Ratschläge geben. Versprochen.«

Edi kicherte. »Vermutlich werde ich schon um fünf vor dem Schrank stehen und nicht wissen, was ich anziehen soll.«

Hannah tätschelte ihren Arm. »Denk einfach daran, dass er dich fast täglich sieht. Du kannst ihn nur positiv überraschen.«

»Ich fühle mich wie ein dummer Teenager.«

»Lass das dumm weg. Es ist gut, sich zwischendurch wieder jung zu fühlen. Genieß es.«

Als Edi gegen vier Uhr nach Hause kam, genehmigte sie sich als Erstes einen Sherry.

Ich werde zur Alkoholikerin, dachte sie und lachte. Sie ging ins Schlafzimmer, stellte sich vor den Schrank, zog eine dunkelblaue Kombination heraus und legte sie aufs Bett.

»Das ziehst du später an und darüber gibt es keine Diskussion.«

»Yes, Ma'am«, sagte sie zu ihrem Spiegelbild und salutierte.

Sie war gerade dabei, ihre Augenbrauen nachzuziehen, als das Telefon klingelte.

Er sagt ab!, dachte sie erschrocken. Zu ihrer Erleichterung fiel ihr ein, dass Xaver ihre Nummer nicht hatte.

»Ja bitte?«, meldete sie sich geistesabwesend.

»Edeltraut?«

Georg!

»Hallo Georg. Sorry, ich bin verabredet, ich habe sehr wenig Zeit.«

»Mit diesem – diesem Syrer?«

Edi runzelte die Stirn. Hatte Halim recht gehabt?

»Und wenn? Was geht's dich an?«

»Er ist gerade mal halb so alt wie du.«

Für einen Moment fehlten Edi die Worte. Plötzlich überkam sie die Wut, die ihr in den letzten Tagen und Wochen so vertraut geworden war.

»Das sagt genau der Richtige«, gab sie zurück. »Deine Freundin ist sicher nicht viel älter.«

»Das ist etwas anderes«, gab Georg zurück, klang aber nicht sehr überzeugend.

»Ach ja? Inwiefern? Du meinst sicher, es ist normal, dass alte Knacker wie du ihre Ehefrau verlassen, um mit einer Jüngeren ins Bett zu steigen, oder? Aber es ist nicht normal, wenn eine alte Frau wie ich sich einen jüngeren Liebhaber sucht? Ist es das, was du meinst?«

»Äh, nein, ich …«

»Was meinst du dann?«

Sei nicht so aggressiv!

Warum nicht? Er ist ein Idiot!

»Ich …« Georg stockte. »Es … Es tut mir leid. Ich wollte dir keine Vorwürfe machen.«

»Es gibt auch keinen Grund dazu«, erwiderte Edi. »Auch wenn es dich nichts angeht: Halim wohnt bei mir, mehr ist da nicht.«

»Gut«, sagte Georg.

Edis Blick fiel auf die Uhr. Fünf vor sieben.

»Was willst du? Wie gesagt, ich bin verabredet und müsste längst weg sein.«

»Ich weiß selbst nicht, warum ich angerufen habe«, gab Georg zu. »Unser Treffen gestern hat vieles aufgewühlt.«

Sieh an, sieh an.

Sie wartete ab.

»Du hast gut ausgesehen, gestern«, begann Georg erneut.

»Danke.«

»Denkst du, wir könnten uns mal treffen? Auf einen Kaffee oder ein Glas Wein?«

Edi runzelte die Stirn. Das klang tatsächlich nicht nach einer glücklichen Beziehung. Ihr Eindruck am Tag zuvor hatte also nicht getrogen.

Edi fragte sich, ob sie sich mit Georg treffen wollte, und sei es nur auf einen Kaffee. Die Antwort kam erstaunlich schnell: Nein. Sie hatte ein neues Leben begonnen, und das wollte sie nicht mehr aufgeben. Es ging ihr gut, auch ohne Georg. Oder gerade ohne Georg.

»Bist du noch dran?«

»Ja, ich bin noch dran. Ich glaube, es wäre keine gute Idee, wenn wir uns wieder träfen. Es wühlt zu vieles auf, was ich gerade abgeschlossen habe.« Eine Idee schoss ihr durch den Kopf. »Ich denke, das Beste wäre, wir würden uns scheiden lassen.«

»Was?«

Wie viel Entsetzen man in ein einziges Wort packen konnte!

»Ich bin mir noch nicht sicher«, erwiderte Edi. »Ich werde in den nächsten Tagen darüber nachdenken und dir Bescheid geben. Ich muss jetzt los. Schönen Abend noch, Georg«, sagte sie und unterbrach die Verbindung.

Minutenlang stand sie da mit dem Hörer in der Hand. Erst als ihr das Tuten auf die Nerven ging, legte sie den Hörer ganz auf.

Hatte sie gerade ihren Mann um die Scheidung gebeten? Ja! Und es fühlte sich verdammt gut an!

Marlene Mannhart

Denk auch mal an dich!

Marlene trug den vereinbarten Termin in ihren Kalender ein, verabschiedete sich von ihrem Klienten, stieg ins Auto und fuhr Richtung Solln.

Ein freier Nachmittag lag vor ihr, den sie sich durch nichts und niemanden kaputt machen lassen würde. Nicht einmal von ihrer Mutter!

Marlene schaltete das Radio ein und summte einen alten Schlager mit. Sie freute sich über die Sonnenstrahlen, die durch die grauen Wolken hindurchspitzten. Vor allem aber freute sie sich auf den Abend.

Florian und sie hatten nach langer Zeit wieder einmal Freunde zum gemeinsamen Essen eingeladen. Auf dem Heimweg würde sie beim Metzger das bestellte Fleisch abholen; alles andere hatte sie bereits am Vortag besorgt.

Florian hatte versprochen, früher nach Hause zu kommen, damit sie gemeinsam das Abendessen vorbereiten konnten. Es war lange her, dass sie Freunde zu Besuch hatten und für diese kochten. Zu lange.

Marlene hatte eigentlich vorgehabt, an diesem Tag nicht über ihre Mutter zu grübeln, aber es war unmöglich, sie aus ihren Gedanken zu verbannen. Immerhin: Seit Hannahs Geburtstagsfeier war Hannelore wie ausgewechselt. Sie hatte penibel darauf geachtet, all ihre Physiotherapie-Stunden wahrzunehmen, und tatsächlich war es ihr gelungen, an Weihnachten den Rollstuhl zu verlassen und ein paar Schritte mit dem Stock zu gehen.

Mitte Januar hatte ihr Hausarzt ihr erlaubt, es mit einem Rollator zu versuchen. Bisher war sie immer dagegen gewesen, fand sich nicht alt genug für das Hilfsmittel, doch schien ihr inzwischen die Bewegungsfreiheit wichtiger geworden zu sein als die Befürchtung, dass die Leute über sie reden könnten.

Mitte Februar war sie zurück in ihre Wohnung gezogen und wurde täglich durch einen sozialen Dienst betreut. Es war eine große Erleichterung für Marlene gewesen, auch wenn sie immer noch drei bis vier Mal die Woche bei ihrer Mutter vorbeischaute. Aber das Haus gehörte wieder ihnen, sie und Florian konnten sich wieder ungestört unterhalten. Und Freunde einladen.

Marlene parkte vor der Metzgerei, holte die bestellte Ware und fuhr die kurze Strecke nach Hause. Sie verstaute das Fleisch im Kühlschrank und überprüfte den Getränkevorrat, obwohl sie wusste, dass Florian sich darum gekümmert hatte. Seit sie ihre

Mutter so intensiv betreute, war sie ein regelrechter Kontrollfreak geworden.

Selbstverständlich standen genug Wein und Bier bereit; auf ihren Mann war eben Verlass. Lachend schloss sie die Kühlschranktür und ging ins Schlafzimmer, um legere Kleidung anzuziehen.

Vor ihr lagen ein paar Stunden Ruhe, die sie nutzen wollte. Sie stellte ihr Handy auf Vibration und schaltete beim Festnetztelefon den Anrufbeantworter an; sie wollte keinesfalls gestört werden. Sie bereitete sich einen Cappuccino zu, nahm das Buch, das sie seit Wochen vergeblich zu lesen versuchte, und machte es sich auf dem Sofa bequem.

Sie blätterte ein paar Seiten zurück, um den Anschluss zu finden, erinnerte sich an die Handlung, begann zu lesen, warf das Buch nach wenigen Sätzen entnervt auf den Tisch. Sie konnte sich einfach nicht konzentrieren. Immer wieder schweiften ihre Gedanken zu ihrer Mutter ab.

»Du machst dir zu viele Gedanken«, sagte Florian immer wieder.

Natürlich machte sie sich Gedanken. Vielleicht auch zu viele. Aber sie wollte nicht zu den Kindern gehören, die ihre Eltern im Alter vernachlässigten.

Florian tat sich leicht. Seine Eltern waren beide tot, er hatte diese Sorgen nicht. Aber sie tat ihm Unrecht. Er unterstützte sie, wo er konnte.

Vielleicht sollte sie mit den Vorbereitungen für den Abend beginnen? Sie könnte die Quiche so weit vorbereiten, dass sie sie nur noch in den Ofen schieben mussten.

Marlene sprang auf, ging in die Küche, las das Rezept nach und suchte die notwendigen Zutaten zusammen. Während sie das Gemüse schnitt, ärgerte sie sich über sich selbst. Warum schaffte sie es nicht, wenigsten für eine halbe Stunde abzuschalten? Sie durfte nicht zulassen, dass ihre Mutter ihr Leben bestimmte.

Sie war gerade dabei, den Teig in die Form einzupassen, als sie die Haustür hörte. Es war noch nicht mal halb drei. Florian wollte erst gegen vier kommen. Tatsächlich erschien gleich darauf ihr Mann in der Küche.

»Was machst du denn schon hier?« Sie begrüßte ihn mit einem Kuss.

»Ich hatte keine Lust mehr«, sagte er und umfasste ihre Taille. »Außerdem muss ich Überstunden abbauen. Welche Gelegenheit wäre besser, als einen Nachmittag mit meiner Frau zu verbringen?«

»Keine«, pflichtete sie ihm bei. »Ich freue mich.«

»Du bereitest schon alles vor?«

»Nicht alles, nur die Quiche. Ich wollte lesen, aber ich kann mich nicht konzentrieren.«

»Hannelore«, mutmaßte Florian.

Marlene nickte.

»Ich könnte dazu beitragen, dass du dich entspannst«, flüsterte er in ihr Ohr, drehte sie herum und begann, ihren Nacken zu massieren.

»Gut«, gurrte Marlene, schlüpfte dennoch unter seinem Griff weg. »Lass mich wenigstens das hier fertigmachen.«

»Hm. Ob ich nachher noch Lust habe?«

Marlene warf ihm einen verschwörerischen Blick zu.

»Ich bring dich schon dazu.«

Tatsächlich verbrachten sie den Nachmittag auf dem Sofa. Florian massierte Marlenes Füße, während sie Urlaubspläne schmiedete. Obwohl ihr bewusst war, dass eine längere Abwesenheit nicht zur Diskussion stehen würde, wollte sie wenigstens davon träumen. Und sie erlaubte sich nicht zu denken, dass es eines Tages möglich sein würde. Denn es würde bedeuten, dass Hannelore in einem Pflegeheim wäre oder womöglich tot.

Schon wieder ihre Mutter!

»Wir könnten ein paar Tage nach Südtirol fahren oder an den Gardasee«, sagte sie, um sich selbst abzulenken.

»Das wäre schön«, erwiderte Florian.

Marlene seufzte. »Ich weiß, ich weiß. Ich steh mir selbst im Weg.«

Florian küsste sie sanft. »Mach dir keine Vorwürfe. So ist es eben mit alten Eltern. Sie sind wie wir Kinder damals: Man muss immer auf sie aufpassen.« Er schob sie sachte weg und fügte hinzu: »Wir sollten langsam zu kochen anfangen, sonst verhungern unsere Freunde.«

Sie gingen in die Küche, wo Florian ihnen als Erstes ein Glas Weißwein einschenkte. Sie stießen an und prosteten sich zu.

»Auf einen schönen, entspannten Abend.«

Marlene genoss es, mit ihrem Mann in der Küche zu hantieren. Sie kochten beide gerne, waren aber in den letzten Monaten viel zu selten dazu gekommen.

Sie brauchten nur wenige Worte, um sich zu verständigen, jeder kannte seine Aufgaben. Um sechs Uhr waren sie mit den Vorbereitungen fertig, sie hatten noch eine Stunde Zeit, bis die Freunde kamen.

»Das Fleisch dauert nicht lange, das kann ich machen, nachdem wir die Vorspeise gegessen haben«, sagte Florian und wusch sich zum Abschluss noch einmal die Hände.

»Ich bin ein bisschen k. o. Ich springe schnell unter die Dusche«, meinte Marlene. »Das muntert mich hoffentlich etwas auf.«

»Mach das, mein Schatz.« Florian gab ihr einen Kuss und ging ins Wohnzimmer, um den Tisch zu decken.

Obwohl Marlene sich auf die Freunde freute, wäre ihr ein ruhiger Abend lieber gewesen. Aber nun hatten sie die Einladung ausgesprochen, jetzt gab es kein Zurück mehr.

Es wurde ein sehr entspanntes Essen, zu dem die Freunde sehr viel beitrugen. Sie erzählten und lachten viel.

Vivien war Marlenes Schulfreundin aus der Grundschule. Sie und ihr Mann Rolf lebten in Hamburg und waren nur für ein paar Tage zu Besuch in München. Das war der Anlass für die Einladung gewesen.

Florian hatte seinen Cousin Joachim und dessen Frau Jolande eingeladen. Sie liefen unter dem Kürzel JoJo und waren die Einzigen aus Florians Verwandtschaft, mit denen sie regelmäßigen Kontakt hielten.

Die Vierten im Bunde waren die Architektin Martina und ihre Lebensgefährtin Ruth. Marlene hatte Martina vor einigen Jahren durch einen Auftrag kennengelernt. Ihre direkte, aber durch und durch professionelle Art hatte sie beeindruckt. Sie hatten sich ein paar Mal zum Kaffee getroffen, seither waren sie befreundet.

Marlene hatte auch Hannah eingeladen, doch sie hatte mit Bedauern abgesagt und versprochen, beim nächsten Mal definitiv dabei zu sein.

»Ich will wirklich endlich deine Freunde kennenlernen.«

Nur die JoJos und Martina kannten sich bereits von einer früheren Feier, daher gab es zu Beginn viele Fragen, wer wer war und was machte.

Rolf arbeitete als Journalist und war vor über zehn Jahren zu einem Verlag in Hamburg gewechselt. Vivien war ursprünglich Lehrerin und tat sich am Anfang schwer, in der neuen Stadt eine Stelle zu finden. Um überhaupt etwas zu tun zu haben, hatte sie begonnen, an der Volkshochschule zu arbeiten. Inzwischen war sie zur stellvertretenden Direktorin aufgestiegen und würde in wenigen Monaten die Leitung übernehmen, wenn ihr Chef in den Ruhestand ging.

Joachim hatte einen eigenen Betrieb als Zahntechniker, Jolande arbeitete als Leiterin eines Supermarktes.

»Und was machst du?«, wollten schließlich alle von Ruth wissen.

»Sie schreibt ein Buch«, verkündete Martina stolz.

»Ich versuche es«, sagte Ruth wesentlich bescheidener. Trotz hartnäckiger Nachfragen wollte sie nicht weiter darüber reden.

Marlene genoss die Stunden in angenehmer Atmosphäre, mit gutem Essen und gutem Wein. Als sie ihre Gäste weit nach Mitternacht verabschiedete, war sie todmüde, aber glücklich.

Auf dem Weg in die Küche, wo sie noch schnell die Spülmaschine anstellen wollte, sah sie die Anzeige des Anrufbeantworters blinken. Verdammt! Sie hatte vergessen, ihn wieder auszuschalten.

»Ignorier es«, sagte Florian neben ihr. »Was immer es ist, es ist nicht mehr zu ändern.«

»Ich kann nicht«, erwiderte Marlene und hörte die Nachricht ab.

Sie war vom Leiter der Sozialstation, die ihre Mutter betreute. »Tut mir leid, Frau Mannhart. Ich will Sie nicht beunruhigen, aber Ihre Mutter hat uns heute Abend nicht geöffnet. Das muss nichts heißen, sie kann einfach schon geschlafen haben. Sollte sie morgen früh ebenfalls nicht auf unser Klingeln reagieren, melden wir uns umgehend.«

Marlene starrte fassungslos auf das Telefon. Warteten die tatsächlich eine Nacht lang einfach nur ab? Ließen womöglich eine alte Frau hilflos in der Wohnung liegen?

Was, wenn ihre Mutter wieder einen Schlaganfall gehabt oder sich erneut etwas gebrochen hatte?

Florian wollte sie abhalten, sofort zur Wohnung ihrer Mutter zu fahren.

»Sie sind erfahren, sie wissen, was sie tun.«

Marlene ließ sich nicht aufhalten. »Ich kann nicht so tun, als wäre alles gut. Ich muss es selbst sehen.«

Sie rief ein Taxi und ließ sich ins Hasenbergl fahren.

»Können Sie bitte warten? Es dauert nicht lang.«

Der Fahrer schaute skeptisch. Um ein Uhr morgens war dieser Stadtteil nicht gerade empfehlenswert. Aber alles war ruhig, es war niemand zu sehen.

»Ich brauche wirklich nur ein paar Minuten. Sie bekommen auch ein schönes Trinkgeld«, flehte Marlene ihn an.

»Na gut«, knurrte der Fahrer. »Maximal zehn Minuten.«

»Danke.«

Ungeduldig wartete sie auf den Aufzug, der sich ratternd und rumpelnd näherte. Die Türen quietschten und brauchten endlos lang, bis sie sich öffneten und wieder schlossen. Marlene drückte auf die Fünf und fluchte, weil der Aufzug sich nicht in Bewegung setzen wollte. Als sie endlich oben ankam, waren tatsächlich erst zwei Minuten vergangen.

Sie ging zur Wohnung ihrer Mutter, lauschte. Es war nichts zu hören. Ein paar Sekunden lang schwankte sie, ob sie klingeln sollte, entschied sich für die eigenen Schlüssel. Wenn Hannelore tatsächlich schlief, würde sie den Schreck ihres Lebens bekommen, wenn es mitten in der Nacht läutete.

Leise sperrte sie die Tür auf, betrat die Wohnung. Dass sie dunkel war, war beruhigend.

»Mutti?«, rief sie leise. Keine Antwort.

Sie schlich sich ins Schlafzimmer, schob vorsichtig die Tür auf und erwartete, ihre Mutter friedlich schlafend vorzufinden. Das Bett war leer.

»Mutti?«, rief Marlene laut. »Mutti, wo bist du?«

Da! War das nicht ein Stöhnen gewesen?

»Mutti? Sag mir, wo du bist.«

Erst jetzt entdeckte sie den Lichtschein unter der Badezimmertür. Marlene lief hin und öffnete die Tür. Ihre Mutter lag wimmernd auf dem Boden, halb auf, halb neben dem Badvorleger. Sie trug nichts außer einem dünnen Nachthemd, das nach oben gerutscht war und ihre dünnen Beine freigab.

»Mutti!« Marlene kniete sich daneben und versuchte, sie zu stützen. »Was ist passiert?«

Als Antwort erhielt sie nur ein stärkeres Wimmern.

Verdammt! Ein erneuter Schlaganfall?

Während sie ihr Handy aus der Tasche fummelte, stellte sie Fragen: »Kennst du mich?«

Als Antwort erhielt sie ein Blinzeln.

»Gut. Kannst du mir sagen, was passiert ist?«

Unmerkliches Kopfschütteln.

»Kein Problem. Wir kriegen das hin. Ich ruf jetzt den Rettungsdienst.«

Sie wählte die 112 und gab die notwendigen Angaben durch. Man sagte ihr, es werde circa fünf bis sieben Minuten dauern.

Während sie warteten, versuchte Marlene, Hannelore auf den Vorleger zu schieben, außerdem holte sie eine Decke. Sie schrieb Florian eine SMS, wischte den Schweiß von der Stirn ihrer Mutter und horchte auf das Martinshorn. Als es endlich zu vernehmen war, lief sie zum Aufzug und schickte ihn nach unten.

Der Notarzt untersuchte Hannelore und diagnostizierte einen leichten Schlaganfall, außerdem vermutlich einen Schlüsselbeinbruch. Marlene packte die wichtigsten Utensilien zusammen, sperrte die Wohnung ab und lief die fünf Stockwerke nach unten, während die Sanitäter ihre Mutter im Aufzug nach unten transportierten.

Vor dem Rettungswagen stand das Taxi, daneben der Fahrer. Den hatte sie komplett vergessen. Sie rannte hin, entschuldigte sich und bat den Fahrer, sie am nächsten Tag anzurufen. »Ich zahle alles, versprochen.« Sie reichte ihm eine Visitenkarte und lief zum Rettungswagen, um mit ins Krankenhaus zu fahren.

Mittlerweile kannte sie die Routine dort. Sie richtete sich, so gut es ging, im Wartezimmer ein. Florian rief an und fragte, ob er kommen solle.

»Nein, geh schlafen. Es ist nichts Lebensbedrohliches. Wenigstens einer von uns sollte morgen einen klaren Verstand haben.«

»Ruf mich an, wenn was ist«, sagte er und schickte einen Kuss durch die Leitung.

»Mache ich.« Marlene war so müde, dass sie sich kaum auf den Beinen halten konnte. Der Alkohol, den sie während des Abends getrunken hatte, tat sein Übriges dazu. Erschöpft ließ sie sich auf einen der Stühle im Wartebereich fallen.

Um nicht einzuschlafen, suchte sie auf ihrem Handy die App für Notizen und tippte eine To-do-Liste ein:

- Sozialdienst zur Schnecke machen und kündigen
- Alternative suchen

Es war klar, dass ihre Mutter nicht mehr allein in der Wohnung bleiben konnte. Sie würden sie also wieder zu sich ins Haus holen müssen. Erneuter Streit und Stress waren damit unvermeidlich.

Gab es eine Alternative?

Sechs Wochen später, es war bereits nach Ostern, saß Marlene in der Wohnung ihrer Mutter und war schrecklich nervös. In zehn Minuten würde die erste Bewerberin kommen. Sie hatte noch nie ein Bewerbungsgespräch geführt, schon gar keines mit einer Frau, die sich rund um die Uhr um Hannelore kümmern sollte.

Während ihre Mutter im Krankenhaus lag und auf Reha war, hatte sie nach einer Lösung gesucht, die ihnen allen zugutekam. Sie war im Internet auf eine Firma gestoßen, die Frauen vermittelte, die alte Menschen betreuten. Sie wohnten bei der zu betreuenden Person, kümmerten sich um den gesamten Haushalt und um den oder die Pflegebedürftigen.

Die Frauen kamen zu neunundneunzig Prozent aus einem osteuropäischen Land. Die Firma garantierte, dass sie gut genug Deutsch sprachen und zuverlässig waren.

Marlene hatte stundenlang mit Florian diskutiert, mit Freunden und Bekannten, vor allem aber mit ihrer Mutter darüber gesprochen und sich mal dafür, doch dann wieder dagegen entschieden.

Hannah hatte schließlich den Anstoß gegeben: »Wenn du es nicht versuchst, wirst du nie wissen, ob es klappt.«

Also hatte sie angerufen und um ein paar Lebensläufe gebeten. Drei davon hatten ihr zugesagt. Mit diesen drei Frauen würde sie ein Gespräch führen und sich dann festlegen.

In einer Woche würde Hannelore von der Reha nach Hause kommen. Bis dahin musste eine Entscheidung gefallen sein. Die ersten Wochen würde ihre Mutter bei ihnen wohnen, denn die Wohnung musste angepasst werden. Und es gab eine Vorlaufzeit, bis die Betreuerinnen einsatzbereit waren.

Es klingelte. Marlene wischte sich die Hände an der Hose ab, setzte ein Lächeln auf und öffnete die Tür. Vor ihr stand eine ältere Frau. Marlene wusste, es war unfair, aber sie fühlte sich an alte Kolchosenbilder aus der Sowjetunion erinnert. Dieser Frau würde sie ihre Mutter keinesfalls anvertrauen.

Um den Anschein zu wahren, bat sie die Betreuerin herein, bot ihr etwas zu trinken an und stellte die vorbereiteten Fragen. Hinterher konnte sie sich an keine einzige Antwort erinnern.

Die Gespräche zwei und drei liefen besser, und Marlene entschied sich für die letzte Kandidatin, Swetlana aus der Ukraine. Sie schien ihr am ehesten geeignet, mit der oftmals griesgrämigen Hannelore zurechtzukommen. Außerdem konnte sie bereits in einer Woche anfangen.

Marlene nutzte die Woche, um die Wohnung ihrer Mutter neu streichen und die beiden Zimmer umgestalten zu lassen. Es würde kein Luxus werden, aber es sollte reichen.

Jede der Frauen hatte ein eigenes Zimmer, das über ein bequemes Schlafsofa und eine Sitzecke verfügte. Küche und Bad würden sie sich teilen müssen, aber Swetlana hatte ihr versichert, dass das normal sei.

Am Tag, bevor ihre Mutter nach Hause kam und das Experiment starten würde, war Marlene voller Zweifel, aber Florian beruhigte sie.

»Selbst Hannelore war damit einverstanden. Und wenn alle Stricke reißen, nehmen wir sie eben doch wieder zu uns.«

Der erste Tag verlief ohne Zwischenfälle, auch der zweite und dritte. Am vierten Tag gab es ein kleines Missverständnis, das Marlene aber rasch aufklären konnte. Danach war ein paar Tage Ruhe.

Sie wollte schon an ein Wunder glauben, als die erste Beschwerde kam.

»Sie klaut.«

Marlene war zu Besuch; Swetlana hatte ihren freien Tag und war in die Stadt gefahren, um sich mit einer Bekannten zu treffen.

»Wer klaut?«, stellte Marlene sich dumm und erntete den entsprechenden Blick dafür.

»Diese Russin.«

»Sie ist aus der Ukraine«, sagte Marlene, wohl wissend, dass Hannelore das nicht die Bohne interessierte. Und tatsächlich:

»Ist mir doch egal. Sie klaut.«

»Was soll sie denn geklaut haben?« Marlene machte am Tonfall deutlich, dass sie den Vorwurf nicht ernst nahm.

»Meinen Ring, den mit dem lila Stein.«

»Der Amethyst? Den hast du schon vor Jahren verloren.«

»Papperlapapp. Den habe ich neulich noch getragen«, behauptete ihre Mutter.

»Nein, Mutti. Den hast du damals bei der Wanderung im Zillertal verloren. Weißt du nicht mehr?«

Hannelore wusste es noch, aber sie würde es niemals zugeben.

»Trotzdem – sie klaut.«

Marlene konnte ihre Mutter dazu überreden, es noch einmal mit Swetlana zu probieren. Zum Abschied bat sie sie inständig, keine falschen Verdächtigungen auszusprechen. Am nächsten Tag rief Hannelore an und wiederholte ihren Vorwurf. Diesmal war angeblich eine goldene Kette weggekommen, von der Marlene noch nie etwas gehört hatte.

Eine Woche später sah sie sich gezwungen, der Ukrainerin zu kündigen.

»Es tut mir leid, aber meine Mutter besteht darauf. Ich weiß, dass Sie nichts falsch gemacht haben, aber es hat keinen Sinn, wenn sie nicht will.«

Swetlana tätschelte verständnisvoll ihre Hand und sagte: »Machen keine Gedanke. Alte Menschen alle gleich. Glauben alle, wir klauen wie Elstern.«

Marlene musste wider Willen lachen.

»Es heißt, wie Raben«, sagte sie. »Man klaut wie ein Rabe. Obwohl vermutlich Elstern sehr viel mehr klauen als Raben.«

Die Firma schickte neue Lebensläufe, Marlene führte neue Gespräche, entschied sich diesmal für eine junge Frau aus Polen.

»Ich bin gespannt, wie lange es gut geht«, jammerte sie Hannah vor. Sie saßen am Abend im geschlossenen Café, genossen eine von Edis Köstlichkeiten und ein schönes Glas Rotwein. »Sie wird niemals eine Ausländerin akzeptieren. Ich weiß nicht, warum, aber sie hat diese blöden Vorurteile.«

»Das muss an der Generation liegen. Meine Mutter ist genauso.«

»Es hat ihnen niemand etwas getan!«, fuhr Marlene fort. »Keiner hat ihnen etwas weggenommen. Dennoch gibt es diese Angst, ihr könnte etwas geschehen. Ich hasse diese Diskussionen.«

»Warum lässt du dich überhaupt darauf ein?«, wollte Hannah wissen. »Wenn meine Mutter damit beginnt, sage ich immer, dass ich über dieses Thema nicht reden will.«

»Du telefonierst nur mit ihr. Ich denke, das ist etwas anderes, als wenn du ihr gegenübersitzt.«

»Da ist was dran«, gab Hannah zu. »Doch auch in einem persönlichen Gespräch hast du das Recht zu sagen, ich will darüber nicht reden.«

»Natürlich. Aber selbst wenn ich nicht darauf eingehe, redet sie permanent weiter. Ich kann da einfach meine Klappe nicht halten.«

Hannah lachte. »Kann ich gut verstehen. Mich macht das auch wahnsinnig, wenn jemand so einen Müll redet.«

»Am einfachsten wäre es, ich fände eine Deutsche, die meine Mutter betreut. Am besten eine, die einen Stammbaum bis ins dreizehnte Jahrhundert hat.«

»Viel Glück bei der Suche«, sagte Hannah. »In diesem Metier scheinen osteuropäische Frauen eine Vormachtstellung zu haben.«

»Warum gibt es keine deutschen Frauen, die so etwas machen?«, wunderte Marlene sich.

Hannah wusste darauf keine Antwort. »Ich kann nur spekulieren. Der Job ist zu anstrengend, zu schlecht bezahlt, ich weiß es nicht.«

»Hm. Der Witz ist, dass sie jede Menge Kontakt mit Ausländern hat. Ihre Nachbarn sind Griechen beziehungsweise Kroaten. Das ganze Hasenbergl ist voll von Menschen mit ausländischen Wurzeln. Damit hatte sie nie ein Problem. Sie kauft ihr Obst und Gemüse beim Türken ein, weil der immer die frischeste Ware hat und außerdem billig ist. Ihre Friseuse ist aus Rumänien, ihr Hausarzt ist in Ungarn geboren, hat aber in Deutschland studiert.« Marlene schaute die Freundin fragend an. »Warum hat sie damit kein Problem, mit einer ukrainischen Betreuerin aber schon?«

»Vielleicht liegt es an der Situation«, mutmaßte Hannah. »Sie will nicht wahrhaben, dass sie eine Betreuung braucht, und versucht, die Frau loszuwerden. Vermutlich liegt es gar nicht mal daran, dass sie keine Deutsche ist.«

»Kann gut sein«, sagte Marlene. »Wie geht es eigentlich deiner Mutter?«

»Sie baut mehr und mehr ab. Seit einigen Monaten ist sie krank und bettlägerig. Sie wohnte bisher schon im Haus meines Bruders. Svenja zufolge haben sie ihr Schlafzimmer in ein Krankenzimmer umgebaut, im ehemaligen Wohnzimmer direkt daneben wohnt eine Krankenschwester, die sich rund um die Uhr um sie kümmert. Es sind mehrere Schwestern, die sich abwechseln.« Die Freundin sah sie ernst an. »Da scheitert es weder am Geld noch am Platz.« Sie hob die Hände, bevor Marlene etwas sagen konnte. »Ich habe keine Ahnung, welche Nationalität die Frauen haben, aber es ist sicher die Crème de la Crème.«

Marlene seufzte. »Es ist ja nicht so, dass ich das nicht zahlen wollte. Hannelores Rente ist recht gut, aber sie reicht nicht für die Miete, Essen und eine Betreuung. Ich zahle das gerne, allerdings frage ich mich manchmal, wofür ich so viel schufte. Unterm Strich bleibt kaum etwas für mich.«

»Da gibt es definitiv viel Nachholbedarf. Die Alten werden immer fitter, deshalb gibt es immer mehr. Da hat die Politik in den letzten Jahren geschlafen.«

»Ein wahres Wort«, stimmte Marlene zu und trank ihr Glas aus. »Ich muss los. Ich treffe mich noch mit Florian, wir fahren zusammen nach Hause.« Sie stand auf und nahm ihren Mantel, der über einem der Stühle hing. »Ob es wohl jemals Frühling werden wird?«

Hannah zuckte mit den Achseln. »Ich hätte nichts dagegen. Es wäre schön, wenn draußen nicht nur die paar Raucher sitzen würden.«

Sie begleitete Marlene zur Tür und umarmte sie zum Abschied.

»Pass auf dich auf und opfere dich nicht auf für deine Mutter, okay?«

Marlene verzog das Gesicht. »Ich versuch's. Danke für das Essen und den Wein. Und Grüße an Edi. Wie immer war es himmlisch.«

»Ich richte ihr die Grüße aus«, erwiderte Hannah lachend. »Das mit dem himmlisch lasse ich weg, sonst wird sie noch größenwahnsinnig.«

»Glaube ich nicht. Edi steht mit beiden Beinen auf der Erde.«

»Warten wir's ab«, sagte Hannah. »Eine Frau, die mit sechzig radikal ihr Leben ändert und sogar den Namen – das kann alles bedeuten.« Sie beugte sich zu Marlene und sagte leiser: »Aber offen gestanden glaube ich es auch nicht. Sie ist ein herzensguter Mensch, und ich bin froh, dass ich sie habe.«

»Schön.« Marlene umarmte die Freundin noch einmal. »Schlaf gut. Wir telefonieren.«

Sie lief zur U-Bahn und fuhr in die Innenstadt, wo Florian sie aufgabelte.

»Wie war dein Tag?«, fragte er nach der Begrüßung.

»Ganz in Ordnung. Ich habe eine neue Betreuerin gefunden, Zofia aus Polen. Sie ist ausgebildete Krankenschwester und ihr Deutsch ist perfekt. Man hört nur einen leichten Akzent.«

Florian ergriff ihre Hand. »Es wird schon gut gehen.«

Marlene schloss die Augen und lehnte den Kopf gegen das Polster. »Hoffentlich.«

Es ging nicht einmal eineinhalb Wochen gut.

Marlene war gerade in einer wichtigen Besprechung, an der ein Architekt als Bauleiter und mehrere Handwerker teilnahmen, als ihr Handy vibrierte. Verstohlen zog sie es aus der Hosentasche und schaute nach dem Anrufer. Das Foto ihrer Mutter wurde angezeigt.

»Entschuldigung«, sagte sie in die Runde und hielt das Telefon hoch. »Meine Mutter.«

Einige der Handwerker nickten verständnisvoll, während der Architekt die Augen verdrehte.

Marlene schluckt eine Bemerkung hinunter und nahm das Gespräch an.

»Mutti?«

»Nein, hier ist Zofia. Tut mir leid, aber ich kündige. Sofort. Ich kann und will ihre Mutter nicht betreuen. Es geht nicht.«

»Aber Sie können mich doch nicht einfach im Stich lassen!«, rief Marlene aufgebracht. Als sie die neugierigen Blicke der Männer sah, verließ sie den Besprechungsraum. »Es gibt eine Kündigungsfrist.«

»Ist mir egal«, sagte Zofia. »Ich verzichte auf das Geld. Ich gehe, sofort. Tut mir leid.« Sie legte auf.

Marlene rief noch ein paar Mal »Hallo?«, obwohl sie wusste, dass am anderen Ende der Leitung niemand mehr war.

Sie wählte die Nummer der Vermittlungsfirma, um sich zu beschweren. Zofia hatte bereits Bescheid gegeben.

»Was wollen Sie? Sie haben keinen finanziellen Verlust erlitten«, sagte die Mitarbeiterin. »Es steht ausdrücklich im Vertrag, dass unseren Pflegerinnen solche Umstände nicht zumutbar sind.«

»Was sind denn ›solche Umstände‹?«, wollte Marlene wissen.

»Ihre Mutter hat unsere Pflegerin gekratzt und gebissen.«

»Wie bitte?« Marlene war entgeistert. Zugegeben, Hannelore war kein einfacher Charakter, aber Beißen und Kratzen hatte bisher nicht zu ihrem Repertoire gehört. »Das kann nicht sein. Ich kenne meine Mutter. Das würde sie niemals tun.«

Die Vermittlerin blieb unerbittlich. »Ich kann nur das sagen, was uns die Pflegerin gemeldet hat.«

Die kann ja alles Mögliche melden!

»Und wie geht es jetzt weiter?«, fragte Marlene. »Ich brauche eine Betreuung.«

Die Frau schwieg einen Moment, wägte wohl ab, ob sie sich das Geschäft entgehen lassen sollte. Schließlich sagte sie: »Ich schicke Ihnen neue Unterlagen. Einen letzten Versuch sollten wir noch machen.«

»Danke«, sagte Marlene und versuchte gar nicht erst, den Sarkasmus aus der Stimme herauszuhalten.

Ein letzter Versuch. Ha! Und dann?

Sie musste ein ernstes Wort mit Hannelore reden. Aber zunächst galt es, die Gedanken an ihre Mutter abzublocken und zum Geschäftlichen überzugehen.

Die Besprechung zog sich in die Länge, weil sich der Bauleiter und zwei der Handwerker nicht auf einen Zeitrahmen einigen konnten.

»Warum, verdammt noch mal, können Sie einander nicht entgegenkommen?«, rief Marlene, als auch nach einer halben Stunde keine Einigung in Sicht war. »Jeder gibt nach, man trifft sich in der Mitte und gut ist.«

Alle Köpfe wandten sich ihr zu, niemand sagte ein Wort.

Sie fühlte, wie ihr das Blut in den Kopf schoss.

»Tschuldigung«, sagte sie leise. »Aber ist ja auch wahr. Seit dreißig Minuten dreht sich alles um diesen einen blöden Termin. Ich denke, wir alle haben wichtigere Dinge zu tun. Wir sollten zu einer Lösung und damit zum Ende kommen.«

Keiner der Männer kam ihr zu Hilfe, obwohl zwei so leicht mit dem Kopf nickten, dass es kaum wahrnehmbar war.

Ihr platzte der Kragen. »Ehrlich gesagt, es ist mir egal, ob Sie mich jetzt für eine überspannte Zicke halten. Meinetwegen nehmen Sie mir diesen Auftrag weg, ich pfeif drauf. Ich habe momentan andere Probleme als Ihre Terminfindung.« Sie stand auf und rückte den Stuhl an den Tisch. »Wenn Sie sich geeinigt haben, rufen Sie mich an. Wenn ich nichts von Ihnen höre, weiß ich Bescheid. Auf Wiedersehen, meine Herren!«

Sie stürmte aus dem Raum und knallte die Tür absichtlich zu, obwohl ihr eher zum Heulen zumute war.

Hatte sich denn alles gegen sie verschworen?

Vor der Baustelle versuchte sie, sich zu beruhigen. Dann stieg sie in ihren Wagen und fuhr ins Hasenbergl.

»Was ist los?«, sagte sie statt einer Begrüßung zu ihrer Mutter.

»Was soll los sein?«, gab diese unschuldig zurück.

Marlene glaubte, so etwas wie Schalk in Hannelores Augen aufblitzen zu sehen.

»Wir müssen reden«, erwiderte sie und stürmte in Hannelores Zimmer.

Ihre Mutter ließ sich Zeit, was Marlene noch viel mehr erzürnte. Als sie ihr endlich gegenüber saß, sagte sie: »Zofia hat angerufen. Du hast sie angeblich gebissen und gekratzt.«

Hannelore hielt ihrem prüfenden Blick stand. »Ich habe mich nur gewehrt.«

»Was soll das heißen?«

»Sie hat mich geschlagen.«

»Das kann ich nicht glauben.«

Hannelore schob den Ärmel ihres Pullovers hoch und zeigte ihr eine dunkle Stelle am Unterarm.

Marlene wusste nicht, ob sie weinen oder schreien sollte. War es möglich, dass die sanfte Zofia gar nicht so sanft war?

»Ich werde mich beschweren«, sagte sie. »Das geht gar nicht.«

»Ich brauche niemanden. Ich komme gut allein zurecht.«

»Mutti.« Marlene ergriff ihre Hand, die eiskalt war. »Wir haben das schon ein paar Mal besprochen. Du hattest bereits drei kleinere Schlaganfälle. Bisher ist zum Glück nichts Schlimmes passiert, aber ich kann dich nicht allein lassen.«

»Kann ich nicht wieder zu euch kommen?«

Marlene war gerührt. Und geneigt, Ja zu sagen. Aber sie hatte Florian versprochen, dass sie auch an sich dachte. Und sie wusste, wie groß die Belastung für sie wäre, würde Hannelore wieder bei ihnen im Haus wohnen.

Ihre Mutter schien ihre Gedanken zu ahnen.

»Du willst mich nicht haben.«

»Das ist es nicht, Mutti. Aber es funktioniert nicht. Für drei Erwachsene ist das Haus zu klein. Vor allem brauchen wir auch dort eine Betreuung, denn ich bin fast den ganzen Tag unterwegs.«

»Du musst doch nicht arbeiten. Dein Mann verdient gut genug für euch beide.«

Marlene seufzte. Wie oft hatte sie diese Diskussion schon geführt?

»Stimmt, ich muss nicht arbeiten«, sagte sie. »Aber ich will. Ich will nicht nur Hausfrau sein.«

Der missbilligende Blick schmerzte sie, aber sie senkte nicht die Augen.

»Es sind andere Zeiten als früher«, sagte sie und ärgerte sich, weil es nach Rechtfertigung klang. Sie ließ die Hand ihrer Mutter los und erhob sich.

»Ich habe neue Unterlagen erhalten und werde eine neue Betreuerin aussuchen. Ich hoffe, es läuft diesmal besser. Aller guten Dinge sind drei, nicht wahr?«

Hannelore sagte nichts, aber ihr war deutlich anzusehen, was sie von dem Plan hielt.

Beim Abendessen brach Marlene plötzlich in Tränen aus.

»Was ist los?«, fragte Florian alarmiert.

»Ich schaffe das alles nicht mehr«, schluchzte Marlene. »Ich habe heute im Meeting alle angeschnauzt, weil sie sich nicht auf einen blöden Termin einigen konnten. Vermutlich kostet mich das den Auftrag. Meine Mutter wird angeblich von ihrer Betreuerin geschlagen. Diese wiederum behauptet, Hannelore habe sie gebissen. Wem soll ich glauben? Aussage steht gegen Aussage, Beweise gibt es keine.« Sie schaute ihren Mann aus tränenverschmierten Augen an. »Müssen wir Kameras in der Wohnung installieren?«

»Das glaube ich nicht.« Florian kam zu ihr und nahm sie in den Arm. »Es gibt überall schwarze Schafe. Und Hannelore ist nun mal nicht die einfachste Kandidatin.« Er küsste sie sanft. »Und Männer müssen manchmal angeschnauzt werden, das weißt du von mir.«

Marlene musste lachen. »Das stimmt«, sagte sie. »Aber jetzt mal ehrlich? Was soll ich tun?«

»Ich würde noch eine dritte Betreuerin ausprobieren. Wenn das auch nicht klappt, müssen wir eben in den sauren Apfel beißen und sie wieder ins Haus holen.«

Bei Magdalena hatte Marlene sofort ein gutes Gefühl. Sie hatte beste Zeugnisse und war eine patente Frau in den Vierzigern. Wie Zofia kam sie ursprünglich aus Polen, war aber seit fast zwanzig Jahren mit einem Deutschen verheiratet.

Als nach drei Wochen von beiden Seiten noch immer keine Beschwerde gekommen war, wagte Marlene, Hoffnung zu schöpfen. Vielleicht würde es tatsächlich gut gehen.

Aber das Schicksal meinte es nicht gut mit ihr. Gerade als Hannelore sich an Magdalena gewöhnt hatte, wurde deren Mutter schwer krank, und sie musste zurück nach Polen, um sie zu pflegen.

Es flossen viele Tränen, bei Hannelore und Magdalena aus Trauer, bei Marlene aus Frust.

Gerade hatte sie einen größeren Auftrag an Land gezogen. Wenn sie sich nun wieder um Hannelore kümmern musste, hätte sie nicht ausreichend Zeit dafür. Es war zum Haareraufen.

»Weißt du, woran ich immer häufiger denken muss?« Es war ein schöner Maiabend, sie saßen zum ersten Mal auf der Terrasse. Florian las die *SZ*, Marlene brütete über der richtigen Farbkombination für die Arztpraxis ihrer neuen Klientin.

»Woran?«, fragte Florian abwesend.

»An Hannahs Geburtstagsfeier.«

Er ließ die Zeitung sinken und schaute sie ratlos an. »Woran genau?«

»An diesen Iren, der Mutti so gut im Griff hatte. Wie hieß er gleich noch? Irgendwas mit A. Adam? Alex? Nein …«

»Andy. Er hieß Andy. Und er kommt ursprünglich aus Polen.«

»Ha!«, machte Marlene. »Was ist das mit den Polen und der Betreuung? Haben die ein spezielles Gen dafür?«

Florian lachte. »Glaube ich nicht. Und was ist jetzt mit diesem Andy?«

»Er wäre der ideale Betreuer für Mutti.«

»Wie kommst du denn da drauf? Nur, weil er es geschafft hat, dass sie einen Abend lang gut gelaunt war?«

Marlene nickte. »Sie hat sogar getanzt! Im Rollstuhl!«

»Ich kann mich gut daran erinnern«, sagte Florian. »Aber was hilft's? Er ist in Irland, Hannelore ist in München. Du willst sie doch hoffentlich nicht abschieben?«

Marlene zog eine Grimasse. »Manchmal schon. Nein, im Ernst. Natürlich will ich sie nicht abschieben. Ich dachte eher daran, ihn nach München zu holen.«

»Und er gibt mal eben seine Stelle in Irland auf, um eine alte, störrische Frau zu betreuen? Träum weiter.« Florian nahm die Zeitung wieder auf.

Marlene rückte näher an ihn heran und schob sacht die Zeitung nach unten. »Ich denke, er würde gerne nach München kommen. Er hat nämlich auch selbst ein Interesse daran.«

Florian schaute sie stirnrunzelnd an. »Welches Interesse könnte ein Ire haben, nach München zu ziehen? Davon abgesehen, dass alle Welt nach München kommen will?«

»Er ist in Hannah verliebt.«

»Was? Woher weißt du das denn?«

»Es war offensichtlich. Er ist nur ihretwegen gekommen.«

Florian musterte sie ein paar Minuten lang. »Das ist nur eine typische Frauenfantasie. Wieso sollte ein Mann nach München kommen, zur Feier einer Frau, die er gar nicht kennt?«

Marlene gab ihrem Mann einen Klaps aufs Knie. »Frauenfantasie? Das ist ja wohl die Höhe! Aber ernsthaft: Da war was zwischen Hannah und – wie heißt er? – Andy.«

»Das ist nur eine Einbildung, oder?«

Marlene schüttelte den Kopf.

»Und selbst wenn«, fuhr Florian fort. »Was willst du jetzt damit anfangen?«

»Ich will Hannah um seine Kontaktdaten bitten. Dann frage ich ihn, ob er sich vorstellen könnte, nach München zu kommen, um Hannelore zu betreuen.«

»Und wenn es nicht klappt? Wir hatten drei Versuche, zwei davon sind gescheitert. Außerdem ist er ein Mann. Er kann nicht bei Hannelore wohnen.«

»Wieso denn nicht? Ich bin überzeugt, er wird sie nicht vergewaltigen.«

Florian lachte. »Das meinte ich auch nicht.« Er schaute sie prüfend an. »Du meinst es ernst, oder?«

»Absolut. Du hast gesagt, ich soll an mich denken. Das tue ich hiermit. Ich suche eine Lösung, mit der alle leben können.«

Florian dachte ein paar Minuten darüber nach, brachte Argumente gegen den Plan, die Marlene spielend widerlegte. Am Ende hob er die Hände und sagte: »Ich gebe auf. Du hast das offensichtlich schon gut durchdacht.«

»Die Frage ist, wie bringe ich es Hannah bei?«

»Am besten fragst du sie direkt und ohne Umschweife. Musst ihr ja nicht sagen, dass du Hintergedanken hast, die sie betreffen.«

»Vermutlich ist das das Beste«, sagte Marlene und gab ihrem Mann einen dicken Kuss.

Hannah war nicht begeistert von der Idee, als Marlene sie ihr am Telefon vorstellte.

»Du kennst ihn überhaupt nicht.«

»Ich kenne auch die Betreuer nicht, die mir diese Firma vermittelt. Ja, es ist ein Risiko dabei. Aber es wäre einen Versuch wert. Ich weiß nicht einmal, ob er sich überhaupt darauf einlässt.«

»Und wenn es nicht klappt?«

»Du und Florian«, sagte Marlene und seufzte dramatisch. »Ihr könnt einem jeden Plan zunichtemachen.«

Hannah lachte. »Es ist dein Risiko. Ich geb dir seine Mailadresse.«

»Das reicht für den Anfang völlig aus.«

Marlene notierte die Adresse, bedankte sich bei der Freundin und legte auf.

Sie öffnete ihren Mailaccount auf dem Laptop und begann zu tippen:

Dear Andy,

können Sie sich noch an mich erinnern? An mich vielleicht nicht, sicher aber an meine Mutter. Sie haben an Hannahs Geburtstag mit ihr getanzt.

Ich habe eine etwas verrückte Idee, und ich würde gerne mit Ihnen telefonieren, um das zu besprechen. Hier nur in Kürze, was mir durch den Kopf geht:

Ich brauche dringend eine Betreuung für meine Mutter. Sie wissen, dass sie nicht einfach ist und man ein spezielles Händchen für sie haben muss. Ich denke, das haben Sie. Die Frage ist: Könnten Sie sich vorstellen, längerfristig nach München zu kommen?

Bitte melden Sie sich bald, auch wenn Sie es rundheraus ablehnen – was ich verstehen könnte.

Herzliche Grüße aus München

Marlene Mannhart

Sie fügte ihre Telefonnummer hinzu und schickte die Mail ab, bevor sie es sich anders überlegte.

Die Antwort kam gut eine Stunde später:

Ich rufe Sie heute Abend an. Acht Uhr.

Gruß

Andy

Der Tag zog sich in die Länge, egal was Marlene auch tat. Endlich war es acht und das Telefon klingelte.

»Hello? Andy?«, meldete sie sich.

»Yes«, erwiderte er. »Lassen Sie hören: Wie haben Sie sich das vorgestellt?«

Andrzej »Andy« Nowak

Wer nicht wagt ...

»Du spinnst! Du bist komplett verrückt!«

Andy starrte Belinda erstaunt an. Mit so einer heftigen Reaktion hatte er nicht gerechnet, ganz im Gegenteil: Von seiner Mitbewohnerin hatte er am ehesten Verständnis erwartet. War sie es nicht immer, die ihn foppte mit seiner »langweiligen Art zu leben«?

»Man könnte meinen, du bist eifersüchtig«, sagte er.

»Auf eine Achtzigjährige? Dass ich nicht lache!« Belinda schnaubte. »Ich verstehe einfach nicht, wie man einen sicheren Job hinwerfen kann, um eine alte, störrische Frau zu betreuen.«

»Sie ist erst Mitte siebzig und vorerst fahre ich nur mal für vier Wochen. Du wirst kaum merken, dass ich weg bin. Und mit alten Menschen habe ich auch hier zu tun, das macht keinen Unterschied.«

»Du sprichst die Sprache nicht, du kennst niemanden, deine Familie ist hier. Deine Freunde.«

»Viele Deutsche sprechen Englisch, das ist kein Problem. Ich kenne bereits einige Leute, und die meisten sind sehr nett. Und München ist nicht aus der Welt. Der Flug dauert gerade mal zwei Stunden. Da dauert die Fahrt zu meiner Familie länger.«

»Du nimmst mich nicht ernst«, erwiderte Belinda und zog einen Schmollmund, gleichzeitig musste sie lachen.

»Ich nehme dich sehr wohl ernst«, sagte Andy und zog Belinda an sich. Sie umarmten sich, dann schob er sie von sich, hielt sie aber weiterhin fest. »Ich muss es versuchen, verstehst du das denn nicht? Wenn ich es nicht tue, würde ich mich mein Leben lang fragen, ob ich etwas verpasst habe.«

»Ich verstehe das«, sagte Belinda leise. »Ich glaube, ich bin wirklich ein bisschen eifersüchtig. Darauf, dass du dich so etwas traust.«

»Wenn der Richtige um die Ecke käme, würdest du auch den Mut finden.«

Belinda befreite sich aus seinem Griff, ging zum Servierwagen, der ihnen als Bar diente, und schenkte sich einen Likör ein. Sie hielt die Flasche hoch und schaute Andy fragend an. Der schüttelte erst den Kopf und dann sich.

»Nein danke.«

»Auf dich«, sagte Belinda und trank. Ein paar Sekunden lang schaute sie sinnierend auf das leere Glas und stellte es schließlich neben die Likörflasche.

»Wieso bist du dir so sicher, dass sie die Richtige ist?«, wollte sie wissen.

»Bin ich nicht«, gab Andy zu. »Es ist nur ein Gefühl. Ein sehr starkes Gefühl.«

»Ich frage mich, ob Männer ihren Gefühlen trauen sollten«, spottete Belinda, wurde aber sofort wieder ernst. »Ich will mir keine Sorgen um dich machen müssen.«

»Musst du nicht«, versicherte er. »Wie gesagt: Es ist erst mal nur für vier Wochen. Nur weil ich einen Abend lang Marlenes Mutter im Griff hatte, heißt das nicht, dass wir über einen längeren Zeitraum gut miteinander auskommen.«

»Da sehe ich keine Probleme. Du kannst das mit den alten Leuten, und alte Frauen fliegen sowieso auf dich. Aber was, wenn es mit der alten Lady klappt, nicht aber mit der jungen?«

»Warum sagst du nicht ihren Namen?«, fragte Andy. »Sie heißt Hannah. Und so jung ist sie auch nicht mehr. Immerhin war ich auf ihrem Fünfzigsten.«

»Das ist auch etwas, was mir Sorgen bereitet. Sie ist älter als du.«

Er lachte. »Die paar Jährchen. Ich könnte deine Sorge verstehen, wenn wir hier von Marlenes Mutter redeten.«

»Na, das wäre ja noch schöner!« Belinda musste wider Willen lachen.

Andy schaute auf die Uhr. »Ich muss los. Mein Dienst beginnt in einer Stunde.« Er nahm Belinda noch einmal in den Arm und gab ihr einen Kuss auf die Wange. »Nimm's nicht so schwer. Notfalls kannst du mich ja in einem deiner Lieder in die Pfanne hauen.«

»Worauf du Gift nehmen kannst«, gab Belinda dunkel zurück und drückte ihm ebenfalls einen Kuss auf die Backe.

Andy zog seinen Mantel über, schlang einen Schal um den Hals, stülpte die Mütze über und schlüpfte in seine Handschuhe. Für Ende Mai war es ungewöhnlich kalt geworden, doch mangels Auto fuhr er weiterhin mit dem Fahrrad zur Klinik. Mit dem Bus war es viel zu kompliziert.

Paddy, der Pförtner, tippte sich an die Stirn. Es war Gruß und ein »Du bist verrückt« zugleich.

»Bist nicht der Einzige, der so denkt«, murmelte Andy und schob das Rad zum Fahrradständer.

Bevor er auf die Station ging, klopfte er im Verwaltungstrakt bei der Personalchefin an.

»Hallo Andy, guten Morgen! Was kann ich für Sie tun?«

»Guten Morgen, Eve.« Er nahm Platz, nachdem Eve auf den Stuhl vor ihrem Schreibtisch gedeutet hatte. Sie bot ihm Kaffee, Tee oder Wasser an, aber er lehnte dankend ab.

»Es geht um meinen Urlaub. Ich würde in diesem Jahr gerne vier Wochen am Stück nehmen. Ich habe ein ganz wunderbares Angebot erhalten.« Andy beugte sich leicht nach vorne, um es spannender zu machen. »Einer meiner Onkel, die nach Amerika ausgewandert sind, hat mich zu einer Kreuzfahrt in der Karibik eingeladen. Die Fahrt selbst dauert zwar nur sechzehn Tage, aber ich würde es gerne ausnutzen und gleich noch einige Zeit in den USA dranhängen.« Er lächelte Eve an und fügte hinzu: »Wann bekommt man schon mal ein Flugticket bezahlt?«

Er hatte diese Geschichte inzwischen so oft erzählt, dass er sie beinahe selbst glaubte. Entsprechend glaubwürdig klang sie jetzt wohl auch in Eves Ohren.

»Das ist allerdings eine sehr schöne Gelegenheit«, sagte sie und wirkte etwas neidisch. »Sie haben mit den Kollegen auf der Station gesprochen?«

»Natürlich«, antwortete Andy. »Sie sind verständlicherweise nicht glücklich, aber sie würden es akzeptieren.«

»Na gut, dann will ich mal Ihrem Glück nicht im Wege stehen.«

Er verkniff sich mit Mühe ein Schmunzeln. Wenn sie wüsste, wie nahe sie damit der Wahrheit womöglich kam!

»Das ist wirklich sehr nett von Ihnen«, sagte er voll wahrhaftiger Dankbarkeit.

»Wann soll es denn losgehen?«

»Schon übernächste Woche«, sagte Andy und fügte schnell hinzu: »Aber das ist mit den Kollegen bereits besprochen.«

»Gut, gut«, erwiderte Eve, obwohl er ihr deutlich ansehen konnte, dass es nicht gut war. Aber was sollte er machen? Marlene brauchte so schnell wie möglich Hilfe. Und je früher er eine Chance bekam, Hannah von sich zu überzeugen, desto besser.

»Ich weiß«, sagte er. »Es ist ziemlich kurzfristig. Aber es war wohl eine einmalige Gelegenheit, auch für meinen Onkel.«

»Verstehe.« Eve schaute einen Moment lang irritiert auf ihren Schreibtisch, als suche sie etwas, blickte schließlich hoch und sagte: »Nein, nein, das ist schon in Ordnung. Solange nicht jeder mit so einem Wunsch kommt.«

Andy lachte leise. »Hoffen wir mal, dass nicht jeder einen so spendablen Onkel in Amerika hat.« Er stand auf und reichte Eve die Hand. »Vielen Dank. Ich schicke Ihnen eine Karte aus der Karibik.«

Die nie ankommen wird, fügte er in Gedanken hinzu und verließ das Zimmer.

Niemand im Krankenhaus kannte seine wahren Gründe für den vierwöchigen Urlaub. Die meisten seiner Kollegen und Kolleginnen hätten vermutlich wie Belinda reagiert und ihn für verrückt erklärt. Eine geschenkte Karibik-Kreuzfahrt rief zwar ein paar Neider hervor, aber im Allgemeinen wurde sie als einmalige Ausnahme gut akzeptiert. Mehr wollte er nicht erreichen.

Die Patienten würde er nicht mehr so stark vermissen, wie er das früher getan hätte. Seit dem Tod von Rosie im letzten Jahr hatte er versucht, keine so enge Bindung mehr zu ihnen aufzubauen. Es war schwer, denn er liebte die Menschen, und besonders die alten Damen liebten ihn.

Rosies Tod hatte ihn gelehrt, dass er immer nur ein vorübergehender Vertrauensmann war, der sich nicht zu sehr in das Leben seiner Schützlinge einmischen durfte.

Der Tag verging schnell, eine Behandlung jagte die andere, dazwischen betreute er eine Gruppe im Kraftraum. Als er abends nach Hause kam, fand er zwei Zettel von Belinda vor.

Ich bin eine egoistische Kuh! Nimm mich NICHT ernst. Kuss, stand auf dem einen.

Deine Schwester hat angerufen. Sie kommt morgen nach Dublin. Viel Spaß!, stand auf dem anderen. Dahinter hatte Belinda ein Mondgesicht gezeichnet, das ziemlich verzweifelt schaute und seiner Stimmung angesichts dieser Nachricht sehr nahe kam.

Andy seufzte. Milena konnte es ebenfalls nicht begreifen, dass er unbedingt nach München wollte. Dabei kannte sie den wahren Grund nicht einmal. Der Familie gegenüber hatte er nur Marlenes Mutter erwähnt, nicht jedoch Hannah.

»Das hab ich nun davon, dass ich ihr von meinem freien Tag erzählt habe«, knurrte er und holte sich ein Bier aus dem Kühlschrank. Er setzte sich vor den Fernseher, erinnerte sich, dass er Ben schreiben wollte. In nicht einmal zwei Wochen würde er nach München fliegen und hatte noch kein Dach über dem Kopf.

Er holte seinen Laptop, klappte ihn auf und checkte seine Mails in der Hoffnung, eine von Hannah sei dabei. Seit ihrem Geburtstag waren sie locker in Verbindung geblieben, aber der Ton ihrer Mails war sehr viel unverbindlicher als vorher.

Er konnte es ihr nicht verdenken. Es war auch eine bescheuerte Idee gewesen, unangemeldet auf ihrer Feier aufzutauchen. Andererseits hätte er niemals Marlene und ihre schwierige Mutter kennengelernt.

Er löschte die Spammails, öffnete eine neue Nachricht und schrieb an Ben:

Re: My trip to Munich
Hallo Ben,
ich hoffe, es geht Dir gut!

Meine Pläne werden nun bald in die Realität umgesetzt, sprich: Ich komme nach München. Und zwar ziemlich genau in zwölf Tagen!

Ich wollte fragen, ob ich die ersten Nächte bei Dir übernachten kann. Oder gibt es inzwischen eine positive Veränderung in Deinem Leben? Ich würde es Dir von Herzen wünschen!

Gib mir bitte bald Bescheid, da ich mir sonst eine andere Bleibe suchen muss.

Herzliche Grüße aus dem kalten Dublin

Andy

Er schickte die Mail los und buchte einen Flug nach München. Als er das eTicket in der Hand hielt, wurde ihm bewusst, dass er gerade dabei war, sein gesamtes Leben umzukrempeln. Darüber zu reden war eine Sache, es zu tun, eine andere.

Vielleicht hatte Belinda recht. War er bescheuert, sein ruhiges Leben aufzugeben für ein Hirngespinst? Denn wenn er ehrlich zu sich selbst war, war Hannah nur das: eine Fantasie in seinem Kopf. Nein, nicht Hannah, sondern seine Gefühle für sie. Oder vielmehr ihre Gefühle ihm gegenüber.

Ihre Irritation, als er uneingeladen auf ihrer Geburtstagsfeier aufgetaucht war, war allzu deutlich gewesen. Er war sich sicher, dass da nicht nur Verärgerung gewesen war, sondern auch etwas anderes. Etwas, das sie selbst nicht hatte definieren können. So viel Menschenkenntnis traute er sich zu.

Egal, wie das Abenteuer ausgehen würde: Er musste es versuchen.

»Und wenn sie mich nicht will, komme ich eben zurück und mache weiter wie bisher«, murmelte er. Er wusste, dass das nicht möglich sein würde, aber er wollte nicht mehr darüber nachdenken.

Später am Abend kam die Bestätigung von Ben.

Klar, kannst bei mir pennen. Melde Dich einen Tag vorher, okay?

Gruß

Ben

Andy war erstaunt über die knappe Antwort, aber er wusste, dass Ben viel um die Ohren hatte. Er schickte ein »Danke« zurück und ging erleichtert ins Bett. Immerhin musste er nicht unter der Brücke oder in einem teuren Hotel schlafen!

Dass Milena sich für ihren Besuch in Dublin schick gemacht hatte, musste nichts heißen. Dennoch schrillten sämtliche Alarmglocken, als er sie vom Busbahnhof abholte.

»Hallo Milenka«, begrüßte Andy seine ältere Schwester. »Wie war die Fahrt?«

Während der Tramfahrt zu seiner Wohnung in den Docklands beklagte Milena sich über alle Sitznachbarn im Bus und deren Eigenarten. Geduldig ließ er den Redeschwall über sich ergehen.

Obwohl Milena schon einige Male zu Besuch gewesen war, sah sie sich im Apartment um, als sehe sie es zum ersten Mal.

»Deine Sängerin ist nicht da?«

Andy schmunzelte. Er wusste, wie viel Überwindung es seine Schwester kostete, nicht »Freundin« zu sagen.

»Nein, Belinda ist den ganzen Tag im Studio. Sie arbeiten an einer neuen Platte.«

»Hm«, machte Milena. »Ich verstehe nicht, wie du ausgerechnet mit einer Sängerin …«

»Ich weiß, Milenka, ich weiß«, erwiderte er und holte Gläser und Wasser aus der Küche. Er hatte es längst aufgegeben zu erklären, dass er und Belinda zwar zusammen wohnten, aber kein Paar waren. In den Köpfen seiner immer noch sehr konservativen polnischen Familie war das ein und dasselbe.

Milena stand am Fenster und beobachtete das Treiben auf dem Grand Canal Square.

»Ab Juli zeigen sie *Billy Elliot* drüben im Theater«, sagte er und reichte ihr ein Glas. »Du mochtest den Film so sehr.«

»Ich weiß nicht.« Milena wandte sich zu ihm um. »Ich und Theater? Da käme ich mir fehl am Platz vor.« Sie ging zur Sitzgruppe und nahm Platz. »Ich könnte hier nicht wohnen. Mir würde was fehlen.«

»Die Wohnung liegt nun mal günstig«, warf Andy ein. Seine Schwester würde nie verstehen, warum er genau hierher gezogen war. Er liebte die Natur ebenso wie Milena, aber er wollte nicht in einem kleinen Dorf versauern, sondern mitten im Leben sein. In den Docklands war immer etwas los.

Er konnte sich noch gut daran erinnern, wie sie ihm von einem jungen Mann erzählt hatte, den sie kennengelernt hatte: »Er stammt aus dem Westen, aus Galway, und er will nach der Ausbildung wieder dorthin zurück.« Manchmal hatte Andy das Gefühl, Milena habe sich genau aus diesem Grund in Shaun verliebt. Das war fast dreißig Jahre her.

Sein Motto, dass jeder nach seiner Façon glücklich werden musste, war nicht das von Milena.

»Und warum gibst du die Wohnung dann auf?«, wollte sie wissen.

»Ich gebe die Wohnung nicht auf, zumindest vorerst nicht«, erklärte er. »Erst wenn sicher ist, dass ich länger in München bleibe, suchen wir einen anderen Mieter.«

»Aber was ist mit Belinda? Trennt ihr euch, nur weil du nach München gehst? Und wieso ausgerechnet Deutschland? Du machst hier den gleichen Job!«

Aber hier gibt es keine Hannah!

»Es ist *nicht* das Gleiche. Aber warum muss ich mich eigentlich dauernd rechtfertigen? Ich bin vierundvierzig Jahre alt, ich kann allein entscheiden, wo's für mich lang geht.«

»Du bist mein kleiner Bruder, ich bin für dich verantwortlich«, widersprach Milena.

»Na, dich möchte ich sehen, wenn ich mit Sack und Pack vor deiner Tür stünde«, frotzelte Andy.

»Du musst nicht gleich bei uns einziehen. Ein nettes Mädel und eine Hochzeit wären schon mal ein schöner Anfang.«

Er rollte mit den Augen und machte sich keine Mühe, es vor seiner Schwester zu verbergen.

»Ja, ja, mach dich nur lustig über mich«, maulte sie.

Um sie abzulenken, fragte er sie nach der Familie. Obwohl sie sehr oft miteinander telefonierten, hatte Milena eine Menge Neuigkeiten zu berichten. Andy hörte nur mit halbem Ohr zu, vernahm aber, dass es seinen Neffen und Nichten und ihren Familien gut ging. Allerdings war es für sie als Mutter absolut unverständlich, wieso ihre Tochter Joanna noch immer nicht schwanger war.

»Ist mein Küken glücklich?«, fragte sie ihn.

»Selbstverständlich ist sie glücklich«, versicherte Andy seiner Schwester. »Ich habe erst vorgestern mit ihr telefoniert.« Das war zwar gelogen, beruhigte aber Milenas immer etwas überstrapaziertes Nervenkostüm.

»Können wir in dieses schicke Restaurant gehen?«, wechselte sie überraschend das Thema.

»Welches Restaurant meinst du?«

»Das, wo wir schon mal waren.«

Andy musste lachen. Sie hatten es sich zur Gewohnheit gemacht, dass er seine Schwester ausführte, wenn sie nach Dublin kam. Zum Glück besuchte sie ihn nur zwei bis drei Mal im Jahr, denn es war immer eine ziemlich teure Angelegenheit. Milena mochte sich zwar als Landpomeranze sehen, wusste aber durchaus die Vorzüge der Stadt zu genießen.

»Du weißt schon, das, wo es das leckere Brot gab«, versuchte Milena es erneut.

Vage konnte er sich an ein Mittagessen erinnern, wo sie zur Vorspeise so viel Brot gegessen hatte, dass sie das Hauptgericht kaum anrührte. Er schluckte. Die Höhe der Rechnung hatte er leider noch sehr genau in Erinnerung. Aber es half nichts. Milena würde ihm auf Wochen, wenn nicht Monate hinaus böse sein. Das wollte er keinesfalls.

»Ich denke, ich weiß, welches du meinst«, sagte er. »Ich rufe an und frage, ob sie einen Tisch frei haben.«

Er rechnete damit, dass man ihm mit Bedauern absagen würde, denn solche Restaurants waren in der Regel wochenlang vorher ausgebucht. Doch dummerweise war keine fünf Minuten vorher eine Reservierung storniert worden. Zähneknirschend nannte er seinen Namen und seine Handynummer.

Als er ins Wohnzimmer zurückkehrte, setzte er ein Lächeln auf. »Sie haben einen freien Tisch.«

»Fein.« Milena klatschte in die Hände wie ein kleines Kind. Plötzlich sprang sie auf und verkündete: »Ich muss mal aufs Klo.«

Verwundert sah Andy ihr nach. Normalerweise wurde dieses Thema schamhaft verschwiegen. Er ging in sein Zimmer, um die passende Kleidung für den Lunch herauszusuchen. In zwölf Tagen würde er nach München fliegen und vielleicht ein neues Leben beginnen. Das waren rosige Aussichten, die ihm über den restlichen Tag mit seiner Schwester hinweghelfen würden.

Auf dem Weg zum Restaurant war Milena erstaunlich still. Andy hatte ein Taxi bestellt, damit sie stressfrei dort ankamen.

Sie wurden an einen der runden Tische geführt, nahmen Platz und bekamen die Speisekarte gereicht.

Er hoffte, Milena würde sich für das *Set Menu* entscheiden, aber wie befürchtet bestellte sie à la carte. Er wagte nicht, an die Rechnung zu denken.

»Lass uns einen Aperitif nehmen«, schlug sie vor. »Den zahle ich.« Sie bestellte zwei Gläser Champagner.

»Haben wir etwas zu feiern?«

Milena machte ein geheimnisvolles Gesicht. »Wer weiß? Immerhin fängst du ein neues Leben an.«

Andy kannte seine Schwester gut genug, um zu wissen, dass sie sich nicht mal eben so mit seinen Plänen abgefunden hatte. Da steckte mehr dahinter. Doch so sehr er auch fragte, sie sagte nur: »Ich will nur mit dir auf deine Zukunft anstoßen.«

Sie waren bei der Vorspeise, als ihm klar wurde, was sie ausgeheckt hatte.

Mit Unschuldsmiene deutete sie Richtung Eingang und sagte: »Schau mal, wer da steht.«

Andy drehte sich langsam um und entdeckte Jill, die mit einem der Kellner sprach.

»Ist das nicht ein schöner Zufall?«, jubilierte Milena und winkte ganz undamenhaft Richtung Tür. Fehlte nur noch, dass sie ihr berühmtes »Juhu!« rief.

Er fühlte sich genötigt, aufzustehen und zu Jill zu gehen. Seine Ex-Verlobte war die Letzte, die er jetzt sehen wollte.

Auch sie tat ganz erstaunt.

»Du hier, um diese Tageszeit?«

Er zeigte auf den Tisch, wo Milena winkte. »Meine Schwester wollte unbedingt hierher. Jetzt weiß ich auch warum.«

Jill sah ihn erstaunt an. »Was meinst du damit?«

»Ich vermute mal, es war abgemacht, dass wir uns hier ›zufällig‹ treffen.« Er markierte die Anführungszeichen in der Luft.

Jill lachte. »Was du wieder denkst! Es ist wirklich Zufall.« Sie schaute ihn schief an. »Oder Gedankenübertragung?«

Andy glaubte ihr kein Wort, aber er sagte nichts.

»Habt ihr noch einen Platz frei?«, fragte Jill.

Er verkniff sich ein spöttisches »Für dich immer« und führte sie zum Tisch, wo Milena aufsprang und Küsschen mit Jill austauschte.

»Wie schön, dich hier zu treffen. Was für ein netter Zufall. Nicht wahr, Andrzej?«, zwitscherte sie und bestellte ein drittes Glas Champagner.

»Gibt es etwas zu feiern?«, wollte Jill wissen.

»Du weißt, dass er nach Deutschland geht?«

Er sitzt am Tisch und hört alles mit, dachte Andy.

Immerhin hatte Jill den Anstand, Ja zu sagen. »Er hat es mir neulich erzählt«, sagte sie.

»Ihr habt euch getroffen?« Milena war zu deutlich anzusehen, wie sehr sie diese Information freute.

»Daran ist nichts Besonderes«, schritt Andy schnell ein, bevor das Gespräch eine falsche Wendung nahm. »Wir treffen uns ab und zu mal auf ein Glas. Wie Freunde das eben tun.« Er betonte das Wort »Freunde«.

Seine Schwester hörte natürlich nur das, was sie hören wollte. »Wie schön. Ihr trefft euch wieder.« Sie tätschelte beiden die Hand und gluckste selig.

Jill warf ihm einen leicht verzweifelten Blick zu und hob die Schultern, als wollte sie sagen: Sorry, aber ich kann nichts dafür.

Er lächelte und widmete sich weiter seiner Vorspeise.

Wie immer übernahm Milena die Regie des Gesprächs, und diesmal war Andy zutiefst dankbar dafür. Er reagierte nur, wenn er angesprochen wurde, ließ das Geplapper ansonsten an sich vorbeirauschen und versuchte, das teure Essen zu genießen.

Jill und er hatten sich tatsächlich immer mal wieder getroffen, aber es war immer in einer zwanglosen Atmosphäre gewesen und nicht unter dem Eindruck, da wolle sie jemand mit aller Macht verkuppeln.

Die geplatzte Hochzeit lag inzwischen acht Jahre zurück, und Andy dachte nicht im Traum daran, sich noch einmal auf Jill einzulassen. Sie hatte sich verändert, das hatte er gemerkt, dennoch gab es nach einem solchen Verhalten keine zweite Chance. Außerdem war da Hannah …

Vielleicht wäre es klug gewesen, Jill gegenüber eine Andeutung fallen zu lassen, dass es eine andere Frau gab. Womöglich wäre ihm dieses Theater erspart geblieben.

Ein unsanfter Rempler seiner Schwester riss ihn aus seinen Gedanken.

»Was?«

»Jill hat für heute Abend noch eine zweite Konzertkarte. Du könntest mitgehen.«

Er war versucht zu sagen, er müsse arbeiten, aber Milena wusste, dass heute sein freier Tag war. Also fragte er Jill, um welche Art von Konzert es sich handelte. Sie nannte ihm den Namen einer Band, die er nicht kannte.

»Es könnte dir gefallen«, meinte sie.

»Warum nicht?«, sagte er, mehr um des lieben Friedens willen als aus echtem Interesse. Sie vereinbarten einen Treffpunkt.

Die Hauptspeise kam, und für ein paar Minuten hielt sogar Milena den Mund. Aber kaum hatte sie ein paar Bissen gegessen, ritt sie die nächste Attacke.

»Warst du schon mal in München?«, fragte sie Jill. Als diese verneinte, fuhr sie fort: »Du könntest Andrzej besuchen.«

Das schien nun selbst Jill zu viel des Guten.

»Er ist nur vier Wochen dort. Und er muss die Stadt erst einmal selbst kennenlernen.«

Danke!

»Aber wenn er nun länger bleibt?«

Jill starrte ihn an. »Ich dachte, es ist nur für die paar Wochen?« Der Vorwurf in ihrer Stimme war nicht zu überhören.

»Vorerst«, sagte Andy und kam sich wie ein ertappter Junge vor. »Wenn es klappt, bleibe ich länger.«

»Wenn was klappt?«

»Die Betreuung der alten Dame. Die vier Wochen sind nur der Test, ob wir miteinander auskommen.«

»Das hast du mir nie gesagt.«

Nein, denn es ist ganz allein meine Entscheidung!

»Ich habe es kaum jemandem gesagt. Noch ist nichts vereinbart.«

Jill legte ihre Hand auf seinen Arm. »Kein Grund, sauer zu sein. Und es geht mich eigentlich auch nichts an.«

Sehr richtig!

Milena drehte den Kopf hin und her wie eine Mutter, die ihre beiden störrischen Kinder beobachtete. Ausnahmsweise hielt sie den Mund, Andy hätte sonst für nichts garantiert.

Sie wählten Dessert und Kaffee und plauderten in angestrengt lockerem Ton über Belangloses. Andy steuerte ein paar Anekdoten aus der Reha-Klinik bei und brachte die beiden Frauen mehrmals zum Lachen. Die Stimmung wurde gelöster, was ihn dazu veranlasste, auch Jills Essen zu bezahlen. Er würde sich einfach einen Nebenjob in München suchen. Vielleicht könnte er auch ganz bei Ben wohnen bleiben, genug Platz hätte er ja. So würde er wenigstens bei der Miete sparen.

»Wir sehen uns heute Abend?«, fragte Jill beim Abschied.

»Ja«, erwiderte Andy. Beinahe hätte er ein »Ich freue mich« hinzugefügt, wollte aber keiner der beiden Frauen falsche Hoffnungen machen. Er mochte Jill – immer noch oder wieder –, aber mehr würde da nicht mehr sein.

Da Milenas Mission erfüllt war, wollte sie direkt zum Busbahnhof. Angeblich war ihr ein wichtiger Arzttermin eingefallen, den sie vollkommen vergessen hatte.

Andy atmete tief durch, als sich die Bustüren schlossen, und winkte dem Fahrzeug nach, bis es um die Ecke bog.

Da während des Mittagessens die Sonne herausgekommen war, beschloss er, die Strecke zu den Docklands zu laufen. Ein bisschen Bewegung würde ihm guttun nach dem üppigen Essen, außerdem bekam er so wieder einen klaren Kopf.

Entgegen seiner Befürchtung konnte Andy die Musik genießen. Jill hatte recht gehabt: Die Art, wie die junge Band alte irische Weisen modern aufbereitete, gefiel ihm. Dass Jill keine Annäherungsversuche unternahm, sondern sich tatsächlich wie eine gute Freundin verhielt, trug wesentlich zu seiner Entspannung bei. Als sie ihm nach dem Konzert einen Schlummertrunk vorschlug, sagte er spontan Ja.

Sie gingen in einen nahen Pub, wo Andy ein Bier für sich und einen Weißwein für Jill holte. Sie fanden einen etwas abgelegenen Tisch, setzten sich und prosteten sich zu.

»Das war ein schöner Abend«, sagte er. »Danke, dass du mir die Karte geschenkt hast.«

»Gern geschehen. Es wäre schade gewesen, wenn sie verfallen wäre.«

Andy hätte gerne gewusst, für wen die Karte ursprünglich bestimmt war, aber er traute sich nicht zu fragen. Wenn Jill von Anfang an geplant hatte, ihn mitzunehmen, würde sie ihm womöglich eine Lüge auftischen. Er wollte keine Lügen mehr.

Sie redeten eine Weile über die Musik, aber er spürte, dass Jill nicht richtig bei der Sache war.

»Was ist los? Du hast doch was auf dem Herzen?«, wollte er wissen.

Jill behauptete zunächst, dass alles in Ordnung sei, aber er bestand darauf, dass sie ihm sagte, was nicht stimmte.

Sie warf ihm einen merkwürdigen Blick zu, sagte schließlich: »Ist es wahr, dass du wegen einer Frau nach München gehst?«

Woher weiß sie das?

»Wie kommst du darauf?«, versuchte er, Zeit zu gewinnen.

Wem hatte er von Hannah erzählt? In Irland eigentlich nur Belinda. Und die war garantiert die Letzte, die Jill so eine Information stecken würde. Sie war eine der wenigen gewesen, die sich über die geplatzte Hochzeit gefreut hatten.

»Es gibt Gerüchte«, erwiderte Jill.

»Gerüchte.«

»Ich weiß, ich sollte nichts darauf geben. Aber ich mache mir trotzdem Gedanken.«

»Das ist nett von dir, aber du musst dich nicht um mich sorgen.« Andy hatte Jill durchaus richtig verstanden, aber er wollte keine Diskussion mit ihr über seine Zukunft. »Ich bin alt genug, um auf mich aufpassen zu können. Und ich gehe nicht in den Kongo oder sonst wohin, wo es gefährlich werden könnte.«

Ihm hätte klar sein müssen, dass Jill nicht so leicht aufgeben würde.

»Ich sorge mich nicht um dich«, sagte sie leise. »Ich sorge mich mehr um mich.«

Andy fielen viele Dinge ein, die er ihr sagen könnte. Vielleicht war jetzt der richtige Zeitpunkt, um endlich klar Schiff zu machen.

»Du hast es ein paar Jahre gut ohne mich ausgehalten. Es wird auch in den nächsten Jahren gutgehen«, sagte er.

»Das ist gemein«, erwiderte sie.

»Aber die Wahrheit.« Er beugte sich zu ihr. Es sollte nicht der ganze Pub davon erfahren. »Hör zu, Jill. Du warst diejenige, die die Hochzeit hat platzen lassen. Und du warst diejenige, die nicht bereit war, über die Gründe zu reden. Du warst diejenige, die sieben Jahre lang nichts von sich hat hören lassen.«

»Ja, ich weiß.« Jill nagte an ihrer Unterlippe, eine Angewohnheit, die er immer sehr sexy gefunden hatte.

Sie war immer noch eine sehr attraktive Frau und wusste das. Obwohl sie Jeans und eine Bluse trug, darüber eine unscheinbare Jacke, wirkte sie aufreizender als in einem Minikleid.

Reiß dich zusammen! Sie tut dir nicht gut!

Als sie ihre Hand auf seine legte, zuckte er zusammen.

»Es tut mir leid«, sagte sie. »Ehrlich. Glaube mir, nichts habe ich so sehr bereut wie diese Entscheidung.«

Andy fragte sich, ob er immer noch wissen wollte, warum. Jahrelang hatte er sich gefragt, weshalb jemand zwei Tage vorher eine Hochzeit absagt und keinen Grund dafür nennt, ja, sich regelrecht weigert, darüber zu reden, und es so hinstellt, als sei der andere dafür verantwortlich.

Aber er war darüber hinweggekommen, hatte das Thema abgehakt und sein Leben gelebt. In zwölf Tagen würde er nach München fliegen und ein neues Leben beginnen. Vielleicht mit Hannah, vielleicht auch nicht.

Als Jill weiterreden wollte, legte er ihr den Finger auf den Mund.

»Lass es, bitte. Es würde uns beiden nur wieder weh tun. Es sind alte Geschichten. Ich habe damit abgeschlossen, und du solltest das auch tun.« Als er ihren verzweifelten Blick sah, fügte er hinzu: »Wir haben uns beide verändert. Ich glaube nicht, dass wir noch zueinander passen würden.«

»Können wir es nicht wenigstens versuchen?«

Andy musste wider Willen lachen. Wie lange hatte er auf diesen Satz gewartet? Hatte bei jedem Klingeln des Telefons gehofft, sie wäre dran und würde ihn sagen. Es waren Jahre! Jahre, in denen er keine andere Frau angeschaut, sich zu Hause eingeigelt hatte.

Vor zwei Jahren kam endlich der Umbruch. Er fand einen neuen Job, lernte neue Freunde kennen, gab seine Wohnung auf, lebte zunächst in einer größeren WG, zog dann mit Belinda in die Wohnung am Grand Canal Square.

Belindas unkonventionelle Art tat ihm gut. Sie hatte ihm klipp und klar gesagt, dass sie kein Interesse an ihm habe, aber gern mit ihm befreundet wäre. Sie hatten ihre Startschwierigkeiten, vor allem, was die Sauberkeit anging; sie fanden jedoch eine gute Lösung und wurden beste Freunde.

Belinda konnte eines sehr gut: zuhören. Und sie sagte ihre Meinung frei heraus, nahm keine Rücksicht auf Gefühle oder Animositäten.

»Sei froh, dass du sie los bist«, hatte sie nach einem ihrer endlosen Gespräche gesagt. »Meiner Meinung nach weiß die Frau nicht, was sie will. So eine kannst du nicht gebrauchen.«

Er hatte Jill zunächst zu verteidigen versucht, aber Belinda hatte ihm immer wieder vor Augen geführt, dass er das Opfer war.

»*Sie* hat dich verlassen. *Sie* hat dich vor dem Traualtar stehen lassen. *Sie* hat dir keine Gründe genannt, im Gegenteil: Sie hat dich sogar noch beschimpft. Warum ziehst du nicht endlich einen Schlussstrich? Sie kommt nicht wieder. Und wenn doch, täte sie dir nicht gut.«

Andy hatte letztlich eingesehen, dass sie recht hatte. Wann immer er Gefahr lief, Jill nachzutrauern, rief er Belinda an, die ihm gehörig die Meinung geigte. Mit ihrer Hilfe schaffte er es, das Kapitel Jill abzuhaken.

Keine drei Wochen später lief sie ihm zufällig über den Weg; sie war in männlicher Begleitung. Bei einem Treffen ein paar Tage später, zu dem sie ihn überreden konnte, sagte sie ihm, es sei nichts Ernstes.

Sie trafen sich ab und zu, gingen zusammen in eine Ausstellung oder ins Kino, einmal auch zum Essen. Andy wurde das zu intim, weshalb er weitere Verabredungen dieser Art vermied.

Und jetzt saßen sie in einem dunklen Pub, und sie hatte den lang ersehnten Satz gesagt. Es war offensichtlich, dass sie nicht mit einem Lachen gerechnet hatte.

»Tut mir leid«, sagte er. »Es ist alles andere als witzig. Ich musste nur daran denken, wie oft ich mir gewünscht habe, diesen Satz zu hören.«

»Es ist also zu spät.« In ihren Augen schimmerte es verdächtig. Sie würde doch jetzt nicht die Tränennummer abziehen?

Andy atmete tief durch. »Es ist zu spät. Tut mir leid.« Er wollte ihre Hand berühren, aber sie zog sie weg.

»Nicht.« Sie zog sich so weit wie möglich in ihren Stuhl zurück, und auch Andy richtete sich auf, um den Abstand noch zu vergrößern.

»Es war also kein Zufall, dass wir uns heute Mittag getroffen haben?«, fragte er.

»Nein, natürlich war es kein Zufall.« Sie lachte bitter. »Du kennst deine Schwester. Sie ruft täglich an und heult mir die Ohren voll, dass du dein Leben ruinierst. Sie vermutet hinter deinem Umzug nach München eine Frau.«

»Und wenn es so wäre?«

»Wäre ich traurig und froh zugleich«, gab Jill unumwunden zu. »Traurig, weil es dann wohl endgültig aus wäre zwischen uns, froh, weil du hoffentlich glücklich mit ihr wirst.«

»Es ist aus, endgültig. Es tut mir leid, aber ich kann und will das nicht ändern. Es ist einfach zu viel Zeit vergangen.«

»Ich weiß.« Jill seufzte. »Ich war ein kompletter Idiot. Nun muss ich es ausbaden.«

»Du wirst es überleben«, sagte Andy. »Ich habe es auch getan.« Es klang bitterer als beabsichtigt.

Jill schaute ihn erschrocken an. »Es tut mir so leid, was ich dir angetan habe. Ich weiß, ich kann es nie mehr gutmachen.«

Ein Gedanke zuckte durch Andys Kopf. Er prüfte ihn und fand ihn gut.

»Du kannst es tatsächlich wiedergutmachen. Zumindest teilweise.«

»Wie?«

»Mach Milena klar, dass das mit uns beiden nichts mehr wird. Und mach ihr klar, dass sie sich aus meinem Leben raushalten soll.«

»Puh«, machte Jill und musste grinsen. »Schwere Aufgabe. Eigentlich unlösbar.«

»Du schaffst das«, sagte er, glücklich darüber, dass die Stimmung nicht mehr so gedrückt war.

Sie wechselten zu unverfänglicheren Themen, tranken aus und verließen den Pub. Vor der Tür blieb Jill stehen.

»Ich nehme ein Taxi.«

»Okay.« Andy war erleichtert, dass sie nicht erwartete, nach Hause begleitet zu werden.

»Ein Kuss zum Abschied?«

Er zögerte. Nein, das war keine gute Idee. Er zeigte auf seine Wange und meinte: »Hierhin ja.«

»Langweilig«, murrte Jill, hauchte ihm aber einen Kuss auf die angedeutete Stelle.

Ihm wurde klar, dass es ein Abschied für immer war. Nicht nur, weil er nach München zog. Sie würden sich auch nicht mehr sehen, wenn er in Dublin blieb.

Er roch ihr Parfüm, spürte den leichten Druck ihres Körpers, war mit einem Mal versucht, sie in die Arme zu nehmen und zu küssen.

Und was ist mit Hannah?

Er gab ihr ebenfalls einen Kuss auf die Wange und sagte: »Mach's gut.«

Dann wandte er sich ab und ging davon.

In den restlichen elf Tagen blieb noch jede Menge zu tun. Auch wenn er vorerst nur für eine Probezeit nach München ging, rechnete Andy fest damit, dass er früher oder später ganz umziehen würde.

Belinda unterstützte ihn nach ihren anfänglichen Zweifeln tatkräftig. Er würde weiterhin Miete zahlen und nach Ablauf der vier Wochen erst einmal einen Untermieter suchen. Dieses Hintertürchen wollte er sich offen lassen.

Die Kollegen in der Klinik stellten immer wieder Fragen zu seiner bevorstehenden Reise. Geduldig sagte er jedem von ihnen, dass er gerne alles nach seiner Rückkehr beantworten und ihnen die Fotos zeigen würde.

Mit Marlene stand er seit zwei Wochen in regem Mailaustausch, um über den Zustand ihrer Mutter auf dem Laufenden zu sein. Physisch schien alles in Ordnung zu sein, auch wenn sie lieber im Rollstuhl saß, als den Rollator zu nutzen. Psychisch sah die Sache anders aus.

Auch mit Hannah wollte er es diesmal besser machen. Obwohl Marlene erwähnt hatte, dass Hannah von ihrem Arrangement wusste, schrieb er ihr eine Mail und kündigte seinen Aufenthalt an. Sie schrieb zurück, dass sie sich über einen Besuch im Café freuen würde. Das war ein Anfang, wenn auch ein sehr magerer.

Zum wiederholten Mal fragte er sich, ob er sich in etwas verrannt hatte. Hatte er Hannahs Verhalten völlig falsch interpretiert?

Wie immer hörte Belinda geduldig zu, um anschließend trocken zu bemerken: »Du kannst es nur herausfinden, indem du hinfährst.«

An seinem letzten Wochenende fuhr er nach Westen, um seine Familie zu besuchen. Milena hatte alle zusammengetrommelt und es gab ein großes Fest, bei dem die eine oder andere Träne floss.

»Hey, ich bin nicht gestorben«, sagte Andy, als Milena mal wieder lautstark in ihr Taschentuch schnäuzte.

Immerhin: Das Thema Jill schien vom Tisch zu sein. Das war auf alle Fälle ein Fortschritt.

Zum Abschied übergab ihm seine Lieblingsnichte Joanna einen kleinen Leprechaun. Der kleine, irische Kobold grinste ihn unter seinem steifen, grünen Hut frech an. »Er ist furchtbar kitschig, ich weiß, aber er soll dich beschützen und dir Glück bringen.«

Jetzt musste auch Andy mit den Tränen kämpfen. Er umarmte Joanna. »Danke, Liebes. Ich werde ihn hüten wie meinen Augapfel.« Er schob sie von sich. »Und bei dir? Alles in Ordnung? Du weißt, dass deine Mutter auf ein weiteres Enkelkind wartet.«

Joanna verdrehte die Augen. »Als wenn ich das nicht täglich zu hören bekäme.«

»Lass dir nicht reinreden. Das ist eine Sache zwischen dir und Rick.«

»Ich weiß. Nur Mama weiß das nicht.«

Andy lachte. »So ist sie. Damit müssen wir wohl leben.« Er gab ihr einen Kuss auf die Wange und umarmte sie noch einmal.

Wieder zu Hause in Dublin stellte er den Kobold neben die wichtigen Unterlagen wie Flugticket und Reisepass. »Dann walte mal deines Amtes und bring mir Glück«, murmelte er.

Zwei Tage vor dem Abflug telefonierte er mit Ben.

»Gilt dein Angebot immer noch?«, fragte er fröhlich. »Oder hast du inzwischen die Frau fürs Leben gefunden?«

»Sehr witzig«, brummte Ben. »Das Angebot gilt noch. Ich bin froh, wenn hier jemand einzieht, das wird mich ablenken.«

Bei Andy schrillten die Alarmglocken. »Was ist los?«

So kannte er den jungen Hamburger gar nicht. Als er nach seinem letzten, etwas verunglückten München-Besuch bei ihm unterkriechen konnte, hatte er ihn als ausgeglichenen Mann kennengelernt. Jetzt klang er wie ein alter, depressiver Patient.

»Du wirst es sehen, wenn du hier wohnst«, kam als Antwort.

»Soll ich mir lieber was anderes suchen?«, schlug er vor.

»Nein!« Ben schrie förmlich, fügte leiser hinzu: »Nein. Wirklich, ich bin froh, wenn ich nicht mehr allein in der großen Wohnung bin.«

»Gut. Ich bin in zwei Tagen da.«

Andy war besorgt und erleichtert zugleich. Auf die Schnelle eine neue Unterkunft zu finden hätte bedeutet, ins Hotel oder in eine Pension gehen zu müssen. Das konnte er sich unmöglich leisten.

Er hatte mit Marlene besprochen, ob er in die Wohnung ihrer Mutter ziehen sollte, aber sie hatten sich nach langem Für und Wider dagegen entschieden.

»Ich will keinesfalls, dass sie sich überrumpelt fühlt. Am besten wäre es, sie macht den Vorschlag selbst. Solange sie nachts keine Betreuung benötigt, ist das kein Problem«, hatte er gesagt.

Schließlich war der letzte Abend da. Belinda hatte extra für ihn einen Gig verschoben. Sie bestellten indonesisches Essen und köpften eine Flasche Wein.

»Wie fühlst du dich?«

»Seltsam. Einerseits wie ein Schuljunge vor dem lang ersehnten Ausflug. Andererseits panisch, weil ich nicht weiß, was mich erwartet.«

Belinda kicherte. »Gute Mischung.« Sie wurde ernst. »Du wirst es schaffen. Und du wirst auch deine Hannah überzeugen.«

»Sie ist nicht *meine* Hannah. Noch nicht.«

»Eben. Sie wird es werden. Glaub mir.«

»Dein Wort in wessen Ohr auch immer.«

Sie stießen an und tranken.

Später, beim gemeinsamen Abwasch, weinten sie beide ein wenig, nur um gleich darauf in Lachen auszubrechen.

»Schau uns Heulsusen an! Wir sind doch hier nicht auf einer Beerdigung!«, rief Belinda und legte fröhliche Musik auf.

Bevor er zu Bett ging, überprüfte Andy zum x-ten Mal den Inhalt seines Koffers und seine Unterlagen. Ticket, Pass, Geld – es war alles da. Der Leprechaun steckte in der Jackentasche.

»Na dann, die letzte Nacht.« Er war sich sicher, dass er nicht mehr nach Dublin zurückkehren würde.

Am nächsten Morgen fand er in der Küche einen Zettel von Belinda vor.

Ich hasse Abschiede! Mach's gut und vergiss mich nicht

XXX

»Feigling«, murmelte er. Aber zum Traurigsein blieb keine Zeit, das Taxi wartete bereits. Er nahm den Koffer, die Mappe mit den Unterlagen und seine Jacke. Er klopfte auf die Seite und spürte – nichts.

Erschrocken griff er in die Tasche, um den Kobold zu finden. Doch der war nicht da, wo er sein sollte. Verdammt!

Schnell suchte er den Boden seines Zimmers ab, sah sogar unter dem Bett nach, aber der kleine Kerl blieb verschwunden.

Unten hupte der Taxifahrer.

Andy war nicht abergläubisch, dennoch fürchtete er, das Verschwinden des Talismans könnte ein schlechtes Omen sein.

Ben Häusgen

Ich will mein Leben zurück

Ben zuckte zusammen, als ein Schatten auf die Zeitung fiel.

»Sorry«, entschuldigte Gina sich. »Ich wollte dich nicht erschrecken.«

»Kein Problem. Ich war mit meinen Gedanken nur gerade ganz woanders.« Ben sah zu, wie Gina seine Bestellung auf dem Tisch anrichtete. »Danke.«

»Gerne.« Sie lächelte. »Lass es dir schmecken.«

Ben bemühte sich sehr, dem Folge zu leisten, aber er hätte genauso gut Pappe essen können. Das Sandwich sah lecker aus wie immer, aber er schmeckte rein gar nichts. Angewidert schob er den Teller von sich und hoffte, Edi würde es nicht persönlich nehmen. Verstohlen schaute er sich um, betrachtete die anderen Gäste. Das Café war gut besucht, aber niemand sah auch nur im Entferntesten aus wie Annika.

Zu Hannah war sie ihm bisher nicht gefolgt. Er fragte sich warum. Seit jenem fatalen Zettel am sechsten November – dieses Datum würde er nie mehr vergessen! – hatte sie sich Stück für Stück in sein Leben gedrängt. Vielmehr zurückgedrängt.

Dabei hatte er in den ersten Wochen die leise Hoffnung gehegt, dass sich nur jemand einen schlechten Scherz erlaubt hätte. Jedes Betreten des Hotels war mit einem Schweißausbruch verbunden gewesen, und erst als klar war, dass keine Nachricht für ihn vorlag, hatte er aufgeatmet.

Aus Angst, dass wer immer ihn verfolgte seine neue Adresse herausfinden würde, hatte er die Ein- und Umbaumaßnahmen des Lofts von einem Architekten überwachen lassen. Was zur Folge hatte, dass er das Hotelzimmer tagelang nicht verließ.

»Hallo Ben.«

Er schreckte aus seinen Gedanken hoch.

»Entschuldige bitte, ich hätte mich nicht so anschleichen dürfen.« Hannahs Augen blickten ihn besorgt an.

»Nein, nein, es ist mein Fehler. Tut mir leid«, sagte Ben. »Ich bin zur Zeit etwas zerstreut.«

Hannah zog den Stuhl ihm gegenüber heraus und nahm Platz. »Offen gestanden: Das sieht man. Ich will dir nicht zu nahe treten, aber in letzter Zeit siehst du nicht gut aus.«

Ben lachte bitter. »Sag ruhig, wie es ist: Ich sehe scheiße aus.«

Hannah schüttelte zwar den Kopf, aber ihre Augen sagten ihm, dass er recht hatte. Er sah es jeden Tag mindestens zwei Mal im Bad. Und mindestens zwei Mal am Tag verfluchte er sich für den extra guten Spiegel, der ihm jede neue Falte und jedes graue Haar zeigte.

»Was ist los? Wenn du reden willst …«

»Ich weiß, Hannah, ich weiß.« Ben seufzte. Wie oft war er schon drauf und dran gewesen, zu ihr zu gehen und ihr alles zu erzählen. Doch er hatte sich immer wieder zurückgehalten, hatte das Café als letzte Zuflucht behalten wollen. Obwohl ihm klar war, dass er sein Problem ständig mit sich herumschleppte.

»Es ist nur zu viel Arbeit und zu wenig Schlaf«, wiederholte er müde seine übliche Ausrede. »Das hat man davon, wenn man in mehrere Start-ups investiert. Es kommen auch wieder andere Zeiten. Aber danke für das Angebot.«

Hannah stand auf. Er sah ihr an, dass sie ihm nicht glaubte. Aber was hätte er tun sollen?

Sie tätschelte seine Hand und sagte: »Pass auf dich auf, mein Lieber.«

»Mach ich, Hannah, mach ich. Bringst du mir die Rechnung?«

Sie nahm den Teller, auf dem das angebissene Sandwich lag. »Den zeige ich Edi besser nicht. Sie ist imstande und bringt dich um.« Sie zwinkerte ihm zu.

Wäre vielleicht eine Lösung meiner Probleme, dachte Ben und erschrak. War es schon so weit, dass er an Selbstmord dachte?

Er wartete nicht, bis Hannah mit der Rechnung kam, sondern legte einen Zwanzigeuroschein auf den Tisch und verließ das Café. Draußen vor der Tür blieb er stehen und schaute die Blumengasse rauf und runter. Es war ein kalter, regnerischer Tag, die Leute eilten mit hochgeklapptem Kragen an ihm vorüber. Zwei Raucher saßen, in Decken gehüllt, vor dem Café. Niemand beachtete ihn.

Ben stülpte seine Mütze über, schlug auch noch den Kragen seiner Lederjacke hoch und lief zur U-Bahn.

Auf dem Weg zu seinem Apartment schlug er die üblichen Umwege ein, obwohl Annika längst herausgefunden hatte, wo er wohnte. Sie war besser geworden, das musste er zugeben. Bisher hatte er sie nur zwei Mal gesehen, und selbst da war er sich nicht sicher gewesen, ob sie es tatsächlich war. Er hatte keine Ahnung, ob sie immer noch so aussah wie vor knapp elf Jahren.

Ben zwang sich, nicht an die Vergangenheit zu denken. Er würde sich sein Leben von dieser Frau nicht noch einmal zerstören lassen.

Im Haus angekommen, ging er zum Concierge. Heute hatte Nikolai Dienst.

»Hallo Nik. Wie geht's, wie steht's?«

»Hallo Herr Häusgen. Danke, gut!«

»Irgendwelche besonderen Vorkommnisse?«

»Nein, nur das Übliche. Nichts Besonderes.« Mit diesen Worten reichte Nikolai ihm zwei Stapel Post.

»Danke.« Ben nahm sie, steckte den dickeren achtlos in die Jackentasche, sah den anderen rasch durch. »Die Rechnungen hätten Sie ruhig rausnehmen können«, sagte er.

»Die kann ich mir nicht leisten, Herr Häusgen«, erwiderte Nikolai. Es war ihr täglicher Scherz.

Ben beugte sich über den Tresen, der das kleine Büro vom Eingangsbereich trennte, und warf einen Blick auf die Monitore. Sein Wagen stand unbehelligt in der Tiefgarage.

»Gut«, sagte er und klopfte mit der Hand auf den Tresen. »Ich habe heute viele Meetings. Ich darf auf keinen Fall gestört werden.«

»Selbstverständlich, Herr Häusgen.«

»Danke, Nikolai. Bis später.«

»Stets zu Diensten, Herr Häusgen.«

Ben ging zum Lift und fuhr in sein Apartment. Als er eingezogen war, hatte er immer die Treppe genommen und die Idee, einen eigenen Aufzug zu haben, etwas seltsam gefunden. Inzwischen war er dankbar dafür, dass es diesen Lift gab, der ihn vom bewachten Eingangsbereich direkt in seine Wohnung brachte.

Als er dem Chef der Sicherheitsfirma mitgeteilt hatte, er wolle auch den Aufzug überwacht haben, hatte dieser nur genickt. Ben hatte sich allerdings für ziemlich paranoid gehalten.

Als er das Loft betrat, atmete er auf. Das hier war sein Rückzugsbereich, hier war er vor jedem Verfolger sicher. Zumindest fast. Er sah den Anrufbeantworter blinken. »22 Nachrichten« stand auf dem Display. Ben drückte die Löschtaste, ohne die Nachrichten abzuhören.

Als ihm klar geworden war, dass Annika ihm erneut auf den Fersen war, hatte er umgehend die nötigen Schritte ergriffen, alle privaten Telefonnummern gewechselt und nur die Festnetznummer in München bestehen lassen, auf der jetzt Annikas Anrufe ins Leere liefen.

Nur eine Handvoll ausgewählter Menschen hatte seine neue Handynummer erhalten. Nicht einmal Svenja besaß sie. Er hatte inzwischen die Hoffnung aufgegeben, dass sie sich ihm jemals zuwenden würde. Sie sah ihn nach wie vor als guten Freund, dem man seine Sorgen und Probleme anvertrauen konnte, und vielleicht nicht einmal das. Der neue Job in der Schwabinger Kanzlei nahm sie zu sehr in Anspruch und ihre Freizeit gehörte ihrem Freund Frank.

Es war kein Trost, dass er und Hannah sich über Frank einig waren und Hannah ihn mindestens einmal wöchentlich um Geduld bat. Wenn er Svenjas Andeutungen richtig interpretierte, stand bald wieder eine Verlobung bevor. Würde sie die auch platzen lassen? Immerhin – Frank schien nicht fremdzugehen.

Ben zog seine Jacke aus und hängte sie an die Garderobe. Dabei fielen die Briefe heraus, die er in die Tasche gesteckt hatte.

Er klaubte sie auf und warf sie achtlos in einen Drahtkorb, in dem sich bereits ein großer Haufen ähnlicher Briefe befand. Es wurde Zeit, dass das Gestell mal wieder geleert wurde.

Während er sich von seinen Schuhen befreite und sich in der Küche etwas zu trinken holte, rief er die Kanzlei an.

»Ja, hallo, Ben Häusgen hier. Könnten Sie in den nächsten Tagen die Briefe abholen lassen? – Nein, momentan nur Briefe. Zumindest weiß ich von nichts anderem. – Ja, sie sind gescannt und erfasst. – Nein, ich habe sie nicht gelesen. – Das passt. Rufen Sie trotzdem vorher an. Danke, bis morgen.«

Er ging zu seinem Schreibtisch, checkte seine Mails und begann zu arbeiten. Einige Telefon- und Videokonferenzen standen an, wichtige Entscheidungen mussten getroffen werden. Er konnte es sich nicht leisten, mit den Gedanken woanders zu sein.

Er öffnete alle notwendigen Dokumente, die er für die Online-Meetings benötigte. Da er noch ein paar Minuten Zeit hatte, checkte er seinen privaten Mailaccount und blieb an einer Mail mit dem Betreff »My trip to Munich« hängen.

Andy kündigte seine Ankunft in nicht einmal zwei Wochen an und fragte, ob er die ersten Nächte bei ihm übernachten könne.

»Als wenn ich jetzt auch noch einen Gast gebrauchen könnte«, murmelte Ben und löschte die Mail.

Ein leiser Gong erinnerte ihn daran, dass die Konferenz in weniger als einer Minute beginnen würde. Er wählte die Telefonnummer und loggte sich ein. Zufrieden stellte er fest, dass all seine Mitarbeiter und Geschäftspartner bereits online waren. Mit den Worten »Good morning, good afternoon, ladies and gentlemen, thanks for joining« startete er das erste Meeting des Tages.

Am späten Abend war er vollkommen ausgelaugt, aber auch sehr zufrieden. Es hatte einige harte Diskussionen gegeben, aber unterm Strich waren die Meetings sehr gut verlaufen. Ein paar weitreichende – und hoffentlich ertragreiche – Entscheidungen waren gefällt worden.

Ben gönnte sich zur Feier des Tages einen Cognac. Er roch lange daran, nahm einen kleinen Schluck, schwenkte ihn im Mund hin und her, schluckte. Welch ein Genuss!

So ließ es sich aushalten. Wer sagte, er könne sein Leben nicht in den Griff bekommen? Mumpitz!

Er stellte sich mit dem Glas ans Fenster und starrte hinaus ins Dunkel. Vor ihm erstreckte sich eine einhundertzwanzig Quadratmeter große Terrasse. Wie oft hatte er sie benutzt? Kein Mal! Der Terror hatte zehn Tage nach dem Kauf des Lofts begonnen.

Ben wandte sich ab und ließ die Jalousien herunter. Obwohl es kein direktes Gegenüber gab, hatte er immer das Gefühl, beobachtet zu werden.

Seit Februar hatte er das Loft mehrere Male auf heimliche Kameras, Wanzen und ähnlichen Spionagekram überprüfen lassen, jedes Mal ohne Erfolg. Dennoch bekam er dieses Gefühl nicht los.

»Sie dürfen sich nicht mürbe machen lassen.« Die Polizei hatte gut reden. Sie wurde auch nicht permanent überhäuft mit Liebesbriefen, Telefonaten zu allen Tag- und Nachtzeiten, Tonnen von Blumen und Luftballons.

»Sobald wir sie haben, ist Ruhe.«

Genau das war das Problem: Annika war präsent und auch wieder nicht.

»Lass dich nicht von diesem Weib verrückt machen«, knurrte Ben und schenkte sich einen zweiten Cognac ein. Er inhalierte tief, hätte am liebsten das Glas auf einen Zug getrunken. Nur die exquisite Qualität des Getränks und sein sehr stolzer Preis hielten ihn davon ab.

Er überlegte, ob er den Kamin aktivieren sollte. Doch allein vor dem Feuer? Das war langweilig.

Ben ging zum Sofa und nahm Platz. Sein Traum, die dreihundert Quadratmeter Loft mit Leben zu füllen, war geplatzt. Svenja war in unerreichbare Ferne gerückt, Annika machte ihm das Leben zur Hölle.

»Okay, Schluss jetzt mit dem Grübeln.«

Mit der Fernbedienung schaltete er die Stereoanlage an. Leise Musik ertönte.

Er runzelte die Stirn, versuchte herauszufinden, was genau er da hörte. War das etwa Fleetwood Mac? Es musste Urzeiten her sein, dass er diese CD gehört hatte. Natürlich, das war Anfang Dezember gewesen, als er Andy Unterschlupf bot.

Eigentlich war der Ire kein schlechter Kerl. Unkonventionell, aber das war eher etwas Positives. Und ein Mensch, der andere Menschen liebte.

Er war nur drei Nächte geblieben, aber Ben erinnerte sich, selten so gute Gespräche mit jemandem geführt zu haben, den er kaum kannte.

Die Mail von Andy fiel ihm ein. Vielleicht würde es ihm guttun, wenn der Ire für ein paar Tage bei ihm wohnte. Vielleicht würde es sogar sein Problem lösen. Oder wenigstens mindern.

Ben zog seinen Laptop zu sich heran, suchte Andys Mail im Papierkorb und schrieb:

> *Klar, kannst bei mir pennen. Melde Dich einen Tag vorher, okay?*
>
> *Gruß*
>
> *Ben*

Mit Andy kam Leben in die Bude und Ben war froh und dankbar, sich zwei Wochen zuvor umentschieden zu haben.

Aus einer Laune heraus holte er den Iren am Flughafen ab.

»Welcome to Munich.«

»Hey, what a great service.«

»Mir war gerade langweilig.«

Sie umarmten sich, als wären sie alte Freunde.

»Sorry, ich hatte eigentlich besseres Wetter bestellt. Es ist definitiv zu kalt für Juni«, sagte Ben auf dem Weg zu seinem Wagen.

»Aber Petrus war wohl der Meinung, dir den Abschied von Irland so angenehm wie möglich zu gestalten.«

»Sehr nett von St. Peter. Dabei dachte ich, München gehört zu Italien und die Sonne scheint immerzu.«

»Schön wär's.«

Auf der Fahrt in die Stadt redeten sie über alltägliche Dinge, aber Ben ging eine Frage nicht aus dem Kopf.

»Entschuldige bitte, wenn ich aufdringlich wirke, aber was bist du eigentlich: Pole oder Ire?«

Andy lachte. »Gute Frage. Manchmal frage ich mich das selbst. Ich bin gebürtiger Pole, dem Pass nach bin ich aber seit drei Jahren Ire. Es gab eigentlich keinen Grund, denn beide Länder sind in der EU, ich hatte also keinen gravierenden Vorteil davon. Aber ich wusste, ich würde nicht mehr nach Polen zurückkehren, also entschied ich mich, die irische Staatsbürgerschaft zu beantragen.« Er lachte leise in sich hinein. »Meine Schwester hat mir das noch nicht verziehen. Sie ist mit einem Iren verheiratet, dessen Familienstammbaum vermutlich bis ins zweite Jahrtausend vor Christus reicht, aber sie würde deshalb niemals Irin werden. Sie ist Polin durch und durch.« Er lachte wieder. »Man legt das auch nicht so einfach ab. Manche Eigenheiten bleiben einem ein Leben lang erhalten.«

Ben stimmte in das Lachen mit ein. »Wem sagst du das? Das ist schon so zwischen Hamburg und München.«

»Stimmt, du bist eigentlich Hamburger, richtig?«

Ben nickte.

»Wieso lebst du in München?«

»Ich liebe München. Und du weißt genau, warum ich hier lebe.«

»Ich weiß, ich weiß. Gibt es Neuigkeiten auf diesem Gebiet?«

Ben zögerte. Er breitete nicht gern sein Privatleben vor anderen aus, schon gar nicht vor Fremden. Andererseits wusste Andy von seiner hoffnungslosen Liebe zu Svenja. Eine Dezembernacht lang hatten sie über die Frauen im Allgemeinen diskutiert und über Hannah – später auch Svenja – im Speziellen.

»Nein, es gibt nichts Neues. Sie ist immer noch glücklich mit diesem Frank.«

»Du musst Geduld haben«, sagte Andy leise.

»Wirst du diese Geduld haben, wenn es um Hannah geht?«, fragte Ben und kam sich schäbig vor.

Andy schien es ihm jedoch nicht krummzunehmen. Er lachte leise in sich hinein. »Wir werden sehen.«

Sie verließen die Autobahn und bogen auf den Ring ein. Ben tippte auf sein Handy. »Entschuldige, ich muss telefonieren.«

Andy hob die Hände. »Kein Problem.«

Als sich jemand meldete, sagte Ben auf Deutsch: »Ich bin in circa fünf Minuten da. Alles ruhig?«

»Alles ruhig, Sie können kommen.«

»Danke.« Er beendete das Gespräch und warf seinem Beifahrer einen raschen Blick zu. Der sah aus dem Fenster und schien nichts verstanden zu haben. Ben war das nur recht. Er würde schnell genug mitbekommen, dass etwas nicht stimmte.

Entgegen seiner Gewohnheit fuhr er nicht noch zwei Schleifen, sondern bog direkt von der Leopoldstraße aus in die Seitenstraße ein, die ihn zur Tiefgarage brachte. Verstohlen schaute er links und rechts, aber es war nichts Auffälliges zu entdecken.

Erst als er auf seinem Parkplatz stand, merkte er, wie angespannt er war. Er atmete tief aus.

»Wir sind da«, bemerkte er überflüssigerweise.

Andy sprang aus dem Wagen und holte seine Reisetasche aus dem Kofferraum.

»Das soll für vier Wochen reichen?«, wollte Ben wissen, während sie zum Aufzug gingen.

»Nein, das ist nur die Grundausstattung«, erwiderte Andy. »Den Rest werde ich hier kaufen.«

Als sie im Loft ankamen, ließ Ben seinem Gast den Vortritt.

»Wow! Hier hat sich einiges verändert seit meinem letzten Besuch.«

»Ja, ich habe noch ein bisschen investiert.« Ben ging zu einer Tür und stieß sie auf. »Es gibt jetzt zwei Gästezimmer. Du musst also nicht mehr auf dem Sofa schlafen, sondern hast dein eigenes Reich.«

»Und du hast einen offenen Kamin! Ich hätte nie gedacht, dass das in Deutschland erlaubt ist. Ist hier nicht alles streng geregelt?«

»Ist es, aber wenn man diese Regeln einhält, ist vieles möglich.«

»Ich werde viel lernen müssen«, sagte Andy und klang plötzlich sehr verzagt.

Ben drückte seinen Arm. »Hey, du bekommst das hin. Und du bist nicht allein.«

»Danke.«

»Stell die Tasche einfach ab, auspacken kannst du später. Ich habe dir einen Willkommensdrink gemixt. Und heute Abend treffen wir ein paar Bekannte.« Ben war zur Bar gegangen und hatte eine giftgrüne Flüssigkeit in zwei Gläser gefüllt. Jetzt wandte er sich um, reichte Andy ein Glas und sagte vorsichtig: »Ich weiß nicht, ob Hannah kommen wird.«

»Das ist kein Problem. Ich weiß, dass es nicht von heute auf morgen gehen wird.«

»Gut, du bist realistisch.« *Im Gegensatz zu mir.* »Herzlich willkommen in München.«

Sie stießen an. Andy beäugte misstrauisch das Glas. »Was um Himmels willen ist das? Sieht aus wie Medizin?«

»Frag mich nicht, was ich alles reingeschüttet habe.« Ben nippte symbolisch an seinem Glas, verzog das Gesicht zu einer Grimasse. Als er Andys entsetzten Gesichtsausdruck sah, lachte er. »Ist nur Spaß! Es ist Wodka, Orangensaft und ein Schuss Blue Curaçao. Ich bin nicht lebensmüde.«

»Hm«, machte Andy und nippte seinerseits sehr vorsichtig. Seine Miene erhellte sich umgehend. »Okay. Akzeptabel«, sagte er und nahm einen großen Schluck.

Andy war ein angenehmer Mitbewohner, und schon am dritten Abend bot Ben ihm an, er könne die ganzen vier Wochen bei ihm bleiben.

»Das Loft ist groß genug für uns beide. Offen gestanden komme ich mir jetzt nicht mehr so verloren vor.«

Andy bestand darauf, so etwas wie Miete zu zahlen. Als Ben kategorisch ablehnte, füllte er den Kühlschrank.

»Das reicht für mindestens zwei Jahre«, bemerkte Ben.

Andy warf ihm einen undefinierbaren Blick zu und erwiderte: »Ich denke, es kann nicht schaden, wenn du regelmäßiger isst.«

Andy ging allerdings nicht mit gutem Beispiel voran, zumindest nicht beim Frühstück. Er kippte nur einen Cappuccino hinunter, Ben einen Espresso, bevor sich beide den jeweiligen Aufgaben des Tages widmeten.

Andy verbrachte den ganzen Tag in Frau Stockners Wohnung, so dass Ben das Apartment für sich hatte und in Ruhe arbeiten konnte. Oder grübeln.

Sein Plan schien aufgegangen zu sein. Seit Andy bei ihm eingezogen war, war kein Anruf, kein Brief, keine andere böse Überraschung gekommen. Ben genoss die gemeinsamen Abende vor dem Kamin, an denen sie über Gott und die Welt redeten, oder auch nur über Frau Stockners Verbohrtheit.

»Wann entscheidest du, ob du dauerhaft bleibst?«, wollte Ben nach einer Woche wissen.

Andy starrte ins Feuer.

»Klingt es bescheuert, wenn ich sage, ich habe mich längst entschieden?«, fragte er leise.

»Ganz und gar nicht«, erwiderte Ben. »Ich bin der Letzte, der das kritisieren dürfte. Schau mich an: Ich fahre die Frau, die ich liebe, nach München, in der Hoffnung, dass sie ihre Gefühle für mich entdeckt. Ich kaufe eine sündhaft teure Wohnung, um in ihrer Nähe zu sein, obwohl sie mir mit jedem Wort, mit jeder Geste mitteilt, dass sie nichts von mir wissen will. Freund und Vertrauter? Ja. Liebhaber? Nein.«

Andy lachte. »Wir sind schon zwei verrückte Typen. Schau uns an: zwei rettungslos verliebte Gockel. Ist es nicht eher ein Frauending, dass man jemanden aus der Ferne anschmachtet?«

Ben sprang so schnell auf, dass sein Weinglas umfiel. Der Rotwein hinterließ einen hässlichen Fleck auf dem hellen Teppichboden.

Andy schaute ihn besorgt an. »Habe ich etwas Falsches gesagt?«

»Nein, nein, es ist … Nein«, stotterte Ben. »Entschuldige mich bitte.« Er rannte in sein Bad und sperrte hinter sich ab. Sein Hals war wie zugeschnürt, er glaubte, nicht genug Luft zu bekommen.

Ruhig! Du musst atmen, sei ruhig, mahnte er sich selbst. Er zwang sich dazu, langsam und regelmäßig zu atmen, und allmählich ließ das Engegefühl nach, seine Lungen füllten sich wieder ausreichend mit Luft.

Jetzt begann also die Zeit der Panikattacken. Ben setzte sich auf die Toilette und lehnte den Kopf an die angenehm kühlen Fliesen. Er wusste, er musste sich das am nächsten Tag von einem Arzt bestätigen lassen. Alles, was ihn krank machte, half, Annika auszuschalten. Wenn sie sie denn jemals finden würden.

Es klopfte leise an die Tür.

»Ben, alles okay?«

Ich muss mit jemandem darüber reden!

»Ja, ja, alles okay. Ich komme gleich.«

Er ließ kaltes Wasser über seine Hände laufen und wusch sich das Gesicht. Die dunklen Ringe unter den Augen waren in den letzten Tagen etwas verblasst, dennoch blickte ihm aus dem Spiegel ein hohläugiges, verschrecktes Wesen entgegen.

Er atmete ein letztes Mal tief durch, schloss die Tür auf und verließ das Bad. Andy stand im Eingang zum Wohn- und Arbeitsbereich und schaute ihn besorgt an.

»Alles gut«, sagte Ben und hörte die Lüge in seiner Stimme. »Mir wurde plötzlich schlecht vom Wein.«

Andy sagte nichts.

Jetzt wäre die Gelegenheit! Er würde dich verstehen, dich nicht für verrückt erklären.

»Ich leg mich hin.«

»Okay. Schlaf gut, gute Nacht«, sagte Andy.

Am nächsten Morgen erwachte Ben mit Kopfschmerzen und einem schalen Geschmack im Mund. Als die Erinnerung an den vorherigen Abend einsetzte, stöhnte er. Es musste sich etwas ändern.

Er setzte sich auf, aktivierte sein Handy und rief Fiona an.

»Guten Morgen«, sagte er und bemühte sich gar nicht erst um den lockeren Ton, der zwischen seiner Geschäftsführerin und ihm normalerweise herrschte. Sie kannte ihn zu gut. »Alles klar?«

»Alles bestens«, sagte Fiona. »Bei dir auch?«

»Alles im Lot, abgesehen von einer Erkältung, die mich seit gestern im Griff hat.« War das Ausrede genug für seine seltsame Stimme?

»Oh je, du Armer. Gute Besserung.«

»Danke. Kannst du bitte alle Termine der nächsten zwei Tage absagen? Ich muss mich erst mal auskurieren.«

»Klar, kein Problem.« Er hörte das Klicken von Tasten, vermutlich überprüfte Fiona, welche Meetings anstanden. »Es ist nichts wirklich Wichtiges dabei«, sagte sie endlich. »Nichts, was wir nicht auch in drei Tagen noch erledigen können.«

»Gut. Ich melde mich, sobald ich wieder fit bin«, sagte Ben. »Danke, Fiona.«

»Keine Ursache, dafür bin ich da. Und melde dich erst wieder, wenn du wirklich gesund bist, okay?«

Das könnte Monate dauern, dachte Ben. Laut sagte er: »Natürlich, mache ich. Ciao.«

Er legte auf, wählte die Nummer der Rechtsanwaltskanzlei und vereinbarte einen Termin für den nächsten Nachmittag.

Als Nächstes brauchte er einen Arzttermin. Er hatte keinen Hausarzt in München, hatte bisher keinen benötigt. Wen könnte er fragen? Ob Hannah inzwischen einen hatte?

Er überlegte, ob er zum Frühstücken gehen sollte. Seit Andy bei ihm wohnte, war er nicht mehr dort gewesen. Einen Moment lang fragte er sich, ob man ihn bereits vermisste.

»Blödsinn«, sagte er und entschied sich dagegen. Wenn er die Fassade mit der Erkältung aufrechterhalten wollte, sollte er sich nicht unbedingt in Cafés herumtreiben.

Er wählte die Nummer und hoffte, Hannah würde abnehmen. Es war aber Edi, die sich meldete.

»Café Hannah, einen wunderschönen guten Morgen. Was kann ich für Sie tun?«

Er musste schmunzeln. Wo war nur die etwas verhuschte Edeltraut geblieben?

»Guten Morgen, Edi. Ich brauche mal wieder eure Hilfe«, sagte er.

»Oh, Ben, guten Morgen. Wie geht es Ihnen?« Obwohl er ihr schon mehrmals angeboten hatte, ihn zu duzen, war sie hartnäckig beim Sie geblieben.

»Leider nicht so gut«, sagte er. »Mich hat eine böse Erkältung erwischt. Ich bräuchte einen Arzt, der sich das mal anschaut. Können Sie mir einen nennen?«

Edi schien zu überlegen. »Na ja«, meldete sie sich schließlich. »Ich könnte Ihnen meinen empfehlen. Er ist noch alte Schule, verschreibt nicht sofort Tabletten, sondern ist der Meinung, man solle der Natur ihren Lauf lassen.«

»Klingt gar nicht so schlecht«, sagte Ben. *Klingt nicht nach dem, was ich brauche.*

»Moment, ich hole Ihnen die Nummer«, sagte Edi und legte den Hörer ab. Kurze Zeit später kam sie zurück. »Haben Sie was zum Schreiben?«

»Ja.«

Sie nannte ihm Namen, Adresse und Telefonnummer der Praxis. »Sagen Sie, dass Sie von mir kommen, so bekommen Sie schneller einen Termin«, fügte sie hinzu.

»Danke, werde ich machen. Grüßen Sie alle von mir.« Ben legte auf.

Minutenlang starrte er die Notiz an. Ein Arzt alter Schule. Konnte der ihm wirklich helfen? Würde er ihm nicht einfach sagen, er solle sich nicht so anstellen? Aber hatte er eine Alternative? Er brauchte eine ärztliche Bestätigung, dass ihm Annikas Verhalten gesundheitlich schadete. Nur damit würden die Polizei und später das Gericht das Stalking anerkennen.

Er rief in der Praxis an und bat um einen Termin. Die Sprechstundenhilfe wollte ihn zunächst abwimmeln, doch als er erwähnte, dass er privat versichert war, änderte sich schlagartig ihr Ton.

»Können Sie in einer halben Stunde hier sein?«, flötete sie.

»Selbstverständlich.«

Ben duschte, zog sich an, rief beim Concierge an und bestellte ein Taxi.

»Sonst alles ruhig?«, fragte er routinemäßig.

Tom, der an diesem Tag Dienst hatte, zögerte den Bruchteil einer Sekunde zu lang.

»Was ist los?«, fragte Ben. Sein Herzschlag setzte aus, sein Mund wurde trocken.

»Vermutlich ist es nichts«, sagte Tom. »Heute Morgen wurde mehrmals der Alarm ausgelöst. Offensichtlich hat jemand versucht, gewaltsam in die Tiefgarage zu gelangen. Ich war jedes Mal innerhalb einer Minute dort, aber es war nichts zu sehen.«

Obwohl Ben wusste, dass die Sicherheitsmänner ihren Job verstanden, sagte er: »Sie wissen, dass es ein Ablenkungsmanöver ist?«

»Natürlich. Patrick ist hiergeblieben, bis Nadja kam. Wir sind jetzt zu zweit.«

»Gut«, sagte Ben. Sein Herzschlag beruhigte sich nur langsam.

»Nadja wird Sie zum Taxi begleiten«, sagte Tom.

Ben wollte erwidern, dass das nicht nötig sei, überlegte es sich anders. »Danke. Ich bin in zehn Minuten unten.«

Entgegen seiner Erwartung geschah weder im Haus noch während der Taxifahrt etwas Unvorhergesehenes. Hatte er die Security mit seiner Paranoia angesteckt?

Dr. Platow wirkte wie ein Weihnachtsmann ohne Kostüm: weiße Haare, weißer Bart, ein rundes Gesicht, gütige Augen, ein freundliches Lächeln.

»Was kann ich für Sie tun, Herr Häusgen?«

Ben hatte auf der Fahrt beschlossen, keine Ausreden zu erzählen. Er brauchte dieses Attest.

»Ich hatte gestern Abend eine Panikattacke. Ich muss dazu sagen, dass ich seit einigen Monaten gestalkt werde. Das Ganze ist schon einmal vor gut zehn Jahren passiert, es ist dieselbe Person. Die Polizei weiß Bescheid, aber sie ist bisher machtlos. Zum einen, weil sie die Person nicht finden kann, zum anderen, weil ich bisher ganz gut damit zurechtkam. Bis gestern.«

Entweder hatte der Arzt täglich mit Stalking-Opfern zu tun oder er war eine extrem ausgeglichene Person. Ben tippte auf Letzteres.

»Gab es gestern Abend einen besonderen Vorfall?«

»Nein. Ich saß mit einem Freund zusammen. Wir haben geredet und Wein getrunken.«

»Dieser Freund – er ist ganz sicher nicht die Person, die Sie hinter dem Ganzen vermuten?«

»Hundertprozentig.«

»Weiß er Bescheid?«

Ben schüttelte den Kopf. »Er vermutet vielleicht etwas. Aber er ist erst seit einer Woche in München.«

»Was hat die Panikattacke ausgelöst?«

Ben hatte die ganze Zeit seit dem Aufwachen darüber nachgedacht, vergeblich.

»Ich weiß es nicht. Wir hatten nicht viel getrunken, nicht einmal eine Flasche, dennoch kann ich mich nicht mehr daran erinnern, worüber wir zuletzt gesprochen haben.«

»Das ist normal. Ein Schutzmechanismus des Körpers. Oder des Geistes, wie man es nimmt.« Dr. Platow lächelte. »Ich würde Sie gerne untersuchen, nur das Übliche. Wäre das in Ordnung?«

In Ben sträubte sich alles dagegen, aber er nickte. Der Arzt prüfte seinen Puls, maß den Blutdruck, schaute ihm in Augen, Ohren und Mund, hörte den Brustkorb ab.

»Alles so weit in Ordnung«, sagte er und nahm wieder hinter seinem Schreibtisch Platz. »Ihr Herz stolpert ein bisschen, was aber angesichts der psychischen Belastung kein Wunder ist. Das ist absolut kein Grund, sich Sorgen zu machen.« Er beugte sich vor, schaute Ben ernst an und meinte: »Es ist eher ein Warnsignal Ihres Körpers. Sie sollten so schnell wie möglich eine Lösung finden.«

Als wenn ich das nicht selbst wüsste!

»Mir ist klar, dass Sie das wissen«, sagte der Arzt, als könnte er Gedanken lesen. »Vor allem, da Sie das schon einmal mitgemacht haben. Wie groß ist die Wahrscheinlichkeit, dass einem so etwas zwei Mal widerfährt?«

Ben zuckte die Achseln. Es war sicher nur eine rhetorische Frage gewesen.

»Was sind Sie von Beruf?«

»Ich bin selbständig«, sagte Ben.

»Dann hilft es wenig, wenn ich Sie krankschreibe. Brauchen Sie Medikamente? Können Sie schlafen?«

Nein, er wollte keine Psychopharmaka, er würde das so durchstehen.

»Ich schlafe besser, seit dieser Freund bei mir wohnt.« Er stockte, fuhr leise fort: »Ich fühle mich sicherer.«

Dr. Platow nickte zustimmend. »Das ist sehr gut. Sie sollten jede Situation vermeiden, die Sie noch weiter belasten könnte.« Er sah ihn eine Weile aufmerksam an.

Ben kam sich vor wie ein Schüler bei der Prüfung. Aber er fand den Arzt sympathisch und hielt dem Blick stand.

»Gut. Ich denke, Sie sind nicht der Typ für Psychopharmaka. Aber Sie sollten dringend mit jemandem reden. Das hilft. Ich denke, das wissen Sie auch.« Wieder beugte er sich vor, um seinen Worten mehr Nachdruck zu verleihen. »Denken Sie immer daran: Sie sind das Opfer. Sie können nichts dafür. Es gibt nichts, absolut nichts, was Ihnen peinlich sein müsste. Suchen Sie sich eine Person Ihres Vertrauens und reden Sie mit ihr.«

Ben wusste, dass der Arzt recht hatte. Er hätte sich längst jemandem anvertrauen sollen. Er hatte doch Freunde in München, Hannah, Edi, sogar Gina, inzwischen vielleicht auch Andy, ja, ganz sicher Andy. Und Svenja. Ja, auch Svenja. Würde sie ihm verzeihen, dass er nicht sie als seine Rechtsanwältin gewählt hatte?

»Ich werde es tun«, sagte er. »Versprochen.«

»Geben Sie das Versprechen nicht mir, sondern sich selbst.« Der Arzt erhob sich. »Ich schreibe Ihnen eine Stellungnahme. Es wird ein paar Minuten dauern.«

Ben erhob sich ebenfalls. »Kein Problem. Ich habe heute nichts mehr vor.«

»Gut.« Dr. Platow reichte ihm die Hand. »Ich wünsche Ihnen alles Gute. Melden Sie sich, wenn Sie etwas brauchen.«

»Danke. Für alles.«

Ben setzte sich ins Wartezimmer, wo eine Frau Mitte dreißig mit ihrer Tochter saß. Während das Kind sich mit einem Buch beschäftigte, wirkte die Mutter seltsam abwesend. Ben hatte das Gefühl, sie schon einmal gesehen zu haben, aber er konnte sich nicht erinnern, wo. Vielleicht war sie Gast im Café, immerhin befanden sie sich nur zwei Querstraßen weiter.

Nach zwanzig Minuten erhielt er mit wortreichen Entschuldigungen den Arztbrief. Es war klar, dass die Sprechstundenhilfe einem Flirt nicht abgeneigt war.

Alles, nur das nicht! Er nahm den Brief, bedankte sich und verließ fluchtartig die Praxis.

Sein Magen meldete sich laut und überdeutlich. Er haderte mit sich, ob er ins Café gehen sollte, nannte sich einen Feigling. Sollte jemand fragen, konnte er immer noch behaupten, laut Arzt sei er nicht ansteckend.

Niemand beachtete ihn, als er das Café betrat. Er scannte den Raum. Hannah war nicht zu sehen, Edi hantierte wie üblich in der Küche, Gina bediente. Als sie ihn entdeckte, winkte sie ihm zu. Eine Frau, die Annika glich, war nirgends zu sehen.

»Hallo Ben. Das Übliche?«

»Hallo Gina. Ja, bitte.« Er nahm an einem der Bistrotische Platz und angelte sich die liegengelassene Zeitung vom Nachbartisch, um mit niemandem reden zu müssen.

Gina brachte ihm Kaffee, ein Glas Wasser und ein Sandwich. »Ich habe dir das mit Thunfisch gebracht.«

»Danke.«

Er nahm einen Schluck Wasser, biss in das Sandwich und war froh, dass er etwas schmeckte.

Es gelang ihm tatsächlich, sich in einen Artikel über den Niedergang der Deutschen Bank zu vertiefen, als ihn eine Frauenstimme aus der Konzentration riss.

»Hallo Ben, lange nicht gesehen.«

Reflexartig riss er den Arm hoch, wollte sich schützen. Eine Frau schrie auf, Geschirr klirrte auf dem Boden, etwas Warmes ergoss sich über seine Hose.

Ben schaute hoch – direkt in die weit aufgerissenen Augen von Svenja. Ihre Wange leuchtete rot.

»Oh Gott, Svenja. Hab ich dich getroffen? Es tut mir ... Es tut mir leid. Lass mal sehen.«

»Es ist nichts«, rief sie. Alle Gäste im Café starrten sie an.

Ben senkte den Kopf. Auf dem Boden lag die zerbrochene Kaffeetasse, seine Hose zeigte an delikater Stelle einen dunklen Fleck. Er hörte Svenja atmen.

»Was ist nur los mit dir?«, fragte sie, nun deutlich leiser. »Seit Wochen bist du ein einziges Nervenbündel. Hast du Probleme?«

Erstaunt schaute er sie an. Ihr war es aufgefallen? Sie hatte immer nur ein paar Worte mit ihm gewechselt, hatte es immer eilig gehabt. Bedeutete er ihr doch mehr, als sie zugeben wollte?

Jetzt fang bloß nicht zu spinnen an!

»Tut mir leid«, sagte er und stellte beruhigt fest, dass seine Stimme nicht mehr zitterte. »Hab ich dich erwischt?« Vorsichtig hob er die Hand zu ihrem Gesicht. Diesmal ließ sie es zu. Er strich sanft über die Wange.

»Ist nicht schlimm«, sagte sie und lächelte schief. »Du hast mich nur gestreift.«

Die noch leicht gerötete Stelle sprach etwas anderes, aber er erwiderte nichts. Sie wusste, dass er es nicht mit Absicht getan hatte.

»Was ist los mit dir?«, fragte sie erneut.

Er schaute ihr in die Augen.

Sag es ihr. Sie ist deine Freundin.

Aber nicht vor allen Leuten im Café. Die warten wie die Geier darauf, etwas zu erfahren.

»Hast du heute Abend schon etwas vor?«, fragte er aus einem spontanen Entschluss heraus.

Svenja dachte einen Moment lang nach, sagte: »Ich wollte mich mit Frank treffen. Aber ich kann das verschieben. Das ist nicht wichtig.«

»Ich muss mit jemandem reden«, sagte Ben. »Kannst du heute Abend zu mir kommen? Andy wird auch da sein, er wohnt bei mir.« Als er ihren fragenden Blick bemerkte, ergänzte er: »Du weißt schon, der Typ aus Irland, der sich um Marlenes Mutter kümmert.«

Svenja nickte.

»Ich werde auch Hannah dazu bitten. Ich muss euch etwas erzählen. Ich hätte das längst tun sollen.«

»Gut. Um wie viel Uhr?«

»Sieben? Ich sorge fürs leibliche Wohl.«

»Ich werde da sein«, sagte Svenja und hauchte ihm zum Abschied einen Kuss auf die Wange.

Ben fühlte sich wie ein Teenager nach dem ersten Zungenkuss.

Sie sieht dich nur als Freund.

Aber genau das ist es, was du jetzt brauchst.

Er wünschte, er könnte sich wirklich davon überzeugen.

Gina verdrehte die Augen, sagte aber nichts, als er darauf bestand, die kaputte Tasse zu bezahlen.

»Ist Hannah oben?«

»Ich denke ja.«

»Danke, Gina.«

Ben schwankte, ob er sie besser anrufen oder persönlich vorbeischauen sollte, entschied sich für Ersteres. Hannah hatte Zeit und würde kommen.

Seit Wochen fühlte er zum ersten Mal so etwas wie Zuversicht. Er war nicht allein, er hatte Freunde, die ihm beistehen würden.

Er lief zum Taxistand, fuhr zu seinem Rechtsanwalt, überreichte den Arztbrief und bat darum, die entsprechenden Schritte einzuleiten.

Auf dem Weg zum Loft ließ er den Taxifahrer einen kleinen Umweg zur Münchner Freiheit fahren, wo er bei Käfer jede Menge Delikatessen für den Abend kaufte.

Beschwingt betrat er mit drei Tüten bepackt das Haus – und sah sofort, dass etwas nicht stimmte.

»Was ist los?«, rief er Nadja zu, die in der Conciergerie saß.

Sie sprang sofort auf und kam auf ihn zu. »Nichts Schlimmes, wirklich nicht.«

»Was ist los?«, wiederholte Ben.

»Es gab Alarm, das heißt, zwei Alarme gleichzeitig. An zwei verschiedenen Punkten.« Sie hob entschuldigend die Hände. »Wir mussten dem nachgehen.«

»Schon klar. Was ist denn nun passiert?«

»Sie können es sich selbst anschauen.« Nadja ging zurück zum Büro und hielt ihm die Klappe hoch, damit er ihr folgen konnte.

Ben warf einen Blick auf die Monitore – und begann zu lachen. Er wusste, dass er leicht hysterisch klang, aber er konnte sich nicht helfen. Der Anblick war einfach zu komisch.

Sein Sportwagen war kaum noch zu sehen vor lauter roten, herzförmigen Luftballons. Sie waren überall, an den Seiten, auf der Motorhaube, an der Heckscheibe. Quer über dem Dach prangte eine Art Schärpe. Ben beugte sich näher zum Monitor.

»Was steht da?«

Nadja wand sich, sagte leise: »Ich liebe dich, Ben. – Sorry, wir durften es ja nicht abmachen.«

»Kein Problem. Ihr habt es fotografiert?«

Nadja schien erleichtert, dass er nicht sauer reagierte. Als ob er das jemals getan hätte! »Von allen Seiten.«

»Gut. Ich brauche die Fotos so bald wie möglich, ich habe morgen einen Termin beim Rechtsanwalt.« Er verließ das Büro und nahm die Tüten, die er abgestellt hatte. »Ach, heute Abend bekomme ich Gäste. Neunzehn Uhr. Frau Wahls und Frau Jensen.« Er wartete, bis Nadja alles notiert hatte. »Danke.«

»Gerne, Herr Häusgen. Hier noch Ihre Post.« Sie reichte ihm nur ein Päckchen. Annikas Liebesbriefe.

»Danke.«

Er stand schon im Lift, als ihm etwas einfiel. Er trat in die Lichtschranke, damit die Tür nicht zuging.

»Nadja?«

»Ja, Herr Häusgen?«

»Lassen Sie bitte alles so, wie es ist.« Er sah ihren erstaunten Blick, fand aber, er war ihr keine Erklärung schuldig. »Ich sage Bescheid, wenn das Zeug wegkann.«

»Ja, Herr Häusgen.«

Andy war der Erste. »Frau Stockner wird mich dafür mindestens eine Woche hassen, aber es klang wichtig«, sagte er und schaute Ben fragend an.

Der hob entschuldigend die Schultern. »Ich erkläre später alles. Svenja und Hannah kommen noch.«

»Okay«, sagte Andy gedehnt. »Dann sollte ich mich vielleicht schick machen.« Er lachte, aber es klang unsicher.

»Ich will dir wirklich nicht deine Tour vermasseln«, sagte Ben ernst. »Aber heute Abend geht es nur um mich. Ich habe lange genug gebraucht, um so weit zu kommen.«

Andy hob abwehrend die Hände. »Kein Thema.« Er stockte, fügte leiser hinzu: »Dennoch – ich bin nervös. Ich habe sie nicht gesehen, seit ich in München bin.«

»Vielleicht ist es gar nicht schlecht, wenn ihr euch unter diesen Umständen das erste Mal wiederseht«, meinte Ben. »So seid ihr nicht nur mit euch selbst befasst.«

»Hm.« Andy klang nicht überzeugt, aber es war Ben egal. Er hatte beschlossen, dass dieser Abend ihm gehören würde, und er würde sich von niemandem davon abbringen lassen. Das Gespräch mit Dr. Platow hatte ihm klar gemacht, dass er so nicht länger weitermachen konnte.

Hannah und Svenja kamen gemeinsam.

»Seit wann habt ihr da unten einen Wachhund?«, fragte Svenja und hielt ihm zur Begrüßung die Wange hin. Wie schon Andy eine Woche zuvor staunte sie über die Veränderungen im Loft.

Ben wurde klar, dass er sich viel zu lange abgeschottet hatte. Das hatte sich mit dem heutigen Tag geändert.

Hannah, die seine geheimsten Träume kannte, bewunderte die Aussicht, sagte ansonsten aber nichts. Die Begrüßung zwischen ihr und Andy fiel freundlich, aber distanziert aus. Hannah fragte ihn, wie es ihm in München gefalle, er erwiderte, dass er es gut finde. Das war's.

Ben hatte eine Art Buffet errichtet und fragte seine Gäste nach ihren Getränkewünschen.

Als alle versorgt waren, bat er sie zur Sitzecke, die er vor den Kamin verlagert hatte. Noch hatte er kein Feuer entzündet, denn es war ausnahmsweise ein warmer Tag, aber er hatte alles dafür vorbereitet.

Er bat Hannah und Svenja, auf dem Sofa Platz zu nehmen, Andy wies er einen der beiden Sessel zu, er selbst setzte sich in den anderen gegenüber. Er hatte bewusst die U-Form gewählt, wollte nicht permanent den Blicken der anderen ausgeliefert sein.

»Thanks very much for coming«, begann er. Dass er sein Geheimnis auf Englisch lüften musste, machte die Sache nicht einfacher, dennoch war er froh, dass Andy dabei war. »Ich muss vorausschicken, dass das nicht leicht werden wird für mich. Habt also etwas Geduld mit mir.«

Er machte eine Pause, erwartete, dass einer von ihnen eine blöde Bemerkung machen würde, doch alle saßen stumm da und sahen ihn erwartungsvoll an.

Tue ich das Richtige?

Ja, tust du. Fang endlich an.

Er schluckte, hatte keine Spucke im Mund, trank etwas Wasser, schluckte erneut.

»Ich werde gestalkt«, begann er.

»Was?«, entfuhr es Svenja. Aus den Augenwinkeln sah er, dass Hannah ihr eine Hand auf den Arm legte. »Sorry«, murmelte Svenja.

»Ich werde gestalkt. Nicht zum ersten Mal. Ich kenne die Frau, sie hat es vor zehn Jahren schon einmal getan.«

Plötzlich fühlte er sich todmüde und glaubte, kein einziges Wort mehr sagen zu können. Das war alles Irrsinn! Was konnten seine Freunde schon ausrichten? Und würde es wirklich besser werden, nur weil er darüber redete?

Er spürte eine Hand auf seiner.

»Nimm dir alle Zeit der Welt«, sagte Hannah leise. »Wir sind bei dir.« Andy und Svenja nickten zustimmend.

Ben fühlte Tränen in den Augen. Er stand auf. »Entschuldigt bitte«, sagte er und ging in sein Schlafzimmer. Minutenlang tigerte er auf und ab, starrte ins Dunkel, sah sein Spiegelbild im Fenster. Er ging zur Tür, öffnete sie leise, lauschte. Es war nichts zu hören. Die Freunde warteten auf ihn.

Er atmete tief durch, fuhr sich mit den Fingern durch die Haare, ging zurück in den Wohnbereich.

Sie sahen ihm ernst und erwartungsvoll entgegen. Jeder Einzelne von ihnen strahlte die Botschaft aus: Vertrau mir, ich bin für dich da.

Es *war* richtig, die Freunde einzuweihen.

»Tut mir leid«, sagte er und nahm erneut Platz. »Also, wie gesagt, ich werde gestalkt. Es begann am sechsten November, an dem Abend, als wir auf der Vernissage waren.« Er wandte sich an die beiden Frauen. Hannah verzog leicht das Gesicht in Erinnerung daran, Svenja lächelte.

»Als ich ins Hotel zurückkam, wartete eine Nachricht auf mich. Ich dachte zuerst, es sei etwas mit meiner Familie oder mit der Firma, aber es war eine eindeutige Botschaft.« Er schauderte bei der Erinnerung daran.

»Ich kann euch den Zettel nicht zeigen, da er bei der Polizei liegt. Mir war sofort klar, wer dahintersteckte, ich erstattete noch am selben Abend Anzeige. Das Problem ist, dass die Person nicht auffindbar ist.«

»Wie jetzt? Du weißt, wer es ist, aber die Polizei findet sie nicht?«, fragte Svenja.

Ben nickte. »So ist es. Wir kennen den Namen, sie macht inzwischen auch kein Hehl daraus. Aber sie ist nicht auffindbar. Es ist, als wäre sie ein Geist.«

»Du sagtest, du hast das Ganze schon einmal durchgemacht?«, wollte Hannah wissen. »Kannst du uns ein paar Details verraten, wenn es dir nicht zu nahe geht?«

»Ja, natürlich. Es war 2005. Eigentlich muss ich sogar ein Jahr früher anfangen. Ich war gerade wieder von Berlin nach Hamburg zurückgekehrt, hatte mein Studium an den Nagel gehängt.« Er warf Svenja einen schnellen Blick zu, aber sie schien daran nichts Besonderes zu finden. Beruhigt fuhr er fort: »Mein Freund Thomas und ich hatten ein Jahr zuvor eine Firma gegründet. Eigentlich war es nur als Spaß gedacht. Fast jeder Student muss heutzutage neben dem Studium arbeiten. Wir fanden es wahnsinnig umständlich, wie suchende Firmen und Studenten zueinanderfanden. Teilweise über das Arbeitsamt, vorwiegend über das schwarze Brett an der Uni. Tommi meinte, das müsse leichter gehen, in Zeiten des Internets. Also bastelten wir eine Art Online-Börse, wo sich jeder eintragen konnte mit dem, was er suchte. Ich kann heute kaum glauben, dass es so etwas damals noch nicht gab.

Egal. Wir boten der Uni unseren Dienst an, aber die fühlte sich überfordert damit, also machten wir es selbst. Tommi war inzwischen nach München umgezogen, aus welchen Gründen auch immer. Vielleicht war es der Liebe wegen.«

Ben wagte nicht, zum Sofa zu schauen, aus Angst vor Svenjas Gesichtsausdruck.

»Bereits nach den ersten Monaten kamen einige Firmen von sich aus auf uns zu und wollten Anzeigen schalten. Wir verdienten plötzlich Geld mit etwas, was als Gimmick gedacht war.

Der langen Rede kurzer Sinn: Wir hatten die Firma als gleichberechtigte Partner gegründet. Tommi wollte sein Studium nicht aufgeben, was ich gut nachvollziehen konnte. Ich befand mich in der sogenannten Orientierungsphase, also kümmerte ich mich hauptsächlich um die Geschäfte.

Nach nicht mal einem Jahr bekamen wir die ersten Anfragen von Investoren. Tommi steckte gerade im Prüfungsstress, das muss ich erwähnen, damit das Ganze einen Sinn ergibt. Ich redete also zunächst allein mit diversen Investoren, betonte immer, dass ich das erst mit meinem Partner diskutieren müsse.

Ich stellte alle Angebote einander gegenüber, rief Tommi an und sagte ihm, ich müsse mit ihm reden. Bei dieser Gelegenheit erzählte er mir freudestrahlend, dass er sich verlobt habe. Ich freute mich sehr für ihn.«

Ben fuhr sich durch die Haare, trank einen Schluck Wein. Im Loft herrschte erwartungsvolle Spannung.

»Ich fuhr nach München, traf Tommi und seine Verlobte Annika – und das Unglück begann. Sobald wir allein waren, begann sie, mich zu belästigen. Sie beteuerte mir, dass sie sich auf den ersten Blick unsterblich in mich verliebt habe und dass sie für immer mit mir zusammen sein wolle. Ich sagte ihr, dass ich kein Interesse an ihr habe, außerdem sei sie die Verlobte meines besten Freundes.

Ich muss dazu sagen, dass Annika eine äußerst attraktive Frau ist. Sie hat eine tolle Figur, lange blonde Haare, ein Männertraum. Aber eben nicht meiner. Doch egal, was ich sagte, sie hielt daran fest, dass wir zusammengehörten. Sie bot mir mehr als einmal an, miteinander zu schlafen, aber ich nehme nun mal nicht einem anderen Mann die Frau weg. Egal, wie sehr ich sie begehre.«

Rascher Blick zu Svenja, die ihn aus dunklen Augen anschaute. Schnell wandte er den Blick ab, fokussierte ihn auf sein Weinglas.

»Ich sagte nichts zu Tommi und fuhr zurück nach Hamburg. Es folgten Wochen voller Telefonterror. Sie machte nicht einmal Halt vor meiner Familie. Wir erhielten alle Geheimnummern, also schickte sie mir unzählige Briefe voller Liebesgestammel, außerdem Mails, Blumen und was weiß ich noch alles. Ich zog um, aber sie fand meine Adresse schnell heraus. Erst als ich meinen Namen änderte, war endlich Ruhe.«

»Du hast deinen Namen geändert?« Andys Stimme klang entsetzt.

Ben nickte. »Mir blieb keine andere Wahl. Häusgen ist der Mädchenname meiner Mutter. Sie war die einzige Tochter, ihre Eltern waren ebenfalls Einzelkinder. Mit ihr wäre der Name meiner Familie mütterlicherseits verschwunden.«

»Was ist in den zehn, elf Jahren dazwischen geschehen?«, wollte Svenja wissen.

Ben lachte bitter. »Als ich dachte, ich hätte endlich meine Ruhe, rief Tommi an und bat mich, Trauzeuge auf seiner Hochzeit zu sein. Aus heutiger Sicht ist klar, was ich hätte tun müssen, aber ich war gerade mal dreiundzwanzig und hatte keine Erfahrung. Zumindest nicht in solchen Dingen. Ich fuhr also hin. Mehrmals versuchte ich, mit Tommi zu reden, auch wegen der Firma. Die Investoren drängten, wollten eine Entscheidung. Nach der Hochzeit, sagte ich mir. Aber es kam nie so weit. Auf dem Standesamt erklärte Annika vor versammelter Mannschaft, dass sie Tom nicht heiraten könne, weil sie und ich uns liebten. Es schlug ein wie eine Bombe.«

»Und ich habe mir wegen einer geplatzten Verlobung Sorgen gemacht«, ließ Svenja sich vernehmen.

»Ich versuchte, Tommi alles zu erklären. Er glaubte mir kein Wort. Denn einer der Investoren hatte sich mit ihm in Verbindung gesetzt, es sah nun so aus, als hätte ich hinter Tommis Rücken heimlich verhandelt. Es war eine verfahrene Situation, für die es keine Lösung zu geben schien.« Ben seufzte. »Ich mache es kurz: Wir verkauften die Firma und trennten uns im Streit. Bis heute habe ich kein Wort mit ihm gewechselt. Er ist inzwischen in den USA, ist Geschäftsführer bei einem der Investoren, die uns damals kaufen wollten. Vermutlich ist es sogar der, der ihm das mit den Verhandlungen gesteckt hat. Ist egal, wir kamen beide nicht gerade arm raus aus dem Ganzen. Ich ging nach Berlin, wo es mir gelang, zuerst eine einstweilige Verfügung gegen Annika zu erwirken. Später kam es zum Prozess. Sie wurde wegen Stalkings zu zwei Jahren verurteilt, die zur Bewährung ausgesetzt wurden, wenn sie sich freiwillig in psychiatrische Behandlung begeben würde. Was sie meines Wissens auch tat. Irgendwer erzählte mir später, man habe eine bipolare Störung bei ihr festgestellt. Aber es war mir egal, ich hatte endlich mein Leben wieder. Bis zum sechsten November letzten Jahres. Alles, was die Polizei herausfinden konnte, war, dass sie 2013 als geheilt aus der Psychiatrie entlassen wurde. Danach verliert sich ihre Spur. Es gibt keine Adresse, unter der sie gemeldet ist. Es wird ein reiner Glücksfall, sie zu finden.«

»Puh«, machte Andy. Auch die beiden Frauen stießen hörbar die Luft aus.

»Was für eine Geschichte«, sagte Hannah. »Entschuldige, das war blöd formuliert. Natürlich ist es keine Geschichte. Es ist, es war dein Leben.«

»Es ist wieder mein Leben.« Ben stand auf. »Kommt mal mit, ich will euch etwas zeigen.« Er ging vor zum Lift, während die anderen langsam folgten. Schweigend fuhren sie in die Tiefgarage.

»Kann ich dich etwas fragen?«

»Selbstverständlich«, sagte Ben und schaute Svenja an. Ihr Blick war nicht zu deuten.

»Du hast mal erwähnt, dass das Loft einem Freund gehört und du nur vorübergehend darin wohnst. Stimmt das?«

Ben verfluchte sich für all die Unwahrheiten, die er Svenja aufgetischt hatte in der Annahme, sein Reichtum würde sie abschrecken.

»Nein, das stimmt nicht. Das Loft gehört mir. Ich habe es letztes Jahr gekauft.«

»War sicher nicht ganz billig«, erwiderte sie mit messerscharfer Stimme.

»Svenja«, mahnte Hannah, aber Ben sagte: »Nein, sie hat recht.« Und zu Svenja gewandt: »Das Loft war nicht billig, das ist richtig. Und ich musste dafür nicht mal einen Kredit aufnehmen. Ich kann verstehen, dass du mich jetzt hasst. Aber du darfst es nicht tun, weil ich mehr Geld habe als andere. Ich habe es nicht geerbt …«, diese Anspielung auf Magnus musste erlaubt sein, »… ich habe es erwirtschaftet. Der einzige Grund, warum du mich hassen könntest, ist der, dass ich dir nicht von Anfang an alles erzählt habe. Aber es hat dich nie allzu sehr interessiert.«

Svenja schnappte nach Luft. »Ich …«

»Sag jetzt nichts, was du später bereuen könntest«, unterbrach Hannah sie ungewohnt scharf.

Sie waren in der Tiefgarage angekommen. Ben öffnete die Tür.

»Das ist nicht wahr, oder?«, sagte Hannah fassungslos.

»Doch, es ist wahr. Und das, obwohl ich extra eine Security engagiert habe. Die gehört nicht etwa zum Haus, die gehört zu mir«, sagte Ben.

»Du zahlst für deine eigene Sicherheit?« Andy klang bestürzt. »Wäre das nicht Aufgabe der Polizei?«

»Nicht auf einem Privatgrundstück«, erklärte Ben. »Ich könnte euch Dutzende solcher ›Ereignisse‹ aufzählen: Rote Rosen zum Valentinstag, tonnenweise Briefe, täglich zig Anrufe, etc. etc.« Er deutete auf seinen Wagen. »Das war heute Morgen. Irgendwie hat sie es geschafft, die beiden Sicherheitsleute abzulenken.«

»Die Frau ist gemeingefährlich«, sagte Hannah. »Die gehört hinter Gitter.«

»Die Polizei ist dran. Ich habe ausreichend Beweise, es ist nur eine Frage der Zeit.« Er wandte sich ihnen zu. »Mir ging es heute um etwas anderes. Mir wurde heute klar, dass ich die Bürde nicht alleine tragen kann, dass ich mit jemandem darüber reden können muss. Bisher habe ich alles in mich hineingefressen, aber damit ist jetzt Schluss.«

»Sehr gut, weise Einsicht«, ließ Hannah sich vernehmen.

»Well done«, sagte auch Andy.

Svenja sagte nichts.

Ben führte sie zum Lift zurück. »Fahrt schon mal nach oben, ich geb nur der Security Bescheid, dass sie die Ballons abschneiden können.« Er gab den Code ein und drückte den Knopf für die oberste Etage, ging dann selbst über die Treppe in den Eingangsbereich.

Nik sprang auf, als er ihn kommen sah.

»Guten Abend, Herr Häusgen.«

»Guten Abend, Nik. Ihr könnt die Ballons abmachen.«

»Geht klar. Sonst alles in Ordnung, Herr Häusgen?«

Ben mühte sich um ein Lächeln. Nein, nichts war in Ordnung. Aber es würde sich irgendwann irgendwie alles fügen. Davon war er überzeugt.

Kassandra »Kassie« Kleiber

München, 22. Juli

Kassie schreckte hoch. War da ein Geräusch gewesen? Sie lauschte. In der Wohnung war alles ruhig, nur von draußen drang das Gebrumm einer Kehrmaschine herein.

Kassie drehte sich zur Seite, starrte den Wecker an. Fünf Uhr dreiundfünfzig. Noch eine Stunde.

Erschöpft ließ sie sich in die Kissen zurückfallen. Sie spielte mit dem Gedanken, sofort aufzustehen, konnte sich aber nicht aufraffen, das gemütliche Bett zu verlassen. Sie fiel erneut in einen unruhigen Schlaf.

Als der Wecker um sechs Uhr vierundfünfzig klingelte, fühlte sie sich wie durch den Fleischwolf gedreht. Ihr Haar klebte am Kopf, ihr Herz raste, ihre Brust fühlte sich eng an und in ihrem Bauch saß ein fetter Knoten.

Kassie versuchte, ruhig zu atmen. Ihr Puls beruhigte sich nur langsam, aber sie bekam besser Luft.

Kein guter Start in den Tag.

Es dauerte ein paar Minuten, bis sie sich aufraffen konnte. Sie stellte sich ans offene Fenster, dehnte und reckte sich, versuchte, die verkrampften Glieder zu lockern.

Die Luft hatte kaum abgekühlt in der Nacht, es versprach erneut, ein schwülwarmer Tag zu werden. Was für ein seltsamer Sommer.

Sie hatte die ganze Nacht über schlecht geschlafen. Hatte sie auch schlecht geträumt? Kassie konnte sich an keinen Traum erinnern, weder gut noch schlecht. Woher kamen die Panik und dieses seltsame Gefühl in ihrem Magen?

Auf dem Weg zum Bad blieb sie bei Jannis' Zimmer stehen und horchte. Es war nichts zu hören außer ihrem Herzschlag. Vorsichtig öffnete sie die Tür und lugte hinein.

Ihr Sohn lag diagonal im Bett, im Arm sein Kuscheltier, das er aber niemals so bezeichnet hätte. Mit vierzehn brauchte man kein Kuscheltier mehr!

Die Decke lag halb auf dem Boden und gab den Blick auf seinen Oberkörper frei.

Er wird ein Mann, durchfuhr es Kassie. *Dabei ist er noch so jung!*

Beruhigt, dass Jannis nichts geschehen war, ging sie ins Bad.

Sie duschte, erst warm, danach kalt, biss dabei die Zähne zusammen. Sie fühlte sich wacher, aber die eigenartige Empfindung blieb. Beim Abtrocknen versuchte sie, sich zu beruhigen.

Es ist nichts passiert. Wozu die ganze Aufregung?

Sie holte noch einmal tief Luft, atmete ein paar Mal tief ein und aus. Es brachte nichts, grundlos Panik zu schieben. Schon gar nicht Jannis gegenüber.

Auf dem Weg in ihr Schlafzimmer klopfte sie an seine Tür.

»Jannis, aufstehen! Es ist Zeit.«

Sie klopfte noch mehrmals und lauschte. Als Antwort erhielt sie ein ungnädiges Knurren.

»Nun mach schon. Nur noch ein paar Tage, dann hast du Ferien.« Kassie bemühte sich um den lockeren Ton, den sie normalerweise draufhatte.

Sie zog sich an, ging in die Küche, machte die Milch warm für Jannis' Kakao und schüttete Müsli in zwei Schüsseln.

»Jannis!«, rief sie erneut.

»Ja, ja, ja, ich komm schon«, ertönte die verschlafene Stimme ihres Sohnes.

Kassie verzog das Gesicht. Jeden Morgen das gleiche Theater. Es war nur ein schwacher Trost, dass andere Mütter von Teenagern nicht besser dran waren.

»Manchmal möchte ich sie schlagen«, hatte ihre beste Freundin Elena ihr neulich gestanden und sich auf ihre Tochter Niki bezogen. »Mir war schon klar, dass die Pubertät nicht einfach werden würde, aber das hatte ich nicht erwartet.«

Kassie fand, dass Elena maßlos übertrieb. Niki war nur ein Jahr älter als Jannis, aber sehr viel vernünftiger – auch wenn ihre Mutter das anders sah. Wenn Niki zu Besuch war, war sie immer sehr freundlich und aufgeschlossen. Von einem verstockten Teenager keine Spur.

Kassie jedenfalls war dankbar, dass ihre Kinder keine Drogen nahmen, keiner seltsamen Gruppierung oder gar Sekte angehörten und sich nicht herumtrieben. Obwohl – Letzteres wusste sie nie so ganz genau. Aber ein gewisses Grundvertrauen gehörte einfach dazu. Kassie wäre es auch nicht recht gewesen, wenn ihre Eltern ihr ständig hinterhergeschnüffelt hätten. Daran versuchte sie sich immer wieder zu erinnern.

Jannis schlurfte mit feuchten Haaren in die Küche und nahm halbblind Platz. Dass er ein Morgenmuffel war, hatte er von seinem Vater geerbt, der vor Mittag selten ansprechbar gewesen war. Einer der vielen Gründe, warum er zum Ex geworden war.

Kassie schüttete Milch übers Müsli und mahnte ihren Sohn, den Kakao langsam zu trinken.

»Noch sechs Tage, dann sind Ferien«, wiederholte sie.

»Hm.« Jannis löffelte das Müsli mit geschlossenen Augen.

Kassie stellte sich vor, wie er einschlief und sein Kopf in die Schüssel fiel. Mit Mühe unterdrückte sie ein Kichern.

»Habt ihr heute was Besonderes vor?«, fragte sie.

»Keine Ahnung«, brummte ihr Sohn und trank schlürfend seinen Kaba. Plötzlich blickte er auf und wirkte seltsam wach. »Kann ich mich heute Nachmittag mit Orhan treffen?«

»Was wollt ihr machen?«

Er zuckte mit den Schultern. »Keine Ahnung. Einfach abhängen.«

Keine Ahnung! Das Motto der heutigen Jugend. Waren wir damals auch so ahnungslos?

»Prinzipiell ja. Wir reden nach der Schule noch mal drüber, okay? Ich möchte wissen, wo du hingehst.«

Jannis verdrehte die Augen, nickte aber.

»Gut. Du solltest dich langsam fertigmachen.«

Folgsam erhob er sich, trottete ins Bad, um Zähne zu putzen, und kehrte nach gut fünfzehn Minuten wieder zurück, den Schulrucksack lässig über einer Schulter, das Handy in der Linken. Der Blick war auf den Monitor gerichtet, mit dem Daumen checkte er die aktuellen Nachrichten seiner Freunde.

»Regnet es heute Nachmittag?«, fragte er, ohne aufzuschauen.

»Ich weiß es nicht«, erwiderte Kassie. »Hast du keine Wetter-App?«

»Hm«, kam die abwesende Antwort. »Wir gehen wohl ins Bad.«

»Gut. Trotzdem will ich, dass du mich nach der Schule anrufst. Noch besser, du kommst im Laden vorbei.« Als keine Reaktion kam, stupste sie ihn leicht. »Hörst du?«

»Jaaaa.«

Kassie war versucht, ihm zur Strafe die sorgsam gestylten Haare zu zerraufen, doch sie ließ es. Immerhin lebte sie ihm vor, wie wichtig ein gepflegtes Äußeres war.

Stattdessen gab sie ihm einen leichten Klaps auf den Po und sagte: »Nun schwirr schon ab. Bis später.«

Zu ihrer Überraschung beugte Jannis sich zu ihr und gab ihr ein Bussi. »Ciao, Mama.«

»Was ist denn jetzt los?«, murmelte sie, als die Tür hinter ihm zuschlug. Vorsichtig horchte sie in sich hinein. Das mulmige Gefühl war noch da, jedoch kaum noch wahrnehmbar. »Du siehst mal wieder Gespenster«, schalt sie sich und machte sich daran, die Küche aufzuräumen und die Waschmaschine zu füllen und zu programmieren. Sie würde fertig sein, wenn sie am Abend aus dem Laden nach oben kam.

Zehn Minuten vor zehn stieg sie die zwei Stockwerke hinunter, öffnete ihr Nagelstudio und bereitete sich auf die ersten Kundinnen vor.

Morgens kamen in der Regel die Hausfrauen aus der Nachbarschaft, mittags die Businessfrauen, am Nachmittag die Schülerinnen und am Abend die Stammkundinnen, die aus Neuhausen weggezogen waren und eine längere Anfahrt hatten.

Heute war Margot die Erste. Sie war Mitte sechzig und gab sehr viel auf ihr Äußeres. Bis Ende März hatte sie als Chefsekretärin in einem Konzern gearbeitet, bevor umstrukturiert »und wir Alten aufs Abstellgleis geschoben wurden«.

Kassie war sich sicher, dass sie eine satte Abfindung erhalten hatte. Zumindest schien Margot nicht an Geldmangel zu leiden.

Sie ging weiterhin einmal in der Woche zu Petér, zweimal pro Woche ins Bräunungsstudio, spielte Tennis und Golf und segelte am Starnberger See. Hätte sie das Bräunungsstudio weggelassen, hätte sie vermutlich jünger ausgesehen. So aber wirkte ihre Haut alt und ledrig, was sie mit viel Make-up zu kaschieren versuchte.

»Guten Morgen, Kassie«, zwitscherte sie, als sie hereinkam. »Wie geht es dir?«

»Gut. Und dir?«

»Danke, danke, kann nicht klagen«, erwiderte Margot, um gleich darauf genau dieses zu tun.

Kassie widmete sich den Fingernägeln und schaltete auf Durchzug. Sie wusste, dass Margot keine Bemerkung oder Antwort erwartete. Sie betrachtete die halbe Stunde bei ihr als eine Art Therapiestunde.

»... und dann sagte er doch glatt ...«

Nach Margot folgten zwei Kundinnen im Halbstundentakt, um zwölf eine, die sich Maniküre und Pediküre leistete.

Es war halb zwei, als Kassie endlich eine halbe Stunde Pause hatte. Sie beschloss, ins Café gegenüber zu gehen und sich eines der köstlichen Sandwiches zu gönnen.

Der Andrang, der zur Mittagszeit herrschte, hatte nachgelassen, und sie fand einen Tisch vor dem Café.

»Hallo Kassie, schön, dich mal wieder als Gast begrüßen zu dürfen.«

»Hallo Hannah. Na ja, du weißt ja: Wie du mir, so ich dir. Du bist auch nicht gerade Stammkundin bei mir.«

»Touché!«, rief Hannah und lachte. Sie streckte ihre Hände vor. »Dabei hätten sie es so nötig. Was kann ich dir bringen?«

»Was habt ihr heute denn im Angebot?«

Hannah zählte diverse Sandwich-Varianten auf, außerdem zwei Quiches und etwas mit Couscous und Gemüse. »Edi probiert immer wieder Gerichte aus, die sie von Halim gelernt hat.«

»Das mit dem Couscous klingt vielversprechend«, sagte Kassie. »Und ein großes Mineralwasser bitte.«

»Kommt sofort.«

Kassie lehnte sich zurück und schloss die Augen. Ihre Ohren dröhnten noch von der ununterbrochenen Quasselei, aber um nichts in der Welt hätte sie darauf verzichten mögen. Sie liebte es, Kosmetikerin zu sein. Als sie vor vier Jahren das Nagelstudio eröffnete, hatten ihr die meisten ihrer Freunde und Bekannten einen baldigen Untergang prophezeit. Nur Elena und Bruno hatten zu ihr gehalten.

Das rechnete sie ihrem Ex immer noch hoch an. Er mochte viele Fehler haben, aber in zwei Dingen war er stets zuverlässig an ihrer Seite gewesen: bei der Erziehung von Jannis und bei der Eröffnung ihres eigenen Nagelstudios.

»Träumst du?«, fragte Hannah, die das Wasser und Besteck brachte.

Kassie lächelte. »Ich denke gerade an Bruno.«

Hannah runzelte die Stirn. »Klingt eher nach Alptraum. Seid ihr nicht geschieden?«

»Ja, aber inzwischen verstehen wir uns wieder ganz gut. Vor allem wegen Jannis.«

»Wie geht's denn deinem Sohnemann? Hat er endlich eine Freundin?«

Kassie lachte. »Oh, hör mir damit auf! Das wird früh genug beginnen. Nein. Momentan ist er noch auf dem Alle-Mädchen-sind-doof-Trip. Und das ist mir auch nur recht. Es bedeutet nur noch mehr Probleme.«

»So schlimm?« Hannah klang mitfühlend.

»Nein, eigentlich nicht. Ich bin etwas unfair. Jannis ist ein lieber Junge, grundsätzlich.«

Hannah tätschelte ihr den Arm. »Auch du wirst die Pubertät überleben, glaube mir.«

»Ich hoffe es sehr«, stöhnte Kassie theatralisch, lachte aber auch. »Am meisten Sorge bereitet mir, dass er nur noch an seinem Handy hängt. Seit er die Gebühren selbst zahlen muss, ist es etwas besser geworden, trotzdem verbringt er meiner Meinung nach viel zu viel Zeit damit.«

»Was willst du machen? Das sind eben unsere ›modernen‹ Zeiten«, erwiderte Hannah. »Ah, hier kommt dein Essen. Danke, Gina.« Sie nahm dem Mädchen den Teller aus der Hand und stellte ihn vor Kassie.

»Hm, das riecht himmlisch.«

»Guten Appetit.«

»Danke.« Kassie nahm das Besteck und begann zu essen. Es war in der Tat köstlich. Edeltraut war eine Meisterin ihres Fachs.

Als sie fertiggegessen hatte, kam Gina, um den leeren Teller zu holen.

»Hat's dir geschmeckt?«

»Oh ja. Sag Edi, dass sie ein Genie ist.«

Gina lachte. »Mach ich. Willst du noch einen Kaffee?«

»Ein Latte Macchiato wäre nicht schlecht.«

»Kommt sofort.« Gina wandte sich ab, drehte sich aber gleich wieder um. »Hast du heute oder morgen noch einen Termin frei?«

Kassie holte sich ihren Terminkalender vor das geistige Auge. »Heute nicht mehr, aber morgen früh ist, glaube ich, noch was frei.«

»Toll! Ich würde gerne was mit meinen Fingernägeln machen. Nichts Aufwendiges.« Sie beugte sich vor und flüsterte: »Oliver kommt morgen Abend, da will ich gut aussehen.«

»Kann ich verstehen«, versicherte Kassie. »Komm später mal vorbei oder ruf an, dann kann ich dir sagen, wann ich Zeit habe. Okay?«

»Okay.« Gina strahlte und ging ins Café, um den bestellten Kaffee zu holen.

»Am liebsten würde ich den ganzen Nachmittag hier sitzen bleiben«, sagte Kassie, als Hannah zum Kassieren kam.

»Warum tust du's nicht einfach?«

»Weil ich Geld verdienen muss«, erwiderte Kassie. »Ein vierzehnjähriger Junge frisst dir die Haare vom Kopf.«

»Ich weiß, ich weiß.« Hannah hob lachend die Hände. »Ich hatte auch mal einen.« Sie legte ihr die Rechnung hin. »Das macht elf Euro achtzig.«

Kassie zog einen Zwanzigeuroschein heraus und sagte: »Mach dreizehn. Und gib Gina das Trinkgeld. Sie hat es nötiger als du.«

»Das mache ich sowieso«, sagte Hannah verschwörerisch. »Das Trinkgeld kommt in einen Topf und am Ende der Woche wird geteilt. Zwischen Edi und Gina, versteht sich.«

»Sehr löblich.« Kassie nickte zustimmend. »Sag mal ... Liegt heute was in der Luft? Ich habe schon den ganzen Tag so ein komisches Gefühl im Bauch. Als ob sich etwas zusammenbraut.«

Hannah schaute gen Himmel, an dem die typisch bayerischen Wolken hingen.

»Das Wetter kann einem schon zu schaffen machen. Seit Tagen ist es schwül und drückend.«

Kassie erhob sich. »Ich hoffe, du hast recht und es ist nur das Wetter. Ich werde einfach das Gefühl nicht los, dass irgendwas mit Jannis ist.«

»Es ist sicher nur das Wetter«, versuchte Hannah sie zu beruhigen. »Wirst sehen, es ist alles gut.«

Im Nagelstudio fand Kassie zu ihrem Ärger eine Nachricht von der Vierzehn-Uhr-Kundin auf dem Anrufbeantworter vor.

»Tut mir leid, dass ich so kurzfristig absage, aber mir ist etwas dazwischengekommen. Ich melde mich wegen eines neuen Termins.«

»Schnepfe«, grummelte Kassie. Es war nicht das erste Mal bei dieser Kundin. Aber vergraulen wollte sie sie auch nicht.

Kurz entschlossen rief sie drüben im Café an und fragte Gina, ob sie spontan Zeit habe. Diese musste es erst mit Hannah klären, durfte aber kommen.

»Klasse!«, rief sie, als sie hereinstürmte. »Das passt perfekt.«

»Was möchtest du haben?«, fragte Kassie und schaltete das Radio an.

»Offen gestanden, ich weiß es nicht. Nichts Aufwendiges, also nichts Teures, ich hab nicht so viel Geld. Und ich muss damit alles machen können, vor allem bedienen.« Sie grinste. »Ich finde das mit dem Weiß vorne recht hübsch.«

Kassie holte ein kleines Poster hervor, auf dem alle möglichen Varianten abgebildet waren. Sie deutete auf ein Foto und sagte: »Du meinst French? Die sind nicht ganz billig.«

»Hm.« Gina schaute sich die Fotos an und konnte sich nicht entscheiden.

»In Norwegen wird heute an vielen Orten der Opfer der Terroranschläge in Oslo und auf der Insel Utøya vor fünf Jahren gedacht. In der norwegischen Hauptstadt lesen Jugendliche die Namen der 77 Menschen vor, die der Massenmörder Anders Behring Breivik mit einer Bombe im Osloer Regierungsviertel und durch Schüsse in einem Sommerlager für Jugendliche getötet hat. Wir ...«

»Oh je. Ich kann das nicht hören.« Kassie sprang auf und schaltete das Radio aus.

»Allerdings, schlimm, was da passiert ist. Ich weiß noch, wie geschockt ich war, weil viele Opfer gerade mal so alt waren wie ich damals. Grauenhaft.« Gina schüttelte sich.

Kassie spürte wieder deutlich den Klumpen im Magen.

Nicht dran denken!, mahnte sie sich.

»Lass mal sehen«, sagte sie und nahm Ginas Hände. »Du hast schöne Nägel. Es wäre schade, wenn wir die mit Gel zukleistern würden. Wir feilen sie nur, machen ein bisschen Nagelhaut weg und lackieren sie. Was meinst du?«

»Wenn du das sagst«, antwortete Gina. »Du bist die Fachfrau.«

Während Kassie sich mit Ginas Rechter beschäftigte, fragte sie: »Und, wie läuft es mit Oliver?«

Gina wackelte mit dem Kopf. »Geht so. Immerhin sehen wir uns jetzt einmal im Monat. Aber es ist immer noch sehr mühsam.«

»Männer sind manchmal mühsam«, sagte Kassie mitfühlend. »Er kommt morgen?« Gina nickte. »Wie lange bleibt er?«

»Er kann immer nur ein paar Tage bleiben, aber es ist besser als nichts«, erwiderte Gina. »Ich bin froh um jede Stunde, die wir gemeinsam haben.«

»Irgendwann wird es besser werden.«

»Ich hoffe es sehr, denn den Zustand jetzt halte ich nicht lange aus. Es geht an die Substanz und ans Geld auch.«

Sie wurden von Jannis unterbrochen, der in den Laden kam. Er hatte sich umgezogen, auf dem Kopf trug er eine Baseball-Kappe, deren Schirm nach hinten gedreht war. »Ich geh zu Orhan.«

»Ich dachte, ihr geht ins Bad?«

»Nee, keine Lust.« Jannis scharrte mit dem Fuß auf dem Boden.

»Was macht ihr bei Orhan?«

»Keine Ahnung. Was spielen.«

Es war Kassie nicht recht, dass die Jungs bei diesem Sommerwetter in Orhans Zimmer vor einer Spielekonsole saßen, aber sie wusste, Argumente halfen nicht. Es würde nur Streit geben und darauf hatte sie keine Lust.

»Na, meinetwegen. Du bist aber um spätestens halb sieben zu Hause. Verstanden?«

»Wieso so früh?«

»Weil ich um sechs die letzte Kundin habe und den Abend mit dir verbringen möchte.«

»Oh Mann«, nuschelte Jannis, wagte aber nicht zu widersprechen.

»Und wenn ihr das Haus verlasst, rufst du mich an, ja? Ich will wissen, wo du bist.«

Jannis verdrehte die Augen. »Mann! Du bist schlimmer als …«

»Na, Vorsicht, was du sagst«, warnte Kassie ihn. »Du rufst an, wenn ihr das Haus verlasst, und du bist um spätestens halb sieben zu Hause. Verstanden?«

Es kam ein sehr gequältes Jaaaaaaaaa als Antwort, Sekunden später knallte die Ladentür zu.

»Das arme Kind«, spottete Gina.

Kassie seufzte. »Er hat es wirklich nicht leicht.«

»Du aber auch nicht, als alleinerziehende Mutter.«

»Na ja, sein Vater hilft schon mit. Welche Farbe willst du?«

Gina entschied sich für ein sehr helles Rosa. »Das ist nicht so auffällig.«

Nach Gina kam eine Kundin zur Pediküre. Sie war von der zurückhaltenden Sorte, was Kassie im Moment sehr recht war. Das Telefon klingelte ein paar Mal während der Behandlung. Als sie anschließend den Anrufbeantworter abhörte, war Brunos Stimme zu hören.

»Hallo Kassie! Geht's euch gut? Ich wollte fragen, ob ich morgen mit Jannis aufs Tollwood gehen kann. Es ist das letzte Wochenende, und das Wetter soll schön werden. Und ich hatte es ihm versprochen. Ruf mich an.«

Kassie rief Jannis an, doch er meldete sich nicht. Sofort überkam sie das panische Gefühl vom Morgen. War ihm etwas passiert? Sie schrieb über Whatsapp: *Wo bist du?*

Als nach drei Minuten noch keine Antwort da war, schrieb sie: *JANNIS? WO BIST DU?*

Diesmal kam die Antwort sofort: *Mama, du nervst! Ich bin bei Orhan.*

Sie schrieb ein »Gut!« zurück und wandte sich der nächsten Kundin zu.

Gegen vier schickte Jannis ihr eine Nachricht mit dem Inhalt: *Wir fahren zum Oly-Mac. Niki ist auch dabei. Bin um 6 daheim.*

Dass Elenas Tochter dabei war, überraschte Kassie, beruhigte sie aber auch. Sie schrieb zurück: *Okay. Dein Vater will morgen mit dir aufs Tollwood. Willst du?*

Oh ja, cool!

Damit war das auch geklärt. Sie rief Bruno an und vereinbarte mit ihm die Uhrzeit, zu der er Jannis abholen würde.

»Ein freier Nachmittag«, sagte sie zu sich selbst. »Ich fasse es nicht.«

Sofort fielen ihr tausend Sachen ein, die sie in den paar Stunden machen könnte, aber sie bremste sich und dachte: *Die nehme ich wirklich frei.*

Tina war die letzte Kundin und verspätete sich um zehn Minuten. Keuchend kam sie in den Laden gestürmt. »Tut mir leid, der Verkehr. Heute ist irgendwie der Wurm drin.«

Das erinnerte Kassie wieder an ihr schlechtes Gefühl, das sie im Laufe des Tages immer wieder beschlichen hatte. Bisher war nichts geschehen.

Und es wird auch nichts geschehen. Punkt!

»Ja, es scheint etwas in der Luft zu liegen«, erwiderte sie lächelnd. »Ist vermutlich nur das komische Wetter.«

Tina kam schon seit Jahren zu ihr und war ihr treu geblieben, als sie sich in der Blumengasse selbständig machte, obwohl sie einen sehr langen Anfahrtsweg in Kauf nehmen musste. Sie hatten viele gemeinsame Bekannte und tauschten Neuigkeiten aus.

»Paola hat sich jetzt endgültig von Robin getrennt.«

»Nein! Das wurde aber auch Zeit! So konnte das nicht mehr weitergehen.«

»Na, warten wir mal ab, wie lange sie es diesmal ohne ihn aushält. Ich fürchte, sie kommt nie ganz von ihm los.«

»Was ist mit Jenny? Das Letzte, was ich von ihr gehört habe, war, dass sie nach Ägypten auswandert?«

»Ägypten? Ist nicht dein Ernst! Was will sie denn da?«

»Sie hat ein Faible für arabische Männer.«

»Da gibt's jetzt genug in München. Da muss sie nicht auswandern.«

Sie schauten sich an und kicherten.

»Wir sind alte Lästermäuler«, sagte Tina.

»Das muss auch mal sein«, gab Kassie zurück.

Ihr Handy leuchtete auf. Sie schaute auf das Display. Elena. Die musste warten. Sie würde bald fertig sein. Die Uhr zeigte vier nach sechs.

Aber Elena wollte nicht warten. Beinahe im Sekundentakt rief sie an.

»Ich muss da mal rangehen«, sagte Kassie und nahm das Handy.

»Was ist denn ...?«

Sie kam nicht zu Wort. Eine vollkommen hysterische Elena schrie sie an: »Wo sind die Kinder? Hast du nicht gehört? Ein Anschlag. Am OEZ!«

»Was?« Kassie fühlte, wie ihr Herz aussetzte. Die Worte *Anschlag, OEZ, Kinder* hallten in ihren Ohren wider.

Jannis! Irgendwo klirrte etwas.

»Kassie, alles okay? Du bist so blass. Kassie? Was ist los?«

»Was?« Kassie kam zu sich und schaute in Tinas besorgtes Gesicht. Sie hielt ihre Hand. »Was ist los?«

»Das frage ich dich. Du hast einen Anruf bekommen und bist leichenblass geworden. Ich habe richtig Angst bekommen. Hier, dein Handy, du hast es fallen lassen. Das Display hat nur eine kleine Macke rechts oben, in der Ecke. Glück gehabt.«

Kassie schluckte. Sie deutete hinter sich. »Mach bitte das Radio an.«

Tina stand auf, ging zum Radio und schaltete es ein.

»... unklar, was genau geschehen ist. Es gab wohl eine Schießerei vor oder im Olympia-Einkaufszentrum. Wir haben derzeit keine weiteren Informationen. Sobald wir mehr erfahren, melden wir uns wieder.«

Tina hielt die Hände vor dem Mund zusammengeschlagen. »Oh Gott, nicht auch noch in München!«, sagte sie.

Kassie gelang es nur mit Mühe, die aufsteigende Panik in den Griff zu bekommen. Als sie das Handy hatte fallen lassen, war der Akku herausgesprungen. Ihre Hände zitterten so sehr, dass sie es nicht schaffte, ihn einzulegen.

»Komm her, ich mach das«, sagte Tina sanft und nahm ihr das Telefon aus der Hand. Sie legte die Batterie ein, drückte den Deckel drauf und schaltete das Handy ein. Der Startsound ertönte.

»Du musst deine PIN eingeben.« Tina hielt ihr das Telefon hin.

»Ich kann nicht. Mach du.« Sie nannte ihr die vierstellige Zahl.

Als der Startbildschirm erschien, wollte Tina ihr erneut das Handy reichen. Doch Kassie sah sich nicht in der Lage, selbst zu telefonieren.

»Kannst du bitte Jannis anrufen? Kurzwahl 1.«

Tina wählte, lauschte, schüttelte den Kopf. »Er nimmt nicht ab.«

Kassie bekam keine Luft mehr.

»Das muss nichts heißen«, sagte Tina und legte einen Arm um Kassie. »Du musst atmen. Einatmen, ausatmen, einatmen, ausatmen. Kassie, es hilft niemanden, wenn du jetzt durchdrehst! Einatmen, ausatmen, einatmen, ausatmen, ein…«

Kassie versuchte, sich auf Tinas Stimme zu konzentrieren und den Anweisungen zu folgen. Gehorsam atmete sie ein und aus, und allmählich wich das Kribbeln in Armen und Beinen.

Ihr Handy klingelte. Elektrisiert fuhr sie hoch.

»Jannis?«

Tina hatte abgenommen.

»Nein. Elena. – Hallo? – Nein, ich bin Tina, eine Kundin von Kassie. Ihr geht es nicht gut. – Ja, Moment. – Sie will dich sprechen.«

Kassie nahm das Handy. »Elena? – Ja, ich hab's gehört. Sie haben es im Radio gesagt. – Nein, mach dir keine Sorgen. Sie sind sicher nicht mehr dort gewesen. – Nein, bisher nicht. Er geht nicht ran. – Ja, ich melde mich sofort.«

Sie drückte auf den roten Knopf und legte das Telefon auf den Tisch.

»Wo ist Jannis?«, wollte Tina wissen.

»Er hat geschrieben, dass sie zum Oly-Mac wollten.« Ihre Stimme war tonlos. »Der ist direkt neben dem Olympia-Einkaufszentrum.«

»Das muss nichts heißen«, erwiderte Tina, aber sie klang alles andere als beruhigend.

Die Musik im Radio wurde unterbrochen.

»Wir wissen leider immer noch nichts Konkretes. Die Polizei hat getwittert, dass es im Moment einen großen Polizeieinsatz am OEZ gibt. Man soll den Bereich meiden und in den Wohnungen bleiben. – Einen Moment bitte, mein Kollege bringt gerade eine neue Meldung. Nach diversen Medienberichten gab es zahlreiche Anrufe bei der Polizei. Demnach gab es mindestens einen Schusswechsel am oder im Olympia-Einkaufszentrum, außerdem sind mehrere Attentäter mit Gewehren in der Stadt unterwegs. Es gibt noch keine Angaben über Verletzte oder gar Tote. Leute, wir rufen euch hiermit dringend auf, zu Hause zu bleiben.«

»Oder erst mal nach Hause zu kommen«, flüsterte Kassie.

Tina hatte immer wieder versucht, Jannis zu erreichen, ohne Erfolg. Dann leuchtete plötzlich ihr Gesicht. »Besetzt!«, rief sie.

Obwohl Kassie klar war, dass das auch heißen konnte, dass die Leitungen überlastet waren, keimte ein Hoffnungsschimmer in ihr auf.

»Probier es weiter«, sagte sie. Ihr Blick fiel auf Tinas Hände. Die Rechte war fertig, an der Linken fehlte die letzte Schicht Gel.

»Ich fürchte, das schaffe ich heute nicht mehr«, sagte sie und zeigte auf Tinas linke Hand.

»Das ist ja nun das geringste Problem. Ich komme einfach morgen früh schnell vorbei. Hab heute nichts mehr vor.«

»Wärst du so lieb und würdest mit mir raufgehen? Ich muss wissen, was los ist.«

»Selbstverständlich. Ich lass dich doch jetzt nicht allein.«

Kassie schaltete das Radio aus, löschte das Licht und schloss den Laden ab. In den paar Sekunden, in denen sie auf der Straße standen, hörten sie rasende Autos und Martinshörner.

Gemeinsam stiegen sie in den zweiten Stock.

Während Kassie den Fernseher einschaltete und ihren Laptop hochfuhr, ging Tina in die Küche.

»Hast du was zu essen da? Ich koche uns was?«, rief sie.

»Ich bringe keinen Bissen runter!«, rief Kassie zurück.

Tina kam mit einer angebrochenen Flasche Weißwein zurück. Kassie deutete auf die Vitrine, wo die Gläser standen.

»Trink, das wird dich beruhigen.«

Folgsam trank Kassie ein halbes Glas. Danach wandte sie sich sofort wieder dem Laptop zu.

Tina zappte durch die Fernsehkanäle. Alle hatten ihr Programm unterbrochen und berichteten aus München, obwohl keiner etwas wusste. Die Reporter ergingen sich in Spekulationen, ob es ein Terroranschlag mit islamistischem Hintergrund war oder womöglich ein Amoklauf. Dagegen sprach, dass es mehrere Attentäter geben sollte.

»Gott, ich hasse dieses Facebook«, stöhnte Kassie.

»Was suchst du denn auch dort? Da steht nur Müll.«

»Ich suche Jannis. Es gibt da diese neue Funktion, wo man anklicken kann, dass man sicher ist. Er hat Facebook auf dem Handy.«

»Die Polizei fordert auf, öffentliche Plätze zu meiden. Die Lage ist wohl noch sehr unübersichtlich«, sagte eine Reporterin im Fernsehen.

»Kann man wohl sagen«, knurrte Kassie, als ein Hubschrauber über ihnen zu kreisen begann.

Tina trat ans Fenster und schaute vorsichtig hinaus. »Wenig zu sehen«, meldete sie. »Er fliegt große Kreise über uns. Ich kann nicht mal sagen, ob es ein Polizeihubschrauber ist.« Sie nahm neben Kassie Platz. »Lass mich mal.«

Kassie schob ihr den Laptop hin und lehnte sich zurück. Sie wagte nicht, daran zu denken, dass Jannis womöglich etwas geschehen war. Das würde sie nicht überleben.

»Hier, schau mal«, sagte Tina. »Hier ist der Button, den du gesucht hast.«

»Ist Jannis sicher?«

»Nein, ich kann ihn nicht finden. Ich habe dich mal als sicher gemeldet, jetzt kannst du andere einladen, das auch zu tun. Vielleicht reagiert er ja.«

»Danke.« Kassie richtete sich auf. »Sonst ist er dauernd am Daddeln. Wieso, verdammt noch mal, heute nicht?«

»Die Polizei bestätigte uns gegenüber soeben, dass es mehrere Verletzte, möglicherweise sogar Tote gibt«, meldete der Radiosender.

Kassie stöhnte.

»Sollten wir nicht ausschalten? Du machst dich nur verrückt.«

»Nein, lass. Ich will wissen, was los ist.«

Ihr Handy klingelte. Kassie fühlte sich nicht in der Lage, mit jemandem zu sprechen. Sie schob es Tina hin, die den Anruf entgegennahm.

»Hallo? – Nein, nein, das ist schon richtig«, sagte sie und sagte leise zu Kassie: »Bruno.«

Kassie nickte und hielt die Hand hin.

»Bruno?«, war alles, was sie hervorbrachte.

Er hörte es an ihrer Stimme. »Was ist los?«

»Jannis, er … er …« Kassie brach in Tränen aus und gab Tina das Handy zurück.

»Hallo? Hier ist Tina, ich bin eine Kundin von Kassie. Ich bin mit ihr in der Wohnung. – Nein, wir wissen es nicht, er hat sich noch nicht gemeldet. – Er hat Kassie am Nachmittag geschrieben, dass er mit Freunden zum McDonald's am OEZ geht. Das muss aber nichts heißen. – Ja, das wäre gut. – Alles klar, bis gleich.«

Sie beendete das Gespräch und legte das Handy auf den Tisch.

»Er kommt.«

»Gut«, sagte Kassie.

Tina ging in die Küche und kam ein paar Minuten später mit einem Teller zurück, auf dem belegte Brote lagen. »Du musst etwas essen. Es hilft niemandem, wenn du zusammenklappst«, wiederholte sie.

Kassie schüttelte den Kopf. Ihre Kehle war wie zugeschnürt, da passte kaum Luft durch, geschweige denn etwas zu essen. Ihr Magen war ein einziger fester Klumpen. Hatte sie nicht schon den ganzen Tag so eine Vorahnung gehabt?

Still saßen sie da und lauschten den Spekulationen der verschiedenen Reporter. Man wusste, dass man nichts wusste. Alle redeten über einen möglichen terroristischen Anschlag, aber auch das Wort »Amoklauf« hielt sich hartnäckig.

Gegen zwanzig vor sieben berichtete ein Fernsehsender, dass laut Augenzeugenberichten im Einkaufszentrum ein Täter wild um sich geschossen habe, Leute seien in heller Panik geflohen. Immer noch unklar sei, wie viele Täter es eigentlich gebe. Eine Sprecherin der Polizei habe mitgeteilt, dass es »wohl etwas Größeres« sei.

»Etwas Größeres? Was soll das heißen?«, fragte Kassie.

Tina zuckte mit den Schultern. »Lass dich nicht verrückt machen. Sie wissen absolut nichts.«

Es klingelte. Kassie zuckte zusammen.

»Ich mach auf. Das wird Bruno sein«, sagte Tina und ging zur Tür.

Kassie erschrak, als ihr Exmann zur Tür hereinkam. Er sah alt aus. Dabei war er gerade mal Mitte dreißig.

»Bruno«, war alles, was sie sagen konnte, dann brach sie in Tränen aus.

Er setzte sich neben sie und nahm sie in den Arm.

»Sch, sch«, machte er. »Es wird alles gut, du wirst es sehen. Jannis ist ein kluger Junge. Er ist unser Junge.«

Das hilft ihm nichts, wenn er hinterrücks erschossen wird, fuhr es Kassie durch den Kopf. Aber sie sagte nichts, sondern genoss Brunos Nähe und Wärme.

»Ich lass euch mal allein«, sagte Tina. »Melde dich, wenn Jannis zu Hause ist. Egal, wie spät es ist.«

»Du kannst gerne hierbleiben. Die Lage ist viel zu undurchsichtig«, sagte Kassie.

»Danke für das Angebot«, sagte Tina. »Aber ich will nach Hause. Ich meide die Hauptstraßen. Ich ruf kurz durch, wenn ich da bin.« Sie schaute auf ihre linke Hand. »Da reden wir morgen drüber, okay?«

Kassie brachte sie zur Tür. »Komm gut nach Hause.«

»Aber ja.«

Sie umarmten sich.

Kassie lauschte auf Tinas Schritte im Treppenhaus, schloss die Tür und ging ins Bad, wo sie sich kaltes Wasser über das Gesicht laufen ließ. Lange betrachtete sie sich im Spiegel. Sie musste gar nicht über Bruno lästern, sie sah selbst sehr viel älter aus, als sie war.

Sie war froh und dankbar, dass ihr Exmann da war. Sie hatten ihre Differenzen gehabt und vor der Scheidung hatte es auch hässliche Streitereien gegeben, aber wenn es um Jannis ging, war immer Verlass auf Bruno gewesen. Vater und Sohn hatten ein gutes Verhältnis zueinander, und sie wollte, dass das so blieb. Dass sie die Chance dazu bekamen.

Sie horchte in sich hinein, konnte nur Chaos und eine endlose Hilflosigkeit spüren.

Als sie das Wohnzimmer betrat, klingelte erneut das Handy. Bruno nahm es und schaute auf das Display.

»Elena«, sagte er und nahm das Gespräch an.

»Hallo Elena, hier ist Bruno. – Beruhige dich erst mal. – Elena … Elena …«

Die hysterische Stimme am anderen Ende der Leitung war überdeutlich zu hören.

Er verdrehte die Augen, lauschte eine Zeitlang, schrie schließlich: »Elena, verdammt noch mal, halt die Klappe und beruhige dich.«

Es wirkte.

»Elena, es hat keinen Sinn, hysterisch zu werden. Wir wissen nichts, absolut nichts. Und es hilft niemandem, am wenigsten Niki, wenn du durchdrehst. – Dann komm rüber. Gemeinsam lässt sich das besser aushalten. – Gut, wie du willst. Ruf an, wenn was ist, okay? – Melde dich, wenn du etwas erfährst.« Er beendete das Telefonat, legte das Handy auf den Tisch und schnaubte.

»Mir geht's genauso«, warf Kassie ein.

Bruno wandte sich ihr zu: »Tut mir leid. Ich weiß, was in euch vorgeht. Aber es bringt wirklich nichts, sich verrückt zu machen.«

»Leichter gesagt als getan«, erwiderte Kassie ruhig.

»Ich weiß.« Er strich ihr über den Arm. »Gemeinsam stehen wir das durch, nicht wahr?«

Kassie nickte.

Bruno stand auf und ging in die Küche. Sie schaute ihm nach. Seine ruhige, besonnene Art hatte sie von Anfang an beeindruckt. Es gab fast nichts, was ihn aus der Ruhe bringen konnte.

Nicht einmal, dass sein Sohn in Gefahr schwebt, womöglich angeschossen oder gar tot ist?

Denk nicht so einen Blödsinn, mahnte Kassie sich selbst. Aber es war schwer, ruhig zu bleiben angesichts der sich überstürzenden Meldungen aus den Medien.

Inzwischen gab es angeblich Schießereien am Stachus und am Marienplatz. Die Fußgängerzone war geräumt worden, Polizisten patrouillierten. Es gab eigentlich kaum noch einen Zweifel, dass es sich um einen terroristischen Anschlag handelte.

»Reine Spekulation«, knurrte Bruno, der sich ein Bier aus dem Kühlschrank geholt hatte. Sein Gesicht sprach Bände: Es war blass und voller Sorgenfalten.

Es ging Schlag auf Schlag: Der Hauptbahnhof wurde geräumt und gesperrt, das gesamte Nahverkehrssystem gestoppt. Die Polizei bat darum, in den sozialen Medien keine Panik zu verbreiten und keine Videos von den Tätern hochzuladen. Die Lage sei zwar noch unklar, aber man werde alles tun, um eine Katastrophe zu vermeiden.

»Hoffen wir mal, dass sie die Lage in den Griff kriegen. Und zwar schnell.« Brunos Kommentar. Er hatte alle Brote aufgegessen und dazu die Flasche Bier getrunken. Inzwischen lief er im Wohnzimmer auf und ab, was Kassie wahnsinnig machte.

»Kannst du dich bitte wieder hinsetzen?«

Er setzte sich in den Sessel, um sofort wieder hochzuspringen. »Tut mir leid, ich kann nicht sitzen.«

Kassie unterließ es, ihn auf seine eigenen Worte hinzuweisen.

Um zwanzig nach acht meldete das Innenministerium drei Tote, um zwanzig vor neun wurde von der Polizei der Sonderfall *Amoklage* ausgerufen.

»Was jetzt? Terroranschlag oder Amoklauf?«

Es war wieder von drei Tätern mit Langwaffen die Rede und davon, dass die GSG9 auf dem Weg nach München sei. Das spreche sehr dafür, dass es sich um einen terroristischen Akt handle.

Bruno hatte mit dem Herumtigern aufgehört und auf dem Sofa Platz genommen. Er zog den Laptop zu sich.

»Wahnsinn«, sagte er nach einer Weile und drehte den Computer so, dass Kassie den Bildschirm einsehen konnte. »Es gibt tatsächlich Menschen, die andere zu sich einladen, die ihnen Unterkunft anbieten.«

Kassie sah viele Einträge unter #offenetüren.

»Wieso machen die das?«, fragte sie.

»Es sind jede Menge Leute gestrandet, es fahren keine U-Bahnen oder Busse mehr. Die müssen irgendwo unterkommen über Nacht. Nicht jeder kann sich ein Hotel leisten. Finde ich toll, dass es solche Menschen gibt.«

»Geht man nicht das Risiko ein, dass man sich einen Terroristen ins Haus holt?«

Bruno warf ihr einen unergründlichen Blick zu. Dann nickte er. »Klar, es gibt ein Risiko. Aber man muss den Menschen auch vertrauen.«

Musste man? Kassie war sich da nicht so sicher.

»Ich würde das nicht machen. Auch wenn es ein netter Zug ist.«

»Musst du auch nicht. Das muss jeder selbst entscheiden.«

Kassie nickte. Es gab so viele Verrückte auf der Welt. Wie konnte man wissen, was in den Köpfen anderer Menschen vor sich ging? Sie wusste es nicht einmal von ihrem eigenen Sohn.

»Kann ich dich was fragen?«

»Hm«, brummte Bruno, durch die Surferei auf Facebook abgelenkt.

»Hast du in letzter Zeit mal mit Jannis geredet? Ich meine, richtig geredet?«

Er schaute hoch. »Was meinst du? Natürlich rede ich mit Jannis, wenn wir zusammen sind.«

»Nein, ich meine: Weißt du, was in ihm vorgeht? Ich habe das Gefühl, dass ich nicht mehr an ihn rankomme.«

Bruno zog eine Grimasse. »Ist das nicht normal bei Teenagern?«

Kassie zuckte mit den Schultern. »Vermutlich.« Sie schwieg eine Weile. »Nimm den heutigen Tag«, fuhr sie fort. »Heute Morgen sagte er, er würde mit Orhan ins Bad gehen. Heute Mittag hieß es, sie wollten lieber bei Orhan irgendwelche blöden Ballerspiele spielen. Später hat er geschrieben, sie gehen zum Oly-Mac.« Sie schaute Bruno ernst an. »Woher weiß ich, dass es stimmt?«

»Du weißt es nicht. Du musst darauf vertrauen, dass er dir die Wahrheit sagt.«

Bruno rutschte näher und legte den Arm um ihre Schultern. »Jannis ist ein guter Junge«, sagte er. »Er stellt nichts an, er ist einigermaßen gut in der Schule. Was willst du mehr? Dass er verschlossen ist, ist normal. Ich war ähnlich in seinem Alter. Sie kapseln sich von uns ab, das ist die Pubertät.« Er küsste sie auf die Wange. »Vertrau unserem Sohn. Und vertrau deiner Erziehung. Du bist eine großartige Mutter.«

Kassie konnte die Tränen nicht zurückhalten und sie wollte auch nicht.

Als in diesem Moment das Handy klingelte, zuckten sie beide zusammen. Kassie schaute auf das Display, in der Hoffnung, es sei Jannis. Es war eine unbekannte Nummer. Sie atmete tief durch und drückte auf den grünen Knopf.

»Ja?«

»Mama?«

Kassie sackte vor Erleichterung zusammen.

»Jannis. Wo bist du? Geht's dir gut? Ist Niki bei dir? Und Orhan?«

»Ja, Mama, uns geht es gut. Wir sind im OEZ. Wir sind in einem Klamottenladen, hinten im Büro. Yunus, ein Typ, der hier arbeitet, hat uns reingeholt. Hier sind circa zwanzig Leute. Der Laden ist zugesperrt.«

Kassie begann erneut zu weinen.

»Mama, warum weinst du? Es ist doch alles okay.«

NICHTS IST OKAY!

»Das ist nur die Erleichterung, Jannis. Kennst mich ja«, sagte Kassie und wischte sich die Tränen aus dem Gesicht. »Was ist mit deinem Handy? Warum rufst du nicht damit an?«

»Es ist mir vorhin runtergefallen und jetzt funktioniert der Touchscreen nicht mehr. Ich rufe vom Telefon des Ladens an.« Leise fragte Jannis: »Bist du böse, Mama?«

»Nein, du Dummchen, ich bin nicht böse. Ich bin froh, dass es dir gut geht. Weißt du schon, wie es weitergeht?«

»Nein. Da waren ein paar Polizisten, die haben gesagt, wir sollen uns ganz hinten verstecken und warten, bis sie uns holen. Weißt du, was los ist?«

Einen Moment lang war Kassie versucht, ihren Sohn anzulügen. Aber was half das? Er musste sich auf die Situation einstellen können.

»Es gab einen Anschlag. Wir wissen nichts Genaues. Ihr müsst unbedingt den Anweisungen der Polizei folgen, hörst du? Spielt nicht die Helden. Verstanden?«

»Ja, Mama. Wir sind doch nicht blöd.«

Aber jung und unerfahren.

Aber war sie vielleicht erfahrener in einer solchen Situation?

»Ich muss auflegen, die anderen wollen auch telefonieren. Hier ist so schlechter Empfang.«

»Okay. Melde dich, wenn es wieder geht. Pass auf dich auf, ja?«

»Klar, Mama.«

»Ich hab dich lieb.«

»Ich dich auch, Mama.« Die Leitung war still.

»Jannis?« Bruno schaute sie erwartungsvoll an.

Kassie nickte.

Sie umarmten und küssten sich.

»Sie sind offensichtlich in Sicherheit«, sagte Kassie und wiederholte die Worte ihres Sohnes. »Ich muss Elena Bescheid geben«, sagte sie. Im selben Moment rief die Freundin an. Kassie ging ran und schaltete auf Lautsprecher.

»Niki hat grade angerufen.«

»Gut! Ich wollte dich gerade informieren. Jannis hat sich vor ein paar Minuten gemeldet. Sie sind alle sicher.«

»Sicher?« Elenas Stimme überschlug sich fast. »Und was, wenn sie eine Bombe dort haben? Wenn die hochgeht? Das nennst du sicher?«

Daran hatte Kassie nicht gedacht. Aber musste man wirklich vom Schlimmsten ausgehen?

»Es ist noch gar nicht sicher, ob es ein Attentat war. Sie haben gesagt, es könnte auch ein Amokläufer sein.«

»Aber sie reden dauernd von mehreren Attentätern. Das klingt nicht nach Amok. Das klingt nach diesem gottverdammten IS.«

Bruno schaltete sich ein.

»Elena, beruhige dich. Unsere Kinder werden sicher nach Hause kommen. Wir müssen abwarten.«

»Ich kann nicht warten. Ich dreh hier durch. Ich muss was tun.«

»Elena, hör mir zu. Du musst ruhig bleiben für Niki. Wenn sie nach Hause kommt, ist sie vermutlich völlig durch den Wind. Ist Vasi nicht zu Hause?«

»Nein, er ist auf Geschäftsreise in Amerika. Sein Flug geht heute Abend, er kommt morgen früh zurück.«

»Hast du mit ihm gesprochen? Weiß er Bescheid?«

»Nein, er ist in einem Meeting. Ich habe ihm eine Nachricht hinterlassen.« Zu Kassies Erleichterung klang Elenas Stimme ruhiger.

»Willst du herkommen?«, fragte sie. »Nimm dir ein Taxi und komm. Es ist nicht gut, dass du allein bist.«

»Und wenn Niki nach Hause kommt? Ich muss hierbleiben.«

»Gut. Aber ruf an, wenn was ist. Egal wann und warum. Ruf an. Okay?«

»Ja. Danke. Danke euch beiden.«

»Gerne.«

Kassie legte auf. Sie fühlte sich wie durch den Fleischwolf gedreht. Was, wenn Elena recht hatte? Wenn es wirklich ein Attentat mit islamistischem Hintergrund war und sie im OEZ eine Bombe zündeten? Womöglich hatte die Schießerei sogar den Grund, möglichst viele Menschen in das Einkaufszentrum zu jagen, um sie dann gezielt …

»Lass dich nicht von ihr runterziehen.« Brunos ruhige Stimme drang an ihr Ohr. »Unseren Kindern geht es gut und sie werden das unbeschadet überleben. Glaub daran.«

Kassie drückte seine Hand. Sie wünschte, sie hätte seine Zuversicht.

»Die Polizei hat inzwischen bestätigt, dass die Zahl der Toten auf sechs angestiegen ist. Nach wie vor ist die Lage unklar, es konnte noch niemand dingfest gemacht werden. München steht still. Nichts geht mehr.«

»Ich hätte nie gedacht, dass wir so was mal in München erleben müssen«, sagte Kassie leise.

»Ich auch nicht. Aber es wäre schon vermessen zu glauben, wir leben hier in einer sicheren Blase.«

Das Handy klingelte erneut, wieder war es eine unbekannte Nummer.

»Ja?«

»Mama? Wir sind evakuiert worden.« Jannis klang aufgedreht. »Wir mussten mit erhobenen Händen raus, alle hintereinander.«

»Und wo bist du jetzt?«

»Wir wurden hinters OEZ gebracht. Es fährt keine U-Bahn.«

»Ich weiß. Momentan fährt gar nichts. Was hat die Polizei gesagt?«

»Wir sollen dableiben.«

»Wo genau seid ihr denn?«

»Keine Ahnung. In einer Art Lager oder so.«

»Bleib da, bis die Polizei sagt, dass ihr raus dürft. Ruf mich an, wir holen dich sofort ab. Dein Vater ist hier.«

»Okay, cool. Bis später. Tschüs, Mama.«

»Ich fass es nicht«, sagte sie, als sie aufgelegt hatte. »Für ihn ist das ein großes Abenteuer.«

Bruno tätschelte ihre Hand. »Das ist seine Art, damit umzugehen. Und es ist sicher besser, es als Spiel zu betrachten, als sich vorzustellen, was alles passieren könnte.«

»Du hast recht«, gab Kassie zu. »Natürlich ist es besser. Die armen Kinder. Wir müssen unbedingt mit ihm darüber reden.«

»Wir werden mit ihm darüber reden. Was hältst du davon, wenn wir am Wochenende miteinander wegfahren? Wir könnten in die Pension am Chiemsee fahren, da, wo wir früher waren? Es täte uns allen gut.«

Kassie war hin- und hergerissen. Ein Ausflug mit Bruno? Wollte er womöglich wieder etwas mit ihr anfangen?

»Lass Jannis bitte erst mal nach Hause kommen, dann können wir noch mal drüber reden«, sagte sie.

»Entschuldige, ich war voreilig.« Er wandte sich dem Laptop zu und beschäftigte sich intensiv damit.

Kassie hatte nicht das Gefühl, dass er etwas las, er schien wild herumzuscrollen. Sie hatte ihn nicht zurückstoßen oder verletzen wollen, es war nur ein in ihren Augen unpassender Zeitpunkt. Sie machte ein paar Mal den Mund auf, sagte aber nichts.

Sie schaltete den Fernseher ab und das Radio aus. Sie wollte jetzt nichts mehr hören oder sehen. Eine seltsame Stille legte sich über die Wohnung.

Bruno klappte den Laptop zu. Er griff nach ihrer Hand, die sie dankbar drückte. So saßen sie da und warteten.

Kurz vor elf klingelte es Sturm. Sie sprangen beide hoch, warfen dabei ein Glas um, das auf den Boden rollte und zerbrach.

Scherben bringen Glück, schoss es Kassie durch den Kopf.

Die Schritte auf der Treppe klangen wunderbar vertraut. So konnte nur Jannis heraufstürmen.

Mit einem geschluchzten »Mama« fiel er ihr in die Arme. Bruno umfasste sie beide. Minutenlang standen sie so da und hielten einander fest.

Svenja Wahls

Die liebe Familie

Als der Anruf kam, saß Svenja mit einer Klientin zusammen und besprach deren Ehevertrag. Sie hatte ihr Handy wie üblich auf lautlos gestellt, doch als es zum dritten Mal innerhalb kürzester Zeit vibrierte, bat sie die Klientin um eine kurze Unterbrechung und verließ den Besprechungsraum.

Zwei Sprachnachrichten von ihrer Mutter, eine von Hendrik. Das verhieß nichts Gutes.

Svenja zögerte, dann hörte sie doch ihre Mailbox ab. Zuerst die Nachricht ihrer Mutter: »Svenja, Liebes, dein Großvater ist heute Nacht gestorben. Er ist friedlich eingeschlafen, er hat nicht gelitten.«

Svenja entfuhr ein Schluchzer.

»Alles in Ordnung?«, fragte eine Kollegin, die gerade vorbeikam.

»Ja, ja, alles okay.« Svenja dankte für die Nachfrage und ging in die Teeküche, in der Hoffnung, dort für einen Moment allein zu sein.

Im April haben sie ihn noch gefeiert, dachte sie und schenkte sich ein Glas kaltes Wasser ein. Statt zu trinken, hielt sie es an ihre Schläfe.

Svenja erinnerte sich an die Nachrichten auf ihrer Mailbox und hörte die ihres Bruders ab.

»Entschuldige, wenn ich störe, aber Opa ist heute Nacht gestorben. Ich denke, die Beerdigung ist in vier oder fünf Tagen. Wollte ich dir nur sagen, damit du planen kannst. Ruf mich an.«

Nüchtern und unpersönlich wie immer. Typisch Hendrik.

Ihre Mutter hatte ein zweites Mal angerufen: »Liebes, kannst du bitte Hannah informieren? Ich weiß nicht, ob hier jemand daran denkt.«

Svenja löschte alle Nachrichten. Würde diese Familie es jemals lernen, normal miteinander umzugehen?

Zugegeben, Hannah war die Schwägerin ihrer Mutter, aber war es deshalb unmöglich, ihr den Tod ihres Vaters mitzuteilen?

Svenja wählte die Nummer ihrer Tante. Als diese sich meldete, klang sie verschlafen.

»Hannah? Svenja hier. Tut mir leid, wenn ich dich geweckt habe.«

Hannah schien zu spüren, dass es etwas Wichtiges sein musste, denn sie war innerhalb kürzester Zeit hellwach.

»Wer ist es?«, fragte sie.

»Opa«, erwiderte Svenja und fügte überflüssigerweise hinzu: »Also dein Vater.«

»Oh«, machte Hannah. »Ich hatte so eine Ahnung, habe letzte Nacht von ihm geträumt. Das tue ich sonst nie.« Sie schwieg, fragte dann: »Weißt du schon was wegen der Beerdigung?«

»Nein, Hendrik meinte, in vier oder fünf Tagen.«

»Gibst du mir Bescheid, wenn du den Termin weißt? Auf die Familie möchte ich mich nicht verlassen.«

»Mach ich«, sagte Svenja.

»Alles gut bei dir?«

Svenja horchte in sich hinein. Ja, es war alles in Ordnung. Zumindest für den Moment. Sie würde funktionieren, immerhin war sie genau darauf getrimmt worden.

»Komm heute Abend bei mir vorbei«, sagte Hannah und es klang nicht wie eine Bitte.

»Gerne«, erwiderte Svenja. »Aber jetzt muss ich zu meiner Klientin zurück.«

»Bis heute Abend, Liebes.«

Seltsam. Hannah verwendete denselben Kosenamen wie ihre Mutter, aber nur bei ihrer Tante klang es überzeugend.

Svenja machte auf dem Weg zum Meetingraum einen Umweg über die Rezeption und bat eine der Assistentinnen, alle Termine für die nächste Woche zu stornieren.

»Ein Todesfall in der Familie, ich muss noch heute nach Hamburg.«

»Oh, mein aufrichtiges Beileid.«

»Danke.«

»Wenn ich etwas für Sie tun kann …?«

Warum waren alle Menschen empathischer als ihre nächsten Angehörigen?

Auch bei ihrer Klientin entschuldigte sich Svenja mit dem Hinweis auf den Todesfall. Diese bot an, noch einmal zu kommen, aber Svenja lehnte dankend ab.

»Wir wollen doch nicht, dass Sie womöglich Ihre Hochzeit verschieben müssen?«, sagte sie und zwang sich zu einem Lachen.

Nach einer Stunde waren sie fertig und Svenja hatte endlich Zeit für sich. Sie zog sich in ihr Büro zurück und war dankbar, dass ihre Zimmerkollegin auf einem Außer-Haus-Termin war.

Sie wusste, es war müßig, sich Vorwürfe zu machen, dennoch haderte sie mit sich, weil sie seit ihrem fluchtartigen Weggang vor knapp einem Jahr nicht mehr in Hamburg gewesen war. Ihre Mutter hatte sie zwei Mal in München besucht – und Magnus war da gewesen, um sie »zurückzuholen«. Aber den Rest der Familie hatte sie seither nicht gesehen. Auch ihren Großvater nicht. Und nun war er tot.

Hundertundeins war er im April geworden. Seinem Status in Hamburg entsprechend hatte es eine große Feier gegeben. Viel mitbekommen hatte er laut Aussage ihrer Mutter davon nicht.

Sie hatte einen wichtigen Gerichtstermin vorgeschoben, um nicht nach Hamburg fliegen zu müssen. Die Familie hatte es akzeptiert.

Svenja wartete auf Tränen, aber es kamen keine. Und wenn, wären es vermutlich eher welche aus Selbstmitleid gewesen.

»Das wäre ja noch schöner«, sagte sie und schnaubte aus Protest in ein Taschentuch.

Der Termin vom Morgen hatte ihr einmal mehr vor Augen geführt, dass sie, was Beziehungen anging, kein gutes Händchen hatte. Wenn sie ehrlich war, befürchtete sie, dass Frank ihr in Kürze einen Antrag machen würde. Dann wäre die Stunde der Wahrheit.

Frank war ein netter Kerl – aber mehr eben auch nicht. Sie genoss die Zeit mit ihm, auch den Sex, aber ein ganzes Leben mit ihm konnte sie sich einfach nicht vorstellen.

Ihre Gedanken wanderten unweigerlich zu Ben, wie so oft in den letzten Wochen.

Natürlich tat er ihr leid. Niemand hatte verdient, was er durchmachte. Dennoch war sie auch unglaublich wütend auf ihn. Und auf sich selbst. Wie hatte sie so blind sein können? Zugegeben, er hatte ihr nie verheimlicht, dass er reich war. Allein die Kreditkarte hätte ihr die Augen öffnen müssen. Aber vorzugeben, dass das Loft einem Freund gehörte und er dort nur übergangsweise wohnte, war eine fette Lüge. Die sie ihm niemals verzeihen würde.

Als die Tränen kamen, ließ sie ihnen für einen Moment ihren Lauf. Wenigstens war es erleichternd, auch wenn sie nicht wegen ihres Großvaters weinte.

Schniefend sortierte sie Akten auf ihrem Schreibtisch, legte die, die wichtig waren, zur Seite, um sie später den Assistentinnen zu geben. Sie checkte ihre Mails, beantwortete einige, leitete andere weiter und schrieb ihrem Chef eine Nachricht, in der sie ihm erklärte, warum sie spontan Urlaub nahm. Als letzte Handlung stellte sie den Abwesenheitsassistenten ein.

Sie schnäuzte sich erneut, überprüfte mit dem Taschenspiegel ihr Make-up, nahm die Akten und ihre Tasche und verließ ihr Büro.

Am Empfang überreichte sie die Dokumente. »Es ist nichts wirklich Wichtiges dabei, trotzdem sollte sich jemand darum kümmern. Ich nehme mindestens eine Woche Urlaub, die Beerdigung ist vermutlich in vier oder fünf Tagen. Ich melde mich, sobald ich Näheres weiß.«

»Wird erledigt, Frau Wahls. Und nochmals mein aufrichtiges Beileid.«

»Danke.«

Zu Hause fühlte sie sich genötigt, mit ihrer Mutter zu telefonieren. Überrascht stellte Svenja fest, dass sie ehrlich um Knud trauerte.

»Ich kann nicht behaupten, dass wir uns jemals nähergekommen sind. Auf seine Art war er schon in Ordnung.«

Klar, er hat dir ein angenehmes Leben verschafft, dachte Svenja und hatte sofort ein schlechtes Gewissen. Sie fragte sich nicht zum ersten Mal, ob ihre Mutter ihren Vater geheiratet hätte, hätte sie die dazugehörige Familie vorher gekannt.

»Weiß Oma es schon?«, fragte sie.

»Wir haben versucht, es ihr schonend beizubringen, aber sie kann oder will es nicht verstehen«, sagte ihre Mutter. »Ich weiß nicht, wie viel sie noch mitbekommt. Der Arzt sagt, dass sie rapide abbaut. Aber sie will nicht in ein Heim. Solange es geht, behalten wir sie zu Hause.«

Svenja wusste, dass es Personal gab, das sich um alles kümmerte, dennoch war sie ihren Eltern dankbar dafür, dass sie den Wunsch der alten Dame respektiert hatten.

Sie war sich sicher, dass Greta ihren Mann vermisste. Seit ihr Vater und ihr Bruder sich durchgesetzt und Knud in ein Pflegeheim gebracht hatten, war Greta häufig krank gewesen. Sie hatten keine Liebesehe geführt, sich aber in den vielen Jahren aneinander gewöhnt. Trotz der Rundumversorgung durch mehrere Krankenschwestern verlor ihre Großmutter immer mehr an Gewicht – und an Gedächtnis.

Svenja hatte während der letzten Monate regelmäßig mit ihrer Großmutter telefoniert, aber es war zunehmend schwieriger geworden. Immer wieder musste sie von neuem erklären, wer sie war, und oftmals hörte sie dieselben Geschichten drei Mal während eines Telefonats. Dabei konnte sie nie sicher sein, ob es aktuelle Vorkommnisse waren oder Erinnerungen.

Sie unterhielten sich noch einige Minuten über die bevorstehende Trauerfeier. Svenja versprach, am nächsten Tag nach Hamburg zu kommen.

Sie buchte einen Flug und erledigte, um sich abzulenken, in den folgenden Stunden ihre private Ablage. Seit dem Umzug vor vier Monaten war sie nicht dazu gekommen.

Sie hatte es genossen, mit Hannah zusammenzuwohnen, doch schon nach wenigen Wochen war ihnen beiden klar geworden, dass das auf Dauer keine Lösung war. Svenja brauchte ihre eigene Wohnung, was angesichts der angespannten Situation in München leichter gesagt als getan war.

Nach fünf demütigenden Besichtigungsterminen, bei denen sie sich in eine Schlange von gefühlt mehreren hundert Wohnungssuchenden einreihen musste, hatte sie zähneknirschend in den sauren

Apfel gebissen und eine Maklerin engagiert. Dennoch hatte es noch einmal fast vier Monate gedauert, bis sie endlich die Wohnung fand, die schön *und* erschwinglich war. Das Beste daran war, dass sie ziemlich genau zwischen Hannahs Café und ihrem Arbeitsplatz lag. Mit dem Fahrrad waren es jeweils nur ein paar Minuten.

Sie hatte ihre Mutter gebeten, ihre eingelagerten Möbel, die von der ehemals gemeinsamen Wohnung mit Magnus übrig waren, schicken zu lassen. Es war nicht viel, nur ein Schrank, eine Kommode und ein Schuhschrank, aber so sparte sie wenigstens etwas Geld.

Sowohl Hannah als auch Frank hatten ihr Unterstützung angeboten, aber Svenja war stur geblieben. Sie wollte endlich auf eigenen Füßen stehen.

Gegen neunzehn Uhr fuhr sie mit dem Rad in die Blumengasse. Hannah war gerade dabei, den Tisch zu decken.

»Hallo Liebes«, wurde sie begrüßt und mit einer Umarmung bedacht.

Warum ist sie nicht meine Mutter?, dachte Svenja und fühlte sich augenblicklich schlecht.

»Ich bin nicht dazu gekommen, selbst zu kochen«, sagte Hannah, »also musste mal wieder Edi ran. Es gibt Resteessen.«

Svenja musste lachen. »Ich wette, Reste von Edi schmecken besser als manches Essen aus einem guten Restaurant.«

»Vermutlich. Willst du Wein?«

»Besser nicht. Lieber nur Wasser. Ich bin doch etwas rührselig heute.«

»Geht mir genauso«, sagte Hannah. »Vermutlich sollte ich in einer Ecke sitzen und Rotz und Wasser heulen, immerhin ist mein Vater gestorben.« Sie schaute Svenja fragend an. Diese zuckte die Achseln.

»Jeder geht anders mit Trauer um.«

»Ich hatte nie so ein enges Verhältnis zu meinen Eltern. Ich war immer diejenige, die ihnen Kummer und Sorgen bereitet hat.« Es klang traurig. »Dennoch – ich sollte um meinen Vater trauern.«

Svenja umarmte ihre Tante. »Das kommt noch, ganz bestimmt«, flüsterte sie.

»Vermutlich.«

Sie lösten sich aus der Umarmung und nahmen Platz.

Svenja hatte keinen Hunger, aß nur Hannah zuliebe etwas.

»Gibt es inzwischen einen Beerdigungstermin?«

Svenja schüttelte den Kopf. »Hendrik meinte, sie wissen es morgen. Ich ruf dich an, sobald ich es weiß. Ich fliege morgen.«

»Ich werde nur zur Beerdigung kommen.« Hannah zog eine Grimasse. »Das wird schon genug Familie werden. Wird Frank mitfliegen?«

»Nein, ich fände das unpassend.« Svenja spürte den fragenden Blick ihrer Tante. »Offen gestanden will ich ihn nicht dabei haben. Er weiß es noch nicht mal.«

Hannah hob nur die Augenbrauen, sagte aber nichts. Das schätzte Svenja am meisten an ihr: Sie musste nicht alles ausdiskutieren, sondern ließ eine Meinung, eine Entscheidung gelten.

»Übrigens, bevor ich es vergesse: Ben rief gestern an. Sie haben diese Annika gefasst. Er kann jetzt endlich wieder ruhig schlafen.«

»Schön für ihn.«

»Höre ich da einen gewissen Unterton heraus?«, fragte Hannah stirnrunzelnd.

Svenja erwiderte nichts.

»Ich weiß wirklich nicht, welches Problem ihr beiden miteinander habt. Letztes Jahr wart ihr ein Herz und eine Seele. Seit du mit Frank zusammen bist, ist eure Freundschaft vergiftet.«

»Frank kann nichts dafür«, versuchte Svenja ihren Freund zu verteidigen.

»Nein, er kann nichts dafür. Du aber schon«, gab Hannah zurück.

»Er hat mich angelogen. Ich kann das nicht ausstehen.« Svenja wusste, sie klang wie ein trotziges Kind.

»Er hat vielleicht nicht die ganze Wahrheit gesagt, aber er hat nicht gelogen«, erwiderte Hannah.

»Du verteidigst ihn, als wäre er dein Sohn.«

»Er könnte es sein.« Hannah dachte nach. »Vielleicht ist er tatsächlich ein bisschen JJ-Ersatz. Sie sind sich ähnlich.«

»Nur dass JJ kein Multimillionär ist.«

Hannah stieß ein kurzes Lachen aus. »Es stört dich, dass er Geld hat? Das sagt eine, die aus einer der reichsten Hamburger Familien stammt.«

»Nein, mich stört nicht, dass er Geld hat, mich stört, dass er mich angelogen hat.« Svenja stellte ihr Glas härter als beabsichtigt auf den Tisch. »Tschuldigung«, murmelte sie.

»Ist ja nichts passiert.« Hannah legte eine Hand auf ihre. »Ich will mich wirklich nicht in eure Angelegenheiten einmischen, aber ihr solltet endlich mal miteinander reden. Wenn du ehrlich bist, musst du zugeben, dass Bens Situation ziemlich offensichtlich ist.«

»Wie hätte ich das sehen können?« Svenja war wirklich neugierig, was ihre Tante jetzt sagen würde.

»Allein die Tatsache, dass er ein Freund deines Bruders ist. Du glaubst doch nicht im Ernst, dass Christian einen armen Schlucker in seinem Umfeld tolerieren würde? Und sieh dir sein Auto an. Das kostet mindestens einen sechsstelligen Betrag. Mädchen, mach die Augen auf.«

»Ich habe keine Ahnung von Autos«, murrte Svenja, aber sie wusste, Hannah hatte recht. Sie hatte nicht wahrhaben wollen, dass Ben aus demselben Milieu kam wie sie. Lieber hatte sie ihn bisher als ihren edlen Retter – oder gar Ritter? – gesehen.

»Hast ja recht«, gab sie zähneknirschend zu.

»Natürlich habe ich recht«, erwiderte Hannah lachend, wurde aber sofort ernst. »Ich meine es ernst: Ihr müsst miteinander reden. Du musst ihn nicht lieben und schon gar nicht heiraten, aber ihr solltet wieder Freunde werden.«

»Ja, Mama«, sagte Svenja.

»Na, zum Glück bin ich es nicht.«

»So schlimm bin ich nun auch wieder nicht!« Svenja trank einen Schluck Wasser und stellte das Glas angewidert zurück. »Ich brauche etwas Stärkeres.«

»Kommt sofort.« Hannah stand auf und verschwand, um gleich darauf mit einer Flasche Cognac zurückzukehren. Sie holte zwei Gläser aus dem Küchenschrank und schenkte ein. Vorsichtig stießen sie an.

»Auf die Freundschaft«, sagte Hannah.

»Auf die Freundschaft«, wiederholte Svenja und fügte hinzu: »Und auf Opa.«

Hannah nickte. »Auf meinen Vater.«

Sie redeten noch eine Weile über die Familie und Gott und die Welt. Gegen elf verabschiedete Svenja sich mit dem Hinweis, am nächsten Morgen früh aufstehen zu müssen.

Sie umarmten sich zum Abschied.

»Wir sehen uns bei der Beerdigung«, sagte Hannah.

»Ja. Traurig, dass es so ein Anlass sein muss. Ich hätte vorher nochmal hinfahren müssen.«

»Nein. Der Abstand war wichtig für dich. Glaub mir, ich weiß, wovon ich rede. Und Knud hätte deinen Besuch sowieso nicht mitbekommen.«

Es tröstete Svenja ein wenig. Dennoch hatte sie ihrer Familie gegenüber Schuldgefühle.

Ihr Herz klopfte bis zum Hals.

Sei nicht albern, es ist deine Familie!

Svenja atmete tief durch und klingelte. Es war das Haus ihrer Eltern, sie hatte immer noch einen Schlüssel, aber sie wagte nicht, ihn zu benutzen.

Hendrik öffnete die Tür.

»Ach, du bist es. Komm rein.«

Herzlich wie immer! Svenja zwang sich zu lächeln und trat ein. Sofort schlug ihr die kalte Atmosphäre entgegen, die sie als Kind so gefürchtet hatte.

»Hallo Hendrik. Wie geht es dir?«

»Wie soll es mir schon gehen? Großpapa ist gestorben.« Der Vorwurf war nicht zu überhören.

»Er war über hundert. Das ist ein Alter, in dem man sterben darf, denkst du nicht? Und er hat nichts mehr mitbekommen. Das ist doch kein Leben.«

»Was weißt du denn schon? Du warst lange nicht mehr da. Hättest ihn oder auch Oma ruhig mal besuchen können. München ist schließlich nicht aus der Welt.« Ihr Bruder klang feindselig.

»Du hast recht. Ich sollte meinen Mund halten«, sagte Svenja und bemühte sich, nicht beleidigt zu klingen. »Wo sind unsere Eltern?«

»Sie sitzen mit dem Pastor zusammen, um die Beerdigung zu besprechen.«

»Dann packe ich inzwischen aus. Welches Zimmer habt ihr mir zugeteilt?«, fragte Svenja absichtlich provokativ.

Hendrik hatte es entweder nicht gehört oder wollte keinen Streit beginnen. Sie vermutete Ersteres. Ihr ältester Bruder war noch nie einem Konflikt aus dem Weg gegangen. Schon gar nicht, wenn er als sicherer Sieger daraus hervorgehen würde.

Liebe deine Familie, ermahnte Svenja sich und hätte beinahe gekichert.

»Du kannst wie immer in deinem Kinderzimmer schlafen«, sagte Hendrik und zeigte nach oben.

»Gut. Den Weg kenne ich noch, auch wenn ich schon länger nicht mehr hier war«, erwiderte Svenja und ließ ihn stehen.

Sie war auf den ersten Stufen, als sich die Tür vom Salon öffnete. Ihre Eltern und der Pastor erschienen.

»Vielen Dank für Ihren Besuch«, sagte ihr Vater und brachte den Kirchenmann zur Tür, während ihre Mutter ergeben in der Eingangshalle stehen blieb und wartete.

»Hallo Mama«, sagte Svenja, stellte ihre Reisetasche ab und ging die Stufen wieder hinunter.

»Oh Svenja, wie schön, dass du da bist.« Das Gesicht ihrer Mutter erhellte sich augenblicklich. Sie eilte auf sie zu und umarmte sie. Svenja war dankbar für diesen einen Moment der Freundlichkeit.

Ihre Mutter hielt sie von sich gestreckt und musterte sie. »Du siehst müde aus, Kind. Und mager. Isst du nicht genug?«

»Aber ja, Mama. Ich war schon immer so dünn.«

Ihr Vater war zu ihnen gestoßen, stand aber dabei, als ginge ihn das alles gar nichts an.

»Hallo Papa«, sagte sie.

»Hallo Svenja.« Er nickte ihr zu und wandte sich an Hendrik: »Der Termin ist am Freitag. Trauergottesdienst um elf Uhr, anschließend Beerdigung und Mittagessen. Du kümmerst dich um alles?«

Hendrik nickte.

Svenja hatte keine stürmische Begrüßung erwartet, aber diese Kälte machte sie schaudern.

Sein Vater war gestorben, aber ihr Vater tat, als handele es sich um einen Geschäftstermin. Und sie kannte ihn gut genug, um zu wissen, dass sein Verhalten kein Kaschieren von Trauer war.

Ihre Mutter sah sich suchend um. »Wo ist Frank? Ist er nicht mitgekommen?«

»Nein, er konnte nicht«, antwortete Svenja. »Er hat einen Termin bei Gericht, den er nicht verschieben konnte.« Obwohl sie wusste, dass es keinen interessieren würde, fügte sie hinzu: »Er schickt Beileidsgrüße. Tante Hannah übrigens auch. Sie kommt am Donnerstag.«

»Wenn sie denn überhaupt kommt«, warf ihr Bruder ein.

»Hendrik«, mahnte seine Mutter. »Sprich nicht so despektierlich über deine Tante.«

»Ja, Mutter.«

Svenja erwartete, dass er hinter dem Rücken ihrer Eltern seine Zunge rausstrecken würde, so, wie er es als Junge oft getan hatte. Aber er blieb vollkommen ernst.

Nur mit viel Willenskraft schaffte sie es, sich nicht zu schütteln.

»Ich packe aus und mache mich frisch«, sagte Svenja, nahm ihre Reisetasche und ging in ihr altes Zimmer.

Auf dem Weg dorthin kam sie an den Räumen vorbei, in denen ihre Großmutter lebte. Sie klopfte und öffnete die Tür. Eine junge Frau stand neben dem Krankenbett und redete leise mit Greta.

»Entschuldigung? Kann ich reinkommen?«, fragte Svenja. »Ich bin ihre Enkelin.«

Die junge Frau wandte sich ihr zu und nickte. »Selbstverständlich. Ihre Großmutter ist gerade wach.« Sie drehte sich zu Greta um und sagte laut: »Ihre Enkelin ist da und möchte Guten Tag sagen.«

Svenja trat an das Bett heran. Ihre Großmutter hatte ihr zwar den Kopf zugewandt, ihre Augen ließen aber nicht erkennen, ob sie wusste, wer vor ihr stand.

»Hallo Oma. Ich bin's, Svenja. Wie geht es dir?«

»Ich fürchte, sie hat heute einen sehr schlechten Tag«, flüsterte die Krankenschwester. »Das kann heute Nachmittag oder morgen wieder ganz anders ein.«

Svenja blieb ein paar Minuten, sah aber rasch ein, dass es keinen Sinn hatte. Ihre Großmutter reagierte auf keine ihrer Fragen oder Bemerkungen.

Sie dankte der Schwester und ging in ihr einstiges Kinderzimmer, das ihre Mutter hatte renovieren lassen. Die Tapeten mit dem rosafarbenen Grundton und den pinkfarbenen Fantasiefiguren waren einem neutralen Grau gewichen, das durch lilafarbene Striche aufgelockert wurde. Das störte Svenja nicht, aber sie vermisste ihr wunderbares Himmelbett, das durch ein 08/15-Bett ersetzt worden war, außerdem den Schrank mit den verschnörkelten Zierleisten. In seinem Geheimfach hatte sie allen möglichen und unmöglichen Krimskrams versteckt. An seiner Stelle stand nun ein langweiliger Zweitürer, wie er in jedem Hotel zu finden war.

»Willkommen zu Hause«, sagte sie leise und warf die Reisetasche auf das Bett, um sie auszupacken.

Ihre Eltern und Hendrik waren vollauf mit den Vorbereitungen der Beerdigung beschäftigt. Da Knud einer der angesehensten Hamburger Kaufleute gewesen war, mussten sämtliche Honoratioren eingeladen werden. Hendrik rechnete mit weit mehr als hundert Trauergästen.

Am Tag nach Svenjas Ankunft kam ihr Bruder Christian mit seiner Frau aus London, wohin er einige Monate zuvor von seinem Arbeitgeber versetzt worden war.

Svenja freute sich auf Gwen. Christians Frau, eine erfolgreiche Modedesignerin, brachte mit ihrer unkonventionellen Art Leben in die Bude und scherte sich nicht darum, dass sie die Familie Wahls mit ihren Sprüchen regelmäßig vor den Kopf stieß.

Sie fragte sich, wie ihr Bruder an diese wunderbare Frau gekommen war und wie die beiden zusammenpassten. Christian war ein typischer Wahls: ehrgeizig, gefühlskalt, langweilig. Gwen hingegen sprühte vor Lebenslust. Der Unterschied war normalerweise schon äußerlich zu sehen: Christian trug die typische Banker-Uniform, einen dunklen Anzug, ein hellblaues Hemd, die passende Krawatte. Gwen hingegen war Model und Werbefläche für ihre kunterbunten Kleider, die sie entwarf. Dem traurigen Anlass angemessen steckte sie diesmal jedoch in einem schlichten, graumelierten Hosenanzug, der ihre Figur perfekt betonte.

Vielleicht war es genau dieser Kontrast, der sie zueinander hinzog?

»Wie schön, euch zu sehen, auch wenn es kein schöner Anlass ist«, sagte Svenja.

»Es ist traurig.« Gwen umarmte sie, während Christian ihr nur zunickte.

»Wo ist Randy?«

»Er ist nicht mitgekommen«, sagte Gwen. »Er kannte Knud kaum. Außerdem bereitet er sich gerade auf die Uni vor.«

Svenja fragte sich, wo der Unterschied zwischen Christians Stiefsohn und ihrem Freund lag. Randy gehörte definitiv mehr zur Familie als Frank, dennoch schien niemand es seltsam zu finden, dass der junge Mann nicht mitgekommen war.

Für den Abend war ein Dinner geplant.

»Nur die Familie«, hatte Svenjas Mutter gesagt.

Den ganzen Tag herrschte hektische Betriebsamkeit im Haus, das Personal war erheblich aufgestockt worden.

Svenja graute vor dem Abend. Am Nachmittag fuhr sie in die Stadt, um sich ein Kleid zu kaufen. Sie brauchte keines, aber sie wollte sich ablenken. Und das Haus verlassen.

Es war befreiend, durch Hamburg zu laufen und in den Modegeschäften zu stöbern. Als sie in einem Schaufenster ein dunkelgrünes Abendkleid sah, musste sie an Ben denken.

Sie hatte noch oft bereut, diesen grünen Traum damals nicht mitgenommen zu haben. Aber siebenhundert Euro waren einfach zu viel für ein Kleid, das man nur ein paar Mal im Leben trug. Für den heutigen Abend wäre es perfekt gewesen, auch wenn die Familie zu schade war für so ein nobles Teil.

Und warum dachte sie immer wieder an Ben? Warum dachte sie nicht an Frank und daran, wie es weitergehen würde? Ob es weitergehen würde?

Sie telefonierten jeden Morgen und Abend, und immer bedauerte Frank, dass er nicht da war, um sie zu trösten. Er fragte aber kein einziges Mal, warum sie ihn nicht gebeten hatte mitzukommen.

In einer Boutique erstand Svenja ein dunkelblaues Samtkleid und die passenden Schuhe dazu.

Als sie in der Villa ankam, waren Hendriks Frau Bianca und sein Sohn Niklas eingetroffen. Die Begrüßung fiel erheblich kühler aus als bei Gwen. Bianca passte hervorragend zur Familie, Niklas war kaum dazu zu bewegen, den Blick von seinem Handy zu nehmen.

Rechtzeitig zum Abendessen kam Tante Meike mit ihrem Mann Thomas und den sechzehnjährigen Zwillingen Inga und Lena.

Wider Erwarten verlief das Essen harmonisch. Gwen hatte gleich zu Beginn ihr Entzücken über Svenjas Kleid geäußert, so dass niemand es wagte, etwas anderes zu sagen.

Svenja wusste, dass es ihr ausgesprochen gut stand. Sie hatte die neidischen Blicke von Bianca gesehen und Meikes sauertöpfische Miene. Sie beschloss, sich von den missgünstigen Frauen nicht aus der Ruhe bringen zu lassen. Es tat gut, eine Schwägerin wie Gwen auf der eigenen Seite zu wissen.

Svenja fühlte sich an dem Abend in ihre Kindheit zurückversetzt. Einmal im Jahr, meist in der Adventszeit, hatte es ein Familientreffen dieser Art bei ihren Großeltern gegeben. Dabei hatten die Männer über das Geschäft geredet und die Frauen über ihren schweren Alltag, in dem sie sich mit aufsässigem Personal und widerspenstigen Kindern herumschlagen mussten.

Letztere hatten an einem Extratisch gesessen, überwacht von der jeweiligen Nanny. Zwischen Hauptgang und Dessert musste jedes

Kind etwas vortragen, sei es ein Gedicht, eine Geschichte oder etwas, was sie in der Schule gelernt hatten.

Svenja konnte sich nicht erinnern, ob JJ jemals mit an diesem Tisch gesessen hatte. Es waren vor allem ihre beiden älteren Brüder und sie gewesen. Opa Knud hatte ganz klar Hendrik bevorzugt. Er war der Stammhalter, der einst die Firma übernehmen würde.

Heute durften die Kinder mit am Tisch sitzen. Svenja war froh, dass die alte Tradition aufgegeben worden war. Und sie war dankbar, dass sie als Jüngste und als Mädchen nie andere Erwartungen zu erfüllen hatte als die, einen angesehenen Mann zu heiraten und Kinder zu bekommen. Diese Aufgabe nicht zu erfüllen war weit weniger tragisch, als Hendriks Risiko, als zukünftiges Firmenoberhaupt zu versagen.

Nicht, dass Hendrik versagen würde. Sie schätzte, ihr Bruder kannte dieses Wort gar nicht. Svenja betrachtete ihn verstohlen, wie er mit unbeweglicher Miene mit dem Messer kleine Bissen abtrennte und diese mit der Gabel zum Mund führte.

Die Einzige, die fehlte, war Hannah. Doch außer ihr schien niemand sie zu vermissen. Svenja war überzeugt, dass auch ihre Tante glücklich war, diesen Abend zu verpassen.

Sie hatte sich für den nächsten Nachmittag angekündigt. Da Svenja jede Gelegenheit suchte, der Enge des Hauses zu entfliehen, fuhr sie zum Flughafen, um Hannah abzuholen.

»Wie ich sehe, lebst du noch«, sagte diese zur Begrüßung.

»Gerade noch«, knurrte Svenja und umarmte ihre Tante.

»So schlimm?«

»Schlimmer. Kann es sein, dass man gewisse Dinge verdrängt, sobald man nicht mehr da ist?«

Hannah lachte. »Das ist der Sinn der Sache.« Sie musterte Svenja von der Seite. »Geht's dir gut?«

Svenja zuckte mit den Schultern. »Wie man es nimmt. Was Opa angeht, schwanke ich zwischen Trauer und dem Wissen, dass er nicht mehr leiden muss. Oma scheint in ihrer eigenen Welt zu leben. Keine Ahnung, ob das gut oder schlecht ist. Vermutlich eher gut. Das andere ... Ich weiß nicht.«

Obwohl Hannah nicht wissen konnte, was sie mit »das andere« meinte, fragte sie nicht nach. Sie sagte nur: »Lass dir Zeit. Niemand drängt dich.«

Die Begrüßung zwischen Hannah und ihren Geschwistern und deren Anhang fiel erwartungsgemäß kühl aus.

Manchmal kommt es mir vor, als gehörte ich gar nicht zu dieser Familie, dachte Svenja.

Wieder war es Gwen, die angenehm aus der Reihe tanzte. Sie wollte alles über das Café wissen und war nicht mehr zu bremsen, als sie erfuhr, dass Hannah einige Jahre in London gelebt und gearbeitet hatte.

Den Abend verbrachte Svenja in Gesellschaft von Hannah und Gwen. Ihre Tante war nicht so zurückhaltend wie sie und fragte die Engländerin geradeheraus, wie sie und Christian zusammenpassten.

Gwen lachte ihr perlendes Lachen und sagte: »Ich weiß. Auf den ersten Blick scheint da nichts zu stimmen. Aber ich garantiere euch, er hat seine Qualitäten.« Sie schmunzelte und ergänzte: »Und ich meine jetzt nicht das, was euch sicher gerade durch den Kopf geht. Im Ernst: Chris ist ganz anders, wenn er nicht von Familie umgeben ist. Und er versteht sich gut mit Randy. Das war mir immer wichtig. Randy ist inzwischen zwar erwachsen und bräuchte nicht unbedingt einen Vater, dennoch wollte ich, dass der Mann, der mit uns lebt, Randy als Sohn akzeptiert. Und das hat Chris von Anfang an getan.«

Svenja freute sich, eine neue Seite an ihrem Bruder zu entdecken. Vielleicht war noch nicht alles verloren bei ihrer Familie.

Der nächste Tag brachte Regen und kühles Wetter und passte sich damit den traurigen Umständen an.

Svenja schlüpfte in ihren schwarzen Hosenanzug und entschied sich nach einigem Hin und Her für flache, bequeme Schuhe. Um zehn ging sie hinunter, um auf die gemeinsame Fahrt zur Kirche zu warten.

Hendrik telefonierte mit dem Handy, beendete das Gespräch jedoch, als sie sich näherte. Sein Blick war besorgt.

»Alles in Ordnung?«, fragte Svenja.

»Was sollte nicht in Ordnung sein?« Sein Ton war rüde wie immer, aber seine Miene drückte Unsicherheit aus, etwas, was Svenja nicht kannte von ihrem Bruder. Sie ließ es auf sich beruhen und fragte nach den anderen.

»Sie sind noch oben.« Ihr Bruder schaute auf seine Armbanduhr. Sie war riesig und sah teuer aus. »Sie müssten aber jeden Moment kommen, wir fahren bald los.«

Während sie warteten, lauschte Svenja auf Geräusche im Haus. Alles, was sie hörte, war das schwere Ticken der alten Standuhr, das ihre Kindheit und Jugend begleitet hatte.

Oben klappten Türen und Stimmen waren zu hören, kurz darauf erschienen ihre Eltern auf der Treppe, gefolgt von Christian und Gwen, die im Haus übernachteten.

»Bianca und Niklas fahren direkt zur Kirche, Tante Meike und ihre Familie ebenfalls«, berichtete Hendrik. »Oma wird in Kürze von einem Fahrdienst geholt.«

Es fehlte nicht viel und er hätte salutiert. Svenja konnte sich nur mit Mühe ein Lachen verkneifen.

Ihr Vater schaute über die Anwesenden hinweg, als wolle er seine Schäfchen zählen. Schließlich ging er zur Tür, öffnete sie und ließ alle hinausgehen.

Vor dem Haus waren zwei Wagen vorgefahren. Beim ersten stand der Chauffeur in Hab-Acht-Stellung neben der Beifahrertür.

»Danke, Robert«, sagte Hendrik.

Svenja stieg zu ihrem jüngeren Bruder und Gwen in den zweiten Wagen. Die Fahrt verlief schweigsam, was ihr recht war. Sie versuchte, sich auf den Gedenkgottesdienst für ihren Großvater einzustimmen.

Als sie an der Kirche ankamen, standen die anderen Familienmitglieder bereit: ihre Schwägerin Bianca mit Niklas, Tante Meike mit Thomas und den Zwillingen. Tante Hannah.

Und Magnus.

Sie wandte sich zu ihrer Mutter um. »Ich dachte, nur Familie«, zischte sie.

»Er gehört quasi zur Familie«, erwiderte ihre Mutter in entschuldigendem Ton.

»Gehört er nicht. Was, wenn Frank dabei gewesen wäre? Wie konntet ihr!«

Sie ignorierte Magnus und folgte ihren Eltern in den Nebenraum, wo ihr Großvater aufgebahrt war.

Sie trat an den Sarg und betrachtete den Toten. Er lag friedlich da und schien zu schlafen. Im Hintergrund war leise Musik zu hören und das Geflüster der anderen Trauergäste.

Svenja hätte gerne gebetet, aber sie war nicht gläubig. Also hielt sie in Gedanken eine kleine Rede:

Opa, es tut mir leid, dass ich dich nicht mehr besucht habe. Aber es ist so viel passiert in den letzten Monaten. Mein ganzes Leben wurde umgekrempelt. Ich habe eine Verlobung gelöst, bin nach München geflüchtet, lebe jetzt dort, habe eine neue Liebe gefunden. Aber ich bin mir nicht sicher, ob es wirklich Liebe ist oder nur die Angst vor dem Alleinsein.

Ich habe neue Freunde und einen neuen Job, der mir wirklich Freude bereitet, obwohl es manchmal sehr stressig ist. Und trotz allem bin ich nicht glücklich. Ich höre dich sagen, dass Glück nicht alles ist auf der Welt. Mag sein. Aber Unglücklichsein kann doch auch nicht der Sinn des Lebens sein, oder? Und ich bin unglücklich. Nicht immer, aber meistens. Was mache ich falsch?

Ich wünschte, wir hätten ein besseres Verhältnis zueinander gehabt. Man sagt immer, Großeltern und Enkel verstehen sich besser als Eltern und Kinder. Bei uns hat das nicht geklappt. Wir haben einfach in völlig unterschiedlichen Welten gelebt, du und ich. Trotzdem tut es mir leid, dass du gestorben bist. Ich hoffe, da, wo du jetzt bist, geht es dir gut.

Svenja strich ihrem Großvater über die Wange und erschrak, weil diese eiskalt war. Dann fiel ihr ein, dass er bereits einige Tage tot war und in einem Kühlfach aufbewahrt werden musste, um frisch auszusehen. Da bekam die Bezeichnung *der kalte Tod* eine ganz neue Bedeutung.

Svenja wischte eine Träne weg und trat zurück, um anderen ebenfalls die Möglichkeit zu geben, an den Sarg zu treten und Abschied zu nehmen.

Magnus stand in der Ecke nahe dem Ausgang. Seine Wangen waren eingefallen, unter den Augen hatte er dunkle Ringe, sein Maßanzug schien viel zu groß für ihn zu sein.

Sie war mit dem festen Entschluss hierhergekommen, sich nicht auf ihn einzulassen, und sie würde es auch nicht tun. Aber sie musste ihn wenigstens begrüßen.

Sie ging zu ihm und reichte ihm die Hand.

»Hallo Magnus. Danke, dass du gekommen bist.«

»Svenja, mein aufrichtiges Beileid.« Er hielt ihre Hand einen Moment länger als nötig, ließ sie jedoch los, bevor Svenja sie ihm entzog.

»Danke.«

»Es war nicht meine Idee«, sagte er entschuldigend. »Deine Mutter hat darauf bestanden, dass ich komme.«

»Ich weiß. Es ist okay«, sagte Svenja.

»Gut siehst du aus. Geht es dir gut?«

»Danke, es geht mir gut.«

»Wirst du in München bleiben?«

»Vorerst ja. Ich fühle mich wohl dort. Ich habe seit einigen Monaten eine eigene Wohnung, der Job macht Spaß – was will man mehr?«

Magnus warf ihr einen Blick zu, der alles bedeuten konnte.

»Wie geht es dir?«, fragte sie.

Er zögerte, erwiderte: »Nicht gut. Seit unserer Trennung geht alles den Bach runter.« Er schien zu begreifen, was er damit andeutete und fügte hinzu: »Das soll nicht heißen, dass du schuld bist. Es liegt an mir. Mein Leben ist vollkommen aus den Fugen geraten.«

Willkommen im Club!

»Vielleicht solltest du auch eine Auszeit nehmen, ein paar Wochen wegfahren, irgendwohin, wo dich keiner kennt«, schlug Svenja vor. »Mir hat der Abstand geholfen.«

»Ja, das sollte ich vielleicht tun.«

Sie wurden von Svenjas Mutter unterbrochen, die zu ihnen trat und Magnus begrüßte.

Eine junge Frau betrat den Raum und bat darum, dass man sich allmählich in die Kirche begeben möge, der Gottesdienst beginne in einigen Minuten.

Svenjas Eltern gingen voran, wobei ihr Vater den Rollstuhl mit Greta schob; es folgten Meike mit Thomas und die beiden Mädchen. Danach reihten sich Hendrik und Christian mit ihren Familien ein. Übrig blieben Hannah, Svenja und Magnus.

Svenja warf ihrer Tante einen hilfesuchenden Blick zu. Diese lächelte, ergriff Svenjas rechte und Magnus' linke Hand und zog die beiden mit sich.

Die Kirche war bis auf den letzten Platz besetzt, allerdings waren die beiden ersten Reihen für die Angehörigen reserviert. Wie Hendrik vorhergesagt hatte, wollten die Honoratioren der Stadt und ehemalige Geschäftspartner ihres Großvaters Knud Wahls die letzte Ehre erweisen.

Die vorderen Kirchenbänke waren mit violettfarbenem Tuch überzogen; die junge Frau bedeutete ihnen, dort Platz zu nehmen.

Magnus wollte sich in die Reihe dahinter setzen, doch Hannah schob ihn neben sich, so dass sie zwischen ihm und Svenja saß.

Svenja starrte nach vorn, wo gerade der verschlossene Sarg hereingefahren wurde. Auf ihm prangte ein riesiges Gesteck aus roten Rosen, dessen Schleife so drapiert war, dass jeder die Aufschrift lesen konnte:

Für Knud, in Liebe, deine Familie

Auf einer Art Staffelei stand ein großes Bild ihres Großvaters, umrahmt von zahlreichen Blumen.

Svenja fühlte ein Brennen in den Augen und einen Knoten im Hals. Ihr Verhältnis zu Knud war sehr distanziert gewesen – wenn man überhaupt von einem Verhältnis sprechen konnte. Er war das unangefochtene Oberhaupt der Familie gewesen, was er sagte, galt. Er hatte immer viel gearbeitet und war viel unterwegs gewesen. Wahrscheinlich hatte sie ihn immer nur zur alljährlichen Adventsfeier gesehen.

Ihr Großvater war zu all seinen Enkelkindern äußerst reserviert gewesen, zu ihr aber besonders. Sie war halt nur ein Mädchen. Svenja fragte sich, wie Greta es mehr als sechzig Jahre mit diesem Mann hatte aushalten können.

Ihre Großmutter saß schräg vor ihr, klein, zerbrechlich, dennoch mit kerzengeradem Rücken. Auch sie war kein Ausbund an Zärtlichkeit gewesen. Aber nur so hatte sie die Ehe mit Knud ertragen.

Dennoch – es hatte diese besonderen Momente gegeben: eine Extraportion Schokoladenpudding, nachdem ihre Brüder vom Tisch aufgestanden waren. Die Teigschüssel zum Ausschlecken, wenn sie in der Adventszeit ausnahmsweise selbst backte. Später immer mal wieder ein Geldschein »für einen besonderen Abend«.

Es waren Zeichen von Zuneigung gewesen, eine Seltenheit in der Familie Wahls, wo man niemals über Gefühle sprach und immer die Contenance bewahrte.

Nach dem Gottesdienst musste Svenja sich in eine Reihe mit dem Rest der Familie stellen und unendlich viele Beileidsbekundungen entgegennehmen. Nach einer halben Stunde fühlte sich ihre rechte Hand taub an, und sie war froh, als der Strom der Besucher nach und nach abebbte und endlich ganz versiegte.

Der Beerdigung wohnten nur die engsten Angehörigen und ein paar auserwählte Gäste bei. Es war eine schnelle, lieblose Angelegenheit: Der Pastor sprach ein Gebet, segnete den Sarg, woraufhin dieser in das Grab hinuntergelassen wurde. Einer nach dem anderen trat an den Rand, sprach ein stilles Gebet, warf eine Blume und zwei Schaufeln Erde auf den Sarg. Ihre Mutter fuhr Greta an den Rand der Grube und half ihr dabei. Es hatte nicht den Anschein, als wisse die alte Dame, was sie da tat.

Svenja war dankbar, als sie endlich den Friedhof verlassen konnten und in ein nahes Restaurant zum abschließenden Mittagessen gingen.

Wie üblich bei einem Leichenschmaus wurde über den Verstorbenen gesprochen, Erinnerungen wurden ausgetauscht, Bilder herumgereicht. Der Ton wurde schnell lockerer, was sicher auch am Alkohol lag, der reichlich floss, trotz der Tageszeit. Svenja war dankbar, dass ihre Großmutter nicht dabei war. Egal, wie viel oder wenig sie mitbekam – es wäre nicht schön für sie gewesen, die Zoten über ihren Mann zu hören.

Ihre Mutter hatte darauf bestanden, Magnus mitzunehmen, und Svenja hatte sich gefügt. Da er offensichtlich eingesehen hatte, dass aus ihnen kein Paar mehr werden würde, konnte sie nicht nur seine Anwesenheit besser ertragen, sondern sich sogar normal mit ihm unterhalten.

Der Hauptgang war vorüber, die ersten Gäste verabschiedeten sich. Es war eine gute Gelegenheit, den Platz zu tauschen. Sie nahm ihr Weinglas und setzte sich neben Magnus, der sie erstaunt anblickte.

»Wie geht es Angie?«, fragte sie.

Magnus zuckte mit den Achseln. »Ich weiß es nicht. Ich habe sie seit Monaten nicht gesehen.«

Svenja mochte kaum glauben, was sie da hörte.

»Wirklich? Ich dachte, ihr seid zusammen.«

Er lachte bitter. »Nein. Ich habe erkannt, dass sie mir nicht gut tut. Leider zu spät.«

Überrascht stellte sie fest, dass er ihr leidtat.

»Was ist mit dir?«, stellte Magnus die Gegenfrage. »Bist du mit jemandem zusammen?«

Svenja sah die Gelegenheit, ihm ein für alle Mal klarzumachen, dass es kein Zurück mehr gab.

»Ich bin mit Frank zusammen. Er ist auch Rechtsanwalt, arbeitet in derselben Firma wie ich. Er will sich aber selbständig machen.«

»Klingt gut«, sagte Magnus, obwohl Svenja außer ein paar Fakten nichts erzählt hatte.

»Es *ist* gut«, sagte sie und fand, es klang trotzig. Sie stand auf. »Wir sehen uns sicher noch«, sagte sie beiläufig. Magnus nickte.

Sie musste sich so schnell wie möglich über ihre Beziehung zu Frank klar werden.

Dafür ist eine Beerdigung bestens geeignet!

Aber warum nicht? War nicht die Beschäftigung mit dem Tod ein guter Anlass, das eigene Leben auf den Prüfstand zu stellen?

Hannah hatte recht: Sie musste dringend mit Ben reden.

Und warum dachte sie jetzt schon wieder an Ben, wo sie eigentlich über Frank nachdenken wollte?

Als hätte sie ihre Gedanken erraten, tauchte ihre Tante neben ihr auf.

»Alles gut, Liebes?«, fragte sie leise.

»Ja und nein«, erwiderte Svenja. »Und bei dir?«

»Dito. Ich werde mich bald zurückziehen. Vermissen wird mich kaum jemand.«

»Doch, ich«, sagte Svenja.

Hannah umarmte sie. »Du bist ein Schatz. Dich hatte ich auch nicht gemeint.«

»Ich weiß.« Svenja seufzte. »Wieso können wir nicht normal miteinander reden? Ist das in allen Familien so?«

Hannah lachte. »Um Himmels willen! Das wäre furchtbar. Nein. Ich glaube zwar nicht, dass wir die große Ausnahme sind, aber nicht in allen Familien herrscht eine so seltsame Atmosphäre. Zum Glück, muss man sagen.«

»Ich würde gerne so eine Familie kennenlernen.«

»Dann solltest du eine gründen. Besser machen, ist die Devise.« Obwohl Hannah lachte, wusste Svenja, dass ihre Tante es durchaus ernst meinte.

»Als wenn das so einfach wäre. Da muss erst mal der richtige Mann gefunden werden.«

»Kommt Zeit, kommt Rat«, sagte Hannah weise. »Ich bin dann mal weg. Wir sehen uns in München. Sag allen liebe Grüße. Oder auch nicht.«

Tatsächlich schien niemandem Hannahs Abwesenheit aufzufallen. Zumindest sagte niemand etwas. Da sowohl Christian und Gwen als auch Svenja am folgenden Tag abreisen wollten, gab es am Abend noch einmal ein gemeinsames Abendessen.

Obwohl es keine Kleiderordnung gab und Svenjas Mutter sich redlich bemühte, einen lockeren Ton anzuschlagen, herrschte während des Essens eine eigenartige Stimmung. Hendrik und Christian begannen, von früheren Heldentaten zu prahlen, was in dem Wettbewerb gipfelte, wer von ihnen der Erfolgreichere war.

»Du hast dich einfach ins gemachte Nest gesetzt«, sagte Christian. »Ich musste mir alles selbst erarbeiten.«

»Mach dich nicht lächerlich«, echauffierte sich Hendrik. »Du hattest jede Menge Kontakte, ohne die du niemals so schnell aufgestiegen wärst.«

»Jungs, könnt ihr euch bitte benehmen?« Ihre Mutter klang erschöpft.

»Habt ihr an Opas Beerdigung nichts Besseres zu tun, als euch zu streiten, wer den Größeren hat?«, mischte Svenja sich ein.

Alle Köpfe wandten sich ihr zu.

»Das sagt die Richtige«, sagte Hendrik. »Seilt sich ab nach München, will von der Familie nichts mehr wissen und klopft kluge Sprüche. Tolle Leistung.«

»Kinder«, mahnte ihre Mutter, doch niemand hörte auf sie.

Plötzlich redeten alle durcheinander, jeder schien mit jedem zu streiten.

Svenja stand auf und verließ ohne ein weiteres Wort den Raum. Sollten sie ihr alle den Buckel herunterrutschen!

Sie ging in ihr Zimmer und packte die Reisetasche. Einen Moment lang war sie versucht, das Haus sofort zu verlassen. Aber sie wusste, dass niemand kommen und sie belästigen würde, deshalb beschloss sie, die Nacht hier zu verbringen und gleich nach dem Aufstehen zum Flughafen zu fahren. Lieber schlug sie sich dort ein paar Stunden um die Ohren als in ihrem Elternhaus.

Sie schaute bei ihrer Großmutter vorbei. Greta schlief, eine andere Krankenschwester saß in einem Sessel und las. Svenja strich ihrer Oma sanft über das dünne Haar, wünschte der Schwester eine gute Nacht und ging zurück in ihr Zimmer.

Als sie im Bett lag, wünschte Svenja, sie hätte ihre Klappe gehalten und sich nicht in den Streit ihrer Brüder eingemischt. Und sie wünschte, es gäbe jemanden, der zu ihr hielt, der sie verteidigte gegenüber ihrer abscheulichen Familie.

Hannah war vermutlich bereits zu Hause.

Würde Frank für sie einspringen? Svenja dachte ernsthaft darüber nach und kam zu dem Schluss, dass ihr Freund nicht der Typ war, der sich mit einer Familie wie der ihren anlegen würde. Vielmehr würde er ihr ins Gewissen reden und ihr sagen, sie solle zurückstecken.

So jemanden wollte sie nicht an ihrer Seite haben!

Svenja holte ihr Handy aus der Handtasche und wählte die Kurzwahl für Frank, brach aber rechtzeitig ab. Man machte nicht am Telefon Schluss, dazu musste sie persönlich mit ihm reden.

Gibt es denn außer Hannah niemanden, auf den ich mich verlassen kann?

Svenja wusste, es gab diesen Menschen. Sie hatte es in den letzten Monaten nur nicht wahrhaben wollen.

Sie erinnerte sich daran, wie Ben sie nach dem missglückten Geburtstag von Magnus' Vater aufgegabelt hatte, wie sie beim Italiener in Elmshorn miteinander geredet und geblödelt hatten. Wie er sie nach München gefahren hatte, als sei es das Natürlichste von der Welt.

Wie er sie im Einkaufszentrum gefragt hatte, ob sie zum Tanzen gehen würden.

»Wir hätten es verdammt noch mal tun sollen«, murmelte Svenja.

War Ben der Richtige? Bisher hatte er nicht die Gefühle in ihr ausgelöst, die sie von einem Partner erwartete. Da waren keine Schmetterlinge im Bauch, kein Kribbeln, wenn sie an ihn dachte, kein Herzrasen.

Bei Frank hatte es all das gegeben, wenn auch nur in den ersten Wochen. Später hatte die Ernüchterung eingesetzt.

Gedanken an Ben lösten ein Lächeln aus, ein Gefühl von Geborgenheit und Wärme.

Es waren nicht unbedingt die schlechtesten Voraussetzungen für eine Beziehung.

Plötzlich spürte Svenja ihr Herz rasen. War das nun wegen Ben oder wegen ihres Entschlusses, endlich reinen Tisch zu machen?

Gleich morgen würde sie zuerst mit Frank, anschließend mit Ben reden. Dann würde alles gut!

Wer ist wer in der Welt von »Café Hannah«?

Andrzej »Andy« Nowak	Ire polnischer Abstammung, Physiotherapeut in Dublin
Bassam Ishaq	Inhaber des libanesischen Restaurants *Litani* in der Blumengasse
Belinda	Musikerin, Mitbewohnerin von Andrzej Nowak
Ben Häusgen	Multimillionär
Brigid O'Connor	Beste Freundin von Hannah, Kinderbuchautorin aus Irland
Bruno Kleiber	Mann von Kassie Kleiber
Christian Wahls	Neffe von Hannah
Edeltraut »Edi« Mayerhofer	Mitarbeiterin im Café
Elena	Freundin von Kassie Kleiber
Felix Rohstetter	Freund von Renate Waldner
Fiona	Geschäftsführerin von Ben Häusgen
Florian Mannhart	Mann von Marlene Mannhart
Frank	Freund von Svenja
Georg Mayerhofer	Noch-Ehemann von Edeltraut
Gina Stein	Studentin, Mitarbeiterin im Café
Greta Wahls	Mutter von Hannah
Gwendolyn Newton	Frau von Christian Wahls
Halim	Syrischer Flüchtling

Hannah Jensen	Hauptfigur und Betreiberin des Cafés
Hannelore Stockner	Mutter von Marlene Mannhart
Hendrik Wahls	Neffe von Hannah
Hubertus von Waldhausen	Maler und Hannahs Nachbar
Jannis	Sohn von Kassie Kleiber
Jill	Ex-Verlobte von Andrzej Nowak
Jonathan »JJ« Jensen	Hannahs Sohn, Lehrer in New York
Kassandra »Kassie« Kleiber	Inhaberin des Nagelstudios in der Blumengasse
Kerstin Wahls	Frau von Rasmus Wahls
Klaus	Hannahs Ex-Lover in Frankfurt
Knud Wahls	Vater von Hannah
Magnus Petersen	Ex-Verlobter von Svenja Wahls
Mandy	Mitbewohnerin von Gina Stein
Marilyn	Hannahs Nachbarin in New York und Ersatzmutter für JJ
Marlene Mannhart	Innenarchitektin und Freundin von Hannah
Max	Studienkollege von Gina Stein
Meike Linnich, geb. Wahls	Schwester von Hannah
Milena O'Reilly	Schwester von Andrzej Nowak

Niki	Tochter von Elena
Oliver	Freund von Gina, Maler
Petér	Friseur in der Blumengasse
Petra Ishaq	Frau von Bassam Ishaq
Rasmus Wahls	Bruder von Hannah
Renate Waldner	Tochter von Hubertus von Waldhausen
Roland Kammermeier	Immobilienmakler in der Blumengasse
Svenja Wahls	Nichte von Hannah, Rechtsanwältin
Xaver Wildgruber	Rentner und Stammgast im Café

Danksagung

Ohne die Ausdauer und Unterstützung meiner Testleserinnen Jessica, Joanna, Lisa und Tanja sowie von Kathrin und Christian von meiner Schreibgruppe wären die letzten Monate sehr einsam gewesen. Ihr alle habt mich mit euren wertvollen Ratschlägen und eurer – immer fairen und konstruktiven – Kritik begleitet und geduldig auf die nächste Episode gewartet. Ich habe es euch nicht leicht gemacht, denn ich habe nicht chronologisch geschrieben, sondern die Kapitel wild gemischt. Vielen Dank!

Mein besonderer Dank geht an meine bessere Hälfte, der das Wagnis »Frauenbuch« eingegangen ist und mir am Ende bestätigt hat, dass »Café Hannah« durchaus auch von Männern gelesen werden kann. Danke für Deine Begeisterung und auch dafür, dass Du mich immer wieder mal daran erinnerst, dass es noch ein Privatleben gibt!

Mehr Geschichten aus dem Café Hannah:

Wie hat eigentlich alles begonnen?

Kurz vor ihrem fünfzigsten Geburtstag erfüllt sich die weltläufige Hamburgerin Hannah Jensen einen Lebenstraum: Sie eröffnet in der Münchner Blumengasse ihr eigenes Café. Hier kommen viele Geschichten zusammen, denn auch andere Menschen stehen vor einem Neubeginn …

Ann E. Hacker
Café Hannah
Alles auf Anfang

320 Seiten
Broschur mit Klappen
14,00 € (D)
ISBN 978-3-944936-55-0

Bisher sind bereits vier Bände sowie *Marilyn – Ein Kurzroman aus der Café-Hannah-Welt* als E-Books bei unserem Partnerverlag *26|books* erschienen.

Mehr Romane in der *edition tingeltangel*:

Arno Wilhelm
Was man so alles tut
kurz vor dem Weltuntergang

372 Seiten
Broschur mit Klappen
15,00 € (D)
ISBN 978-3-944936-54-3
(auch als E-Book erhältlich)

»Alles, was ein Weltuntergang benötigt! Arno Wilhelm zappt uns mit einer munter durchmischten Reisegruppe durch die letzte Woche auf Erden, lässt seine Protagonisten vom Glauben abfallen, neue Religionen entstehen und verheimlicht auch nicht, dass ein Teil des Himmels in Hannover liegt.« (Frank Klötgen, Poetry-Slam-Star a.D.)

In einer Woche findet das Jüngste Gericht statt. So lautet die Pressemitteilung der Götter an die Weltbevölkerung. Doch was tut man angesichts des drohenden Weltuntergangs? Lässt man sich auf eine neue Liebe ein? Bricht man zu einer letzten Reise auf? Oder begeht man einen Mord?

Julia gründet kurzerhand ihre eigene Religion. *Star Wars*-Fan Jenny will herausfinden, ob Meister Yoda tatsächlich ein Gott ist. Verwaltungschef Manfred müht sich ab, die Ordnung in seiner Behörde aufrechtzuerhalten. Der Polizist Achim sinnt auf Rache. Jack bereitet sich auf sein letztes Konzert vor: am Brandenburger Tor in Berlin bei der großen Party zum Ende der Welt.

Ihre Begegnungen zwischen dem Allgäu, Frankfurt, Göttingen, Hannover, der Ostsee und Berlin werden zu finalen Road-Trips ins Jenseits ...

Marta Donato
Tod am Gardasee
Ein Italien- & Bayern-Krimi

368 Seiten
Broschur mit Klappen
14,90 € (D)
ISBN 978-3-944936-31-4
(auch als E-Book erhältlich)

»Marta Donato lässt ihre Krimis dort spielen, wo ihre Seele aufblüht: in Italien. Die Münchnerin mordet mit leichter Hand, stets sehr amüsant und spannend bis zum Schluss.« (BR Fernsehen / Abendschau)

Matthias Holzinger, Bürgermeister einer Chiemsee-Gemeinde, wird am Gardasee jäh aus dem Leben gerissen. Die Kommissare aus Verona und Traunstein stoßen auf ein Netz aus Korruption, Immobilienschwindel und Neid bei den Opernfestspielen von Verona.

Marta Donato
Flucht über den Brenner
Ein Italien- & Bayern-Krimi

444 Seiten
Broschur mit Klappen
15,90 € (D)
ISBN 978-3-944936-40-6
(auch als E-Book erhältlich)

2015, im Jahr der Flüchtlingskrise:
Eine schöne blonde Frau.
Blut auf hellem Marmor.
Vier geraubte Meisterwerke des Barock.
Auf den Straßen Araber und Afrikaner.
An den Grenzen Kontrollen.

Der Ganove Gianni Canali hat Pech. Als er sich darauf einlässt, bei einem Kunstraub in Verona den Transporter zu fahren, stolpern er und seine Komplizen im Museum über eine Leiche. Auf der Flucht nach Bayern gerät Gianni in eine Grenzkontrolle. Dabei ist seine Ladung gleich doppelt gefährlich für ihn.